KNAUR

Über die Autorin:
Katharina Mittmann wurde 1989 in München geboren, wo sie bis heute lebt. Sie würde gerne behaupten, dass sie schon schreibt, seit sie einen Stift halten kann, aber das wäre gelogen. Tatsächlich hat das Schreibfieber sie erst mit dem Ende der *Harry Potter*-Bücher gepackt. Seitdem vergeht kein Tag, an dem sie nicht in die Tasten haut oder sich in fiktive Welten träumt. Abgesehen davon, die Herzen ihrer Protagonisten zu brechen, sind Pferde ihre größte Leidenschaft.

KATHARINA MITTMANN

CAMPUS LOVE
KAYLA & JASON

ROMAN

Besuchen Sie uns im Internet:
www.knaur.de

Originalausgabe September 2019
Knaur Taschenbuch
© 2019 Knaur Verlag
Ein Imprint der Verlagsgruppe
Droemer Knaur GmbH & Co. KG, München
Alle Rechte vorbehalten. Das Werk darf – auch teilweise –
nur mit Genehmigung des Verlags wiedergegeben werden.
Redaktion: Antje Steinhäuser
Covergestaltung: ZERO Werbeagentur, München
Coverabbildung: © PixxWerk®, München,
unter Verwendung von Motiven von shutterstock.com
Glitzerstruktur auf Seite 3: severija/shutterstock.com
Satz: Adobe InDesign im Verlag
Druck und Bindung: CPI books GmbH, Leck
ISBN 978-3-426-52460-2

2 4 5 3 1

Für meinen Papa.
Ich hätte mir so gewünscht, dass du das erlebst.

KAPITEL 1

KAYLA

So hatte ich mir meinen ersten Tag an der Brown nicht vorgestellt.

In meinem Bett lag ein fremder Kerl. Und ich hatte keine Ahnung, was er dort machte. Perplex blieb ich im Türrahmen stehen und umklammerte den Umzugskarton, den ich soeben die zwei Stockwerke nach oben bis in mein Wohnheimzimmer geschleppt hatte. Sein Gesicht war zum Großteil von seinem Handy verdeckt, auf dem er herumtippte. Er bemerkte mich nicht. Eine Hand hatte er in seinen rostbraunen Haaren vergraben, die aussahen, als wäre er gerade erst aufgestanden und weder mit Dusche noch Bürste in Berührung gekommen – oder als hätte er sich sehr viel Mühe gegeben, trotz Körperpflege den perfekten Out-of-Bed-Style hinzukriegen. Ich rümpfte die Nase. Mir waren Kerle suspekt, die so viel Wert auf ihr Aussehen legten, dass sie dafür Stunden vor dem Spiegel verbrachten. Nur um so auszusehen, als hätten sie genau das nicht getan. Vollkommen absurd.

Sein Körper war so breit und vor allem lang, dass er die gesamte Matratze belegte. Das war eindeutig die Art von Statur, die nur Sportler mitbrachten. Und leider brachte diese Figur meiner Erfahrung nach auch eher häufig als selten ein überdimensionales Ego mit sich, so viel hatte ich auf dem privaten Internat gelernt, das ich dank eines Stipendiums besucht hatte. Nur dort war ich Sportskanonen jemals nah genug gekommen, um eine Aussage über ihre Persönlichkeit treffen zu können. Zumindest einem im Speziellen und seinem gesamten Umfeld ...

Seine Jeans wirkte abgetragen, doch das Markenlabel an seinem Hosenbund enttarnte ihn. Ein flaues Gefühl breitete sich in meiner Magengrube aus. Ich erwachte aus meiner Starre.

Krachend ließ ich den Umzugskarton auf den Boden fallen, und der Kerl schaute von seinem Smartphone hoch. Ich verschränkte die Arme vor meiner Brust und zog abwartend eine Augenbraue nach oben.

»Oh, hi. Du bist bestimmt Rachels Mitbewohnerin«, sagte er und setzte sich auf, machte jedoch keine Anstalten, sich von meiner Matratze wegzubewegen – oder zumindest seine Füße samt Schuhen auf den Boden zu stellen. Sein Schamgefühl tendierte offensichtlich gen null.

Rachel Andrews, mit der ich mir das Zimmer in Keeney, einem der beiden Wohnheim-Komplexe für Erstsemester, teilte, hatte ich bisher noch nicht kennengelernt. Nur ihre Kisten und Kleidersäcke, die sich auf ihrer Seite des Raums und ihrer Matratze stapelten. Dafür lag nun offensichtlich ihr Freund in meinem Bett. Der nebenbei bemerkt auch noch ein verdammt hübsches Gesicht hatte, wie ich feststellte, als er mich ansah. Gerade Nase, klare Gesichtszüge, volle Lippen, leichter Bartschatten – vermutlich pflegte er wirklich den Out-of-Bed-Style und war kein Verfechter mangelnder Körperhygiene.

Er runzelte die Stirn. »Bist du stumm? Hab ich dir die Sprache verschlagen? Keine Sorge, das passiert öfter.«

Ich spürte, wie mir das Blut in den Kopf schoss, und wie so oft redete mein Mund, ohne dass ich ihn stoppen konnte. »Was zur Hölle machst du in meinem Bett?«

»Ich warte, dass Rachel kommt. Sie müsste gleich da sein.«

Ich verengte die Augen. »Und das musst du ausgerechnet auf meinem Bett tun?«

»Na ja.« Er zuckte mit den Schultern und nickte in Richtung Rachels Kistenberg. »Auf ihrem ist kein Platz.«

»Aha. Und lass mich raten, der Schreibtischstuhl wäre unter deiner Würde.«

»Da steht auch eine Kiste drauf.«

»Die du unmöglich auf den Boden hättest stellen können«, erwiderte ich. Mein Blick huschte zu seinen durchtrainierten Oberarmen, über denen sein schwarzes Shirt spannte, ganz kurz nur schenkte ich ihnen Beachtung. Selbst wenn die Kiste mit Blei gefüllt gewesen wäre, er hätte sie ganz bestimmt ohne Probleme heben können.

»Können schon ... Aber dein Bett sah einfach echt verlockend aus.« Als ob eine unbezogene Wohnheimmatratze verlockend aussehen würde, außer man wollte sich irgendeine exotische Krankheit einfangen. »Es tut mir auf jeden Fall leid, wenn das für dich ein Problem ist, okay?«

Na gut. Seine Entschuldigung stimmte mich ein wenig versöhnlich. Genau genommen hatte er ja auch wirklich nichts getan, außer sich auf ein unbezogenes Bett zu legen. Ich hätte das zwar nicht getan, aber ich tat eine Menge Sachen nicht, die andere ohne mit der Wimper zu zucken machten.

Er stand auf und war in zwei langen Schritten bei mir. »Ich bin übrigens Jason.«

Ich musste den Kopf ein wenig in den Nacken legen, um zu ihm aufsehen zu können, obwohl ich selbst nicht klein war. Auf seiner linken Wange erschien ein Grübchen, als er grinste, und seine braunen Augen funkelten frech. Hastig wandte ich den Blick ab und sah die Hand an, die er mir entgegenhielt. Alles in mir sträubte sich dagegen, ihn zu berühren. Er erinnerte mich an einen ganz bestimmten Typ – und genau an diesen Typ wollte ich mich nicht erinnern. Andererseits war er der Freund meiner Mitbewohnerin, also sollte ich mich wohl mit ihm gut stellen, um es mir nicht gleich am Anfang mit Rachel zu verscherzen. Außerdem konnte ich nicht einfach jeden Kerl meiden, der unangenehme Erinnerungen in mir auslöste; sonst würde mein Leben auf diesem Campus unter Umständen sehr einsam werden, das war selbst mir klar.

»Ich bin Kayla«, sagte ich und griff nach seiner Hand, um sie kurz zu drücken und gleich wieder loszulassen. Meine Fingerspitzen kribbelten ein wenig, und ich wischte sie unauffällig an meiner Jeans ab, um diese seltsame Gefühlsregung sofort wieder loszuwerden.

»Hallo, Kayla«, erwiderte er mit zuckenden Mundwinkeln. »Freut mich, dich kennenzulernen.«

»Ich wünschte, ich könnte dasselbe von dir behaupten«, sagte ich, ehe ich mich beherrschen konnte.

»Weil ich in deinem Bett lag?« Jason legte den Kopf schief und musterte mich, als würde er irgendein Geheimnis entschlüsseln wollen. Ein unangenehmes Gefühl der Anspannung machte sich in mir breit, und ich riss mich gerade noch zusammen, um nicht nervös von einem Fuß auf den anderen zu treten.

»Ja«, antwortete ich vehement, weil ihn die Wahrheit überhaupt nichts anging. Ich stemmte die Hand in die Hüfte und deutete mit der anderen zwischen ihm und meinem Bett hin und her. »Es ist mein Bett, nicht deins!«

»Ich will dir dein Bett ja gar nicht wegnehmen. Aber es war nicht bezogen, ich wusste nicht mal, ob du schon angekommen bist – also dachte ich, warum nicht.«

Irgendwie hatte er recht – aber das konnte ich auf keinen Fall zugeben.

»Hast du gar kein Schamgefühl?«, platzte es aus mir heraus.

»Nope«, erwiderte er grinsend und vergrub die Hände in den Hosentaschen. Die Lässigkeit, mit der er diese simple Geste ausführte und dieses Wort sagte, ließ mich endgültig aus der Fassung geraten. Dabei ging es schon lange nicht mehr um die Matratze, aber ich konnte mich nicht stoppen.

»Aber nur weil es für dich okay ist, kannst du nicht davon ausgehen, dass es andere auch nicht stört! Das ist ... anmaßend!«

Sein Grinsen verblasste ein wenig, doch seine Augen spiegelten nach wie vor seine Belustigung. »Mein Gott, komm mal runter. Ich hab doch nicht deinen Welpen ertränkt oder dir eine Geschlechtskrankheit angehängt.«

Ich schnappte nach Luft. »Oh Mann, sag mir bitte nicht, dass du eine ansteckende Krankheit hast und ich jetzt die ganze Matratze entsorgen muss.«

Schande, hatte ich das eben laut gesagt? Den ersten Gedanken, der mir durch den Kopf geschossen war? Nur weil alle meine Emotionen Achterbahn fuhren und ich die Vergangenheit nicht von der Gegenwart unterscheiden konnte? Setzte deswegen der Filter zwischen meinem Gehirn und meinem Mund aus?

Jason fing an zu lachen, und sein gesamter Oberkörper bebte dabei. Mist, ich hatte es laut gesagt. Zum Glück kriegte er sich schnell wieder ein.

»Nicht, dass ich wüsste«, erwiderte er.

»Das ist keine sehr zufriedenstellende Antwort.«

»Wieso? Gehst du alle zwei Wochen zum Arzt und lässt dich durchchecken?«

»Natürlich nicht«, pampte ich ihn an. Mein Gehirn nahm langsam seine Arbeit auf, als wäre es eben erst aufgewacht, und mir wurde mit jeder Sekunde bewusster, wie lächerlich diese Unterhaltung eigentlich war und wie sehr ich mich damit zum Affen machte. Unbehagen kroch über meinen Rücken und ließ mich innerlich frösteln. Wegen unvorhergesehener Kleinigkeiten überzureagieren war eine Eigenschaft, die ich an mir selbst nicht besonders mochte und eigentlich ablegen wollte. Leider war ich anderweitig beschäftigt gewesen, als die Coolness verteilt wurde.

»Na also«, sagte Jason. »Aber ich kann dir versichern, ich fühle mich sehr gesund und munter und bisher lebt auch mein gesamtes Umfeld noch.«

»Gut zu wissen«, erwiderte ich und hob die Kiste auf, die ich vorhin fallen gelassen hatte, um sie zu den anderen auf meinem Schreibtisch zu stellen. »Pass auf, lass uns einfach vergessen, dass du in meinem Bett lagst, und so tun, als wäre das nie passiert.«

Das Grübchen an seiner Wange kam zum Vorschein, als er grinste. »Schade. Die meisten Mädchen prahlen damit und wollen es auf keinen Fall vergessen.«

Mir klappte die Kinnlade herunter. Wie konnte er so daherreden, wenn er eine feste Freundin hatte? »Du bist unglaublich.«

»Das hast du schnell durchschaut, du hast eine tolle Auffassungsgabe.« Er zwinkerte mir zu. Zwinkerte. Mir. Zu. Dieser Arsch. Er war mit meiner Mitbewohnerin zusammen und zwinkerte mir zu? Dachte dieser Kerl, er konnte sich alles erlauben, nur weil er aussah wie ein Supermodel? Ja, vermutlich dachte Jason, ihm gehörte die Welt und alle Frauen lägen ihm zu Füßen, weshalb er sowieso nicht treu sein musste. Aber ausnahmsweise hatte ich mein Mundwerk im Griff und pfefferte ihm nicht um die Ohren, was ich von seinem Verhalten hielt.

»Du solltest jetzt gehen.« Ich deutete auf die Tür. »Ich sag Rachel, dass du da warst.«

»Das weiß sie bereits«, erwiderte er und hielt sein Handy hoch. »Aber ich muss sowieso los. Die Pflicht ruft, und ich bin gar nicht scharf darauf, mit Rachel Kisten auszupacken.«

Jason war ja ein toller fester Freund. Ließ seine Freundin hängen, weil er lieber etwas anderes machte – und gab das vermutlich als Pflicht aus. Am Ende bestand seine Pflicht darin, sich mit einer anderen zu treffen oder sich zumindest anhimmeln zu lassen. All meine Argumente, wieso ich ihn nicht gleich in eine ganz bestimmte Schublade stecken und nett zu ihm sein sollte, waren wie weggeblasen.

Ich hielt ihm die Tür auf. »Mach's gut, Jason.«

»Bis dann, Kayla«, sagte er. Als er an mir vorbeiging, sah er mir in die Augen, und sosehr ich mich auch dagegen wehrte, ich konnte den Blick nicht abwenden. »Wir sehen uns bestimmt mal wieder.«

Das hoffte ich nicht, befürchtete es aber. Ich sparte mir die Antwort, schloss die Tür hinter ihm und lehnte mich mit dem Rücken dagegen. Irgendwie lief dieser Tag bisher anders, als ich ihn mir vorgestellt hatte.

Wen ich mir auch ganz anders vorgestellt hatte, war Rachel. Wirbelwind traf es nicht annähernd. Sie schien überall gleichzeitig im Raum zu sein, redete ohne Unterlass und ließ mich kaum zu Wort kommen.

Inzwischen wusste ich, dass sie seit gestern in Providence war, letzte Nacht in einem Hotel geschlafen hatte, weil ihre Sachen hier noch nicht eingeräumt waren, dass sie aus New York kam und dass sie ein Jahr älter war als ich, also zwanzig.

»Und letztes Jahr war ich in Europa«, plapperte sie munter weiter, während sie sich über ihren Kistenstapel beugte und in einem Kleidersack nach etwas suchte. Dabei legte sie eine Leichtigkeit an den Tag, die ich gleichermaßen bewunderte und beneidete. »Es war wirklich toll da, und ich wäre gerne noch geblieben – oder ein Jahr durch Afrika gereist –, aber meine Eltern haben gesagt, ich soll erst mal studieren oder das war's mit ihrer Unterstützung. Tja, und hier bin ich.«

Während sie redete, legte ich den Kopf schief und beobachtete sie mit gerunzelter Stirn. Hätte ich versucht, mich derart verdreht über mehrere Kisten zu beugen, hätte ich mich erstens verrenkt, mir zweitens etwas gezerrt und drittens das Gleichgewicht verloren. Rachel jedoch war biegsam wie ein Gummischlauch und bewegte sich mit der Eleganz einer Gazelle. Wahrscheinlich war sie eine dieser Frauen, die unmenschlich viel Yoga und Pilates machten und sich zudem strikt an irgendeine Diät hielten. Zumindest ihre geradezu perfekte Figur und die unglaublich langen Beine sprachen dafür. Zusammen mit den blonden Haaren und den grünen Augen war sie genau der Typ Frau, von dem ich seit Internatszeiten wusste, dass er oft mit Vorsicht zu genießen war. Die meisten von ihnen hatten mich ignoriert, ein paar hatten mich fertiggemacht, und wenige waren nett zu mir gewesen. Meine Zimmergenossin Rose war mit der Zeit sogar meine beste Freundin geworden. Ich hoffte einfach, dass Rachel auch zu denen gehörte, die ganz nett waren, und die Wahl ihres Partners nur vorübergehender

Geschmacksverirrung zuzuschreiben war. Bisher sah es ganz danach aus.

»Ha!«, stieß Rachel aus und richtete sich auf, eine Hotpants in der Hand, die aussah wie eine abgeschnittene Jeans. »Genau die hab ich gesucht.«

Noch bevor ich mich umdrehen oder auch nur die Augen schließen konnte, zog Rachel sich ihr Sommerkleidchen aus und schlüpfte in die Shorts. Hastig sah ich weg, aber der kurze Moment hatte gereicht, um zu erkennen, dass an der Yoga-Theorie eindeutig etwas dran sein musste, anders konnte ich mir diese Figur nicht erklären.

Was war das mit diesem College? Musste man, um aufgenommen zu werden, nicht nur entweder besonders reich oder besonders intelligent sein, sondern auch noch aussehen wie ein Supermodel? Oder war das die dritte Kategorie? Die Supermodels neben den Superschlauen und den Superreichen? Oder waren Jason und Rachel Ausnahmen und gar nicht repräsentativ?

»Wollen wir was essen gehen?«, fragte Rachel. Als ich mich wieder zu ihr drehte, hatte sie sich glücklicherweise ein apricotfarbenes Top übergezogen. »Ich bin am Verhungern.«

»Ich muss erst mal meine Sachen alle hier hochschleppen, die stehen noch unten.«

»Ich helfe dir«, meinte Rachel prompt. »Zu zweit sind wir viel schneller. Wo ist dein Zeug?«

»Ähm, unten«, antwortete ich. »An der Treppe, um genau zu sein.«

Ein Freund meines Vaters hatte eine Möbelspedition und genau an diesem Wochenende sowieso von Alabama nach Rhode Island gemusst. Da hatte er meine Sachen mitgenommen, damit ich nicht auf das eine Gepäckstück beschränkt war, das ich im Flugzeug mitnehmen durfte. Beim Hochtragen hatte er mir allerdings nicht geholfen, und wenn ich mich in dem kleinen Raum umsah, bezweifelte ich sowieso, dass ich jemals genug Platz für meine Bücher finden würde. Die zwei Betten standen an den Wänden, mit dem

Kopf zum Fenster, darunter zwei Schreibtische mit jeweils einem Stuhl. Neben der Tür waren ein Schrank auf jeder Seite, und über den Betten hingen leere Wandregale. Das war's. Das würde mein Zuhause sein, zumindest für das erste Studienjahr.

Die Erstsemester mussten alle auf dem Campus und in Doppelzimmern wohnen, Einzelzimmer und Wohnungen mit eigenen Badezimmern waren den älteren Studenten vorenthalten. Für die Erstsemester gab es zwei verschiedene Wohnheime – Pembroke und Keeney. Ich war in Keeney untergebracht, in einem Gebäude mit dem klangvollen Namen Jameson.

»Na, komm, lass uns deinen Kram hochschleppen und danach was essen gehen.« Rachel klatschte in die Hände und war schon fast bei der Tür, ehe ich etwas sagen konnte.

»Du musst mir nicht helfen, echt nicht.«

»Ich weiß«, antwortete sie leichthin und strich sich eine blonde Strähne hinters Ohr. Ob sie von Natur aus diese honigblonden Haare mit den hellen Akzenten darin hatte? Oder war das die Leistung eines Meisterfriseurs? »Aber wir teilen uns ein Zimmer, da sollten wir einander helfen. Und wir sollten Freundinnen werden.«

Mit diesen Worten drehte Rachel sich um und verschwand aus dem Raum. Schulterzuckend folgte ich ihr; offenbar war Rachel wirklich nicht so übel und zumindest war sie sehr unterhaltsam.

Mit Rachel wanderten meine verbliebenen Kisten schnell nach oben, und nun sah meine Seite des Raums beinahe genauso vollgestellt aus wie ihre.

»Wir werden hier drin erschlagen werden von Sachen«, stellte ich fest, als ich mich ratlos umsah.

Rachel winkte ab. »Ach was, das wird schon. Das wird alles seinen Platz finden. Aber können wir bitte erst was essen gehen? Ich verhungere!«

Eigentlich wollte ich zumindest erst mein Bettzeug auspacken. Aber soziale Kontakte zu knüpfen war wichtiger als ein aufgeräumtes Zimmer.

»Okay«, sagte ich und band meine dunklen Locken mit einem Haargummi zusammen. »Kennst du dich hier aus? Hat dein Freund dir schon was gezeigt?«

Ich hatte zwar alles im Internet recherchiert, aber wirklich besichtigt hatte ich den Campus noch nicht.

Rachel runzelte die Stirn. »Mein Freund?«

»Dein Freund Jason. Der übrigens vorhin hier war und auf meinem Bett lag, als würde es ihm gehören.«

Rachel prustete los, als hätte ich ihr gerade den besten Witz aller Zeiten erzählt. »Jason ist nicht mein Freund.«

Verwirrt zog ich die Augenbrauen zusammen, das ergab keinen Sinn. »Ist er nicht?«

»Nein.«

»Wenn er nicht dein Freund ist, was hat er in deinem Zimmer gesucht?«, hakte ich nach.

»Jason ist mein bester Freund. Wir kennen uns, seitdem ich sieben und er acht Jahre alt war, und sind zusammen aufgewachsen.«

Na toll. Jahrelange Freundschaft schlug eindeutig vorübergehende Beziehung, und das bedeutete dann wohl, dass ich ihn zwangsläufig öfter sehen würde.

»Du bist wirklich mit ihm *befreundet*?«, hakte ich zweifelnd nach, als wir die Tür hinter uns schlossen.

»Ja«, erwiderte Rachel und wich einer Studentin aus, die einen Sitzsack über dem Arm trug. »Wieso klingst du so irritiert? Du dachtest, ich wäre mit ihm zusammen, da sollte eine Freundschaft ja wohl erst recht drin sein.«

»Na ja.« Ich zuckte mit den Schultern. »In Freundschaften redet man miteinander – in Beziehungen nicht zwangsläufig.« Ich konnte meine Ausführungen nicht fortführen, da sich nun eine brünette junge Frau mit Koffer zwischen uns hindurchdrängte. Auf dem Gang wimmelte es nur so von schnatternden Erstsemestern, die ihre Zimmer bezogen und Reisetaschen und Kisten durch die Gegend schleppten.

Rachel lachte. »Oh ja, die Art von ›Beziehung‹«, sie machte Gänsefüßchen in die Luft, um ihre Worte zu unterstreichen, »führt Jason zur Genüge. Wirklich, Jason ist toll und ich liebe ihn wie einen Bruder – genau genommen sogar mehr als meinen richtigen Bruder –, aber ernsthafte Beziehungen sind nicht sein Ding.«

»Ist das bei solchen Kerlen nicht immer so?«, erwiderte ich, als wir unten aus dem Gebäude traten.

Rachel legte die Stirn in Falten und wirkte irritiert. »Weiß nicht, möglich … « Sie wandte den Blick ab und sah über den Campus. »Es ist großartig, oder?«

Ich nickte. »Total.«

Ich liebte die Fassaden aus rotem Backstein, die Kieswege, die sich durch die gepflegten Grünflächen schlängelten. Bei den hochsommerlichen Temperaturen tummelten sich die Studenten auf den Wiesen und sogen die Sonnenstrahlen in sich auf, andere lümmelten in den Schatten der großen alten Bäume. Es war wie in einem der Prospekte, die ich inhaliert hatte, als ich noch davon träumte, an einem Ivy League College zu studieren. Ich hatte es geschafft. Nicht nur an ein College der Ivy League, sondern auch noch an die Brown-Universität – damit hatte ich mir mit meinen neunzehn Jahren einen Lebenstraum erfüllt. Und dafür hatte ich hart gearbeitet. Ich hatte meinen Abschluss als Jahrgangsbeste gemacht und nach einem zermürbenden Aufnahmeprozess ein vollumfängliches Stipendium an der Brown erhalten. Und ich hatte vor, diese Chance zu nutzen und das Beste daraus zu machen.

»Weißt du, wo wir hinmüssen?«, fragte Rachel mich und sah sich unschlüssig um.

»In der Theorie«, gab ich zu. »Ich hab mir den Lageplan angeschaut und diesen virtuellen Rundgang gemacht.«

»Also weißt du, wo das Ratty ist? Jason meinte, das wäre die bessere Mensa hier.«

Die Sharpe Refectory Dining Hall wurde von den Studenten nur Ratty genannt, das wusste ich bereits. »Wie gesagt, in der Theorie weiß ich, wo das ist. Aber mein Orientierungssinn gleicht nicht gerade dem achten Weltwunder.«

Was eine Untertreibung war. Ich schaffte es sogar, mich mit Google Maps auf dem Smartphone zu verlaufen.

Rachel zuckte mit den Schultern. »Okay, dann gehen wir einfach los, wir finden das schon. Wenn nicht, fragen wir.«

Mit diesen Worten zog sie mich mit sich.

KAPITEL 2

JASON

»Die erste Woche an der Uni ist immer total für'n Arsch«, sagte Cole und riss mich damit aus meinen Gedanken. »Zum Glück ist sie vorbei.«

Ich wandte den Blick von meinen Notizen ab, die auf dem ganzen Küchentisch verteilt lagen und mich bisher nicht weitergebracht hatten, und sah meinen Mitbewohner an, der soeben die Küche betreten hatte und bereits mit dem Kopf im Kühlschrank steckte. Einer seiner über und über tätowierten Arme schlang sich um die Tür, und für einen Moment fürchtete ich, Cole würde ganz in den Kühlschrank reinkriechen. Dann tauchte er wieder auf.

»Willst du auch eine?«, fragte er und hielt mir eine Cola entgegen.

»Klar«, sagte ich und nahm ihm die Dose ab. »Danke.«

Cole nickte nur, schnappte sich selbst auch eine Dose und schloss die Tür wieder. Er lehnte sich an die Küchenzeile und trank einen Schluck. Wie immer trug er eine dunkle Jeans und ein Shirt mit dem Aufdruck irgendeines Comics oder Computerspiels, das ich nicht auf Anhieb zuordnen konnte.

»Was machst du da?«, fragte er und schielte auf das Zettelchaos meiner Notizen.

»Ich bereite meinen nächsten Podcast vor.«

»Wozu? Es läuft doch eh immer anders als geplant.«

Wo er recht hatte ... Letztlich improvisierte ich meistens und hielt mich selten an den Plan, den ich mir vorher zurechtgelegt hatte. Dennoch blieb ich immer beim Thema und brachte die Infos unter, die mir wichtig waren. Und genau dafür brauchte ich die Notizen – damit sie mich ans Wesentliche erinnerten und ich mich nicht in meinem eigenen Gebrabbel verlor. Das passierte mir nämlich leider viel zu oft – vor allem, wenn ich kein Gegenüber hatte, das mich stoppte.

»Es ist ja nur ein grobes Konzept«, erklärte ich und trank einen Schluck. »Und ich hab den ganzen Sommer keinen richtigen Podcast aufgenommen, ich bin ein bisschen raus.«

Zwar hatte ich trotzdem regelmäßig welche hochgeladen, aber die Episoden hatte ich alle schon vorher eingesprochen.

»Du? Aus der Übung? Wenn's ums Reden geht?« Cole lachte. »Niemals.«

Ich grinste. »Lass mir doch die Illusion, mich wenigstens ein bisschen auf dieses Semester vorzubereiten.«

»Hm. Was krieg ich dafür?« Cole legte den Kopf schief und musterte mich gespielt nachdenklich. »Übernimmst du meinen Putzdienst für einen Monat?«

»Auf gar keinen Fall.«

»Zwei Wochen?«

»Nein.«

»Eine Woche?«

»Wenn du nicht gleich aufhörst, übernehme ich deinen Putzdienst nur, um mit deiner Zahnbürste das Klo zu bearbeiten.«

Cole erwiderte meinen Blick ungerührt, als wüsste er genau, dass ich es sowieso nicht ernst meinte. »Mach doch. Aber meinetwegen, ich putze selber und lass dir deine Illusion.«

»Na, geht doch.« Ich grinste selbstzufrieden und räumte meine Notizen auf einen Stapel, ohne dabei auf die Reihenfolge zu achten.

»Wie war dein Tag? Habt ihr schon Vorlesungen?« Da Cole nicht an der Brown, sondern an der Rhode Island School of Design Kunst studierte, war das eine berechtigte Frage. Bloß hatte ich die Rechnung ohne Cole gemacht, der das Gesicht verzog.

»Müssen wir das machen? Uns wie ein altes Ehepaar über unseren Tag austauschen?« Er war selten besonders mitteilsam, wenn es um ihn ging. Außer das Gespräch drehte sich um Comics oder dergleichen, dann taute er auf.

»Du hast recht, wir sollten warten, bis Nate da ist, bevor wir Vater-Mutter-Kind spielen.«

Cole deutete mit seiner Dose auf mich und sah mich übertrieben ernsthaft an. »Nicht, dass er sich ausgeschlossen fühlt und denkt, wir hätten Geheimnisse vor ihm.«

Als würde ich Nate in diesem oder irgendeinem anderen Universum jemals ausschließen. Er war der Dritte im Bunde unserer Männer-WG und mein bester Freund, seitdem ich den Campus vor zwei Jahren das erste Mal betreten hatte. Wir hatten uns durch Zufall kennengelernt, als ich den Weg zu einem Einführungsseminar suchte und dabei in ihn reinlief, weil ich nicht nach vorne geschaut hatte. In Filmen fingen auf diese Weise große Liebesgeschichten an. Bei Nate und mir war es der Beginn einer der besten Freundschaften, die ich je geführt hatte. Schon vor Ende meines ersten Studienjahres war klar, dass ich auf keinen Fall weiter auf dem Campus wohnen wollte – also beschlossen Nate und ich, eine WG zu gründen. Da wir ein Zimmer übrig hatten und Cole gerade eins suchte, war er bei uns eingezogen. Und was soll ich sagen, wir hätten es sehr viel schlechter treffen können als mit Cole. Er war ein entspannter Mitbewohner, ein supercooler Typ und arbeitete an den Wochenenden in einer der angesagtesten Studentenkneipen. Diesen Sommer war ich zwei Wochen mit ihm bei Nate in Australien gewesen, und wir hatten Surfen gelernt – oder es zumindest versucht. Obwohl ich nicht gerade ein Naturtalent auf dem Surfboard war, war dieser Urlaub das Highlight meines Sommers gewesen. Die restliche Zeit hatte ich abwechselnd in New York und Boston verbracht, um Anstandsbesuche abzustatten, bei denen ich mich unwillkommen gefühlt hatte. Um es nett auszudrücken.

»Wo ist Nate eigentlich?«, fragte ich.

Cole zuckte mit den Schultern. »Keine Ahnung, hab ihn seit heute Morgen nicht gesehen.«

Ich checkte mein Smartphone, um zu sehen, ob er geschrieben hatte. Diverse Nachrichten mit Fragen, was ich dieses Wochenende und somit heute und morgen Abend vorhatte, ploppten auf. Keine davon von Nate. Ohne die Nachrichten zu beantworten, legte ich das Handy wieder weg.

»Gehst du heute auf Blakes Party?«, fragte Cole und setzte sich zu mir an den Küchentisch. »Und noch viel wichtiger: Nimmst du mich mit?«

Das war ja klar gewesen. Ich verdrehte die Augen. »Ich weiß noch nicht.«

Blakes Partys waren legendär, aber auch immer hoffnungslos überfüllt und viel zu laut. Und gerade heute war mir nicht danach, mich wie eine Ölsardine mit vielen anderen Menschen durch Blakes Haus zu wälzen und schlechte Musik zu hören. Ich wollte lieber an einem neuen Konzept für meine Podcasts arbeiten, auch wenn ich mir nicht sicher war, ob ich es je umsetzen würde. Wahrscheinlich eher nicht.

Andererseits hatte Blake mich persönlich eingeladen. Wir hatten uns im ersten Jahr auf dem Campus ein Zimmer geteilt und uns auf Anhieb gut verstanden, auch wenn unsere Freundschaft eher oberflächlich geblieben war. Er war der Kapitän des Eishockeyteams, wahnsinnig beliebt und hatte mir dadurch sehr geholfen mit meinem Podcast. Inzwischen war mein Podcast, in dem sich fast alles um Sport und die Teams der Brown drehte, so erfolgreich, dass ich mich vor Anfragen für Interviews der Spieler und dergleichen kaum retten konnte.

»Komm schon«, sagte Cole und setzte diesen bettelnden Hundeblick auf, mit dem er den Mädchen reihenweise die Höschen auszog. Bei mir bewirkte das nur, dass ich ein Lachen unterdrücken musste. »Lass mich nicht hängen, ich kann da nicht allein hingehen. Außerdem hab ich heute frei, das muss ich ausnutzen.«

»Warum gehst du nicht auf irgendeine Party von deiner Uni?«, hielt ich dagegen.

»Weil ich die Mädels da dauernd in den Vorlesungen sehe, das ist erstens lästig, und zweitens kenn ich die alle schon.«

»Was ist mit den Neuen?«

»Die werden im Zweifel zu anhänglich – wobei wir wieder bei dem Problem wären, dass ich dann auf demselben Campus mit ihnen bin.«

Zweifelnd zog ich die Augenbrauen nach oben. »Jeder weiß, wo du arbeitest – oder findet es in kürzester Zeit heraus –, sie könnten dir einfach nachstellen.«

»Aber da hab ich einen Bartresen zwischen mir und den verrückten Weibern, und es ist vollkommen klar, dass ich Arbeit und Privatleben trenne.«

Ich schmunzelte, Cole war in der Hinsicht wirklich seltsam. »Das funktioniert nur deswegen, weil du das da genauso vertrittst. Du müsstest das einfach mit allen anderen auch so machen – von Anfang an klarmachen, dass mehr nicht drin ist.«

Damit fuhr ich ganz gut; ich stellte von vornherein klar, dass es nur um Sex ging und ich keinerlei Erwartungen erfüllen würde. Bis auf ein paar Ausnahmen, die dachten, sie könnten mich mit einer berauschenden Nacht umkrempeln, kapierten das die meisten.

Cole rieb sich mit dem Daumen über die Augenbraue und zupfte an dem Piercing darin. »Nee, Mann, das ist mir zu blöd. Erstsemester bringen nur Ärger.«

»Wenn du meinst ...« Für jemanden, der so viele Frauen abschleppte wie Cole, machte er sich echt eine Menge Gedanken und stellte sich manchmal an wie ein Weichei. Andererseits war Cole sowieso ein Widerspruch auf zwei Beinen, als würde er zwei Persönlichkeiten in sich vereinen, insofern passte es zu ihm.

»Also gehen wir hin?«, hakte Cole nach.

Eigentlich hatte ich wirklich keine Lust, aber ich wusste auch, wie hartnäckig Cole sein konnte und dass es klug wäre, sich dort blicken zu lassen.

Ich seufzte und griff wieder nach meinem Handy. »Ich frag erst mal Rachel, was sie vorhat, okay? Es ist ihr erstes Wochenende hier, ich will sie nicht allein auf die Menschheit loslassen.«

»Zu ihrem Schutz oder dem der anderen?«

»Beides.«

»Wann stellst du sie mir endlich vor? Auf den Bildern sieht sie heiß aus.« Das war typisch Cole. Dabei war Rachel ganz gewiss eine Frau, der er nie aus dem Weg würde gehen können, weil sie meine beste Freundin war. Dennoch störte es mich, dass er überhaupt darüber nachdachte.

Über den Rand meines Smartphones starrte ich ihn finster an. »Vergiss es. Rachel ist tabu für dich.«

Rachel war wie eine Schwester für mich. Sie war jahrelang der Lichtblick meiner verhassten Ferien gewesen und hatte mein seltsames Familienleben erträglicher gemacht. Nicht, dass meine Familie so schlimm war. Ich gehörte nur nicht wirklich dazu.

»Wer ist tabu für Cole?« Nate betrat den Raum, und ich zuckte zusammen.

»Wo kommst du denn so plötzlich her?«, sprach Cole die Frage aus, die mir durch den Kopf schoss.

Nate deutete mit dem Daumen hinter sich in den Flur, der zur Wohnungstür führte. »Von draußen«, sagte er mit seinem breiten australischen Akzent.

»Und dann hast du dich in die Wohnung geschlichen wie ein Ninja?«, hakte ich mit hochgezogenen Augenbrauen nach.

Nate grinste. »Das ist meine geheime Superkraft.«

»Ich bin mir nicht sicher, ob du damit weit kommst. Oder was meinst du, Cole? Superhelden sind dein Fachgebiet.«

Cole neigte den Kopf von der einen auf die andere Seite und tat so, als müsste er angestrengt nachdenken. »Wenn er sich dazu noch unsichtbar machen kann, könnte er damit durchaus Erfolg haben.«

»Cool, also arbeite ich weiter an der Entwicklung eines Tarnumhangs und trete dann den X-Men bei.«

»Alles klar, Harry Potter«, sagte ich.

Cole verzog das Gesicht. »Kannst du bitte nicht Harry Potter mit Marvel mixen, Crossover bereiten mir körperliche Schmerzen.«

Ich verdrehte die Augen, während Nate leise lachte und sich ebenfalls eine Cola holte. Überrascht sah ich ihn an und wartete auf den Kommentar, dass Blechdosen und Plastik schlecht für die Umwelt waren. Doch dieses Mal verschonte er uns. Nate engagierte sich sehr für den Umweltschutz, aber heute schien er eine Ausnahme zu machen. Er setzte sich neben mich an den Tisch, und ich entdeckte einen Knutschfleck an seinem Hals. Zusammen mit seinen zerzausten blonden Haaren erklärte das eindeutig, wo er gewesen war. Bei Megan, seiner ... was auch immer sie waren, ich war mir da nicht ganz sicher. Laut Nate waren sie nur Freunde mit gewissen Vorteilen – und in diesem Stadium steckten sie seit fast einem Jahr fest.

»Was macht ihr?«, fragte Nate und öffnete die Dose. »Worüber habt ihr grad gesprochen?«

»Ich hab Cole klargemacht, dass er seine Finger von Rachel lassen soll«, sagte ich. »Und da du nun endlich da bist, können wir Vater-Mutter-Kind spielen und Cole kann uns erzählen, wie sein Tag an der Uni war.«

Cole verdrehte die Augen, während Nate das Kinn in die Hand stützte und ihn ernst ansah. »Ja, mein Sohn, erzähl uns, wie dein Tag war.«

Cole sah Nate an, als hätte er nicht mehr alle Nadeln an der Tanne, seine Mundwinkel zuckten jedoch. Dabei fiel ihm eine schwarze Haarsträhne in die Augen, die er wegpustete. Dann flötete er: »Toll, Daddy, überall neue Leute und nichts Spannendes passiert. Und wie war dein Tag?«

»Moment«, sagte ich, ehe Nate etwas erwidern konnte. »Macht mich das zur Mom?«

»Ja. Fühlst du dich nun in deiner Männlichkeit bedroht?«

»Ach was.« Ich winkte ab. »Ich bin mir meiner Männlichkeit derart sicher, die kannst du nicht zerstören.«

»Da wir das ja nun alles geklärt haben, können wir uns wieder der Abendplanung zuwenden«, meinte Cole und rollte seine leere Coladose zwischen den Handflächen. War ja klar, dass er wieder auf die Party zurückkommen würde.

Ich schielte auf mein Handy. »Rachel will irgendwas unternehmen. Sie fragt, ob wir irgendwo was essen gehen.«

Nate zuckte mit den Schultern. »Klar, warum nicht. Und danach gehen wir zu Blake? Oder habt ihr andere Pläne?«

Damit hatte ich nun nicht gerechnet.

»Wieso fällst du mir in den Rücken?«, fragte ich Nate und sah ihn anklagend an. »Ich hab darauf gezählt, dass du auch keine Lust hast.«

Nate zog die Augenbrauen nach oben. »Ich war den ganzen Sommer weg, ich dachte, es wäre nett, mal unter Leute zu kommen, die ich nicht dauernd in meinen Kursen sehe.«

»Wer bist du und was hast du mit Nate gemacht?«, fragte ich mit gerunzelter Stirn.

Er hob abwehrend die Hände. »Keine Sorge, danach reicht es mir vermutlich auch wieder und ihr müsst mich zu jeder Party schleifen.«

Das klang schon viel eher nach Nate.

»Dann gerät die Welt ja doch nicht aus den Fugen«, stellte Cole fest. »Ich hatte schon eine totale Verschiebung der Realitäten befürchtet.«

»Wohl kaum«, erwiderte Nate.

Cole war quasi immer unterwegs und machte die Nächte durch – wenn nicht hinter der Bar oder in einem Club, dann mit Zeichnen, Comics oder Computerspielen. Keine Ahnung, wie er das durchhielt, ich wäre vor lauter Schlafmangel schon lange durchgedreht. Ich ging gerne feiern, aber nicht dreimal in der Woche und um jeden Preis. Nate wiederum war unser kleiner Streber, der lieber zu Hause blieb und lernte oder viel zu früh aufstand, um an den Strand zu fahren und zu surfen. Wir mussten ihn regelmäßig unter Leute zwingen, damit er nicht seine gesamte Zeit mit Fachliteratur und seinem Surfboard verbrachte. Wenn man es so betrachtete, passten wir nicht wirklich zueinander, und es war ein kleines Wunder, dass unser Zusammenleben so gut funktionierte.

»Okay, ich schreibe Rachel«, sagte ich und griff erneut nach meinem Handy. Wieder ploppten mehrere neue Nachrichten auf, und ich unterdrückte einen Fluch. Irgendwann würde ich ein gesamtes Wochenende ohne dieses Ding verbringen.

»Wir treffen uns mit ihr und sehen dann, was wir machen. Und du ...«, ich suchte Coles Blick, »... lässt die Finger von ihr. Verstanden?«

»Wieso sagst du das nur mir und Nate nicht? Darf der ran und ich nicht?«

»Nein. Aber Nate muss ich es nicht sagen, weil er Rachel schon kennt. Außerdem vögelt er sowieso nur Megan, und andere Frauen existieren in seiner Wahrnehmung nicht.«

Nate warf mir einen irritierten Blick zu, der eindeutig besagte, dass das nicht stimmte, sparte sich aber die Diskussion. Dieses Gespräch hatten wir bereits zu oft geführt, und ich ließ Nate einfach machen, was er für richtig hielt. Wenn ihn diese Sache mit Megan, was auch immer sie für ihn war, glücklich machte, war es in Ordnung für mich. Aufziehen musste ich ihn trotzdem damit.

»Okay.« Cole zerdrückte seine Coladose und warf sie zielsicher in den Plastikmülleimer. »Ich verspreche hoch und heilig, mich nicht an Rachel ranzumachen. Aber wenn sie sich an mich ranschmeißt, kann ich für nichts garantieren.«

Ich seufzte, sparte mir jedoch einen Kommentar. Im Zweifelsfall würde ich Cole im Schlaf einen Keuschheitsgürtel anlegen und das Problem so lösen.

Rachel war noch nicht da, als wir uns eine Stunde später im *Carlo's* wiederfanden, einer Pizzeria nahe des Campus mit den besten Pizzen in ganz Providence, zumindest behauptete Nate das. Ich glaubte, Australier hatten keine Essenskultur und das *Carlo's* hatte einfach eine praktische Lage und wurde deswegen von den Studenten so überrannt. Bei der Nahrungssuche auf dem Campus waren kurze Wege wichtiger als ein Fünfsternemenü.

Wie immer war der Laden gut besucht, aber da es noch relativ früh war, bekamen wir selbst an einem Freitagabend einen Platz, ohne uns trotz des lauen Spätsommerabends nach drinnen verziehen zu müssen. Der Tisch stand draußen auf dem Gehsteig vor dem Haus aus den typischen roten Backsteinen, und eine rot-weiß karierte Tischdecke hing darüber.

Cole und ich bestellten eine Cola, Nate dieses Mal ganz brav ein Wasser, und wir studierten die Speisekarte, obwohl wir sie eigentlich auswendig kannten.

»Jason!« Rachels Stimme ließ mich aufblicken. Sie schlängelte sich zwischen den Tischen hindurch auf mich zu und fegte dabei beinahe eine Wasserflasche vom Nebentisch. »Hey, es tut mir echt leid, dass wir zu spät sind, wir haben den Weg nicht gleich gefunden.«

»Kein Problem«, sagte ich, und mein Blick wanderte zu ihrer Begleitung. Sieh mal einer an, sie hatte Kayla mitgebracht, ihre Mitbewohnerin, die einen halben Schritt hinter ihr stand und uns unsicher ansah. »Ich wusste gar nicht, dass du in so vorzüglicher Gesellschaft bist. Hättest du mir das gesagt, hätte ich mich besser auf unser Treffen vorbereitet.« Ich grinste Kayla an und konnte nicht anders, als sie von oben bis unten anzusehen. Sie sah hübsch aus mit ihren dunklen Haaren und den Sommersprossen, richtig süß, was von dem hellblauen Hippiekleid, das ihr bis knapp oberhalb der Knie reichte und ihre Kurven betonte, und den Sandalen mit diesen seltsamen Perlen und Muscheln daran noch unterstrichen wurde. Der Blick ihrer blauen Augen war allerdings alles andere als süß. Kayla starrte mich an, als wäre mir gerade ein zweiter Kopf gewachsen. Genau dieser fassungslose Ausdruck, als könnte sie nicht glauben, was ich gerade gesagt hatte, war es, der mir im Gedächtnis geblieben war und mich nun gleichermaßen erheiterte und anstachelte. Kaum ein Mädchen reagierte so auf mich, es war eine willkommene Abwechslung.

»Hör auf, meine Mitbewohnerin anzugeiern!«, ranzte Rachel mich an und verpasste mir einen gezielten Hieb gegen den Oberarm. »Reicht schon, dass du ihr Bett verseucht hast.«

»Aua.« Ich rieb mir über die getroffene Stelle und konnte nur mit Mühe ein Lachen unterdrücken.

»Du warst mit der Mitbewohnerin deiner besten Freundin im Bett?«, fragte Cole mit hochgezogener Augenbraue und schnaubte. »Nach nicht mal einer Woche? Du bist vielleicht doppelmoralisch.«

»Ich war nicht mit ihr im Bett – ich lag nur auf ihrem Bett«, sagte ich. »Das ist ein großer Unterschied. Außerdem kannte ich sie da noch nicht mal.«

Nate runzelte die Stirn. »Wieso lagst du auf ihrem Bett, wenn du sie noch nicht mal kanntest?«

In Nates Welt eine berechtigte Frage – in jeder anderen nicht. Zumindest wenn man den Zusammenhang kannte.

»Weil er total unhöflich und unverschämt ist«, erwiderte Kayla, ehe ich es tun konnte, und verschränkte die Arme vor der Brust. »Also ein klein wenig vielleicht.«

Ich grinste, ich fand es lustig, wie sie versuchte, ihre Aussage zu revidieren. »Aber nur total ein klein wenig und nur ganz vielleicht.«

Eine kleine Falte bildete sich zwischen ihren Augenbrauen, als sie mich finster anstarrte, doch sie kam nicht dazu zu antworten.

»Wir sind alle unhöflich, stelle ich gerade fest.« Nate stand auf und reichte Kayla die Hand. »Ich bin Nate, freut mich, dich kennenzulernen.«

Cole stellte sich ebenfalls vor und hielt sich bei Rachel tatsächlich zurück. Allerdings checkte er Kayla sehr deutlich ab, als sie sich zwischen Nate und Rachel setzte, die neben mir am Kopfende Platz nahm. Ich warf Cole einen finsteren Blick zu, den dieser nicht einmal wahrnahm – oder nicht wahrnehmen wollte. Vermutlich Letzteres. Dabei war das genau genommen nicht einmal nötig, da Cole sich von Frauen fernhielt, die sich dauerhaft in seinem engeren Umkreis bewegten. Und die Wahrscheinlichkeit, dass er sie nach einer gemeinsamen Nacht nie wiedersehen würde, war bei Kayla wegen ihrer Verbindung zu Rachel sehr gering.

»Kannst du irgendwas empfehlen?«, fragte Rachel und nahm mir einfach die Speisekarte aus der Hand.

»Pizza«, sagte ich und trank einen Schluck Cola. »Alle gleich gut oder schlecht.«

»Sie sind alle großartig«, erklärte Nate und reichte seine Karte Kayla, die sie dankend annahm.

»Glaub ihm kein Wort«, sagte ich. »Er kommt aus Australien, die haben dort überhaupt keine Essenskultur.«

Kayla bedachte mich mit einem skeptischen Blick. »Du weißt schon, dass die ganze Welt das normalerweise über Amerikaner behauptet, oder?«

Nate schmunzelte. »Ich mag sie, sie ist klug.« Da konnte ich ihm nicht widersprechen.

»Die Pizzen sind echt gut«, warf Cole ein. »Nicht die besten des Landes, aber lecker.«

Die Diskussion wurde von der Kellnerin unterbrochen, die an unseren Tisch kam und die Bestellung aufnahm. Sobald sie verschwunden war, wandte Kayla sich wieder Nate zu.

»Und du kommst aus Australien?«

»Ja. Aus Byron Bay.«

»Das ist echt cool.«

Nate zuckte mit den Schultern, als wäre es keine große Sache, auf einem anderen Kontinent zu studieren. Dabei wusste ich, dass es sehr wohl eine große Sache für ihn war und er sich das nur nicht anmerken ließ.

»Woher bist du?«, fragte ich Kayla. »Du klingst auch nicht, als würdest du von der Ostküste kommen.« Sie klang eher nach den Südstaaten.

»Aus Alabama«, bestätigte sie meine Vermutung. Wobei ich beinahe enttäuscht war, dass sie diese Frage beantwortet hatte, ohne mir gegenüber die Krallen auszufahren.

»Weißt du, dass du einen riesigen Knutschfleck am Hals hast?«, platzte Rachel unvermittelt heraus und deutete auf Nate.

»Ähm.« Er hob die Hand an die Stelle und senkte gleichzeitig den Blick. Peinlich berührt rieb er sich über den Nacken. »Nein, das wusste ich bis eben nicht.«

»Also schaust du entweder nie in den Spiegel oder du hast ihn noch nicht lange«, sagte Kayla trocken.

»Letzteres«, gestand er, und er tat mir ein wenig leid. Nate war kein Frauenheld – und schon gar keiner, der mit seinen Eroberungen prahlte. Aber gleichzeitig war es immer wieder witzig, ihn damit aufzuziehen.

»Hast du eine Freundin, Nate?«, fragte Rachel.

»So was in der Art«, sagte ich und lenkte das Gespräch in eine Richtung, die mich viel mehr interessierte als Nates seltsames Liebesleben. »Was studierst du eigentlich, Kayla? Du bist quasi die Einzige in der Runde, von der wir so gar nichts wissen. Also klär uns auf.«

»Von mir wisst ihr auch nicht alles«, warf Rachel ein und wickelte sich eine blonde Strähne um den Zeigefinger. »Oder zumindest nicht jeder von euch.«

Ich winkte ab. »Aber du hast schon viel von Cole und Nate gehört, die beiden viel von dir, ich weiß von euch allen fast alles ... Sieh es ein, Kayla ist viel spannender als du.« Und das nicht nur, weil ich kaum etwas über sie wusste. Ich sah Kayla an und grinste. »Also, erzähl uns alles.«

»Und wehe, du lässt die düsteren Geheimnisse aus«, sagte Cole und zwinkerte ihr zu. Mein Magen zog sich kurz zusammen, und ich warf Cole erneut einen finsteren Blick zu, den dieser geflissentlich ignorierte. Cole sollte sich gefälligst an seine eigenen Regeln erinnern und sich nicht an Kayla ranmachen, selbst wenn er nur mit ihr flirtete. Denn sehr wahrscheinlich wäre Cole sowieso zu feige für mehr; die Gefahr, Kayla dauernd wiederzusehen und nicht mehr loszuwerden, ohne seinen schützenden Bartresen dazwischen, war einfach zu groß. Trotzdem störte mich sein offensives Verhalten heute mehr als sonst.

Kayla runzelte die Stirn und presste die Lippen zusammen, als müsste sie erst darüber nachdenken. Dann zog sie die Schultern nach oben. »Es gibt nichts Spannendes zu erzählen. Ich heiße Kayla Evans, komme aus Alabama, habe ein Vollstipendium, und mein Hauptfach ist Biologie, damit ich danach Medizin studieren kann. Ende der Geschichte.«

»Daran ist gleich mehr als eine Sache spannend«, sagte Cole anerkennend, und ich stimmte ihm in Gedanken zu.

»Du hast ein Vollstipendium?«, hakte Nate nach; er studierte Neurowissenschaften, für ihn war ein Medizinstudium nicht so etwas beeindruckend Unerreichbares wie für mich. »Respekt.«

»Sonst könnte ich überhaupt nicht hier sein«, sagte sie schlicht. »Eine Eliteuni kann man sich entweder leisten, wenn man sehr intelligent ist oder sehr reich. Eins davon trifft immer zu.«

Für einen kurzen Moment breitete sich unangenehmes Schweigen aus, und ihre Worte schwebten in der Luft zwischen uns, machten sie dick und zu schwer zum Atmen. Kayla senkte verlegen den Blick. Meine Schädelbasis kribbelte, und ein flaues Gefühl kroch über meinen Rücken.

»Also nicht, dass man nicht beides sein kann«, stammelte sie. »Das wollte ich damit nicht sagen.«

Cole räusperte sich und hielt Kayla sein Glas hin, um mit ihr anzustoßen. »Wie auch immer. Willkommen im Club, ich hab auch ein Stipendium.«

Zögerlich stieß Kayla mit ihm an. »Für was?«

»Kunst. An der Rhode Island School of Design.«

Und schon verwickelte Cole Kayla in ein Gespräch über die Anforderungen, die man an den verschiedenen Colleges für ein Stipendium erfüllen musste, und sie verglichen ihre Bewerbungsprozesse miteinander. Mein Magen verknotete sich, und als meine Pizza kam, hatte ich überhaupt keinen Hunger mehr. Ich kannte das Bewerbungsprozedere, ich hatte es selbst durchgemacht. Nur dass ich kein Stipendium bekommen hatte und nun wie jeder andere auch für die Studiengebühren aufkommen musste. Oder viel eher mein Vater, was die Knoten in meinem Magen noch enger zog.

»Also ich hab kein Problem damit, nicht superschlau zu sein«, sagte Rachel zu mir zwischen zwei Bissen ihrer Pizza Hawaii. »Und ich hab auch kein Problem damit, dass meine Eltern das College zahlen. Sie wollen ja unbedingt, dass ich studiere, nicht ich.«

Ihre Worte wirkten wie ein zusätzlicher Tritt in den Magen, und ich atmete unauffällig tief durch. Dieses Thema wollte ich nicht weiter vertiefen, also suchte ich eines, das nicht zu sehr nach Ablenkung roch, aber Rachel dennoch auf andere Pfade führte.

»Für welches Studienfach hast du dich denn jetzt letztlich entschieden?«, fragte ich. Sie hatte sich so oft umentschieden und alle möglichen Studiengänge in Betracht gezogen, dass ich überhaupt nicht auf dem neuesten Stand war.

»Ethnologie«, erwiderte Rachel. »Ich dachte, das passt zu mir und meiner Reiselust, und andere Kulturen interessieren mich. Außerdem scheint es nicht allzu anspruchsvoll zu sein.«

So konnte man es natürlich auch betrachten, und ich schmunzelte über Rachel und ihre Art, mit den Dingen umzugehen. Allerdings bemerkte ich auch, wie Kayla bei Rachels Worten ganz leicht die Augen verdrehte, als könnte sie diese Sichtweise kein bisschen nachvollziehen. Vermutlich stimmte das, wahrscheinlich war Rachels Standpunkt ihr vollkommen fremd. Und wenn ich die Puzzleteile, die sie gestreut hatte, zusammensetzte, bedeutete das, dass Kayla aus einer ganz anderen Welt kam. Vielleicht aus einer Welt, die viel besser zu mir passte als meine eigene, in der ich doch immer nur zu Gast war.

KAPITEL 3
KAYLA

Es war zu laut, zu stickig und zu heiß. Ganz abgesehen von den Menschenmassen, die sich in diesem Haus stapelten. Ich war mir sicher, rein rechnerisch war es überhaupt nicht möglich, so viele Menschen auf so wenig Platz zu versammeln. Trotzdem funktionierte es irgendwie. Die Betonung lag auf *irgendwie*.

Die Party fand in einem großen Haus mit Backsteinfassade, weißen Fenstern, gepflegtem Garten und weißem Gartenzaun unweit des Campus statt und war angeblich der Ort, an dem man heute unbedingt sein musste. Selbst ich hatte bereits von der legendären Party bei Blake Mitchell, dem Eishockeystar der Bears, gehört, und ich war ein Erstsemester und zudem die letzten Tage hauptsächlich damit beschäftigt gewesen, mich auf alle möglichen Nebenjobs zu bewerben. Normalerweise wäre ich nie hergekommen, da Blake der Star der Eishockeymannschaft war und ich mich von Sportlern und der Blase aus Fans, die schmachtend um sie herumschwirrten, lieber fernhielt. Aber ich hing an Rachel und Rachel an Jason – und der wiederum an Blake. Was mich nicht weiter wunderte, wenn ich genauer darüber nachdachte. Sportler klebten immer an ihresgleichen, eigentlich war es eher ein Wunder, dass Jason mit Cole und Nate zusammenwohnte.

Schon als wir das Haus betreten hatten, waren wir kaum vorwärtsgekommen. Nicht nur, weil es so voll war, sondern hauptsächlich, weil Jason alle zwei Meter angesprochen wurde oder von sich aus stehen blieb, um jemanden zu begrüßen. Frauen in knappen Klamotten hauchten ihm Küsschen auf die Wangen, blinzelten ihn an und legten wie zufällig ihre Hände auf seinen Oberarm. Und mindestens jeder zweite Kerl hier drin, egal, ob offensichtlich Sportler oder nicht (gefühlt schien jeder Dritte ein Shirt oder einen Pulli mit dem Logo der Bears zu tragen), unterhielt sich zumindest kurz mit ihm und schlug mit ihm ein, ehe Jason weiterzog. Er war bekannt wie ein bunter Hund, so etwas wie eine Attraktion auf dieser Party. Und ich hasste es, hinter ihm herzulaufen, als würde ich zu seinem Gefolge gehören.

»Hier, ein Bier!«, rief Nate über einen schrecklichen Hip-Hop-Song hinweg, den ich nicht kannte und dessen Beat unangenehm durch meinen Körper vibrierte, und reichte mir einen roten Plastikbecher. Im Schlepptau hatte er Jason und Cole, der Rachel ein Bier in die Hand drückte. Wir hatten am Rand des Wohnzimmers gewartet, wo es nicht ganz so voll war, während die Jungs in die Küche verschwunden waren, um etwas zu trinken zu holen. Eigentlich hatte ich nicht damit gerechnet, dass sie wieder auftauchten, aber da hatte ich mich offensichtlich geirrt.

»Danke!«, rief ich Nate zu und nippte an dem Bier. Es schmeckte schal und war viel zu warm. Dabei sollte ich in der Hinsicht einiges gewohnt sein, schließlich kam ich aus Alabama, und dort war es deutlich wärmer als in Rhode Island. Aber dort war ich selten bis nie auf Partys gegangen, und wenn, dann hatte ich entspannte Abende auf der Veranda verbracht. Früher auf der Highschool mit ein paar Freunden – und als ich aufs Internat gewechselt war, in den Sommerferien mit Rose. Wir hatten das Bier immer aus dem Kühlschrank meines Dads geklaut und gehofft, er würde uns nicht erwischen – inzwischen glaubte ich, er hatte absichtlich weggesehen, solange wir es nicht zu bunt getrieben hatten. Rose war oft mit zu mir gekommen, wenn wir schulfrei hatten. So wie ich mich im Internat nicht hatte einfügen können, hatte sie Probleme mit ihrer Familie.

Sie studierte jetzt in New York, an der Columbia, und wir hatten den Vorsatz, zumindest einmal in der Woche zu telefonieren.

»Der Wahnsinn, oder?«, rief Rachel in mein Ohr und sah sich begeistert um. »Das ist unsere erste richtige, offizielle Collegeparty als Studenten!«

»Ja, der Wahnsinn«, sagte ich trocken und beobachtete mit schief gelegtem Kopf, wie ein Mädchen Salz von dem Dekolleté eines anderen leckte und danach einen Shot Tequila hinunterkippte. Die Jungs um sie herum grölten und klatschten, während ich mich gerade noch beherrschen konnte, nicht das Gesicht zu verziehen. Was war das hier? Die Vorstufe zu einer Massenorgie? Und warum war ich gefühlt der einzige Mensch, der allein bei der Vorstellung, jemand anderem vor Publikum Salz von der Haut zu lecken, Unbehagen empfand? Offensichtlich wurde hier fortgeführt, was sich schon durch mein ganzes Leben zog – ich passte nicht richtig rein.

Jemand stupste mich mit dem Ellbogen in die Seite, und als ich mich umdrehte, entdeckte ich Jason.

Er grinste. »Du siehst nicht begeistert aus, Miss Alabama.«

Da war er mir beim Essen beinahe nett erschienen, wohl deswegen, weil ich mich hauptsächlich mit Cole und Nate unterhalten hatte, und kaum betraten wir diese Party, nannte er mich bei dem Spitznamen, den ich nie wieder hören wollte. Unwissentlich, klar, aber dennoch schlängelte sich ein unangenehmes Gefühl meine Wirbelsäule entlang.

»Verrat mir etwas«, sagte ich in dem Versuch, mein Unbehagen zu überspielen, und richtete meinen Zeigefinger auf ihn. »Wie zur Hölle kommst du dazu, mich Miss Alabama zu nennen?«

Er zuckte mit den Schultern und ließ seinen Blick über meinen Körper gleiten, ganz kurz nur. »Du bist aus Alabama und siehst in dem Kleid heiß aus. Das war schlicht eine logische Schlussfolgerung.«

Meine Wangen fingen an zu glühen, und mir klappte die Kinnlade herunter; es kam selten vor, aber für einen Moment war ich sprachlos. Diese Aussage raubte mir die Worte und verwirrte mich auf mehreren Ebenen.

»Schau mich nicht so an«, lachte er. »Das war nur ein Kompliment. Nimm es an und freu dich.«

»Ich soll mich darüber freuen, das du mich heiß findest? Das ist ein Albtraum!« Wobei das so nicht stimmte – dass er es sagte, obwohl er es wahrscheinlich nicht so meinte, nur um etwas damit zu erreichen, war der Albtraum. Ich wollte mir keinen Honig ums Maul schmieren und mich in leeren Komplimenten einwickeln lassen, nie wieder.

Jasons Grinsen verblasste, doch seine Augen funkelten weiterhin belustigt. »Du bist wirklich nicht gut für mein Ego. Du unterstellst mir unheilbare, hoch ansteckende Krankheiten, bezeichnest mich als dummen Schnösel, findest, es ist ein Albtraum, dass mir deine Figur in dem Kleid aufgefallen ist – wie so ziemlich jedem anderen Kerl im Umkreis von ungefähr fünf Metern.«

Ich widerstand dem Drang, mich umzusehen, ob er recht hatte – denn ich wusste, dass dem nicht so war. Ich würde nicht noch einmal auf solche Sprüche hereinfallen.

»Ich hab dich nie als dummen Schnösel bezeichnet«, erwiderte ich und trank einen Schluck Bier, nur um irgendetwas zu tun.

»Und was war es dann, als du meintest, man kann hier nur studieren, wenn man entweder sehr schlau oder sehr reich ist?«

Ein flaues Gefühl nistete sich in meinem Magen ein, doch ich überspielte es, indem ich die Augen verdrehte. »Das hab ich nicht so gemeint. Mir ist schon klar, dass man nicht auf den Kopf gefallen sein kann, wenn man an der Brown studiert. Immerhin gehörten fast alle Studenten hier zu den besten drei Prozent ihres Jahrgangs bei ihrem Highschool-Abschluss.« Ich biss mir auf die Zunge, konnte mich jedoch nicht beherrschen. »Wobei es natürlich einen Unterschied macht, ob man an einer privilegierten Privatschule unterrichtet wurde oder sich an einer öffentlichen Highschool ohne Sonderförderung durchschlagen musste.«

Jason legte den Kopf schief und musterte mich eindringlich, die Belustigung in seiner Miene war gänzlich verschwunden. Plötzlich kribbelte meine Haut, und ich musste mich zwingen, seinem Blick standzuhalten.

»Lass mich raten, du musstest dich durchschlagen.«

Widerwillig schüttelte ich den Kopf. Erwischt. »Nicht wirklich. Ich hatte ein Stipendium für eine Privatschule, das hat mir schon vieles erleichtert.« Und vieles andere sehr viel schwerer gemacht. Aber das ging Jason nichts an.

»Na ja, aber an das Stipendium bist du ja auch nicht einfach so gekommen, oder?«

Erneut schüttelte ich den Kopf. »Nein.«

Jason öffnete den Mund, wurde jedoch in dem Moment von einem dunkelhaarigen Kerl angesprochen und schlug mit ihm zur Begrüßung ein. Die beiden wechselten zwei Sätze miteinander, dann wandte Jason sich wieder mir zu, bevor ich in das Gespräch einsteigen konnte, das Cole mit Rachel führte.

»Was studierst du eigentlich?«, fragte ich, um nicht wieder auf die Privatschule zu sprechen zu kommen. Außerdem wollte ich Rachel zuliebe mit Jason klarkommen, egal, an wen oder was er mich erinnerte. Denn ich mochte Rachel wirklich und kam gut mit ihr aus.

»Soziologie«, antwortete Jason und zuckte mit den Schultern. »Macht Spaß, ist cool.«

»Hast du deinen Studiengang nach denselben Kriterien ausgesucht wie Rachel?«

Zwischen zwei Songs wurde die Musik kurz leiser, und Jason lachte. Es war ein warmes, angenehmes Geräusch, und ein Schauer rieselte über meinen Rücken – gefolgt von aufwallendem Entsetzen, dass mein Körper so auf ihn reagierte. Verdammt.

»Nein«, antwortete er und strich sich durch die Haare, die wie bei unserer ersten Begegnung wild von seinem Kopf abstanden. »Ich studiere es, weil es mich wirklich sehr interessiert.«

»Und was willst du damit mal machen?«

»Das wiederum weiß ich noch nicht – und übrigens hassen alle Soziologen diese Frage.«

Ich spürte, wie das Unbehagen ein wenig schwand und meine Mundwinkel zuckten, ich konnte das Grinsen kaum verhindern. »Klar. Wer gibt schon gerne zu, dass er keinen Plan hat.«

»Ich hab durchaus Pläne«, sagte er, und sein Blick glitt dabei über meinen Körper und blieb kurz an meinen nackten Beinen hängen, ehe er mir wieder ins Gesicht sah. »Nur keine so weitreichenden wie du.«

Bildete ich es mir ein, oder flirtete er tatsächlich mit mir? War der Spruch, dass ich in dem Kleid heiß aussah, nicht nur dahergesagt gewesen? Oh mein Gott, allein diese Möglichkeit löste in mir einen enormen Fluchtreflex aus, und ich konnte meine Beine gerade so davon überzeugen, an Ort und Stelle stehen zu bleiben.

»Ich hab dir schon mal gesagt, du sollst aufhören, dich an meine Mitbewohnerin ranzuschmeißen!« Wie aus dem Nichts kam Rachels Hand angeschossen und boxte gegen Jasons Oberarm. Meine Rettung. Ich entspannte mich etwas und versuchte mir einzureden, dass ich mir nichts dabei denken musste, wenn Jason mit mir flirtete. Weil er das mit so ziemlich jedem Mädchen hier tat. Keine gute Charaktereigenschaft, aber auch eindeutig keine Gefahr, solange ich mich nicht darauf einließ.

Er verzog das Gesicht, es wirkte beleidigt und amüsiert zugleich. »Ich schmeiße mich nicht an sie ran, wir unterhalten uns.«

Rachel schnaubte und warf die blonden Haare in den Nacken. »Na klar. Du weißt gar nicht, wie das geht, sich nur mit einer Frau zu unterhalten.«

»Und was bist du dann?«

»Ich bin quasi deine Schwester und zähle somit nicht.« Sie winkte ab, und ich war so dankbar, dass ich diese Unterhaltung nicht weiter mit Jason führen musste. Ich wollte weder mit ihm flirten noch ihm klarmachen, dass ich das nicht wollte.

Rachel verwickelte Jason in eine hitzige Diskussion über sein Datingverhalten, und ich trat einen Schritt zurück; an diesem Gespräch beteiligte ich mich lieber nicht. Als ich mich umsah, entdeckte ich, dass nur noch Cole da war. Nate musste sich verzogen haben. Ich spürte einen Anflug von Enttäuschung in mir aufwallen. Nate war mir am sympathischsten von den dreien und hatte eindeutig etwas auf dem Kasten. Mit ihm konnte man sich sinnvoll unterhalten, zumindest hatte ich diesen Eindruck gewonnen. Cole wiederum konnte ich nicht einschätzen. Mit den schwarzen Haaren, dem Augenbrauenpiercing und den vielen Tattoos war ich mir nicht sicher, ob ich ihm nachts in einer dunklen Gasse würde begegnen wollen.

Cole gesellte sich zu mir und verzog einen Mundwinkel zu einem schiefen Grinsen. »Na, Jason losgeworden?«

»War das so offensichtlich?«, rutschte es mir heraus. Ich musste dringend an dem Filter zwischen meinem Gehirn und meinem Mund arbeiten.

»Nein«, erwiderte Cole. »Aber ich kenne Jason und weiß, was für eine Nervensäge er sein kann. Und du warst offensichtlich nicht so begeistert davon, dass er auf deinem Bett lag.«

»Welche Frau wäre davon begeistert gewesen?«

»An der Brown? Viele.«

»Das ist so ein Sportlerding, oder?« Ich rümpfte die Nase. »Alle fliegen auf die, ohne dass sie was dafür tun müssen. Als wären sie Götter oder so.«

Cole sah mich ungerührt an. »Jason ist kein Sportler. Aber alles andere trifft mehr oder weniger auf ihn zu.«

»Wirklich?«, sagte ich und sah unwillkürlich zu Jason hinüber. »Aber er sieht aus wie ein Sportler.«

Er war groß und hatte diese typische Sportlerstatur mit breiten Schultern, schmalen Hüften und durchtrainierten Oberarmen, über denen sein Shirt spannte. Für einen Footballspieler war er nicht mächtig genug, aber Eishockey oder Basketball hätte durchaus gepasst.

»Tja, er ist eben eine Mogelpackung«, schmunzelte Cole. »Zu seiner Verteidigung muss ich sagen, dass er schon echt fit ist.«

»Hm.« Offensichtlich hatte ich mich wirklich von meinen Vorurteilen leiten lassen, einfach, weil Jason vom Gesamtbild her so gut in diese Schublade gepasst hätte. Denn gutes Aussehen und Muskeln allein machten noch keinen Sportler aus, sonst hätte ich Cole und Nate auch in diese Kategorie stecken müssen, wenn ich ehrlich zu mir selbst war.

»Nimmt er wenigstens Steroide?«, fragte ich Cole.

Er schüttelte den Kopf. »Nein.«

»Verdammt.« Ich rümpfte grinsend die Nase.

»Sag mal, da das hier ja nicht so dein Ding zu sein scheint«, fing Cole an und fixierte mich mit seinem Blick. Seine stechend blauen Augen wirkten ein wenig unheimlich. »Hast du Lust, woanders hinzugehen? Wo mehr normale Menschen sind und weniger abgehobene? Ich kann dir die Bar empfehlen, in der ich arbeite, die …«

»Du wolltest doch unbedingt hierher«, platzte Jason in das Gespräch und sah Cole mit finsterer Miene an. Wo war der denn so schnell hergekommen? »Außerdem möchte ich dir noch mal unsere Unterhaltung ins Gedächtnis rufen und die betreffenden Objekte ergänzen.«

»Keine Ahnung, wovon du redest«, sagte Cole und erwiderte Jasons Blick, ohne mit der Wimper zu zucken.

»Was geht denn bei euch ab?«, fragte Rachel und sah ein wenig verwirrt zwischen Cole und Jason hin und her. Jason ignorierte sie und starrte weiter seinen Mitbewohner an. Ich hatte auch das Gefühl, irgendetwas Grundlegendes zu verpassen.

»Ach was«, sagte Jason. »Transferdenken liegt Künstlern doch, ich bin sicher, du kommst allein drauf.«

Cole presste die Lippen zusammen, ehe er die Augen verdrehte und einen Schritt zurücktrat. »Wie du meinst.«

Jason starrte ihn noch eine Sekunde länger an, dann entspannte er sich wieder und grinste in die Runde. »Noch jemand ein Bier? Und wo ist eigentlich Nate?«

»Megan hat angerufen, er ist gegangen«, antwortete Cole.

»Ohne sich zu verabschieden?«, meinte Jason. »Ich bin entsetzt.«

»Niemand hätte damit rechnen können, dass Nate diese Party schnell zu blöd wird«, erwiderte Cole. »Oder damit, dass er sofort angelaufen kommt, wenn Megan pfeift.«

»Ist Megan seine Freundin?«, fragte Rachel. »Die, die ihm den Knutschfleck verpasst hat?«

»Genau die«, sagte Jason und wurde abgelenkt, als ihn erneut jemand ansprach. Dieses Mal ein brünetter Typ, der trotz der Temperaturen seine Bears-Jacke mit der Trikotnummer zur Schau trug. Hätte ich auf dieser Party jedes Mal die Augen verdreht, wenn mir danach war, wären mir die Augäpfel bereits aus dem Kopf gefallen. Das hier war einfach nicht meine Welt. Wieso hatte ich gedacht, dass ich mich an einer Eliteuni wohlfühlen würde? Warum hatte ich gedacht, es würde anders sein als auf dem Internat? Unter all diesen Menschen, die von einem vollkommen anderen Planeten zu kommen schienen?

Wenn ich ehrlich war, war dieses Vorhaben von Anfang an zum Scheitern verurteilt gewesen. Nicht wegen den anderen, sondern wegen mir. Nicht die anderen waren das Problem, sondern ich, und das war eine so unbequeme Wahrheit, dass ich plötzlich das Gefühl hatte, meine Haut würde mir zu eng.

»Na gut, Mädels«, sagte Cole und zwang mich aus meiner Gedankenwelt zurück. Er strich sich durch die Haare und sah über die Menge. »Ich dreh mal eine Runde. Falls wir uns nicht mehr sehen, viel Spaß noch.«

Und damit bahnte er sich einen Weg durch die Tanzwütigen. Dabei blieb sein Blick hier und da an einem freizügigen Dekolleté oder einem knappen Rock hängen, von denen es hier nur so wimmelte. Ich kam mir richtig züchtig vor, dabei endete mein Kleid auch oberhalb des Knies. Ich verdrängte mein Unwohlsein und achtete darauf, nichts davon nach außen dringen zu lassen.

Jason klopfte dem Kerl mit der Footballjacke kurz auf den Rücken und wandte sich dann wieder uns zu. »Hat Cole uns verlassen?«

Rachel nickte. »Ja. Beutezug, eindeutig.«

Jason zuckte mit den Schultern. »So ist er und so wird er immer bleiben.«

»Und du nicht?«, hakte ich mit hochgezogener Augenbraue nach.

Er grinste, und sein Grübchen kam zum Vorschein. »Schuldig im Sinne der Anklage. Ich bin ja nur einmal jung.«

»Das ist selbstverständlich ein gutes Argument dafür, sein Sperma in alle Winde zu verteilen.« Verflucht! Ich musste dringend an meinem Filter arbeiten und nicht immer direkt hinausposaunen, was ich dachte.

»Ich verteile mein Sperma nicht in alle Winde«, sagte Jason gelassen und zwinkerte mir zu; sein Zwinkern, die Art, wie er es tat, erinnerte mich an etwas, an jemanden, den ich lieber vergessen wollte, und mein Magen verkrampfte sich. Sofort verdrängte ich dieses unangenehme Gefühl und sperrte es weg, in einen Raum, den ich nie öffnete. Dieser Abend rüttelte eindeutig an zu vielen gut versteckten Dingen in mir, mit meinem Wohlfühlfaktor ging es immer weiter bergab.

»Kein Sex ohne Kondom«, fuhr Jason fort. »Sicherheit geht vor und so. Und auch sonst landet es eher im Taschentuch als im Wind. Ich glaube, es wäre allein von der Konsistenz her schwierig, es im Wind zu verteilen.«

Mit jedem seiner Worte wurden meine Wangen heißer, bis mein ganzes Gesicht glühte. Wie zur Hölle war ich plötzlich in so ein Gespräch verwickelt worden? Und wie konnte ich es möglichst schnell beenden? Ich hatte es echt drauf, mich in unmögliche Situationen zu manövrieren.

»Ich glaube auch, dass das nicht so leicht ist«, sagte Rachel unbeeindruckt, was sofort die Frage aufkommen ließ, wie oft sie solche Gespräche mit Jason führte. »Vielleicht probierst du es einfach mal aus und verrätst uns das Resultat?«

»Im Dienst der Wissenschaft?«, fragte Jason. »Klar. Aber nur ich allein, dabei brauch ich keine Zeugen.«

Rachel nickte. »Okay, hol dir einfach einen runter, fang es auf und dann probierst du es aus. Vermutlich solltest du damit warten, bis es richtig windet. Aber du kannst ja eh so gut wie immer, also dürfte das kein Problem sein.« Sie tätschelte seinen Arm, und er grinste anzüglich.

»Ist es nicht, keine Sorge.«

Oh, Gott, ich wollte mir am liebsten die Ohren zuhalten, ließ es aber, weil das echt zu peinlich gewesen wäre. Stattdessen kippte ich den Rest meines Biers in einem Zug herunter und hoffte, dass es meinen Kopf und vor allem meine Gedanken abkühlte. Die Vorstellung, wie Jason sich … nein, nein, auf keinen Fall würde ich diesen Gedankengang verfolgen und zu Ende denken.

»Alles gut?«, fragte Rachel.

Jason legte den Kopf schief und musterte mich belustigt. »Du bist ganz rot im Gesicht.«

Na toll. Ich überging seinen Kommentar einfach, atmete möglichst unauffällig tief durch und wandte mich Rachel zu. »Alles gut, hatte nur Durst.«

»Weil dir die Vorstellung von meinem Sperma die Kehle ausgetrocknet hat?«, bemerkte Jason so lässig, als würde er übers Wetter sprechen, und vergrub die Hände in den Taschen seiner verwaschenen Jeans.

»Nein, weil es hier drin einfach echt heiß ist«, antwortete ich lahm. »Und das nicht wegen dir. Dein Sperma ist mir total egal. So egal, dass ich gar nicht darüber reden möchte.«

Seine Mundwinkel zuckten. »Warum so verklemmt? Ejakulation ist eine ganz normale Körperfunktion. So was wie Menstruation. Nur mit Orgasmus und weniger schmerzhaft.«

»Natürlich ist beides normal, aber man kann es trotzdem nicht miteinander vergleichen«, erwiderte ich und verschränkte die Arme vor der Brust, wobei ich meinen leeren Plastikbecher zerknautschte. »Oder wie gut kennst du dich mit Regelschmerzen aus?«

»Wie gut kennst du dich mit Sperma aus und den Belastungen, die das mit sich bringt?« Er presste die Lippen aufeinander und seine Mundwinkel zuckten noch stärker. Fast so, als müsste er sich beherrschen, nicht in schallendes Gelächter auszubrechen. Und mich auszulachen.

Ein unangenehmes Kribbeln breitete sich in meinen Handflächen aus, und mir wurde fast ein wenig übel.

»Okay, das reicht jetzt«, schaltete Rachel sich ein. »Wir behalten unsere Menstruation und du dein Sperma, und alles ist gut.«

»Ich muss es ganz für mich behalten?« Jason verzog die Lippen zu einem Schmollmund. »Was für eine Verschwendung.«

Rachel verdrehte die Augen und boxte gegen seinen Oberarm. »Aus! Pfui! Und jetzt geh und such dir Frauen, die deine Gesellschaft ertragen.«

»Das heißt, du schickst mich weg?« Er zog die Augenbrauen nach oben und sah sich zweifelnd um. »Wer passt dann auf euch auf?«

»Niemand«, erwiderte Rachel. »Und das ist genau der Punkt. Du versaust uns hier alles, weil sich niemand hertraut, wenn du hier rumlungerst. So lernen wir doch keine Leute kennen!«

Jason sah sie überrascht an. »Ihr kennt mich, das reicht ja wohl.«

»Nein, es schreckt alle anderen ab. Ich hab es genau beobachtet, niemand traut sich her. Also geh.«

Obwohl ich nicht dieselbe Beobachtung gemacht hatte wie Rachel, nickte ich. »Ja, geh spielen.«

Einen Moment ruhte Jasons Blick auf mir, er wirkte nachdenklich.

»Okay«, sagte er schließlich. »Ich sollte eh mal bei Blake vorbeischauen. Wenn was ist, schreibt kurz. Auch wenn ihr geht oder so, damit ich Bescheid weiß.«

Rachel seufzte genervt. »Ja, Daddy. Und jetzt husch!« Sie packte ihn an den Oberarmen, drehte ihn um und verpasste ihm einen leichten Schubs. Lachend sah er über seine Schulter zu uns zurück und winkte kurz, ehe er sich ins Getümmel stürzte. Die Menge teilte sich für ihn, vermutlich war das so, wenn so gut wie jeder einen kannte, aber schnell vorwärts kam er trotzdem nicht. Es war, als hätten alle nur darauf gewartet, über ihn herzufallen und ihn zu begrüßen.

»Vielleicht haben eher wir ihn vor Anmachen beschützt als andersrum«, mutmaßte Rachel und beobachtete mit geschürzten Lippen, wie eine zierliche Blondine mit halsbrecherischen High Heels und einem engen Kleid, das jedes Detail ihrer Figur offenbarte, ihm mit den Fingerknöcheln über die Brust strich und etwas in sein Ohr flüsterte. Er grinste sie an, legte seine Hand an ihre Hüfte und beugte sich zu ihr, um ihr zu antworten.

Mein Magen verwandelte sich in einen Klumpen. Abgesehen davon, dass Jason kein Sportler war, erfüllte er jedes Klischee, von dem ich mich fernhalten wollte. Zumindest flirtete er offensichtlich mit allem, was Brüste und zwei Beine hatte, und vermutlich legte er auch jede flach, die sich ihm anbot. Um sich danach nie wieder bei ihr zu melden. Mir wurde schlecht.

»Er sieht nicht unglücklich aus damit«, bemerkte ich trocken und wandte den Blick ab. Plötzlich konnte ich mich nicht mehr gegen das Gefühl wehren, nicht hierher zu gehören. Die Musik erschien mir wieder lauter als zuvor, die hämmernden Beats gingen mir durch Mark und Bein, und die Luft schien auch wieder stickiger zu werden, während Leute sich an mir vorbeidrängten und mich anrempelten. Ein Kerl mit blonden Haaren und grünen Augen drückte sich extra dicht an mir vorbei und zwinkerte mir dabei zu. Nicht auf die Art und Weise, wie Jason es tat, und deshalb drohte auch keine Lawine der Erinnerungen über mir niederzugehen. Aber es war dennoch unangenehm.

Es war, als wäre eine Seifenblase um uns herum geplatzt, als Jason gegangen war. Als hätte er durch seine bloße Präsenz Platz geschaffen in dem überfüllten Raum. Und jetzt war er fort, und die Party rauschte über uns hinweg.

KAPITEL 4

JASON

»Also noch mal eine kurze und knackige Zusammenfassung von dem, worüber ich die letzte halbe Stunde geredet habe«, sagte ich ins Mikro und läutete somit die letzten Minuten meines Live-Podcasts ein. »In unseren Sportteams hat sich viel getan, die Bears mussten sich von ein paar alten Hasen verabschieden – unter anderem hat Gary Willson in die Profiliga zu den Bruins gewechselt. Dafür haben wir auch ein paar Neuzugänge – wer aktuell in unseren Teams spielt, könnt ihr auf den jeweiligen Webseiten nachlesen. Die Links lass ich euch in der Infobox – ihr wisst schon, in der Infobox auf meiner Webseite, wo ihr den Podcast downloaden könnt.«

Ich strich mir durch die Haare und nutzte eine kurze Atempause, um meine Gedanken zu sortieren. »Für alle, die neu an der Brown und in Providence sind und sich noch nicht so gut zurechtfinden, verlinke ich euch meinen Podcast vom letzten Jahr zu dem Thema. Der gibt euch ein paar Anhaltspunkte, womit man sich hier effektiv vom Lernen ablenken kann.« Ich machte eine kurze Pause, um ernstere Töne anzuschlagen. »Und bevor ich mich verabschiede, noch mal an alle Mädels da draußen: Letztes Wochenende hat ein Mädchen in einem Club K.-o.-Tropfen in den Drink gemischt bekommen, also passt auf euch auf. Lasst eure Gläser nicht unbeaufsichtigt und lasst euch nur einladen, wenn ihr denjenigen wirklich gut kennt. Lieber ein Drink weniger als ausgeknockt werden. Und damit entlasse ich euch. Tut nichts, was ich nicht auch tun würde, habt eine tolle Woche und bis zum nächsten Mal!«

Ich beendete die Aufnahme und setzte die Kopfhörer ab, ehe ich das Mikrofon ausschaltete. Dann blieb ich einen Moment sitzen und starrte auf meine Hände. Sie fühlten sich zittrig an, obwohl sie regungslos auf der Tischplatte lagen, genauso aufgewühlt wie mein

Inneres, das man von außen nicht sah. Mann, ich liebte es, Podcasts aufzunehmen, aber darüber zu berichten, dass ein Mädchen K.-o.-Tropfen eingeflößt bekommen hatte, bereitete mir Magenschmerzen. Nicht dass ich es in meinen Podcast aufgenommen hatte, der sich ansonsten hauptsächlich um die Sportteams der Brown und das Campusleben drehte. Sondern dass ich überhaupt über so etwas berichten musste, weil es solche Arschlöcher gab.

Ich rieb mir mit beiden Händen übers Gesicht und atmete tief durch. Dann erhob ich mich, um den Aufnahmeraum des Campusradios zu verlassen. Als ich angefangen hatte, Podcasts aufzunehmen und online zu stellen, hatte ich das alles von meinem Zimmer aus gemacht. Es hatte keine Live-Podcasts gegeben, ich hatte die Podcasts immer erst geschnitten, ehe ich sie hochlud, ich hatte keine festen Uploadseiten gehabt.

Inzwischen, zwei Jahre später, hatte ich eine eigene Website und nahm meine Podcasts im Studio des Campusradios auf. Der Deal war, dass ich den Aufnahmeraum immer nutzen durfte, solange ich eine Livesendung in der Woche direkt vom Studio aus sendete. Also moderierte ich jeden Mittwoch um 19 Uhr eine Art Radiosendung, wobei es sich für mich nicht anders anfühlte, als einen Podcast aufzunehmen. Ich lud die Sendung danach auch als Podcast auf meiner Seite hoch, lediglich die Erstausstrahlung erfolgte über das Campusradio. Mit einigem Erfolg, die Einschaltquoten waren ziemlich gut.

Vor dem Aufnahmeraum wartete Max auf mich, der Tontechniker, der meine Sendung betreute, und grinste mich an. »Lief gut, oder?«

Ich zuckte mit den Schultern, ich selbst konnte das nicht so gut beurteilen. »Ich denk schon. Das erste Mal nach langer Zeit ist immer seltsam.«

Zwar hatte ich in den Semesterferien auch Podcasts aufgenommen, allerdings nie live und nie länger als zehn Minuten. Und in meiner Instagram-Story über die Wellen in Byron Bay zu reden war auch etwas anderes, als über sämtliche Neuigkeiten zu Semesterbeginn zu berichten.

»Man hat es dir null angemerkt«, sagte Max und schob seine Brille die Nase hoch.

Ich schmunzelte. »Also ist meine Karriere als Schauspieler gerettet?«

»Auf jeden Fall.« Max nickte eifrig, und ich musste ein Lachen unterdrücken. Ich mochte Max, aber er benahm sich mir gegenüber immer ein wenig seltsam. Vermutlich weil er ein Nerd war, der sich für Tontechnik interessierte und ansonsten Informatik studierte, und ich … eben ich war. Aus irgendeinem Grund dachten viele Menschen, sie könnten sich mir gegenüber nicht normal verhalten, nur weil ich einen erfolgreichen Podcast hatte. Als würde mich das zu einem anderen Menschen machen. Das hinterließ immer ein unbehagliches Gefühl in mir.

»Dann bin ich ja beruhigt. Ich muss jetzt auch los, ich hab noch was zu erledigen.«

»Alles klar, bis nächste Woche.«

»Bis dann.« Ich winkte ihm kurz zu, ehe ich mich umdrehte und das Studio verließ. Im Gehen zog ich mein Handy aus der Hosentasche und öffnete meinen Instagram-Account, um eine Story aufzunehmen. Das war etwas, was ich ganz automatisch tat, ich dachte nicht mal mehr darüber nach.

Vor dem Gebäude blieb ich stehen, es war ein milder Sommerabend, und die Vögel zwitscherten in der Dämmerung. Ich sah mich kurz um, ob ich ungestört war. Denn entgegen der weitläufigen Meinung war es mir nicht besonders angenehm, vor anderen Leuten quasi mit mir selbst zu reden und mich dabei mit meinem Handy aufzunehmen. Ganz ehrlich, das war sogar superseltsam.

Nachdem in meinem näheren Umfeld niemand war und nur ein paar Studenten ein paar Hundert Meter entfernt über den Gehsteig schlenderten, startete ich die Aufnahme und grinste in die Kamera.

»Heyho, ihr Hübschen! Der erste Podcast für dieses Semester ist im Kasten! Falls ihr die Sendung verpasst habt, kein Thema, geht einfach auf meine Website und hört sie da an oder ladet sie runter. Und jetzt wünsche ich euch noch einen schönen Abend.«

Ich beendete die Aufnahme, verlinkte meine Homepage und veröffentlichte den Beitrag in meiner Instagram-Story. Die unzähligen neuen Nachrichten, die mein Postfach anzeigte, sowie die explodierenden Benachrichtigungen, dass irgendjemand irgendetwas auf meinem Profil kommentiert oder mich erwähnt hatte, ignorierte ich und schloss die App wieder. Das würde ich heute Abend abarbeiten, wenn ich im Bett lag. Oder zumindest würde ich die Nachrichten lesen und auf die ein oder andere antworten.

Früher hatte ich Social Media gemocht, es war ein leichter Weg gewesen, mit meinen Hörern in Kontakt zu kommen (oder überhaupt erst mal Hörer zu finden). Inzwischen empfand ich es an manchen Tagen nur noch als notwendiges Übel, wenn es mir auch in Fleisch und Blut übergegangen war. Natürlich machte es mir Spaß, meinen Instagram-Account zu bespielen, sonst hätte ich es nicht getan, aber je mehr Follower ich bekam, desto zeitintensiver und anstrengender wurde es. Vor allem weil ich einfach nicht jedem antworten konnte und wollte; das wäre ein Vollzeitjob gewesen.

Ich verließ den Campus und schlug den Weg in Richtung Barnes & Noble ein. Ich musste ein paar Bücher bestellen für meine Soziologievorlesungen, vor allem zum Thema soziale Unterschiede und zur Vertiefung soziologischer Theorien, und diese Buchhandlung war die einzige, die bis 20 Uhr geöffnet hatte. Ich überquerte eine Straße und joggte die letzten hundert Meter auf dem Bürgersteig entlang, um es noch pünktlich zu schaffen und nicht irgendeine arme Mitarbeiterin dazu zu nötigen, länger zu bleiben, weil ich kurz vor Ladenschluss noch ins Geschäft schlitterte.

Als ich bei Barnes & Noble ankam, schielte ich auf meine Uhr. Ich hatte noch eine Viertelstunde, das sollte locker reichen. Der Geruch nach Büchern schlug mir mit der klimatisierten Luft entgegen, als ich den Laden betrat. Cole liebte diesen Geruch und wurde davon beinahe in Ekstase versetzt. Für mich roch es einfach nach ... Buchhandlung.

Vereinzelt schlichen ein paar Menschen um die Tische, auf denen die Bücher kunstvoll präsentiert wurden. Eine junge Frau mit knallbunten Haaren in den Farben des Regenbogens stand neben einem Regal und war vollkommen vertieft in den Band, den sie aufgeschlagen in der Hand hielt. Die Haare hätten Cole gefallen, da war ich mir sicher, er stand auf gefärbte Haare und Tattoos an Frauen. Ich ... nicht so sehr. Es war okay, aber ich bevorzugte den natürlichen Typ Frau.

Ich sah mich nach einem Mitarbeiter um und kramte den Zettel aus der Hosentasche, auf den ich Titel und Autoren meiner benötigten Bücher aufgeschrieben hatte. Beinahe hätte ich den Zettel fallen gelassen, als ich Kayla entdeckte. Sie balancierte einen Stapel Bücher zu einem der Tische, um sie dort zu drapieren. Sie trug eine enge Jeans, und ich konnte nicht anders, als ihre langen Beine und ihre Kurven darin zu bewundern. Ein warmer Schauer rieselte über meinen Rücken, als ich dem Schwung ihrer Taille mit meinem Blick folgte. Heiß war sie, keine Frage.

An ihrem schlichten schwarzen Shirt hing ein weißes Namensschild, das sie eindeutig als Mitarbeiterin outete. Das war ja interessant und kam mir sehr gelegen.

Grinsend ging ich auf sie zu und blieb vor ihr stehen. »Hi.«

Sie zuckte kurz zusammen, und ihr Kopf schnellte zu mir herum. Als sie mich erkannte, huschte ein dunkler Ausdruck über ihr Gesicht, ganz flüchtig nur, und ich fragte mich, warum sie immer so auf mich reagierte. Ich hatte ihr ja nichts getan.

»Jason. Was machst du denn hier?«

»Bücher kaufen«, sagte ich.

»Die Erstlesebücher sind da drüben«, erwiderte sie und deutete auf eine Regalreihe in der hintersten Ecke des Ladens. »Viele Bilder, kaum Text, da ist bestimmt was für dich dabei.«

Mein Grinsen wurde noch breiter, ich mochte ihre trockene, freche Art und verdrängte ihre erste Reaktion auf mich. »Du hältst wirklich große Stücke auf mich, oder?«

»Du hast ja keine Ahnung«, antwortete sie, während sie die letzten Bücher auf den Tisch sortierte.

»Komm schon, so schlimm bin ich gar nicht«, sagte ich und fragte mich im selben Moment, wieso es mir wichtig war, was sie von mir hielt. Aber aus irgendeinem Grund störte es mich, dass sie mich offensichtlich, ohne mich zu kennen, in eine Schublade einsortiert hatte. Vermutlich stand sie mir nicht mal neutral gegenüber – wenn überhaupt. »Ich verfüge wirklich über ein paar herausragende Qualitäten.«

»Auch außerhalb des Betts oder des Fitnessstudios?«, erwiderte sie knapp, ehe für den Bruchteil einer Sekunde ein entsetzter Ausdruck über ihr Gesicht huschte, als könnte sie selbst nicht glauben, was sie da gerade gesagt hatte.

Ich schmunzelte, vielleicht fand sie mich doch gar nicht so schlecht. »Wieso gehst du davon aus, dass ich gut bin im Bett? Ich mein, es stimmt natürlich, aber woher willst du es wissen?«

Ihre Augen weiteten sich, und ihre Wangen wurden rot, was mit den vielen Sommersprossen besonders niedlich aussah. »Ich weiß es nicht, aber du hast halt einen gewissen Ruf.« Sie wirkte trotz des patzigen Untertons peinlich berührt. »Und der eilt dir voraus.«

Aha. Also hatte sie von mir gehört – oder sich vielleicht sogar umgehört. Interessant.

»So hätte ich dich nicht eingeschätzt.« Ich legte den Kopf schief und musterte sie. »Ich dachte, du wärst zu intelligent, um Gerüchten Glauben zu schenken, ohne ihnen auf den Grund gegangen zu sein. Wobei ich natürlich noch mal betonen muss, dass die Gerüchte wahr sind.«

Sie schnaubte, doch in ihren Augen funkelte etwas, das ich beinahe als Belustigung einstufte. »Natürlich. Was auch sonst.«

»Gut, dass du das erkannt hast!« Ich zwinkerte ihr zu. »Aber falls du es doch mal persönlich ausprobieren willst, stehe ich dir zur Verfügung.«

Empört schnappte sie nach Luft, die Belustigung verschwand komplett aus ihren Zügen. »Auf keinen Fall!«

»Auch nicht im Dienst der Wissenschaft? Theorien müssen doch immer bewiesen werden, oder nicht?«

Sie sah mich an, als hätte ich ihr gerade vorgeschlagen, in der Kanalisation schwimmen zu gehen – und als würde sie das lieber tun, als mir zu nahe zu kommen. Dabei waren ihre Lippen leicht geöffnet, was meine Gedanken in die falsche Richtung abdriften ließ – oder in die richtige, wenn man bedachte, worum sich unser Geplänkel drehte.

»Was stimmt nicht mit dir?«, fragte sie und strich sich durch die dunklen Locken. »Im Ernst, du kannst doch nicht hier reinkommen, während ich arbeite, und mir quasi anbieten, mit dir ins Bett zu gehen. Ich bin die Mitbewohnerin deiner besten Freundin, verdammt! Das ist unangemessen!«

Ich wollte sie wirklich ernst nehmen und versuchte, sie neutral anzusehen, spürte jedoch, wie meine Mundwinkel unkontrolliert zuckten. Ihre Reaktion war einfach zu amüsant, und ich konnte gar nicht anders, als genauer nachzuhaken.

»Erstens kann ich offensichtlich sehr wohl«, erklärte ich. »Und zweitens: Wieso ist das unangemessen? Ich wusste nicht, dass ich seit Neuestem Rachels Erlaubnis brauche, um mich mit Frauen zu unterhalten.«

»Das macht man einfach nicht«, antwortete sie, aber so etwas wie Verunsicherung huschte durch ihren Blick, und ich beschloss, es gut sein zu lassen, bevor die Unterhaltung kippte. Offensichtlich war Kayla auf diesem Gebiet ein wenig irritierbar, und ich wollte sie nicht verschrecken. Ein bisschen ärgern und aus der Reserve locken, ja, das schon, aber sie nicht einschüchtern.

»Okay, ganz wie du meinst«, lächelte ich und hob den Zettel hoch. »Kannst du mir helfen, diese Bücher zu finden? Oder sie für mich bestellen?«

Sie zögerte einen Moment, nickte dann aber. »Klar. Das ist schließlich mein Job.« Sie nahm mir den Zettel aus der Hand und ging damit zu einem der Computer.

»Ist wirklich cool, dass du so einen Job wie den hier gefunden hast«, sagte ich und folgte ihr. »War sicher nicht so leicht.«

Sie warf mir einen kurzen Seitenblick zu, während sie Autor und Titel eintippte. »Woher weißt du das?«

»Rachel hat es mir erzählt.«

»Gibt es irgendetwas, das sie dir nicht erzählt?«

»Wenig.«

Sie grummelte etwas Unverständliches und verengte die Augen ein wenig, während sie durch die Ergebnisse auf dem Bildschirm scrollte.

»Beide Bücher haben wir nicht da, aber ich kann sie dir bis morgen bestellen.«

»Perfekt.«

»Okay.« Ihr Blick war weiter starr auf den Monitor gerichtet. Das gab mir Zeit, den Schwung ihres Halses zu betrachten, bis er vom Kragen ihres Shirts verschluckt wurde. Schade. »Wieso leihst du dir die Bücher nicht in einer der unzähligen Bibliotheken hier aus?«

Ich grinste. »Aus der Bibliothek leihe ich nur Bücher, bei denen ich mir sicher bin, dass ich nichts reinkritzele oder darin anstreiche.«

Sie drehte sich in Zeitlupe zu mir um und starrte mich an, als hätte ich ihr soeben gebeichtet, bei Vollmond Katzenbabys zu opfern. »Du schreibst in Bücher rein?«

Ich zuckte mit den Schultern. »Klar. Du nicht?«

»Niemals«, sagte sie, als würde sie überhaupt nicht begreifen, wie ich so eine Frage stellen konnte.

»Und wie lernst du dann?«

»Ich schreibe Zusammenfassungen oder Karteikarten – aber ich misshandele keine Bücher.«

Ich lachte leise. »Na ja, als Misshandlung würde ich das jetzt nicht ansehen.«

»Du hast kein besonders inniges Verhältnis zu Büchern, oder?«

Ich wiegte den Kopf von der einen auf die andere Seite. »Ehrlich gesagt, nein. Aber entgegen deiner Annahme kann ich lesen.«

Sie verdrehte die Augen. »Wahrscheinlich gehörst du auch zu denen, die nie *Harry Potter* gelesen, sondern nur die Filme gesehen haben.«

»Schuldig im Sinne der Anklage.«

»Wie kannst du so leben? Wie? Wie ist das möglich?«

Ich biss mir auf die Lippe, um ein Lachen zu unterdrücken. »Das fragt Cole mich auch regelmäßig.«

Sie warf die Hände in die Luft und sah mich ungläubig an. »Ich meine, selbst wenn man nicht gerne liest, *Harry Potter* gehört doch quasi zu jeder Kindheit. Das ist eine Bildungslücke!«

»Auch das sagt Cole immer.« Ganz davon abgesehen, dass meine Kindheit nicht wie jede andere gewesen war und mich Heldengeschichten eher weniger interessiert hatten.

»Da hat er recht.« Sie schüttelte den Kopf und seufzte. »Na gut, deine Bücher sind morgen da. Und wir schließen jetzt, und ich muss hier noch ein bisschen was erledigen.«

Okay, das war der Rauswurf. Enttäuschung wallte in mir auf, dabei wusste ich gar nicht so recht, weshalb. Weil das Gespräch so abrupt vorbei war und ich mich gerne weiter mit Kayla unterhalten hätte? Vermutlich. Doch die Gefühlsregung verschwand so schnell, wie sie gekommen war.

»Alles klar«, sagte ich und lächelte. »Und danke fürs Bücherbestellen.«

»Das ist mein Job«, erwiderte sie leichthin. »Schönen Abend, Jason.«

»Dir auch, Kayla.«

Sie drehte sich um und ließ mich stehen.

Einen Moment war ich versucht, sie zurückzuhalten und sie zu fragen, ob wir etwas trinken gehen wollten.

Ich tat es nicht. Denn Kayla hatte recht, es wäre wirklich unangebracht.

KAPITEL 5

KAYLA

Nach drei Wochen an der Brown fragte ich mich immer noch, wie man anorganische Chemie dermaßen langweilig gestalten konnte. An sich ein spannendes Fach, über das Professor Miller allerdings so trocken referierte, dass man seine Vorlesungen abfüllen und als Schlafmittel verkaufen sollte. Als hochwirksames. Seine Stimme war monoton, und er las mit einem Enthusiasmus von seinen Karteikarten ab, dass man meinen könnte, er würde einfach nur berichten, wie er sich heute Morgen seine Socken angezogen hatte. Aber vermutlich unterrichtete er auch schon genauso lange an der Brown, wie er sich morgens Socken anzog, und deswegen waren die komplexen Vorgänge der anorganischen Chemie für ihn genauso selbstverständlich und logisch wie die Tatsache, dass jeden Morgen die Sonne aufging.

Er war ein Urgestein. Wenn ich schätzen müsste, hätte ich behauptet, er war schon weit über siebzig. Und entsprechend seinem Alter hielt er jede technische Erfindung für Teufelswerk und hatte Angst, Aliens würden über WLAN seine Gedanken kontrollieren. Zumindest konnte ich mir nur so erklären, warum er noch nicht einmal einen Tageslichtprojektor mit Folien benutzte – von Dingen wie einem Laptop mit einer Powerpointpräsentation ganz zu schweigen. Stattdessen kritzelte er kaum leserliche Stichpunkte an die Tafel, die nur dann Sinn ergaben, wenn man seinen Worten ganz genau lauschte. Und selbst diese Stichpunkte waren sehr spärlich.

Also war ich die gesamte Vorlesung damit beschäftigt, wie besessen mitzuschreiben, während ich gleichzeitig versuchte, nicht einzuschlafen. Eine Herausforderung! Vor allem vormittags, wenn der Koffeinkick des Morgenkaffees nachließ und sich langsam das Mittagstief anbahnte.

Meine Augenlider wurden immer schwerer, während sich in meinem Kopf ein angenehmer Schwindel einstellte, der Millers Worte wie in einem Strudel durcheinanderwirbelte. Und mein armes, müdes Gehirn musste sie sortieren, damit die Informationen wieder Sinn ergaben. Zum Glück war mein Gehirn überaus gut trainiert und konnte auch im Halbschlaf solche Wunder vollbringen.

»Zwischendrin hatte ich Angst, ich würde ins Koma fallen«, sagte Amber, als Miller seine Vorlesung beendet hatte, und starrte ausdruckslos vor sich hin, als wären ihre Gesichtsmuskeln zu müde für jede Regung. Amber und ich hatten uns in der zweiten Studienwoche kennengelernt und uns auf Anhieb gut verstanden. Sie kam aus Kalifornien, und ihr gesamter Kleiderschrank schien aus Shirts mit seltsamen Sprüchen darauf zu bestehen. Heute prangte »Stay loud« auf knallorangenem Stoff, die Farbe stand ihr sehr gut und harmonierte perfekt mit ihrem cappuccinofarbenen Teint. Dennoch passte ihr auffälliger Kleidungsstil überhaupt nicht zu dem ersten Eindruck, den sie hinterließ, da Amber gerade zu Anfang sehr still und schüchtern gewesen war.

»Ich glaube, jede meiner Zellen ist gelähmt«, erwiderte ich und packte meinen Block mit den Notizen in meine Umhängetasche.

»Dafür bewegst du dich aber noch recht gut«, sagte Sean, der auf der anderen Seite neben Amber saß und sich gerade genüsslich streckte. Seine Gelenke knackten, als er seinen Nacken erst in die eine und dann in die andere Richtung dehnte. Er hatte sich recht bald an Amber und mich gehängt, eindeutig auf der Suche nach

Anschluss, und wir hatten nichts unternommen, um ihn loszuwerden. Er war echt okay, unaufdringlich, und seine Gesellschaft war angenehm. Mit seiner Hornbrille und der blassen Gesichtsfarbe entsprach er optisch dem Klischee des Nerds, der wie ich nach Biologie Medizin studieren wollte. Nur anders als ich wollte er in die Forschung und unbedingt ein Heilmittel gegen Krebs entwickeln. Eindeutiger Fall von ausgeprägtem Weltrettersyndrom.

»Wollen wir was essen gehen?«, fragte Amber, als ich meine Stifte in der Tasche verstaute.

»Klar«, erwiderte ich. »Vorausgesetzt ich schaffe es jemals, wieder aufzustehen.« Unfassbar, wie sehr einen eineinhalb Stunden schlauchen konnten, obwohl man nur rumgesessen und zugehört hatte.

»Ich erkenne dein Problem, habe aber keine Lösung«, erklärte Sean und ließ sich kraftlos tiefer in den Stuhl sinken.

Ich zog mein Handy aus der Tasche und entsperrte das Display. »Rachel geht mit Jess ins Ratty und fragt, ob wir auch kommen. Habt ihr Lust?«

Genau genommen hatte sie nur mich gefragt, aber ich hatte Jess, Rachels Freundin aus ihrem Studiengang mit einem für meinen Geschmack zu extremen Interesse an Mode, nicht besonders viel zu sagen. Sie war nett, keine Frage, aber unsere Schnittmenge an Themen, die uns beide interessierten, war einfach zu gering. Und Rachel hatte nichts gegen Amber und Sean.

»Rachel?«, fragte Sean und richtete sich automatisch auf. Seine Augen leuchteten plötzlich ein wenig und wirkten nicht mehr ganz so müde. »Also ich bin dabei.«

Amber schmunzelte. »Wieso überrascht mich das jetzt nicht?«

»Ich hab keine Ahnung, wovon du redest«, sagte Sean, und ich ließ das unkommentiert. Ich wollte ihn nicht zu sehr mit dem Offensichtlichen konfrontieren, dazu war er zu nett.

Gleich zu Anfang hatte Sean einen Narren an Rachel gefressen, doch leider wusste sie allenfalls, dass er existierte. Wir hatten bisher noch kein einziges Mal über Sean als Person gesprochen – wenn sein Name gefallen war, dann im Zusammenhang mit Amber oder anderen. Zum Beispiel fragte Rachel mich manchmal, ob ich mit Amber und Sean in die SciLi, The Sciences Library, ging. Aber als Individuum war er ihr bisher nicht aufgefallen, und er war wohl auch sonst nicht ihr Typ, obwohl er trotz Nerdbrille und Leichenblässe gut aussah mit seinen hellbraunen, verwuschelten Haaren und den grünen Augen. Armer Sean.

Ich hievte mich hoch und hängte meine Tasche über meine Schulter. »Gehen wir? Ich glaube, sonst schlafe ich wirklich ein.«

»Du bis aufgestanden«, sagte Amber und blinzelte mich müde von ihrem Sitzplatz aus an. »Das heißt, wir müssen das jetzt auch tun.«

»Keine Ahnung, was ihr tun müsst oder nicht.« Ich zupfte ein Haargummi von meinem Handgelenk und band mir die Haare zusammen. »Ihr könnt auch hierbleiben und die Mittagspause verschlafen. Aber ich hab Hunger und überstehe den Tag nicht, wenn ich jetzt nicht sofort was esse.«

»So schnell verhungert man nicht«, erklärte Sean besserwisserisch, erhob sich jedoch. »Dein Körper regelt das schon und bezieht die Energie dann aus den Zuckerspeichern.«

»Oh Mann, sind alle angehenden Mediziner so?«, fragte Amber, stand auf und stopfte ihre Sachen ebenfalls in ihre Tasche. »Da macht ja kaum ein Gespräch Spaß.«

»Nein, nicht alle.« Ich grinste. »Nur Sean ist so ein Spielverderber.«

Er verdrehte die Augen, während wir die Treppen des inzwischen fast leeren Hörsaals nach unten stiegen. »Nein, ich weise euch nur auf Tatsachen hin und will euch in Sicherheit wiegen, dass ihr nicht einfach umkippt, selbst wenn ihr nichts gegessen habt. Außer ihr habt Diabetes, dann kann das schon passieren.«

Amber sah mich an, einen Hilfe suchenden und zugleich belustigten Ausdruck im Gesicht. »Was gibt es heute zu essen, weißt du das zufällig?«

»Ignorierst du mich jetzt?«, fragte Sean. »Ich wollte doch nur hilfreich sein!«

Ich unterdrückte ein Lachen und tätschelte seinen Oberarm. »Alles gut, wir mögen dich trotzdem. Und nein, ich habe keine Ahnung, was es gibt, ich hab nicht nachgeschaut.«

»Ungewöhnlich«, sagte Sean. »Bist du krank?«

Ich wich einer Studentin aus, die uns auf dem Gang entgegenkam und mehrere Bücher auf ihren Armen balancierte. »Nein, ich hatte nur einfach keine Zeit nachzuschauen.«

»Wagemutig«, machte Amber sich lustig.

Normalerweise schaute ich am Wochenende bereits auf die Website, um die Speisekarte für die kommende Woche zu studieren. Ich war einfach gerne vorbereitet auf das, was mich erwartete, auch wenn es nur ums Essensangebot ging. Aber letztes Wochenende waren Rachel und ich zu sehr damit beschäftigt gewesen, verschiedene Einrichtungshäuser abzuklappern und unser Zimmer wohnlich einzurichten. Neben der Arbeit im Buchladen und einem langen Telefonat mit Rose war keine Zeit geblieben, die Speisekarte zu stalken. Außerdem konnte ich mich auch mal überraschen lassen, zumindest beim Essen.

Der Weg über den Campus glich zur Mittagszeit einem Slalomlauf. Überall tummelten sich Studenten, eilten über die Wege oder lümmelten im Gras in der Sonne. Obwohl der Herbst langsam den Spätsommer ablöste, war es immer noch warm – warm genug, um in kurzen Hosen und Röcken rumzulaufen und im Sonnenschein oben ohne im Park joggen zu gehen. Zumindest die männlichen Vertreter meiner Kommilitonen taten das mit Vorliebe, vor allem die Sportler. Wobei es hier auch viele Frauen gab, die obenrum nur einen Sport-BH trugen, wenn sie laufen gingen oder auf der Wiese sonstige Sportübungen fabrizierten, bei denen ich mir schon beim Hinsehen eine mittelschwere Muskelzerrung zuzog.

Manchmal kam es mir vor, als diente der Campus manchen Studenten einer Zurschaustellung dessen, was sie zu bieten hatten. Ich konnte mir kaum vorstellen, wieso man sonst dauernd halb nackt herumlaufen sollte, wenn man nicht gerade an einem Badestrand war. Oder aber ich war einfach zu verklemmt, hörte ich Rose' Stimme in meinem Kopf. Sie sagte öfter, dass ich mich einfach mal entspannen sollte.

Um die Mittagszeit hatte das Ratty Ähnlichkeit mit einem Ameisenhaufen, so viele Studenten tummelten sich hier, und man hatte Glück, wenn man einen Platz bekam, geschweige denn einen ganzen Tisch. Wir hatten in dem Fall Glück, dass Rachel und Jess schon vor uns da gewesen waren und einen Tisch ergattert hatten, sogar draußen in der Sonne. Sie winkten uns hektisch zu sich, und dann setzten Sean und ich uns auf die Holzbänke, um die Plätze zu verteidigen, während Rachel, Jess und Amber nach drinnen gingen, um etwas zu essen zu holen.

Sean fixierte etwas neben meiner Schulter, und ich war mir sicher, dass er Rachel nachsah. Ob ich ihm sagen sollte, dass er keine Chance bei ihr hatte? Hatte ich dazu überhaupt das Recht? Kannten wir uns gut genug dafür? Oder war es sowieso nur eine Schwärmerei, die sich irgendwann von selbst geben würde?

Verübeln konnte ich es ihm so oder so nicht; Rachel sah gut aus, war nett und aufgeschlossen – vermutlich schwärmte jeder zweite Kerl, der sich einmal mit ihr unterhalten hatte, für sie.

»Musst du heute noch arbeiten?«, fragte Sean.

»Ja, aber erst ab vier.« Vorher schaffte ich es unter der Woche kaum. Nur mittwochs konnte ich bereits mittags anfangen, da ich da den gesamten Nachmittag freihatte. Deshalb arbeitete ich am Montag und Donnerstag jeweils vier Stunden und am Mittwoch und Samstag acht. Das war in Ordnung und reichte, um mir mein Leben auf dem Campus zu finanzieren, ohne meinen Eltern auf der Tasche zu liegen.

»Kannst du mir ein Buch bestellen?«, fragte Sean und drückte mir einen Zettel in die Hand, ohne die Antwort abzuwarten. »Ich würde es gerne meiner Mom schenken, sie hat übermorgen Geburtstag, und ich muss heute auch arbeiten, schaffe es also nicht.«

Seans Eltern konnten gerade so für die Studiengebühren aufkommen, deswegen arbeitete er im Supermarkt und sortierte Regale ein. Da hatte ich es mit der Buchhandlung eindeutig besser getroffen.

»Klar, kein Problem«, sagte ich und schielte auf den Zettel; *Mein Herz in zwei Welten* von Jojo Moyes. »Das haben wir ziemlich sicher sogar da. Gib mir das Geld, dann bringe ich es dir morgen mit.«

»Du bist ein Engel«, sagte er und kramte hektisch in seiner Hosentasche, um mir zwanzig Dollar in die Hand zu drücken.

»Den Rest kriegst du zurück«, erwiderte ich, und in dem Moment tauchten die anderen mit voll beladenen Tabletts auf. Amber schob Sean einen Teller hin mit etwas, das wohl Lasagne sein sollte. Zumindest hatte er, nachdem er das Angebot studiert hatte, zu ihr gesagt, dass sie ihm Lasagne mitbringen sollte. Das da sah aus wie ein Fleischklops, der in Tomatensoße ertränkt worden war, überbacken mit Käse. Eigentlich war das Essen hier ganz gut, aber heute wirkte es fragwürdig.

»Da, für dich«, sagte Rachel und reichte mir ein Baguette mit Tomaten und Mozzarella darauf.

»Danke«, erwiderte ich lächelnd und wickelte die Folie ab.

Sean wirkte reichlich enttäuscht, dass Amber und nicht Rachel ihm sein Essen mitgebracht hatte, bedankte sich jedoch artig.

»Wie war euer Tag bisher?«, fragte Rachel, während sie Dressing aus einem Plastikdöschen über ihren Salat mit Putenstreifen kippte. »Unsere Vorlesung war nicht so spannend, aber der Kerl in der Reihe vor uns war echt heiß.« Sie wandte sich an Jess. »Wie hieß er noch gleich?«

»Kyle«, antwortete sie, während sie ihre dunklen Haare zu einem lockeren Zopf band, der aussah, als hätte sie Stunden dafür aufgewendet. Dabei klimperten unzählige Kettchen mit verschiedenen Anhängern an ihren Handgelenken. Ich wäre wahnsinnig geworden, wenn alles an mir bei jeder Bewegung bimmeln würde, aber alles an Jess strahlte eine beneidenswerte Eleganz aus.

»Kyle«, wiederholte Rachel. »Superheißer Kerl. Oder nicht?«

Jess wiegte ihren Kopf von einer auf die andere Seite, als müsste sie erst darüber nachdenken. »Ich find ihn okay, aber er ist nicht mein Typ. Ich steh nicht so darauf, wenn der Hemdkragen aus dem Pulli rausschaut, das ist so spießig.«

»Aber die Jeans dazu war abgetragen und die Chucks auch, das war ja grade das, was seinen Stil so lässig gemacht hat.«

»Über seinen Klamottenstil brauchen wir nicht reden, der ist super durchdacht und passend«, erwiderte Jess, und schon waren sie und Rachel in eine Diskussion über Mode vertieft. Das war nichts für mich. Innerlich seufzend wandte ich mich Sean und Amber zu. Sean wirkte enttäuscht darüber, dass Rachel jemand anderen heiß fand und ihn nicht einmal wahrzunehmen schien, während Amber sich über ihre Portion Pommes hermachte und Sean erzählte, dass Disney-Soundtracks vollkommen unterbewertet wären. Okay, auch dazu konnte ich nichts beitragen.

Als ich den Blick schweifen ließ, entdeckte ich ein paar Tische weiter Nate. Meine Wirbelsäule versteifte sich, ich spannte mich automatisch an und verfluchte mich gleichzeitig für diese Reaktion. Ich hatte nichts gegen Nate, aber wo Nate war, konnte Jason nicht weit sein, und Jason … traf ich lieber nicht. Es hatte keine persönlichen Gründe, er hatte mir nichts getan, das war mir bewusst. Ich wusste, dass ich ihm Unrecht tat, ihn vorschnell verurteilte, obwohl ich ihn im Grunde gar nicht kannte. Aber es war mir trotzdem lieber, wenn ich so wenig Zeit wie möglich mit ihm verbrachte, um mich nicht permanent diesen unangenehmen Erinnerungen stellen zu müssen, die er in mir auslöste, sobald er mit mir redete. Okay, das passierte nicht jedes Mal, aber oft genug, um ihm aus dem Weg zu gehen. Und allein das war schon schwer genug, da Jason aufgrund seines Podcasts überall zu sein schien. Wirklich überall. Sein Instagramprofil hatte über zwanzigtausend Follower, so gut wie jeder auf dem Campus hörte seinen Podcast.

Heute hatte ich vielleicht Glück und Jason hing nicht bei Nate rum. Denn dem gegenüber saß eine junge Frau mit schulterlangen braunen Haaren und zierlichen Gesichtszügen. Ich erkannte sie als Megan, Nates ... was auch immer. Dass sie nicht seine feste Freundin war, hatte ich inzwischen begriffen. Was sie sonst für Nate war, wusste ich nicht genau (und Jason laut Rachels Aussage auch nicht). Auf jeden Fall hatten sie Sex miteinander. Sie schienen ein ernstes Gespräch miteinander zu führen, Nates Gesichtszüge wirkten angespannt, und er runzelte stark die Stirn.

Obwohl ich neugierig war, was die beiden zu bereden hatten, sah ich weg. Es ging mich schließlich nichts an, und auf die Entfernung konnte ich sowieso nur raten, um was sich das Gespräch drehte.

Mein Blick landete auf Jason, der sich gerade durch die Tische schlängelte und uns bereits entdeckt hatte. Mein Magen zog sich zusammen, in einer seltsamen Mischung aus Unbehagen und etwas anderem, das viel zu stark in Richtung Vorfreude ging, um mich damit näher zu befassen. So oder so, ich hatte mich zu früh gefreut, nur weil ich Nate ohne Jason gesehen hatte. Denn Jason war ganz offensichtlich auf dem Weg zu uns, Irrtum ausgeschlossen.

Sekunden später stand er bereits vor uns, die Hand lässig in seiner abgewetzten Jeans vergraben und zwei Bücher und einen Collegeblock unter dem Arm. Er grinste zu uns herunter, und sein Blick verweilte für mein Empfinden zu lange bei mir.

»Hallo, ihr Hübschen. Darf ich euch Gesellschaft leisten?«

Sean erstarrte und sah Jason mit leicht geöffnetem Mund an, und Amber saß augenblicklich ein wenig gerader. Dabei hätte man meinen können, dass sie sich inzwischen daran gewöhnt hatten, dass Jason ab und an auftauchte. Zumal er nun wirklich nicht so toll war, dass man sich deswegen gleich wie ein überfordertes Kleinkind verhalten musste. Andererseits waren Amber und Sean in der Schule vermutlich ebenso Außenseiter gewesen wie ich und es entsprechend nicht gewohnt, dass jemand wie Jason mit ihnen sprach. Nur Jess wirkte unbeeindruckt von Jasons Auftritt und nickte ihm nur kurz zu, ehe sie weiteraß.

Rachel indessen sah auf und strahlte Jason an. »Da bist du ja! Ich hab mir schon Sorgen gemacht.«

»Weil wir ja dauernd miteinander essen gehen«, erwiderte er schmunzelnd und setzte sich neben sie – und damit genau mir gegenüber. Sein Blick streifte meinen, und er zwinkerte mir kurz zu. Mein Brustkorb zog sich zusammen.

Ich hasste dieses Zwinkern, die Art, wie er es tat. So beiläufig und dadurch irgendwie süß, frech und unaufdringlich in einem. Dieses seltsame Ziehen in meinem Magen wurde stärker, nur dass nun das Unbehagen überwog, und plötzlich wusste ich nicht mehr, wie ich noch einen einzigen Bissen von meinem Baguette essen sollte. Ich hasste es, dass ein Zwinkern mich derart aus der Fassung bringen konnte, nur weil es mich an jemanden erinnerte, an den ich mich nicht erinnern wollte.

»Darum geht es nicht«, sagte Rachel und winkte ab. »Es geht darum, dass du mir heute noch nicht geschrieben hast und Nate da drüben sitzt.« Sie deutete ungeniert auf Nate, ehe sie Jason mit hochgezogenen Augenbrauen besserwisserisch ansah. »Und deshalb hatte ich Angst, dass du ganz einsam und allein über den Campus irrst und keinen Anschluss findest.«

Ich verdrehte innerlich die Augen. Als ob Jason jemals keinen Anschluss finden würde.

Er lachte. »Dann hab ich ja Glück, dass ich dich gefunden habe. Sonst hätte ich am Ende mit Dawson und Blake essen müssen, und das wäre natürlich eine reine Katastrophe.«

Dawson Anderson war wie Blake Mitchell Eishockeyspieler bei den Bears und mit Jason befreundet, so viel wusste ich. Und das war schon mehr, als ich über Jasons Umfeld wissen wollte – oder besser gesagt sollte. Mir gefiel es ganz und gar nicht, dass mein Gehirn einfach jede Information über ihn einsaugte und abspeicherte, egal, wie sehr ich ihm befahl, es nicht zu tun. Ich hatte es hier eindeutig mit der Meuterei wichtiger Organe zu tun. Gehirn, Herz, Magen. Besonders Letzterer tat immer noch so, als wäre es ihm unmöglich, in Jasons Gegenwart Nahrung zu sich zu nehmen. Ich zwang mich, von meinem Baguette abzubeißen, zu kauen und zu schlucken. Konnte ja wohl nicht wahr sein, dass Jason mich vom Essen abhielt. Lächerlich, wirklich.

Jason und Rachel unterhielten sich ein wenig über ihre Vorlesungen, Jess beteiligte sich hin und wieder. Amber verhielt sich wie ein peinlich berührter Teenager und spielte an ihren Haaren, ohne ein Wort zu sagen, während Sean versuchte, sich in das Gespräch einzuklinken.

»Diese ganzen sozialen Studiengänge finde ich auch wirklich interessant«, brachte er sich ein und wirkte dabei nicht nur aufgrund dieser Aussage ein wenig unbeholfen. »Man weiß halt nie, was man damit später mal macht.«

»Alle Soziologen und bestimmt auch Ethnologen hassen diese Aussage«, sagte Jason mit einem belustigten Funkeln in den Augen.

»Ach, mir ist das egal«, meinte Rachel. »Ich weiß ja wirklich nicht, was ich mal damit machen will, aber es interessiert mich halt.«

Offenbar nahm Sean das als seine Chance wahr, denn er verwickelte Rachel in ein Gespräch darüber, dass man immer seiner Leidenschaft folgen und mit seinem Leben etwas machen sollte, das man selbst als sinnvoll erachtete. Und dass er es gut fand, dass Rachel zunächst ihrer Leidenschaft nachging, ohne ein klares Ziel damit zu verfolgen. Ich war mir nicht sicher, ob das wirklich seine Meinung widerspiegelte, da er selbst derart zielstrebig war, oder ob er schlicht glaubte, dass es das war, was Rachel hören wollte.

Jason schien das nicht zu interessieren, denn er klinkte sich aus. Sein Blick landete erneut auf mir, und mir wurde warm. Verdammt, verdammt, verdammt. Andererseits war es vielleicht nur die Sonne, die hinter einer Wolke hervorkam und deshalb stärker wärmte. So war es bestimmt.

Jason grinste. »Ich hab angefangen, *Harry Potter* zu lesen.«
Bitte, was? Was wollte er mir damit sagen?
»Okay ... Erwartest du jetzt Applaus von mir?«, war das Erste, das mir in den Sinn kam.

Er lachte leise und stützte das Kinn in die Handfläche, ohne mich aus den Augen zu lassen. Was war das mit diesem Kerl, dass er einen immer so intensiv anstarren musste? Vielleicht war das sogar pathologisch.

»Nein, überhaupt nicht. Denn ich muss dir recht geben, ich habe wirklich etwas verpasst. Es macht Spaß, es zu lesen, ist spannend.«

»Wie weit bist du denn schon?«, fragte ich und versuchte, die aufkeimende Neugier in Zaum zu halten.

Er schmunzelte. »Gerade sind sie dabei, den Stein der Weisen vor Snape zu retten. Sie haben Schach gespielt und Ron zurückgelassen. Bin gespannt, wie es ausgeht.«

»Und an der Stelle konntest du einfach aufhören?« Ich starrte ihn fassungslos an, mein halb gegessenes Baguette war vergessen. »Wenn man mal so weit ist, liest man doch bis zu Ende.«

»Leicht war es auch nicht. Aber ich musste heute Morgen zu einer Vorlesung, was hätte ich tun sollen?«

»Schwänzen. *Harry Potter* legitimiert dazu.«

»Wirklich? Hast du Erfahrung damit?«

Ich nickte nachdrücklich. »Klar. Als der letzte Band rauskam, hab ich die ganze Nacht durchgelesen und hätte am nächsten Tag arbeiten müssen – ich hatte aber noch hundert Seiten. Also hab ich angerufen und gesagt, ich hätte Brechdurchfall und könne nicht kommen.«

Jason lachte, dieses Geräusch löste ein ganz winzig kleines Kribbeln in meiner Magengrube aus. Oder es lag an der Tatsache, dass wir über Brechdurchfall sprachen.

»So hätte ich dich gar nicht eingeschätzt«, grinste Jason breit, sodass sein Grübchen zur Geltung kam. »Ich hätte gedacht, dass du in deinem Leben noch nie geschwänzt hast.«

»Falsch gedacht. Allerdings muss ich wirklich gute Gründe haben, um zu schwänzen. *Harry Potter* ist ein wirklich guter Grund.«

»Scheint so.« Er wiegte den Kopf, und in dem Sonnenlicht spielten rötliche und goldene Reflexe in seinen rostbraunen Haaren. Ich musste mich zwingen, nicht zu fasziniert hinzuschauen. Von wegen Brauntöne waren einfach nur langweilig. Letztlich war auch ich nicht komplett immun gegen Jasons Charme und Aussehen. Vermutlich war es reine Biologie, seine Pheromone waren daran schuld, dass ich so auf ihn ansprang. Dagegen konnte Rationalität nichts ausrichten – aber gegen mein eigenes Verhalten konnte ich sehr wohl etwas ausrichten. Ich würde ihm nicht kopflos hinterherlaufen, wie so viele andere hier auf dem Campus. Denn ich wusste es besser. Ich wusste, dass es eine ganz und gar schlechte Idee war, mit Jason zu flirten, selbst wenn es nur harmloses Geplänkel war. Und deswegen würde ich es nicht tun.

KAPITEL 6

JASON

Gib mir einen guten Grund, dich nicht auszulachen«, sagte Cole, als er ein Glas Cola vor mir abstellte und sich neben mich setzte. Es war Freitagnachmittag, und ich besuchte Cole, bevor seine Schicht im Voyage begann, der Kneipe, in der er als Barkeeper arbeitete. Wir saßen an dem langen Bartresen aus dunklem poliertem Holz, das unzählige Kratzer und Kerben aufwies, die von langen Nächten mit viel Alkohol und lauter Musik erzählten. Noch war niemand da, der Laden öffnete erst in einer Stunde.

Ich runzelte die Stirn und musterte Cole. »Die Frage ist, wieso du mich auslachen willst. Ich mach doch gar nichts, was das rechtfertigt.«

Nicht, dass Cole dafür einen Grund brauchte – aber die Tatsache, dass ich mir nun auch den dritten Band der *Harry Potter*-Reihe von ihm leihen wollte, war nun wirklich nichts, worüber man sich lustig machen sollte.

Wenn ich mir Coles amüsiertes Grinsen ansah, lag ich damit falsch. »Seit ich dich kenne, hast du nie ein Buch gelesen, und …«

»Das stimmt so nicht«, unterbrach ich ihn. Ich las viel. Für die Uni und meine Podcasts. Nur keine Romane. Und ganz entgegen der Annahme mancher Menschen in meinem Umfeld (wie Kayla zum Beispiel) konnte ich lesen. Recht schnell sogar.

»Nein, du liest nicht«, stellte Cole unbeirrt klar und trank einen Schluck aus seinem Glas. »Du lernst und informierst dich, aber du liest nicht um des Lesens willen – nicht, um in eine andere Welt abzutauchen und zu entspannen und so.«

»Seit Neuestem schon.«

Cole winkte ab. »Du bist auch nur einer von denen, die *Harry Potter* inhalieren und danach nie wieder ein Buch anschauen.«

Möglich … Ich seufzte. »Darf ich mir den dritten Band jetzt von dir leihen oder nicht?«

Cole nickte. »Klar, nimm ihn dir einfach aus meinem Zimmer, steht im Regal bei den anderen.« Sein Grinsen wurde breiter, und seine Augen funkelten belustigt. »Aber ich finde es immer noch lustig, dass du die Bücher überhaupt liest, damit musst du leben.«

»Muss ich wohl, ja.«

»Wie lange hast du jetzt für die ersten zwei Bücher gebraucht? Drei Wochen?«

»Zwei«, korrigierte ich ihn, als mein Smartphone in meiner Tasche vibrierte. Ich zog es hervor und warf einen Blick auf das Display. Mein Halbbruder Will rief mich an. Mein Magen verkrampfte sich. Ich drückte ihn weg, stellte das Handy auf lautlos und legte es mit dem Display auf den Tisch, damit ich nicht sah, wenn es leuchtete. Er versuchte schon seit Tagen, mich zu erreichen. Erst hatte er mir nur geschrieben. Ich hatte nicht gewusst, was ich antworten sollte, also hatte ich es ignoriert, in der Hoffnung, dass Will aufgeben würde. Stattdessen war er dazu übergegangen, mich anzurufen. Ich wusste, dass ich eigentlich ans Telefon gehen und ihm auf die Frage antworten sollte, die er mir unweigerlich stellen würde. Das Problem war nur, ich hatte keine Antwort. Zumindest keine, die ihn zufriedenstellen würde. Die Wahrheit war keine Option – Will würde sie nicht akzeptieren und so lange auf mich einreden, bis ich das tat, was er wollte. Nicht, weil er es böse meinte, nein, Wills Absichten waren durch und durch gut. Er verstand nur nicht, dass es nicht das war, was ich brauchte. Also ignorierte ich seine Anrufe und hoffte, dass er irgendwann aufgeben würde und wir diesen stillen Kampf erst Weihnachten wieder ausfechten würden.

Mein Magen fühlte sich an wie ein Eisklumpen, und ich schluckte gegen den bittern Geschmack in meiner Kehle. In dieser Hinsicht war ich ein Feigling. Andere hätten sich einfach hingestellt und ihrem Bruder gesagt, dass er sie in Ruhe lassen sollte. Andere hätten mehr Rückgrat bewiesen und würden zu ihrer Entscheidung stehen. Ich nicht. Ich hatte ja noch nicht einmal eine Entscheidung getroffen. Denn ich wusste nicht, was ich wollte. Nur, was ich nicht wollte, und das machte es nicht besser.

»Alles okay, Mann?«, riss mich Cole aus meinen Gedanken. Er musterte mich mit gerunzelter Stirn.

Ich nickte hastig und strich mir betont lässig durch die Haare. »Klar, alles gut.«

Die meisten anderen hätte ich damit getäuscht. Ich war sehr gut darin, andere glauben zu lassen, was ich sie glauben lassen wollte. Cole gehörte zu den wenigen Menschen, bei denen das nicht funktionierte.

»Wer hat dich angerufen?«, hakte er nach.

»Niemand.«

Cole zog eine Augenbraue nach oben, sein Augenbrauenpiercing blitzte dabei. »Und wegen niemandem ziehst du ein Gesicht, als dürftest du nie wieder einen Podcast aufnehmen?«

Ich verdrehte die Augen. »Es ist wirklich unwichtig, nur jemand, der mich nervt.«

Cole sah mich noch einen Moment an, als würde er sich mit seinem Blick in mich reinbohren wollen, um meine tiefsten Geheimnisse zu lüften. Dann zuckte er mit den Schultern und rutschte von dem Barhocker.

»Wie du meinst. Ich geh mal eben die Getränkekarten holen, um die Flyer für die Halloweenparty reinzulegen.«

»Mach das«, erwiderte ich und atmete erleichtert durch, als Cole hinter dem Bartresen verschwand.

Mein Geburtstag, Halloween ... Zwei schicksalhafte, düstere Ereignisse innerhalb von gut zwei Wochen. Nun, da ich *Harry Potter* kannte, war Halloween auch noch traurig, da an diesem Tag Harrys Eltern gestorben waren. Der Oktober war ganz eindeutig nicht mein Monat. Wobei ich es mochte, wenn die Bäume sich bunt färbten und ihr Laub abwarfen und der frostige Wind die Blätter durch die Luft tanzen ließ, während die Herbstsonne alles in ein goldgelbes Licht tauchte. Die grauen, tristen Tage, die vom Nebel eingehüllt wurden, mochte ich dagegen nicht. Sie kündigten die dunkle Jahreszeit an, und das fand ich irgendwie gruselig. Ich hatte nichts gegen die frostigen Temperaturen, im Gegenteil, ich liebte Schlittenfahrten und Ausflüge im Schnee. Aber alles darum herum, die langen Nächte und kurzen Tage und die Grau in Grau verwischte Zwischenzeit, bis es endlich schneite, bereitete mir ein unbehagliches Gefühl. Und auch, dass in dieser Jahreszeit ein unliebsames Ereignis das nächste jagte. Mein Geburtstag, Thanksgiving, Weihnachten, Silvester, Wills Geburtstag ... Wenn ich genau darüber nachdachte, lag es wohl eher an diesen Daten als an der Wetterlage.

Während Cole hinter dem Bartresen herumkramte, griff ich nach meinem Handy und entsperrte den Bildschirm, ohne hinzusehen, damit mir nicht Wills Anruf in Abwesenheit entgegensprang und sich in meine Netzhaut einbrannte.

Um mich abzulenken, öffnete ich Instagram und scrollte mich durch die Beiträge der wenigen Menschen, denen ich folgte. Nate hatte ein Foto einer Babyschildkröte gepostet, die sich auf ihrem Weg ins Meer in Plastikmüll verheddert hatte, mit dem Aufruf, Müll bitte immer zu entsorgen und den Strand sauberzuhalten, weil wir alle auf diesem Planeten lebten und bla bla bla. Nicht, dass ich Nates Worten nicht zustimmte – er hatte recht, es war kein hohles Blabla. Aber ich kannte ihn schon so lange und hatte mir diese Vorträge schon so oft angehört, dass ich wusste, was in dem Text stand, ohne ihn lesen zu müssen. Das Foto bekam ein Like von mir, und ich repostete es mit dem Hinweis, dass Wegsehen keine Lösung war.

Dawson, ein Kumpel von mir aus meinem Studiengang und Eishockeyspieler bei den Bears, hatte ein superkitschiges Foto von sich und seiner Freundin Alena geteilt, auf dem sie zusammen auf einer Decke saßen, sie zwischen seinen Beinen und er die Arme um ihren Oberkörper geschlungen. Sie lächelten beide, es wirkte nicht gestellt, vor allem nicht, wenn man die beiden kannte. Sie waren glücklich miteinander, und Dawson machte keinen Hehl daraus, egal, wie sehr seine Teamkollegen ihn manchmal damit aufzogen.

Ich betrachtete das Bild der beiden noch einen Moment, und ein flaues Gefühl kroch meine Wirbelsäule nach oben. Insgeheim beneidete ich Dawson. Nicht um Alena, sondern um das, was er mit ihr hatte. Und dass er es verdiente, so geliebt zu werden, dass er jemanden hatte, der immer auf seiner Seite stand, selbst dann, wenn sie sich stritten. Von außen betrachtet wirkte die Beziehung der beiden bedingungslos. Natürlich wusste ich nicht, ob es wirklich so war, so gut war ich mit Dawson nicht befreundet (und er war trotzdem immer noch ein Kerl, der nicht besonders viel über seine Gefühle redete). Dennoch beneidete ich, was die beiden hatten. Diese Bedingungslosigkeit, dieses Glück, das sie nicht nur für Instagram vorgaukelten wie so viele andere.

Ich scrollte weiter, der Rest meines Feeds interessierte mich nicht. Also ging ich auf meine Instagramstory, in der ich erzählte, wie die Vorbereitungen für meinen neuen Podcast liefen, und meine Follower fragte, was sie sich für die nächsten Folgen wünschten. Mit der Möglichkeit, direkt in der Story abzustimmen, damit mein Postfach nicht noch heftiger überquoll, als es sowieso schon der Fall war.

Obwohl es schwer war, den Überblick zu behalten, sah ich nach, wer meine Story angeschaut hatte. Anfangs hatte ich es regelmäßig kontrolliert, dann irgendwann nur noch, wenn ich Langeweile hatte. Letzte Woche war so ein Moment gewesen, und da war mir aufgefallen, dass ich eine Zuschauerin hatte, mit der ich nicht gerechnet hatte. Seitdem sah ich regelmäßig nach, ob sie meine Storys verfolgte. Sie tat es nicht immer, aber immer öfter. Heute tauchte ihr Name in der Liste auf, und etwas in meinem Bauch schlug einen seltsamen Purzelbaum. Von wegen, dass sie mich eigentlich nicht leiden konnte. Irgendwas an mir schien ja ihr Interesse zumindest so weit geweckt zu haben, dass sie meine Instagramstorys verfolgte.

Leider war ihr Konto privat, und sie hatte meine Anfrage, ihr folgen zu dürfen, nicht beantwortet. Das Etwas in meinem Bauch kippte mitten im Purzelbaum um und blieb liegen. Ich konnte ihr Verhalten einfach nicht deuten. Es war mir noch nie passiert, dass jemand ablehnte, dass ich seinem oder ihrem privaten Account folgte. Ich meine, klar, das lag sicherlich auch daran, dass ich wirklich nur Leuten folgte, die ich mochte und die ich persönlich kannte.

Dabei hatte ich das Gefühl, dass Kayla und ich uns zunehmend besser verstanden. Zumindest solange wir über *Harry Potter* redeten und ich ihre verbalen Spitzen nicht als Angriff einstufte. Aber das tat ich nicht, dafür war es viel zu niedlich und heiß zugleich, wie sie dabei die Augen verengte und die Stirn runzelte.

»Willst du noch was trinken?«, fragte Cole und riss mich aus meinen Gedanken. Er sah mich über den Tresen hinweg an, neben ihm lag ein Stapel Getränkekarten.

Ich blickte auf mein leeres Glas und überlegte einen Moment. »Ich nehme noch eine kleine Cola.«

Ich hatte sowieso nichts vor, also konnte ich auch bei Cole bleiben, bis er anfing zu arbeiten. Und dann würde ich mir überlegen, ob ich mit Blake und Dawson um die Häuser zog (sie hatten mich eingeladen, zusammen mit dem Eishockeyteam feiern zu gehen) oder mit Nate einen entspannten Abend zu Hause verbrachte. Vorausgesetzt, Nate war nicht bei Megan oder sie bei uns, das war in Nates Lebensplanung immer eine Möglichkeit, die man in Betracht ziehen musste. Vermutlich würde ich mich Blake und Dawson anschließen. Im Gegensatz zu einem Abendprogramm mit Nate war die Gefahr, tiefsinnige Gespräche führen zu müssen, bei beiden eher gering bis nicht vorhanden.

Cole stellte ein kleines Glas Cola vor mir ab, räumte das alte Glas weg und kam dann wieder um den Bartresen herum, um sich zu mir zu setzen.

Das Smartphone in meiner Hand klingelte erneut, und dieses Mal konnte ich es nicht schnell genug auf das Display legen, ehe Cole einen Blick darauf erhaschte.

Ich drückte Will weg und trank einen Schluck Cola, als wäre nichts. Aus dem Augenwinkel sah ich, wie Cole einen Ellbogen auf dem Tresen ablegte und seinen Oberkörper mir zuwandte. Ich konnte seinen skeptischen Blick quasi fühlen.

»Du hast grade deinen Bruder weggedrückt.« Es war keine Frage, sondern eine Feststellung, und sein Tonfall gefiel mir nicht.

»Halbbruder, aber ja, hab ich«, entgegnete ich leichthin.

»Wie lange geht das schon?« Typisch Cole. Er stellte immer die richtigen Fragen und fiel mit der Tür ins Haus, statt sich langsam heranzutasten.

»Wie kommst du darauf, dass das schon länger geht?«, fragte ich und versuchte, entspannt zu klingen. »Ich sitze grade mit dir hier, da muss ich nicht mit meinem Bruder telefonieren.«

Coles Augenbrauenpiercing wanderte nach oben, er sah mich an, als hätte ich ihm gerade erzählt, dass ich vorhatte, demnächst in einem Kloster zu leben. »Das interessiert dich doch sonst auch nicht. Du willst nicht mit ihm reden. Warum willst du nicht mit ihm reden?«

»Wer will nicht mit wem reden?«, rettete mich eine bekannte Stimme. Nate betrat die Bar.

»Wieso machst du das immer?«, fragte ich Nate, als er sich einen Hocker von der Bar wegzog, um sich daraufzusetzen. »Wieso schleichst du dich immer ohne Vorwarnung an?«

Um Nates Mundwinkel spielte ein kleines Grinsen. »Soll ich wieder gehen?«

»Auf keinen Fall«, sagten Cole und ich wie aus einem Mund, wenn auch vermutlich aus unterschiedlichen Gründen.

»Ich wusste gar nicht, dass du kommst«, sagte ich zu Nate, während Cole hinter dem Tresen verschwand. »Ich dachte, du bist damit beschäftigt, die Welt zu retten und Müll vom Strand zu sammeln.«

Nate strich sich durch die Haare. »Ich hab meinen Teil heute Morgen schon geleistet – danke übrigens, dass du mein Foto geteilt hast. Das ist super, du hast viel mehr Reichweite.«

Ich winkte ab. »Kein Thema, mach ich gern.« Ich teilte nicht alles, nur weil ein Freund von mir es wollte – aber Nates Anliegen und sein Engagement für die Umwelt waren wirklich ehrenwert. »Wie sieht es aus, du wolltest doch irgendein Event organisieren, an dem man freiwillig einen Tag den Strand entmüllt, oder nicht?«

Nate nickte und nahm von Cole ein Glas Wasser entgegen. »Wir sind noch nicht so richtig weit gekommen, aber Megan und ich arbeiten dran.«

So hatten die beiden sich kennengelernt – weil sie beide Teil einer Gruppe von Umweltaktivisten waren, die sich gegen die Verschmutzung der Meere starkmachte. Wieder einmal fiel mir auf, dass ich kaum etwas über Megan wusste, obwohl sie so viel mit meinem besten Freund zu tun hatte und in unserer Wohnung quasi ein und aus ging.

»Vielleicht liegt das daran, dass ihr mehr mit Vögeln beschäftigt seid«, sagte Cole und setzte sich wieder zu uns. Er zuckte grinsend mit den Schultern. »Nur so eine Vermutung – aber man kann das sicherlich auch als Arbeit bezeichnen.«

Nate rollte mit den Augen. »Wir trennen das strikt, das eine hat nichts mit dem anderen zu tun.«

Ehe Cole etwas erwidern konnte, klingelte mein Handy erneut. Schon wieder Will. Offensichtlich waren wir in der Phase des Telefonterrors angekommen.

Ich drückte ihn weg und ignorierte, dass mein Magen sich dabei auf die Größe einer Erbse zusammenzog.

»War das wieder Will?«, fragte Cole, wartete aber keine Antwort ab, ehe er sich an Nate wandte. »Will ruft ihn die ganze Zeit an, und er drückt ihn dauernd weg. Sag du mir, was da los ist, du bist doch der Jason-Flüsterer.«

Ich presste die Zähne zusammen. Idiot. Als ob man besondere Fähigkeiten brauchte, um mit mir zu reden und mir meine Geheimnisse zu entlocken. Brauchte man nicht. Ehrlich nicht. Ich war zugänglich und redete gerne – solange ich dabei gewisse Themen meiden konnte. Will war eins davon, und das wusste Cole eigentlich.

»Kannst du es nicht einfach gut sein lassen?«, sagte ich und warf Cole einen finsteren Blick zu. »Ich bohr doch auch nicht dauernd nach, wenn du dich im Mai wie ein schwer Depressiver zwei Wochen in deinem Zimmer einsperrst.«

Das hatte gesessen. Ich sah es an der Art, wie Coles Augen sich erst weiteten und dann hart wurden, unnachgiebig, als würde er eine Mauer um sich herum aufziehen und mich dabei aussperren. War mir recht, genau das hatte ich erreichen wollen. Und trotzdem kroch ein schlechtes Gewissen durch meine Eingeweide, zusammen mit der Frage, ob es fair war, diese Waffe gegen Cole einzusetzen. War es nicht. Ich wusste das, und es versetzte mir einen Stich, dass ich es dennoch getan hatte. Ich war ein Mistkerl.

Cole rutschte von seinem Hocker und stellte ihn an die Bar zurück. »Ich geh mal schauen, ob die Bierfässer voll sind und ob ich noch was nachfüllen muss, bevor es losgeht.« Mit diesen Worten stapfte er hinter den Bartresen zu einer Tür, die in den Keller führte, wo die Getränke gelagert wurden.

Ich sah ihm mit einem flauen Gefühl nach, die Hand um mein Colaglas geklammert, und mied es, zu Nate zu sehen. Er hatte ganz bestimmt seinen typischen »*Musste das jetzt sein?*«-Blick aufgesetzt, und ich wollte diese stumme Frage nicht beantworten. Und ich wusste, dass Nate sie nicht aussprechen würde. Denn letztlich kannte er die Antwort darauf. Es hatte sein müssen. Weil ich ein Arschloch war, das lieber einen seiner besten Freunde verletzte, als mit der Wahrheit rauszurücken.

Mein Handy klingelte erneut. Ohne hinzusehen, wusste ich, wer es war. Nate nahm es mir aus der Hand und ging ran.

»Hey, Will, Nate hier. Jason kann gerade nicht sprechen.«

Ich hörte Wills leise Stimme aus dem Telefon, doch ich verstand nicht, was er sagte.

»Nein, wir haben noch keine Pläne, was er an seinem Geburtstag macht.«

Erneute Pause.

»Nein, ich denke nicht, dass er nach New York oder Boston kommt, wir wissen zwar noch nichts Genaues, aber er wird in Providence bleiben.«

Wieder redete Will, und ich beobachtete, wie sich meine Hände um das Glas verkrampften und die Fingerknöchel weiß hervortraten. Es war nicht richtig, dass Nate dieses Gespräch für mich führte. Ich sollte es selbst tun, ich sollte Will selbst sagen, dass ich meinen Geburtstag weder mit dem einen noch mit dem anderen Teil meiner Familie verbringen würde. Aber die Wahrheit war, dass ich dazu zu feige war, dass ich es einfach nicht über mich brachte, egal, wie sehr ich es wollte. Ich hatte das Telefon mehr als einmal in der Hand gehabt, um ihm zu schreiben. Und doch hatte ich es nie getan. Und weil ich Will dauernd ausgewichen war, telefonierte nun mein bester Freund mit ihm, um zu klären, was ich selbst nicht klären konnte. Ich war nicht nur ein Mistkerl, sondern auch noch ein Versager, ganz eindeutig.

»Okay, richte ich ihm aus«, sagte Nate. »Bis dann, Will.« Er beendete das Telefonat und legte das Handy auf den Tresen zurück. Ich wusste, dass ich etwas sagen sollte, irgendetwas. Doch meine Kehle war wie verklebt. Als hätte jemand Zement hineingeschüttet und als wäre ich deswegen nicht mehr in der Lage, meine Stimmbänder zu bewegen und Laute zu bilden. Alle Worte stießen gegen diese Blockade in meinem Hals und wanderten ungesagt in mein Inneres zurück.

Nate holte tief Luft und räusperte sich. »Das war Will. Er fragt, was du an deinem Geburtstag machst.«

»Ich weiß«, erwiderte ich. »Und ich hab immer noch keine Ahnung und echt keine Lust, mich jetzt schon von ihm auf was festnageln zu lassen, das erst in zwei Wochen stattfindet.«

Morgen in zwei Wochen, um genau zu sein. Es war jedes Jahr dasselbe. Ich wollte meinen Geburtstag am liebsten ignorieren, und Will fand, dass ich diesen Tag mit einem großen Fest und im Kreise der Familie verbringen sollte. Allein bei der Vorstellung breitete sich ein bitterer Geschmack in meinem Mund aus, und ich schnaubte. Wenn ich an irgendetwas an diesem armseligen Tag nicht erinnert werden wollte, dann an meine sogenannte »Familie« – oder daran, dass ich genetisch dazugehörte, denn mehr war es nicht.

»Er will ja nur für dich da sein«, meinte Nate sanft. Ich hasste es, wenn er mit dieser verständnisvollen Psychologenstimme mit mir sprach; in diesen Momenten kam ich mir immer vor, als wäre ich besonders hilfsbedürftig. »Er ist dein Bruder, er möchte den Tag nun einmal mit dir verbringen und nicht, dass du dich irgendwo verkriechst.«

Ich verdrehte die Augen und biss die Zähne aufeinander. »Aber es ist mein Tag, oder? Da sollte ich doch machen können, was ich will, warum kann er das nicht akzeptieren?«

Nate zuckte mit den Schultern und schaute kurz in sein Wasserglas, als würde dort die Antwort auf meine Frage treiben. Dann sah er mich wieder an. »Vermutlich geht er dabei zu sehr von sich selbst aus und denkt, dass dieser Tag der perfekte Anlass ist, dich stärker in die Familie zu integrieren.«

Zwangsintegration, na toll. Ganz davon abgesehen, dass mich außer Will niemand integrieren wollte. Gut, mein Vater vielleicht schon. Aber er war nicht so entschlossen wie Will.

»Ich werde weder nach New York fahren noch nach Boston«, sagte ich.

»Hab ich ihm gesagt, versteht er. Er meint, er würde herkommen, wenn du hier feierst.«

Dann musste ich Zeit mit Will verbringen ... Es war nicht so, dass ich ihn nicht mochte, im Gegenteil, wir verstanden uns gut, interessierten uns beide für Sport und konnten uns stundenlang darüber unterhalten. Und doch standen wir auf zwei unterschiedlichen Seiten einer tiefen Schlucht, die wir nicht überbrücken konnten.

»Wie wäre es, wenn wir bei uns zu Hause eine Party schmeißen? Dann kann er kommen, über Nacht bleiben und am nächsten Tag beim Aufräumen helfen, du musst aber nicht zu viel Zeit mit ihm verbringen, weil du auch noch andere Gäste hast. Das wäre doch ein guter Kompromiss, oder nicht?«

Ich fühlte, wie das bockige Kind in mir erwachte. »Aber wieso muss er überhaupt kommen? Wieso kann er mich nicht einfach in Ruhe lassen?«

»Weil er dein Bruder ist und dich liebt«, sagte Nate unbeeindruckt. »Und wenn wir ehrlich sind, hat er dir nie was getan. Oder? Alles, was ich von Will weiß, ist, dass er sich immer um dich bemüht hat.«

Dem konnte ich nicht widersprechen. Als wir Kinder gewesen waren, hatten wir uns richtig gut verstanden und ganze Tage lang einfach miteinander gespielt. Bis mir nach und nach klar geworden war, dass er dazugehörte und ich nicht. Und dass ich nie dazugehören würde, egal, was ich tat, egal, wie sehr ich mich anstrengte. Deswegen war ich nach Providence geflüchtet und ließ mich nur bei meiner Familie blicken, wenn es unbedingt sein musste. Thanksgiving. Weihnachten. Geburtstage. Und selbst diese Tage teilte ich auf. Entweder ich war bei meiner Mutter in Boston oder meinem Vater in New York. Obwohl es keine weite Strecke war, klapperte ich nie beide wegen desselben Anlasses ab.

Ich kniff mir mit Daumen und Zeigefinger in die Nasenwurzel und seufzte. »Okay, wir machen es so.«

Nate schob mir mein Handy hin. »Dann schreib ihm.« Ich verzog das Gesicht, doch Nate war noch nicht fertig. »Und wenn du das erledigt hast, entschuldigst du dich bei Cole.«

Ich warf Nate einen bösen Blick zu, seufzte dann aber erneut. Nate hatte recht. Also fing ich das bockige Kind in meinem Inneren wieder ein und machte mich daran, mich erst mit Will und dann mit Cole auseinanderzusetzen.

KAPITEL 7

KAYLA

»Das willst du wirklich anziehen?«

Jess sah mich an, als hätte ich nicht mehr alle Tassen im Schrank. Mit gerunzelter Stirn sah ich an mir herunter. Ich trug eine enge Jeans, Chucks und ein hellblaues, weites Top, das mir über die eine Schulter rutschte und deshalb gar nicht mal so wenig nackte Haut zeigte. Keine Ahnung, was an meinem Outfit falsch war. Abgesehen davon, dass ich neben Jess und Rachel eben nur wie eine Normalsterbliche aussah.

»Lass sie«, sagte Rachel, bevor ich auch nur den Mund öffnen konnte. Sie saß auf ihrem Bett, mit dem Rücken an die Wand gelehnt, und trug ein kurzes, schwarzes Kleidchen. Hohe Riemchensandalen zierten ihre Füße, die sie an den Knöcheln überschlagen hatte.

Bei den herbstlichen Temperaturen schrie alles an ihrem Outfit *»Ich will mir eine Erkältung einfangen! Oder mindestens auf dem nassen Laub ausrutschen und mir den Knöchel brechen!«*

Dabei sollte ich es inzwischen besser wissen. In den beinahe sieben Wochen, die ich Rachel nun kannte, hatte ich ihren freizügigen Kleidungsstil kennengelernt und wusste, dass sie sich vermutlich weder etwas brechen noch den Erkältungstod holen würde. Weil sie ein Übermensch war oder so was in der Art. Ein unglaublich netter und toleranter Übermensch. Tatsächlich hatte Rachel noch kein einziges Mal an mir herumkritisiert, wenn wir zusammen ausgegangen waren. Das war ich von früher ganz anders gewohnt, aber Rachel ließ mich einfach, wie ich war. Jess hingegen …

»Aber sie könnte so gut aussehen!«, sagte sie zu Rachel, als wäre ich gar nicht da. »Stell dir vor, wie toll sie in einem kurzen Bleistiftrock und …«

»Du weißt, dass ich hier stehe und dich höre, oder?«, unterbrach ich sie streng und verschränkte die Arme vor der Brust. Ein seltsamer Knoten bildete sich hinter meinen Rippen, auf dem Internat hatte ich solche Gespräche zu oft geführt, zu oft gehört, was mit meinem Aussehen und meinem Kleidungsstil angeblich nicht stimmte.

Jess sah mich entschuldigend an. »Ich mein es doch nur gut mit dir.«

Das glaubte ich ihr sogar. Jess war nicht hinterhältig oder gemein, sie war nur anders als ich.

»Du siehst toll aus«, beschwichtigte Rachel mich. »Wirklich. Zieh an, worin du dich wohlfühlst, das ist das Allerwichtigste.«

Hätte ich Rachel nicht gekannt, hätte ich gedacht, sie würde lügen. Aber da ich sie inzwischen gut kannte, wusste ich, dass sie es tatsächlich ernst meinte und selbst nie irgendwelche Klamotten trug, in denen sie sich nicht wohlfühlte. Dass sie selbst bei diesen

Temperaturen kein Unbehagen überkam, wenn sie lediglich einen Stofffetzen trug, stand auf einem anderen Blatt Papier. Ich wäre längst zur Eisstatue erfroren.

Jess seufzte. »Rachel hat recht, entschuldige.« Sie fuhr sich nervös durch die perfekt sitzenden Haare, ohne dabei auch nur eine Strähne durcheinanderzubringen. Bewundernswert. »Ich bin einfach nur aufgeregt, achte nicht auf mich.«

Mitgefühl wallte in mir auf. Jess hatte heute Abend ein Date mit Kyle, diesem Typ aus ihrem Studiengang, den sie so heiß fand. Oder besser gesagt: von dem ich inzwischen wusste, dass sie ihn toll fand, obwohl sie anfangs so getan hatte, als wäre genau das nicht der Fall. Deshalb war sie bei Rachel und mir im Zimmer, um sich mit uns zusammen fertig zu machen, da auch wir heute ausgingen.

Ich winkte ab und lächelte Jess versöhnlich an. »Alles gut. Und du siehst echt toll aus.«

Sie trug ein dunkelblaues Kleid, das bis zur Mitte ihres Oberschenkels reichte und locker ihre Kurven umspielte. Mit dem passenden Jäckchen und Stilettos. Sexy, aber unaufdringlich. Sehr hübsch.

»Ja, es gibt überhaupt keinen Grund, aufgeregt zu sein«, erklärte Rachel und fischte nach einer Packung Schokocookies auf ihrem Nachttisch. »Kyle sollte froh sein, dass du dich mit ihm triffst. Ist er bestimmt auch. Und wenn nicht, ist es vollkommen egal, wie sehr du dich in Schale geworfen hast, dann ist er so oder so ein Idiot, den du gar nicht willst!«

Sie fischte einen Cookie aus der Tüte und hielt sie uns danach hin. Ich nahm mir ebenfalls einen Cookie und setzte mich neben Rachel aufs Bett, Jess lehnte kopfschüttelnd ab. Sie presste ihre Lippen zusammen, und ihre Nasenflügel bebten leicht, als sie tief durchatmete. Wow, sie war offensichtlich wirklich nervös.

»Hey, das wird schon«, sagte ich aufmunternd. »Du hast doch nichts zu verlieren. Ihr verbringt jetzt einen netten Abend miteinander, mehr ist es doch erst mal nicht.«

Haha. Wenn ich selbst nur annähernd so ruhig gewesen wäre, wenn ich ein Date hatte – oder generell mein Leben so gelassen betrachten könnte. Aber ich war schon immer besser darin gewesen, andere zu beraten, als meine eigenen Ratschläge zu befolgen.

Jess sah auf die filigrane Uhr an ihrem Handgelenk. »Okay, ich muss los«, stieß sie unvermittelt hervor. »Macht's gut, viel Spaß euch.«

»Viel Glück«, sagte ich, und Rachel setzte mit einem Zwinkern hinzu: »Hau ihn aus den Socken und tu nichts, was ich nicht auch tun würde.«

»Damit hast du einen Freifahrtschein, so ziemlich alles zu tun, was Menschen jemals miteinander getan haben«, kommentierte ich, woraufhin Rachel mich mit dem Ellbogen in die Seite knuffte.

Jess verzog das Gesicht zu einem gequälten Lächeln und winkte uns zum Abschied noch einmal zu, ehe sie das Zimmer verließ.

»Man könnte meinen, sie muss auf die Streckbank und nicht zu einem Treffen mit dem Typen, den sie seit Wochen scharf findet«, sagte ich und biss von meinem Schokocookie ab. Dabei fielen ein paar Krümel auf meine Jeans. Ich sammelte sie auf und steckte sie mir in den Mund. Bei Schokocookies durfte man keine Verluste hinnehmen.

Nachdenklich wiegte Rachel den Kopf von der einen auf die andere Seite. »Ich versteh sie schon. Also ich kann es nicht nachvollziehen, aber ich kann aus ihrer Sicht verstehen, wieso sie derart aufgeregt ist.«

Die Frage nach dem Warum schlich sich in meine Gedanken, doch ich biss mir auf die Unterlippe und sprach sie nicht aus. Jess hatte vermutlich ihre Gründe, die Rachel kannte und die mich nichts angingen. Und da ich selbst ja auch nicht wollte, dass Rachel meine Geheimnisse ausplauderte, fragte ich nicht weiter nach.

Eine halbe Stunde und drei Schokocookies später (ein ausgewogenes und gesundes Abendessen war ja so wichtig) verließen wir den Campus und liefen durch die Straßen von Providence. Es war kurz nach halb neun und komplett dunkel. Nur die orangefarbenen Kegel der Straßenlaternen und die Scheinwerfer der vorbeifahrenden Autos erhellten die Herbstnacht, die klamme Kälte und Nebelschwaden mit sich brachte. Sie nisteten bereits in den Ecken und zwischen den Bäumen, um sich zunehmend weiter auszubreiten.

»Du hast gesagt, es ist nicht weit«, murrte ich und schlang meinen Schal enger um meinen Hals. Für mich Tropenpflanze aus Alabama war das hier bereits ein arktischer Winter, obwohl die Temperaturen noch weit über null lagen. Aber es war immerhin kalt genug, dass ich meinen eigenen Atem als kleine Wolken im Dunkeln verschwinden sah.

»Wir sind doch erst seit fünf Minuten unterwegs«, erwiderte Rachel augenrollend und lief mit ihrem kurzen Kleidchen weiter, als würde sie die Kälte gar nicht wahrnehmen. Vielleicht hatte sie ein Nervenleiden und spürte die Kälte wirklich nicht. »Noch mal fünf Minuten und wir sind da.«

Ich grummelte in meinen Schal hinein und fragte mich insgeheim, wieso ich mich überhaupt hatte breitschlagen lassen, mit auf diese Party zu gehen, anstatt mit Amber und Sean einen gemütlichen Filmeabend zu verbringen.

Ach ja, weil Rachel mich angefleht und Jess aufgrund ihres Dates mit Kyle keine Zeit hatte. Deswegen ging ich nun auf eine Party, die auch noch ausgerechnet bei Jason in der Wohnung stattfand. Blöde Nachgiebigkeit. Ich war einfach viel zu nett, vor allem, wenn Rachel mich mit ihrem Dackelblick ansah und mich um irgendetwas anflehte. Sie wusste schon, wie sie es anstellen musste, dass ich nicht Nein sagen konnte. Wahrscheinlich war ich am Ende des Semesters ihre persönliche Sklavin, falls sie mich nicht schon in zwei Monaten so weit hatte.

Dass die Party bei Jason stattfand, störte mich allerdings nicht so sehr, wie es noch vor ein paar Wochen der Fall gewesen wäre. Irgendwie hatte ich mich an seine Omnipräsenz auf dem Campus gewöhnt – und daran, dass er nun mal Teil von Rachels Leben war und deshalb immer wieder in meinem auftauchen würde. Man konnte also sagen, ich hatte resigniert und mich damit abgefunden. Alles andere wäre nur Energieverschwendung gewesen. Und das Gute an Studentenpartys war, dass so viele Leute anwesend waren, dass man sich prima aus dem Weg gehen konnte. Auf derselben Veranstaltung sein und kein Wort miteinander reden? Auf überfüllten Hauspartys kein Problem.

Wir bogen in eine Seitenstraße ein, die an beiden Seiten von hohen Bäumen und parkenden Autos gesäumt war. Rachel hielt auf ein Mehrfamilienhaus zu, das, wie so viele andere Gebäude in und um College Hill, aus roten Ziegeln erbaut worden war. Die Haustür stand offen, und als wir in den Hausflur traten, schlug uns bereits ein dumpfes Wummern entgegen. Ich konnte keine einzelnen Songs erkennen, es klang schlicht wie Krach in einem Vorraum der Hölle. Wir stiegen die ausgetretenen Treppen nach oben, die alten Holzdielen quietschten unter unseren Sohlen. Klar, dass Jason in einem so schicken Altbau wohnen musste, in dem jahrzehntealte Holztreppen schon wieder ein Zeichen von Luxus waren. Vermutlich wohnten hier hauptsächlich Studenten; anders konnte ich mir nicht erklären, wieso sich niemand an dem Lärm störte.

Die Musik wurde immer lauter, langsam konnte ich auch Songs und Bands erkennen – 30 Seconds to Mars, könnte schlimmer sein –, und die Lautstärke erreichte ihren Höhepunkt, als wir im dritten Stock ankamen. Die Wohnungstür war angelehnt, und Rachel trat einfach ein, ohne zu klingeln. In mir wallte Nervosität auf und das flaue Gefühl, hier vollkommen fehl am Platz zu sein. Ich atmete tief durch, schob das beklemmende Gefühl beiseite und folgte Rachel.

Es war stickig und laut, allerdings nicht so laut, wie ich von draußen vermutet hatte. Man konnte sich unterhalten, offenbar war nur die Isolierung sehr schlecht und die Schallwirkung in diesem Gebäude phänomenal. Und es war auch nicht so voll, wie ich angenommen hatte. Ich war davon ausgegangen, dass eine Party, die bei Jason stieg, so gut besucht war, dass alle Schlange standen, um auch nur einen Fuß in seine vier Wände zu setzen. Doch ein rascher Blick ins Wohnzimmer verriet mir, dass ich mich geirrt hatte. Dort saßen ein paar Typen, unter ihnen Blake Mitchell, den erkannte sogar ich, und tranken Bier. Eine junge brünette Frau saß auf dem Schoß von einem Kerl, den ich als Dawson Anderson identifizierte. Er hatte den Arm um ihre Taille geschlungen und das Kinn auf ihrer Schulter abgelegt. Die zwei wirkten sehr vertraut miteinander, fast so, als würden sie nicht zu den anderen an dem Tisch gehören.

Auf dem Balkon standen zwei Jungs und rauchten, vor der Fensterfront eine Gruppe von vier jungen Frauen. Ich kannte keine Einzige von ihnen, aber sie alle schienen denselben Dresscode zu befolgen wie Rachel und sahen großartig dabei aus. Das mulmige Gefühl überkam mich wieder, und ich sah rasch weg und konzentrierte mich auf die Einrichtung, um mich abzulenken. Geschmackvoll war das erste Wort, das mir einfiel – sehr viel geschmackvoller, als ich es den drei Jungs zugetraut hätte. Eine schwarze Couch mit dazugehörigem Sessel stand auf hellem Parkettboden in Gesellschaft von einem gläsernen Couchtisch, der tatsächlich so aussah, als würde er regelmäßig geputzt werden. Ein heller Teppich verlieh dem Ganzen etwas Gemütliches, an den Wänden hing eine bunte Mischung aus Strand- und Surfbildern, Postern von Comics und ihren Verfilmungen. Nate und Cole erkannte ich ganz klar in der Dekoration. Jason dagegen ... suchte ich vergeblich. Denn ich ging davon aus, dass auch die beeindruckende Sammlung von DVDs, die in einem Regal neben dem großen Flachbildfernseher stand, nicht ihm allein gehörte.

»Da seid ihr ja!«

Jason war wie aus dem Nichts aus der Küche getreten und umarmte Rachel, als hätten sie sich Jahre nicht gesehen. Mein Magen verkrampfte sich, und ich trat instinktiv einen Schritt zurück, während etwas anderes in mir mich nach vorne schubsen wollte, um ihn ebenfalls zu umarmen. Aber dieses Etwas würde auf keinen Fall gewinnen, oh nein. Andererseits ... wirkte es komisch, wenn ich ihn nicht zur Begrüßung umarmte? Als würde ich nicht dazugehören? Was ich ja genau genommen auch nicht tat ... Himmel, was machte ich hier eigentlich? Wieso hatte mein Gehirn mich im Stich gelassen und mich nicht davor bewahrt, mich auf Rachels Vorschlag einzulassen?

»Hallo, ihr zwei Hübschen«, begrüßte uns Cole, der Jason gefolgt war, und nahm mir die Entscheidung ab, indem er locker den Arm um mich legte. »Schön, dass ihr hier seid, endlich ein paar normale Menschen.«

»Hey!«, protestierte Jason und löste sich lachend von Rachel. »Ich bin auch normal.«

»Du bist so weit weg von normal, wie es nur geht«, sagte ich, ehe ich mein Mundwerk bremsen konnte.

Jason grinste, seine braunen Augen funkelten. »Danke für das Kompliment.«

»Das war kein Kompliment«, sagte Cole und deutete mit dem Daumen über seine Schulter zu dem Couchtisch, um den sich die Sportskanonen scharten. »Das bedeutet, dass du zu denen gehörst.«

»Ich entscheide selbst, wohin ich gehöre, vielen Dank auch«, erwiderte Jason, und seine Augen wirkten dabei ernster, als sein lässiges Grinsen vermuten ließ. »Schubladendenken ist nicht so meins. Wollt ihr was trinken? Bestimmt wollt ihr das, ab in die Küche.«

Als er sich umdrehte, blieb sein Blick an mir hängen und huschte flüchtig über meinen Körper, verweilte eine Minisekunde auf meinen Brüsten. Dann wandte er sich um. Hatte ich es mir eingebildet, oder hatte Jason mich wirklich gerade ausgecheckt? Es war so schnell gegangen, dass ich mir nicht sicher war, was ich gesehen hatte ... Wahrscheinlich hatte ich es mir eingebildet.

Mein Körper allerdings war sich sicher. In meinem Bauch kribbelte es etwas, was eine sehr seltsame Mischung mit meinem nach wie vor verkrampften Magen ergab. Vielleicht hätte ich doch mehr als Schokocookies essen sollen. Bestimmt lag es daran. Diese Gefühlsregung hatte nichts mit Jason zu tun.

Cole dirigierte mich in die Küche, einen Mundwinkel erhoben. »Was haben sie dir versprochen, um dich herzulocken?«

»Frag mich lieber, womit sie mir gedroht haben«, erwiderte ich und wand mich aus seinem Arm heraus. Langsam gewöhnte ich mich an Cole und seine Art und fand ihn inzwischen auch nicht mehr einschüchternd. Ich war mir sicher, dass er keiner Fliege etwas zuleide tun würde.

»Ich bin mir keiner Schuld bewusst«, sagte Jason und blinzelte unschuldig. »Genau genommen hab ich dich nicht mal eingeladen, Rachel war das.«

Diese Worte wirkten wie ein Tritt in den Bauch, und eine Welle von Erinnerungen schwappte über mich hinweg. Von Partys, auf die ich nicht eingeladen worden war. Von Rose, die mich dennoch immer mitgeschleift hatte. An die Blicke und Kommentare, die mir eindeutig sagten, dass ich nicht dazugehörte ... Mir wurde kalt, und meine Fingerspitzen wurden taub, bis ich sie kaum noch spüren konnte. Ich schluckte gegen den aufsteigenden Kloß in meiner Kehle. Ich wollte nur noch weg.

Wie durch einen Nebel nahm ich wahr, dass Rachel Jason gegen die Brust boxte. »Das stimmt doch gar nicht! Du hast zu mir gesagt, frag Kayla, ob sie mitkommen möchte! Das war deine Idee!«

Lachend rieb Jason sich die getroffene Stelle. »Schon gut, schon gut.« Er wandte sich mir zu, und sein Lachen erstarb, als er mich sah. Es fühlte sich an, als würde er durch mich hindurchsehen, jede meiner Zellen duckte sich unter diesem intensiven Blick, in der Hoffnung, dass er nicht hinter meine Fassade sehen konnte. »Hey, das war nur ein Witz. Ich hab wirklich zu Rachel gesagt, dass sie dich mitbringen soll, alles gut.«

Mist. Er konnte hinter meine Fassade sehen. Ich straffte mich innerlich und richtete mich ein wenig auf, während ich schleunigst meine Miene wieder unter Kontrolle brachte.

»Ich dachte, wir kriegen was zu trinken?«, sagte ich und wich sowohl Jasons als auch Rachels Blick aus, die mich plötzlich besorgt ansah. Ich hatte keine Lust, mein Seelenleben vor ihnen auszubreiten. Mein überempfindliches Seelenleben noch dazu, da es ja offensichtlich nicht mal so gemeint gewesen war, wie ich es aufgefasst hatte.

Jason musterte mich noch einen Moment, was eine Salve an Gefühlsregungen in mir auslöste, von einem nervösen Sirren unter meiner Haut bis hin zu einem aufgeregten Flattern in meinem Brustkorb. Dann wandte er sich der Küchenzeile zu, auf der verschiedene Getränke und ein paar Knabbereien aufgereiht standen.

»Was wollt ihr?«, fragte er. »Wir haben … alles. Oder besser: Cole kann euch alles mixen, was ihr wollt.« Er warf Cole einen grinsenden Blick zu. Dieser reagierte mit wackelnden Augenbrauen und sah zwischen Rachel und mir hin und her.

»Sagt mir, was ihr wollt, und ich mache es möglich. Solange es jugendfrei bleibt. Nicht, dass ich was dagegen hätte, aber Jason wird mich sonst kastrieren – und das wäre wirklich schade um meine ungezeugten Kinder.«

Jason lachte und verpasste ihm einen Hieb gegen den Oberarm. »Wenn ich es mir recht überlege, sollten wir die Welt so oder so davor schützen, dass du dich fortpflanzt.«

Mich hätte eine solche Bemerkung getroffen. Doch entweder machte es Cole nichts aus, oder er überspielte es gekonnt.

Unbeeindruckt sah er Jason an, ein freches Lächeln spielte um seine Lippen. »Du bist doch nur neidisch, weil ich die Voraussetzungen zum Superhelden erfülle und du nicht.«

»Wenn hier irgendjemand die Voraussetzungen zum Superhelden erfüllt, dann ja wohl Nate«, mischte sich Rachel ein und schnalzte süffisant mit der Zunge. »Immerhin setzt er sich als Einziger dafür ein, die Welt zu retten.«

»Aber wir sind supergute Komplizen, denn wir unterstützen ihn tatkräftig«, stellte Jason fest. »Oder etwa nicht, Mann?«

Cole nickte. »Ihr könnt auch in unser Team einsteigen.«

»Das sollten wir vielleicht erst einmal den Superhelden höchstpersönlich fragen«, erwiderte ich und spähte durch die Tür ins Wohnzimmer. »Apropos, wo ist Nate eigentlich?«

»Hatte noch eine Versammlung zur Rettung der Wale oder so«, meinte Jason. »Aber er bringt auf dem Heimweg Pizza mit.«

»Das ist großartig«, sagte Rachel, während sie in die Schüssel mit Chips griff. »Wir hatten nur Süßkram zum Abendessen.«

»Und eine ausgewogene Ernährung ist sehr wichtig, da darf Pizza auf keinen Fall fehlen«, ergänzte ich, auch wenn mein Magen sich nach wie vor wie ein betonierter Klumpen anfühlte.

Jason fuhr sich durch die rostbraunen Haare, die daraufhin noch wilder von seinem Kopf abstanden. »Das kann ich nur unterstützen und möchte mich hiermit als dein persönlicher Skla…, äh, Komplize anbieten in Sachen Pizza. Lass mich dein Verbündeter sein.«

Lachend verpasste Rachel ihm einen Klaps auf den Hinterkopf. »Sie ist meine Verbündete, such dir deine eigenen Pizza-Komplizen.«

Sie alberten noch eine Weile herum, und ich entspannte mich langsam wieder. Mein Magen beruhigte sich etwas, und ich fühlte mich nicht mehr ganz so fehl am Platz. Dazu gab es auch keinerlei Grund, Jason und seine Freunde behandelten mich genau wie Rachel so, als würde ich zu ihnen dazugehören. Nicht zwanghaft, einfach vollkommen selbstverständlich, als würde mich niemand infrage stellen.

Cole war gerade dabei, uns mit beeindruckendem Geschick Cocktails zu mixen, als ein junger Mann die Küche betrat. Ich hatte ihn noch nie gesehen, und doch war die Ähnlichkeit so verblüffend, dass ich nicht nachfragen musste, zu wem er gehörte. Obwohl er blond war und blaugraue Augen hatte, ähnelten seine Gesichtszüge Jasons so sehr, dass eine Verwandtschaft offensichtlich war.

Sie mussten sogar im selben Alter sein, aber ... bedeutete das, dass sie Zwillinge waren? Oder waren sie vielleicht Cousins?

Als Rachel ihn entdeckte, quietschte sie und umarmte ihn stürmisch.

»Will! Du bist wirklich da!«

Er – Will – lachte und schlang die Arme um sie, während ich versuchte, die Stirn nicht zu sehr zu runzeln, damit mir nicht zu offensichtlich ins Gesicht geschrieben stand, was ich dachte. Rachel kannte diesen Kerl, der Jason so ähnlich sah, augenscheinlich sehr gut. Er war auf Jasons Party. Gut, ich hatte nicht besonders viel mit Jason zu tun, wir hatten nur über Rachel Kontakt, aber ... hätte ich nicht mitbekommen, wenn jemand von Jasons Verwandten auch in Providence lebte?

Der ominöse Will löste sich von Rachel und grinste, allerdings ohne die Grübchen, die Jasons Wangen zierten. »Klar, mein Bruderherz kann doch nicht ohne mich einundzwanzig werden, das lass ich mir nicht entgehen.«

Moment, was? Einundzwanzig? Das hieß ... Ich klappte meine Kinnlade wieder zu und versuchte, den Mund zu halten, während mir gleichzeitig unangenehm heiß wurde und Scham in mir aufstieg.

»Du hast Geburtstag?«, fragte ich an Jason gewandt und versuchte, nicht allzu schockiert zu klingen. Ich konnte schließlich nichts dafür, dass mir das niemand gesagt hatte, aber ... verdammt. Ich hatte kein Geschenk, ihm nicht gratuliert, nicht mal eine Ahnung gehabt, dass wir seinen Geburtstag feierten ... Rachel hätte wirklich einen Ton sagen können, die würde ich mir später vorknöpfen.

Jason schüttelte den Kopf. »Noch nicht, nein ... Aber in ein paar Stunden.«

»Du feierst also rein?«, schlussfolgerte ich.

Er sah mich irritiert an, fast so, als könnte er mit meiner Reaktion nichts anfangen. »Sieht so aus.«

»Ich hatte keine Ahnung«, platzte ich heraus. »Das ist bisher vollkommen an mir vorbeigegangen.«

Jason winkte ab. »Das macht nichts, ehrlich. Woher hättest du es auch wissen sollen?«

Ich runzelte die Stirn. »Rachel hätte es mir sagen können …«

Sie löste sich von Will und sah mich schuldbewusst an. »Rachel hat es einfach vergessen, sorry.«

»Ist ja auch nicht so, als würde Jason sich was aus seinem Geburtstag machen«, bemerkte Will und trat zu mir. »Hi, ich bin Will, sein Bruder.«

»Halbbruder«, korrigierte Jason ihn, seine Miene war auf einmal so bewegungslos und verschlossen, wie ich es noch nie erlebt hatte. Und dass Will sein Halbbruder war, zerstörte meine Theorie, dass sie ungefähr im selben Alter sein mussten. Einer von beiden – wohl Will – musste deutlich älter oder jünger aussehen, als er tatsächlich war. Anders konnte ich mir das nicht erklären.

»Es gibt keine halben oder ganzen Geschwister«, sagte Will schlicht und seufzte. »Aber ich bin nicht hier, um das auszudiskutieren, sondern um deinen Geburtstag zu feiern.«

Das nahm Cole als Anlass, Will in ein Gespräch darüber zu verwickeln, was er für einen Cocktail haben wollte. In dem Moment kam auch Nate, beladen mit unzähligen Pizzakartons, durch die Tür, und die angespannte Stimmung lockerte sich wieder ein wenig. Zumindest, bis wir das Wohnzimmer betraten und Rachel sich einfach zu den anderen auf die Couch gesellte.

Mit dem »besten Mojito der Welt«, wie Cole ihn betitelte, in der Hand folgte ich ihr und fühlte, wie das Unbehagen erneut über meinen Rücken kroch. Cole machte einen Abstecher in sein Zimmer, und Jason blieb mit Will in der Küche, um etwas zu besprechen. Also blieb mir nur Rachel, wenn ich mich nicht an Jason und Will ranhängen wollte. Und das wollte ich aus so vielen Gründen nicht. Ich war zwar wirklich neugierig, was es mit den beiden auf sich hatte … Aber es ging mich nichts an. Jason ging mich nichts an, und mal ehrlich, ich hätte es auch nicht gewollt, dass er mich ausfragte.

Steif setzte ich mich auf die Lehne der Couch, auf der Rachel Platz genommen hatte, und trank einen kleinen Schluck von meinem Mojito, der tatsächlich ziemlich gut schmeckte.

»Und du bist der berühmte Dawson Anderson, irgendein Sportass bei den Bears«, plapperte Rachel gerade munter drauflos. Berührungsängste konnte man ihr keine attestieren, egal, mit wem sie redete. »Jason hat von dir erzählt, er meinte, du bist cool und relativ normal.«

Dawson schmunzelte. »Vielen Dank.«

Seine Freundin lachte. »Sag ihm das nicht zu laut, sonst wird er eingebildet.« Sie hielt Rachel die Hand hin und lächelte. »Hi, ich bin Alena. Super, mal ein bisschen weibliche Unterstützung zu bekommen.«

»Ich bin Rachel, Jasons Kindheitsfreundin, und das ist Kayla, meine supertolle Mitbewohnerin und Freundin.«

Sie stellten sich mir ebenfalls vor – und danach alle, die sich um den Couchtisch versammelt hatten. Sie waren erstaunlich nett und höflich, selbst Blake Mitchell, der nur ein klein wenig überheblich wirkte im Vergleich zu Dawson, Alex, Dean, Lewis und einem braunhaarigen Kerl, dessen Namen ich sofort wieder vergessen hatte. Sie alle spielten Eishockey bei den Bears, und vermutlich hatte Jason sie alle schon mal interviewt für seinen Podcast.

Der Mojito entspannte mich ein wenig, er entfaltete seine Wärme in meinem Bauch und löste den verbliebenen Knoten fast vollständig auf. So sehr, dass mir beinahe wirklich nach einem Stück Pizza war.

Rachel war in ein angeregtes Gespräch mit Alex vertieft und Dawson und Alena, die mir am nächsten saßen, ineinander. Ein sehr guter Moment für eine kleine Auszeit, wie ich fand.

Ich stand auf und ging in die Küche.

KAPITEL 8
JASON

»Das ist doch Bullshit«, murmelte Nate, den Blick auf sein Handy gerichtet, und ich konnte ihm nur zustimmen, wenn auch in einem vollkommen anderen Kontext. »Ich mein, was will sie denn von mir?«

Ich zuckte mit den Schultern, während ich mich mit der Hüfte an die Küchenzeile lehnte und einen Schluck von meinem Bier trank. »Keine Ahnung, dazu müsstest du mir sagen, was los ist.«

Nate winkte ab und tippte eine Nachricht in sein Handy, um Megan zu antworten. Gut, dann halt nicht. So konnte ich aber auch nichts ändern. In Geheimniskrämerei war Nate ganz groß, vor allem, wenn es um sein Verhältnis – oder was auch immer es war – zu Megan ging. Momentan wusste ich nur, dass sie sich stritten, weil Nate irgendwelche Erwartungen nicht erfüllte. Das hatte ich mir bereits zusammengereimt. Alles andere ließ Nate sich aus der Nase ziehen. Nur dass die Details offenbar mit einer Heißklebepistole festgeklebt worden waren.

»Ich geh ins Wohnzimmer«, sagte Nate, nachdem er sein Handy weggesteckt hatte. »Solltest du auch tun, du bist der Gastgeber.«

Ich zog beide Augenbrauen nach oben. »Na und? Es gefällt mir in der Küche.«

Normalerweise war ich gesellig, ich hatte kein Problem damit, den ganzen Tag und meinetwegen auch die ganze Nacht von Menschen umgeben zu sein und mich zu unterhalten. Nur heute nicht. Und in einer Stunde, wenn ich wirklich Geburtstag hatte, noch viel weniger. An diesem einen Tag im Jahr zog ich die Einsamkeit vor. Ich wollte verdammt noch mal einfach meine Ruhe haben. Höchstens einen trinken mit Cole und Nate und irgendeinen Marvelfilm anschauen, den Cole uns aufschwatzte. Stattdessen hatte ich jetzt über zwanzig Menschen in meiner Wohnung, die ich zum engsten

Kreis zählte und denen ich das Versprechen abgenommen hatte, keine anderen einzuladen und eine Massenorgie daraus zu machen. Und unter ihnen Will. Um den ich mich kümmern musste und der meine Aufmerksamkeit einforderte.

Ich krampfte die Finger um meine Bierflasche und trank noch einen Schluck. Dieser Abend war wirklich Bullshit, ich konnte Nate nur immer wieder beipflichten.

Er hatte offenbar keinen Nerv, mich zu bekehren – oder tatsächlich Verständnis –, denn er zuckte nur mit den Achseln und stand von dem Küchentisch auf. »Wie du meinst. Ich geh mal schauen, dass sie unsere Einrichtung leben lassen.«

Ein schlechtes Gewissen kroch meinen Rücken nach oben, als ich Nate nachsah, wie er das tat, was eigentlich meine Aufgabe gewesen wäre. Doch diese Gefühlsregung verflüchtigte sich, als Kayla den Raum betrat. Obwohl sie noch kein Wort gesagt hatte und nur im Türrahmen stand und mich ansah, als hätte sie in meiner Küche nicht mit mir gerechnet, war sie einer der wenigen Menschen auf dieser Party, deren Gesellschaft mich trotz meiner miesen Laune nicht störte.

Sie räusperte sich und trat in die Küche. »Ich wollte nur schnell ein Stück Pizza holen.«

»Du kannst es auch langsam holen und, wenn du willst, sogar hier essen«, erwiderte ich und spürte, wie mein Mundwinkel sich automatisch zu einem Grinsen hob, was mir den ganzen Abend über schwergefallen war. »Ich beiß auch nicht – außer du willst es, dann schon.«

Eigentlich war ich mir sicher, dass ich für diesen Spruch eine schlagfertige Antwort ernten würde. Doch stattdessen verdrehte sie nur die Augen. »Der ist ganz schön alt, oder?«, sagte sie und ging zu den Pizzakartons, die sich auf der Küchenzeile stapelten, und fing an, sie durchzusehen.

»Auch ich bin nicht fehlerlos«, erwiderte ich. »Schwer zu glauben, ich weiß.«

»Immerhin verfügst du über ein gewisses Maß an Selbstreflexion«, sagte sie, und Sarkasmus triefte aus jeder Silbe. Dieses seltsam bedrückende Gefühl, das sich um meinen ganzen Brustkorb spannte, zog sich ein wenig zurück. Was auch immer es über mich aussagte, dass ich dafür schnippische Kommentare von Kayla benötigte.

Sie legte sich zwei Stücke Pizza auf den Teller, einmal Hawaii und einmal Salami, und blieb unschlüssig vor dem Küchentisch stehen. Sie musterte mich mit schief gelegtem Kopf, als würde sie angestrengt über etwas nachdenken und die Antwort finden, wenn sie mich nur lange genug anstarrte.

»Kann ich wirklich hier essen?«, fragte sie und verlagerte kaum merklich ihr Gewicht von einem Bein auf das andere.

Ich nickte und deutete auf den Stuhl mir gegenüber.

Sie setzte sich, wirkte aber dennoch unsicher und hielt den Teller weiter in der Hand, anstatt ihn auf dem Tisch abzustellen. »Ich will dich nicht stören bei ... was auch immer du hier alleine tust.«

»Dabei, mich vor meiner eigenen Geburtstagsparty zu drücken?« Ich seufzte und rieb mir über die Stirn. »Keine Sorge, du störst mich nicht. Du lieferst mir sogar ein gutes Alibi, dann wirkt es nicht, als würde ich wie ein armer Irrer meinen Geburtstag allein in der Küche verbringen.« Ich versuchte mich an einem Grinsen, doch es fühlte sich seltsam falsch an, als wären meine Mundwinkel einbetoniert. Offenbar war die beflügelnde Wirkung, die Kayla auf mich hatte, schon wieder verschwunden. Aber zumindest blieb das beklemmende Gefühl in der Ecke und schlich sich nicht wieder an.

»Weil du dann so tun kannst, als wäre ich dein Sozialprojekt und du einfach nur nett zu mir?«, erwiderte Kayla und stellte den Teller nun doch ab. Ihr Stuhl allerdings stand noch so weit vom Tisch weg, dass sie sich sehr weit würde vorlehnen müssen, um essen zu können, ohne die Pizza auf dem Fußboden zu verteilen. In Momenten wie diesem glaubte ich, dass sie mit ihrer kratzbürstigen Art nur einen sehr großen Berg Unsicherheit überspielte.

Ich runzelte die Stirn. »Wieso Sozialprojekt? Sie denken dann, ich unterhalte mich mit einer heißen Frau und bin schwer damit beschäftigt, dich aufzureißen. Und Dating ist gesellschaftlich akzeptiert. Auf seiner eigenen Party allein in der Küche zu sitzen … eher nicht so.«

Ich schluckte gegen das enge Gefühl in meinem Hals und spülte mit Bier hinterher.

»Wohl kaum«, erwiderte sie, und ich war mir nicht sicher, worauf sich ihre Antwort bezog. Darauf, dass es gesellschaftlich akzeptiert war? Darauf, dass sie heiß war und man meinen könnte, ich wollte sie aufreißen? Dabei war das nicht mal so weit von der Wahrheit entfernt. Ich fand sie heiß. Und ich wollte sie gerne näher kennenlernen. Ob ich sie allerdings aufreißen wollte … nein, eher nicht.

»Eigentlich ist es ziemlich blöd, dass man nicht mal an seinem eigenen Geburtstag tun und lassen darf, was man will.« Ich steckte mir eine Handvoll Chips in den Mund.

»Besonders da nicht«, erwiderte Kayla und rutschte mit ihrem Stuhl nun doch ein wenig näher an den Tisch, sodass ich nicht mehr das Gefühl hatte, sie würde jeden Moment aufstehen und vor mir fliehen. »Zumindest meine Mom plant meinen Geburtstag immer bis ins kleinste Detail durch. Ausschlafen? Keine Chance, sie macht eine riesengroße Sache daraus, und das geht schon damit los, dass ich früh morgens Kuchen essen muss. Dabei bin ich früh morgens noch damit beschäftigt, nicht am multiplen Organversagen einzugehen, da will ich nichts essen.«

Das klang gar nicht so schlecht, selbst der Part, dass sie zum Kuchenessen gezwungen wurde … Meine Mutter hat nie eine große Sache aus meinem Geburtstag gemacht, sie hat mir eher das Gefühl gegeben, dass das der Jahrestag war, an dem sie ihr eigenes Leben verloren hatte. Und mein Dad … na ja, mein Dad hatte sich Mühe gegeben. Aber da war es bereits zu spät gewesen, und selbst er konnte nicht alle bösen Geister vertreiben. Schon gar nicht, wenn er mit ihnen verbündet war.

Ich legte den Kopf schief und musterte Kayla neugierig; es war leichter, mich auf sie zu konzentrieren, als mich mit meinem verdrehten Gedankenchaos zu befassen. Sie strich sich eine dunkle Locke aus dem Gesicht und nahm dann ein Stück Pizza in die Hand, um davon abzubeißen.

»Okay, also du stehst früh auf an deinem Geburtstag und wirst gezwungen, Kuchen zu essen ... Und wie geht es weiter?«, fragte ich.

Sie war gerade mit Kauen beschäftigt und hob eine Hand, um mir zu bedeuten, dass sie erst runterschlucken musste. Dabei wurden ihre Kaubewegungen schneller, und eine zarte Röte zog sich über ihre Wangen. Irgendwie niedlich. *Ach, verdammt, streich das »Irgendwie«.*

»Das kommt drauf an.« Sie räusperte sich und legte das Stück Pizza auf den Teller zurück; es wirkte, als müsste sie sich erst sortieren. »Als ich noch ein Kind war, sind wir in den Zoo gegangen oder ins Aquarium oder einmal zum Paintball ... Als ich älter wurde, sind nachmittags Freunde zu Besuch gekommen, und es gab noch mehr Essen. Und meine ganze Verwandtschaft war da – meine Großeltern und mein Onkel, meine Cousine, meine Tante ...« Einen Moment wirkte sie gedankenverloren, ihr Blick ging ins Leere. Dann fokussierten sich ihre Augen wieder, und sie sah mich an. »Sobald ich im Internat war, kam es drauf an, was für ein Wochentag es war und ob ich zu Hause war oder nicht. Wenn ich nicht zu Hause war, sind meine Eltern mich besuchen gekommen und haben den Nachmittag mit mir verbracht.«

Keine Freunde, mit denen du feiern wolltest?, lag mir auf der Zunge, doch ich schluckte die Frage herunter. Kein Teenager im Internat verbrachte seinen Geburtstag mit seinen Eltern – außer er hatte nicht besonders viele Freunde im Internat. Und auf schmerzliche Weise fügte sich dieses Puzzleteil gut in das unvollständige Bild, das ich von Kayla hatte. Es passte zu ihr. Und es erklärte, warum sie oft so misstrauisch und skeptisch war und ihre Unsicherheit mit ihrer vorlauten, schnippischen Art überspielte.

Wir ergänzten uns gut. Für mich war mein Geburtstag nur aufgrund von Rachel erträglich gewesen, was dieser vermutlich noch nicht einmal bewusst war. Für Kayla nur, weil ihre Eltern etwas Besonderes daraus gemacht hatten. Ich war mir nicht sicher, was besser war – desinteressierte Eltern oder keine Freunde in der Highschool.

»Das klingt, als hättest du eine wirklich große Familie«, sagte ich, um das Gespräch irgendwie am Laufen zu halten.

»Du nicht?«, entgegnete sie und musterte mich mit schief gelegtem Kopf. Ihrer Pizza schenkte sie keine Beachtung mehr, vielleicht deshalb, weil sie dachte, ich würde sie wieder mit einer Frage überfallen, sobald sie davon abbiss.

Ich nickte in Richtung ihres Tellers und überging ihre Frage. »Du solltest essen, du hast doch Hunger, oder nicht?«

Sie wiegte den Kopf von der einen auf die andere Seite. »Geht so.«

»Also hast du den Hunger nur vorgetäuscht, um in die Küche zu kommen und Zeit mit mir zu verbringen?«

Kurz weiteten sich ihre Augen, und Entsetzen ob meiner Aussage huschte über ihre Miene. Doch sie hatte sich sofort wieder im Griff. »Du hast so hilfsbedürftig gewirkt. Ich hab dir einfach angesehen, dass du ein Alibi brauchst.«

Ach, sieh an ... Wer hätte gedacht, dass Kayla jemals auf einen meiner Flirtversuche einsteigen und mir nicht nur eine schnippische Antwort um die Ohren hauen würde?

Meine Mundwinkel zuckten. »Und da dachte ich immer, ich wäre ein Mysterium für die Frauenwelt.«

»Tut mir leid, dich enttäuschen zu müssen.«

»Ich werd drüber hinwegkommen. Ich mein, es wird hart, aber ich werde es überstehen.«

Ein kleines Lächeln spielte um ihre Lippen, ihre Augen funkelten. »Da bin ich ja erleichtert, ein Großteil der Frauenwelt wäre sonst sehr enttäuscht.«

»Und du gehörst nicht zu diesem Großteil?«, fragte ich, lehnte mich ein wenig über den Tisch und sah sie unverwandt an. Ich mochte das Blau ihrer Augen, zur Pupille hin wurde ihre Iris von grünlichen Sprenkeln durchzogen. Das war mir bisher noch nie aufgefallen.

Sie wandte den Blick ab und zupfte ein Stück Salami von ihrer Pizza. »Nein, ich gehöre nicht zu diesem Großteil. Aber Rachel wäre sehr traurig, wenn du daran eingehen würdest, deswegen hoffe ich, dass dein Ego es übersteht.«

Ich stützte das Kinn in meine Handfläche. »Mit ein paar Narben, vermute ich, aber Narben sind ja bekanntlich sexy und männlich.«

Sie runzelte amüsiert die Stirn. »Sind sie das?«

Ich zuckte mit den Schultern. »Na ja, in den ganzen Superheldenfilmen und so werden die ganzen Kriegsverletzungen durchaus als attraktiv dargestellt.«

»An dieser Aussage irritieren mich gleich mehrere Dinge.« Sie schmunzelte. »Zum einen: Seit wann ist es begehrenswert, verletzt zu werden? Warum wird das so dargestellt? Warum ist es männlich, verletzt zu werden? Und zum anderen: Hast du gerade ein Gespräch mit mir mit einer Kampfhandlung verglichen?«

»Ähm.« Jetzt war ich endlich an den Punkt gekommen, ein vollkommen normales Gespräch mit Kayla zu führen, mich mit ihr über etwas auszutauschen, von dem ich aufgrund meines Studiums sogar Ahnung hatte – aber meine Gedanken verknoteten sich und verstopften meine Hirnwindungen. »Vielleicht die einfache Frage zuerst – ja, manchmal ist es schon eine schlagfertige Auseinandersetzung mit dir. Es ist nicht leicht, mit dir ein normales, entspanntes Gespräch zu führen.«

Ihre Augen weiteten sich, und ich sah förmlich, wie sie sich verspannte. Hastig setzte ich hinterher: »Aber ich unterhalte mich trotzdem gerne mit dir. Vor allem so wie jetzt, wenn du nicht gerade die Krallen ausfährst.« Verdammt, was redete ich denn da? Ich musste unbedingt den Bogen zurück zum eigentlichen Thema schlagen, wenn ich nicht wollte, dass diese Unterhaltung endete, noch bevor sie richtig begonnen hatte.

»Die Sache mit den Verletzungen und Narben in Filmen und auch in Büchern, Geschichten im Allgemeinen ...«, begann ich unbeholfen und rieb mir den Nacken, der seltsam prickelte. »Ich denke, das ist gar nichts, was sich nur auf Männer beschränkt, auch wenn gerade körperliche Verletzungen bei ihnen viel häufiger dargestellt werden als bei Frauen. Ist einfach dem veralteten Rollenbild und Verständnis der Gesellschaft von Mann und Frau geschuldet, denke ich, und der Tatsache, dass früher nur körperliche Verletzungen überhaupt anerkannt wurden und man diese dann auch noch besonders tapfer zu überstehen hatte, als Zeichen der Stärke sozusagen ...« Ich schüttelte den Kopf. »Aber ich schweife ab. Ich glaube, in Geschichten wird das hauptsächlich deshalb aufgegriffen, weil es sonst keinen Konflikt geben würde. Wo keine Verletzung stattgefunden hat, ist keine Heilung möglich, und Menschen interessieren sich nicht für von vornherein heile Welten. Die wollen Drama, sie fühlen sich davon unterhalten. Vielleicht, weil es sie von ihrem eigenen Leben ablenkt. Und vielleicht gibt es ihnen Frieden, dass andere es auch schwer haben und dennoch ihr Happy End finden.«

Ich schloss den Mund und schluckte hart, meine Kehle fühlte sich wie ausgetrocknet an, und mein Herz pochte überdeutlich gegen meine Rippen. Es war mir wichtig, was Kayla von mir und meiner Meinung hielt, keine Ahnung, wieso. Das Rauschen meines eigenen Bluts füllte die Stille zwischen uns, diesen Moment, den Kayla brauchte, um den Mund zu öffnen und zu antworten.

»Du hast recht«, sagte sie und beugte sich mit ihrem Oberkörper ein wenig über den Tisch, fast so, als wäre ihr gar nicht bewusst, was sie da tat. »Aber bedeutet das, dass eigentlich alle Menschen nach Heilung streben?«

Ich zuckte mit den Schultern und kratzte mich an der Schläfe. »Vermutlich, ja. Zumindest kenne ich niemanden, der nicht auf der ein oder anderen Ebene verletzt ist. Wir sind doch alle nicht ganz heil.«

»Hm.« Mehr sagte sie nicht. Stattdessen musterte sie mich, und ihr Blick blieb an meinen Augen hängen. Das erste Mal, seitdem ich sie kannte, hatte ich das Gefühl, dass sie mich sah. Mich. Jason. Nicht den Kerl mit dem Podcast, dem die Mädels nachrannten. Nicht den Influencer mit Tausenden Followern auf Instagram. Nicht den Jason, der immer gut drauf war und immer einen frechen Spruch parat hatte. Nicht den Jason, der selbstsicher durch die Welt marschierte und Selbstzweifel nicht kannte.

Nein, sie sah den anderen Jason. Den Jason, den ich gerne vor der Außenwelt versteckte. Den Teil von mir, der an seinem Geburtstag allein in der Küche saß und sich am liebsten in irgendeine dunkle Ecke verkrochen und sich eine Decke über den Kopf gezogen hätte, bis der Tag vorbei war. Denjenigen, der sich Gedanken über Rollenbilder und gesellschaftlichen Druck machte und sich dabei kein bisschen sicher war, ob seine Meinung richtig, falsch oder irgendwas dazwischen war.

Zumindest bildete ich mir ein, nein, ich wünschte mir, dass sie das sah, *mich* sah und wahrnahm, während ihr Blick auf mir ruhte und ich zum ersten Mal kein bisschen Skepsis in ihrer Miene finden konnte. Vielleicht irrte ich mich. Vermutlich tat ich das.

Als mir klar wurde, dass sie nichts mehr dazu sagen würde und dass ich sie vielleicht verschreckt hatte, räusperte ich mich. »Apropos Geschichten, ich lese gerade den sechsten Band von *Harry Potter,* und ich muss sagen, ich bin schockiert.«

»Wirklich?«, hakte sie überrascht nach, ehe sie schmunzelte. »Was schockiert dich denn so sehr?«

»Na alles!«, stieß ich aus und raufte mir die Haare. »Erstens ist es total unfair, dass Sirius in Band fünf stirbt. Und dass davor niemand Harry glaubt. Und das mit den Horcruxen? Alter, das ist total gruselig. Allein die Vorstellung. Gerade sind Harry und Dumbledore in der Höhle, und ich trau mich fast gar nicht, weiterzulesen, denn mal ehrlich – will ich wissen, wie es weitergeht? Cole sagt, ich will es nicht wissen.«

»Willst du auch nicht. Aber du kannst es auch unmöglich nicht wissen.« Sie lachte leise und nahm tatsächlich das Stück Pizza in die Hand. Vielleicht entspannte sie sich endlich genug, um doch noch zu essen.

»Genau das.« Ich nickte seufzend. »Es ist eine sehr vertrackte Situation.«

»Das war das Gute daran, immer warten zu müssen, bis der nächste Band rauskommt – bis dahin hatte man das Trauma des vorherigen Buchs verarbeitet und wollte unbedingt wissen, wie es weitergeht.« Sie biss von ihrer Pizza ab, und ich wiegte den Kopf, nicht um meine Gedanken zu sortieren, sondern um ihr Zeit zu geben, in Ruhe zu kauen.

»Aber damit sind wir ja schon beim nächsten Problem«, erklärte ich und trank einen Schluck Bier. »Ich hab nach diesem nur noch ein Buch vor mir, und was mach ich denn dann? Was stell ich mit meinem Leben an, wenn ich mit allen sieben Bänden durch bin und es einfach keinen weiteren mehr gibt?«

Sie lachte leise und schüttelte amüsiert den Kopf. »Dann liest du andere Bücher.« Sie senkte die Stimme und sah mich verschwörerisch an. »Stell dir vor, es existieren eine Menge Leute, die Bücher schreiben. Und man kann sie kaufen. Es gibt da diese Läden, in die kann man reingehen, und die haben eine riesige Auswahl an Büchern. Gut, die wenigsten sind so grandios wie *Harry Potter,* aber schon gut genug, um einen über Wasser zu halten, bis man die ganze Reihe noch mal von vorne lesen kann.«

Gespielt überrascht riss ich die Augen auf, beugte mich näher zu ihr und hauchte: »Wirklich? Kannst du mir sagen, wo ich einen dieser wundersamen Orte finde?«

Zu meiner Überraschung kam sie mir ebenfalls entgegen, sodass sie mir nah genug war, dass mir ihr Duft in die Nase stieg. Sie roch süß, aber unaufdringlich, irgendwie nach Honig und Früchtetee.

Sie senkte den Blick kurz, ihre langen Wimpern berührten ihre Wangen, dann sah sie mich wieder an. Ein kleines Lächeln umspielte ihre Lippen.

»Auf gar keinen Fall. Am Ende tauchst du dann öfter da auf.«

Ich lachte leise. »Ach, komm schon, du kannst doch einen Junkie nicht auf dem Trockenen sitzenlassen.«

Sie richtete sich wieder auf und grinste süffisant, mit vor der Brust verschränkten Armen. »Oh doch. Außerdem wäre es ja viel zu leicht, wenn ich es dir einfach verraten würde ... Du musst schon ein bisschen Eigeninitiative zeigen.«

War das ... eine Aufforderung? Ich blinzelte einmal, nicht sicher, wie ich sie zu verstehen hatte. Wieso war Kayla auf einmal so locker? Oder zumindest lockerer als sonst? Mein Blick blieb an ihrem beinahe leeren Mojitoglas hängen. Vielleicht deswegen. Auch wenn ich mir lieber einreden wollte, dass sie ihre Unsicherheit mir gegenüber einfach nach und nach ablegte und deshalb nicht mehr bei jeder Gelegenheit die Krallen ausfuhr.

Ich seufzte und fläzte mich ebenfalls in meinen Küchenstuhl zurück, einen Arm lässig über die Lehne des freien Stuhls neben mir gelegt. »Okay. Dann werde ich demnächst mal der Gerüchteküche lauschen und eigenhändig einen dieser Orte aufsuchen. Denn ganz ehrlich, einen kalten Entzug würde ich wohl nicht überstehen.«

Kayla grinste und ließ die Arme sinken, um nach dem zweiten Stück Pizza zu greifen, das noch unberührt auf ihrem Teller lag. »So schlimm?«

»Ich befürchte, das wird schlimmer, als wenn man alle Folgen der Lieblingsserie auf Netflix durchgeschaut hat.«

»Du schaust Netflix?«, hakte sie nach und biss von ihrer Pizza ab, wobei ihr ein wenig Tomatensoße aufs Kinn tropfte.

»Wer schaut denn kein Netflix?«, entgegnete ich und reichte ihr nebenbei eine Serviette, mir der sie sich das Kinn abwischte. »Also ja. Vornehmlich an verregneten Sonntagen. Oder wenn Cole mich und Nate dazu zwingt.«

Wobei dieser Zwang ein wirklich netter Zeitvertreib war.

Kayla senkte den Blick kurz auf ihre angebissene Pizza, ehe sie mich wieder ansah. »Ich schaue kein Netflix.«

Ich runzelte die Stirn. »Wie, du schaust kein Netflix? Nie? Wie kannst du mit Rachel zusammenleben und keine Serien schauen?«

Ich wusste, dass Rachel ohne *Gilmore Girls* und Co. nicht existierte.

Kayla zuckte mit den Schultern. »Sie schaut abends irgendeine Serie auf dem Laptop, und ich lese ein Buch. Es stört mich ja nicht, dass sie es tut – ich schau nur nicht mit. Außer ich bin krank, dann schau ich schon mal Filme oder so.«

»Wow.« Das war … wow. »Damit gehörst du einer seltenen Spezies an, denke ich.«

»Der Spezies von Menschen, die wissen, dass Buchläden existieren und wo sie zu finden sind.«

Ich grinste. »Punkt für dich.«

»Was schaust du denn für Serien?«, fragte sie, und wieder einmal war ich überrascht über so viel Interesse. Genau genommen überraschte mich dieses ganze Gespräch. Auf eine gute Art und Weise, die sich wohlig unter meiner Haut einnistete und mich wärmte.

»Ach, dies und das«, sagte ich. »*Criminal Minds*, momentan mit Cole *Jessica Jones*, wenn es sich ergibt – aber er schaut dauernd ohne mich weiter, deswegen komm ich nicht mit. Oh, und ich finde *The Man in the High Castle* ziemlich gut, aber da bin ich erst bei der ersten Staffel und das ist nicht von Netflix.«

Nachdenklich rührte sie mit dem Strohhalm in ihrem leeren Glas. »Ist das nicht diese Naziserie?«

»Na ja … Die Serie geht von der Annahme aus, dass Deutschland den Krieg gewonnen hat – aber dass es eben auch Videoaufnahmen gibt, die das widerlegen und die Geschichte so darstellen, wie wir sie kennen. Also Deutschland als Verlierer und Amerika als Sieger. Und hinter diesen Aufnahmen sind alle her … Ist sehr spannend, auf mehreren Ebenen.«

Kayla öffnete den Mund, doch ihre Antwort sollte ich nicht zu hören bekommen, denn in diesem Moment platzte Rachel in die Küche, dicht gefolgt von Will.

»Was macht ihr zwei denn hier?«, fragte sie, ließ sich neben mich auf den Stuhl plumpsen und legte freundschaftlich ihren Arm um meine Schulter.

»Du weißt doch, ich versuche immer gerne dem Unausweichlichen aus dem Weg zu gehen«, erwiderte ich, und plötzlich fühlten meine Mundwinkel sich wieder schwer an, als ich grinste. Ich hatte nicht einmal wahrgenommen, wie sehr Kayla mich abgelenkt, wie viel Leichtigkeit sie mir geschenkt hatte, bis die Schwermut mich erneut überwältigte.

»Einundzwanzig zu werden ist doch eigentlich eine coole Sache«, sagte Will und setzte sich neben Kayla. »So cool, dass ich deswegen hergekommen bin.«

»Du wärst so oder so gekommen«, erwiderte ich trocken, und es war wahr. Egal, welchen verdammten Geburtstag ich feierte, Will klebte an mir wie ein alter Kaugummi an einer Schuhsohle.

Will sah mich nachsichtig an. »Tja, Bruderherz, so ist das eben, wenn man Familie hat.«

Der man nicht egal ist, fügte ich in Gedanken hinzu. Dabei konnte Will nicht einmal etwas dafür. Eigentlich verstanden wir uns sogar ziemlich gut. Wir mochten beide Eishockey, er spielte es sogar in seiner Freizeit, und das gar nicht mal so schlecht. Früher, als wir noch Kinder und die Schlucht zwischen uns nicht so präsent gewesen war, waren wir im Winter oft zusammen Schlittschuh gefahren oder hatten Eishockey gespielt. Wir hatten auch versucht, Rachel Schlittschuhfahren beizubringen, aber hatten irgendwann zum Wohle der Allgemeinheit aufgegeben.

»Woher kommst du eigentlich?«, fragte Kayla und musterte Will zu neugierig, als dass ihre Frage nebensächlich hätte klingen können. »Studierst du auch?«

Er grinste zurückhaltend. »Ich versuche es zumindest. Ich studiere in New York, Politikwissenschaften an der Columbia. Ich möchte danach gerne Jura studieren.«

Und da war er wieder, der Vorzeigesohn, der ich nicht war. Will ließ es nicht raushängen, seine bloße Präsenz führte dazu, dass mein Inneres sich verkrampfte und ich das Gefühl hatte, mein Leben nicht im Griff zu haben.

»Echt?«, erwiderte Kayla und nickte anerkennend. »Eine gute Freundin von mir studiert auch an der Columbia, allerdings Journalismus. Aber egal – New York, Columbia, Jura – das ist alles verdammt cool.«

»Ich glaube, es klingt cooler, als es tatsächlich ist.« Will zuckte unsicher mit den Schultern, ein kleines Lächeln auf den Lippen, das irgendetwas in mir zum Grollen brachte. Er sollte Kayla nicht anlächeln. »Wie heißt deine Freundin denn? Vielleicht kenne ich sie.«

»Rose. Rose Lexington. Sie hat gerade erst angefangen.«

Will dachte einen Moment nach, schüttelte dann aber den Kopf. »Noch nie gehört. Aber der Campus ist auch echt groß, ich kenne nicht mal alle Leute aus meinem Studiengang. Manchmal lerne ich jemanden kennen und stelle dann fest, dass derjenige seit zwei Jahren in denselben Kursen sitzt wie ich. Verrückt.«

Kayla runzelte die Stirn ein wenig, sie wirkte irritiert, fast so, als könnte sie nicht glauben, dass man sein Umfeld so wenig wahrnahm. Aber Will lebte eben in seiner kleinen Blase. Das meinte ich nicht böse, es war einfach so, dass er nicht besonders gut darin war, über seinen eigenen Tellerrand hinauszuschauen.

»Wahrscheinlich ist das an so großen Unis schwierig«, vermutete Kayla. »Aber sag mal, New York ist ja nicht gerade der direkte Weg für einen Besuch in Providence, oder?«

»Ach, für ein Wochenende geht es schon, finde ich, ich war knapp vier Stunden unterwegs.«

»Dabei hättest du wirklich nicht kommen müssen«, sagte ich und sah Hilfe suchend zu Rachel.

Die zuckte jedoch mit den Schultern. »Doch, musste er. Sieh dich an, du hast Geburtstag und tust so, als wäre das etwas Schlechtes.«

Obwohl Rachel jeden meiner Geburtstage besser gemacht hatte, hatte sie nie so recht verstanden, wieso dieser Tag für mich dermaßen belastend war, dass ich ihn einfach nur hinter mich bringen wollte.

»Ich finde nur, dass es nichts Besonderes ist«, erwiderte ich. »Ich bin ja schließlich die restlichen 364 Tage im Jahr auch da.«

»Wo ist eigentlich unser Geburtstagskind?« Mit diesen Worten trat Cole in den Raum und sah sich um. »Ah, klar, die besten Partys finden immer in der Küche statt. Du hast gleich Geburtstag, Mann.« Zur Verdeutlichung tippte er auf seine Armbanduhr, und als wäre das ein stiller Befehl gewesen, betrat auch Nate hinter ihm die Küche.

Ich zog beide Augenbrauen nach oben und musterte meine zwei Mitbewohner. »Wenn ihr jetzt auch hier seid, muss ich ja nicht ins Wohnzimmer kommen.«

Nate schüttelte den Kopf. »Nope, wir bringen die Glückwünsche zu dir.«

Na großartig. Aber durch manche Dinge musste man wohl durch, ob man wollte oder nicht. Und je eher ich es hinter mich brachte, desto schneller hatte ich meine Ruhe. Außerdem konnte ich gar nicht so schnell aus der Küche fliehen, wie sich die Gäste in dem Raum einfanden und ihn füllten, um mir zu gratulieren.

»Gleich bist du offiziell erwachsen«, sagte Blake und klopfte mir auf die Schulter. Ich knirschte mit den Zähnen, um dazu nichts zu sagen. Erwachsen war so ein großes Wort. Und etwas, von dem ich mich meilenweit entfernt fühlte, leider. Dabei hatte ich noch nicht mal eine vage Vorstellung davon, wie es sich anfühlte, erwachsen zu sein. Auf jeden Fall nicht so, als hätte man sein Leben nicht im Griff, das konnte es einfach nicht sein.

»In zehn, neun, acht …«, zählte Cole mit Blick auf seine Armbanduhr, während sich alles in mir verkrampfte. Dabei war das

Quatsch. Hier waren so viele Menschen, die sich darüber freuten, dass ich da war, die mir gratulieren und mit mir feiern wollten. Und ich saß hier auf meinem Küchenstuhl und schaffte es nicht mal aufzustehen. Dabei sollte ich das wirklich ganz dringend tun, ich konnte nicht sitzen bleiben. Das wäre wirklich unhöflich und undankbar.

Obwohl sich meine Beine anfühlten, als wären sie in Beton eingegossen worden, erhob ich mich in dem Moment, in dem Coles Countdown bei null angekommen war. Ich konnte gar nicht so schnell schauen, geschweige denn reagieren, wie Rachel ihre Arme um mich warf und mich so fest an sich zog, dass ich mir kurz Sorgen um die Unversehrtheit meiner Rippen machte.

»Alles Gute zum Geburtstag!«, flötete sie in mein Ohr. »Und viel Gesundheit und Glück und eine ganze Menge guten Sex!«

Cole lachte und umarmte mich als Nächster, wobei er mir kurz auf den Rücken klopfte. »Das unterschreibe ich, guten Sex kann man immer gebrauchen. Alles Gute, Mann.«

Er ließ mich schnell wieder los, Cole hatte es nicht so mit Zuneigungsbekundungen, und reichte mich an Nate weiter. Diese Umarmung dauerte länger und fühlte sich inniger an, fast so, als wüsste er, dass ich das alles hier ätzend fand. Nate drückte mich fest an sich und sagte leise: »Ich wünsch dir alles Gute. Du hast es bald geschafft.«

Dann ließ er mich los, und es ging immer so weiter. Umarmung, Glückwünsche, Loslassen. Wieder von vorne.

Bis ich vor Kayla stand. Sie sah mich unschlüssig an und wippte ganz leicht auf den Fußballen, wirklich kaum wahrnehmbar. Doch mir fiel das sofort auf, und mehrere Gedanken schossen mir gleichzeitig durch den Kopf. Ob sie mich nicht umarmen wollte und warum nicht. Ob sie es vielleicht schon wollte, sich aber nicht traute. Und ob ich ihr jetzt zu nahetrat, wenn ich auf sie zuging. Sie setzte meinen Gedankenschleifen ein Ende, indem sie auf mich zutrat und mich zögerlich umarmte.

»Alles Gute zum Geburtstag, Jason«, sagte sie leise. Ihre Hände strichen zaghaft über meinen Rücken, und ich legte vorsichtig meine Arme um sie. Ihr Oberkörper drückte sich leicht an meine Brust, und ich konnte ihre Kurven nur zu deutlich spüren. Ihr Duft stieg mir erneut in die Nase, und ein wohliger Schauer rieselte meine Wirbelsäule entlang. Der Impuls, näher an sie heranzutreten und meine Arme enger um sie zu schlingen, wallte in mir auf. Aber in dem Moment war Kayla weg.

Sie trat zurück, räusperte sich und strich ihr Oberteil glatt, ihre Bewegung wirkte ein wenig fahrig. Ich versuchte, ihr in die Augen zu sehen, doch sie wich meinem Blick aus und wandte sich Cole zu.

»Wir sollten anstoßen, oder? Ist das nicht dein Part?«

Cole lachte und salutierte gespielt vor ihr. »Aye, aye, wird erledigt.«

KAPITEL 9

KAYLA

»Dann sehen wir uns an Thanksgiving, oder? Oh, mein Gott, ich kann es kaum erwarten!«

»Geht mir ganz genauso«, erwiderte ich lächelnd und zog meine Beine in den Schneidersitz. Es war Freitagnachmittag, und ich saß auf meinem Bett und telefonierte mit Rose. Rachel hatte noch eine Vorlesung und war danach direkt mit Jess verabredet, um mit ihr ins Kino zu gehen. Deswegen hatte ich sturmfreie Bude und konnte ganz ungestört mit Rose sprechen.

»Thanksgiving selbst muss ich wohl oder übel bei meinen Eltern verbringen«, sagte Rose. »Aber sobald das vorbei ist, setze ich mich ins Auto und verbringe die restlichen freien Tage bei dir. Ist das okay für dich und deine Eltern?«

Ich nickte. »Was ist das denn für eine Frage? Klar ist das okay.«

Rose war in den Ferien, an den Wochenenden und über Feiertage so oft mit bei meiner Familie gewesen, dass meine Eltern es wohl seltsamer fänden, wenn sie nicht auftauchen würde.

»Ich mein, ich könnte natürlich einfach in New York bleiben«, sprach sie weiter, und ihre Stimme klang ein wenig gedämpft. »Aber ich würde dich echt gerne sehen, und ich muss mich auch zu Hause blicken lassen, ob es mir gefällt oder nicht.«

»Und es ist auch echt deprimierend, wenn man als Einzige im Wohnheim bleibt, oder?«, erwiderte ich. »Das muss ja wirklich nicht sein.«

Nicht, dass ich mir das vorstellen konnte. Aber Rose war, bevor ich sie einfach irgendwann mitgeschleppt hatte, viele Wochenenden allein im Internat geblieben. Ein einziges Mal war ich mit in ihrer Heimatstadt gewesen, die nur eine Stunde Autofahrt von meinem Elternhaus entfernt lag, und seitdem konnte ich noch besser verstehen, wieso sie ihre Familie mied. Rose konnte es ihnen einfach nicht recht machen, egal, was sie tat, sie erfüllte die Erwartungen ihrer Eltern nicht. Und ich fand das unfassbar unfair, weil Rose so ein warmherziger Mensch war, der in der Welt der Banker und Politiker, aus der ihre Familie stammte, untergegangen wäre.

»Ehrlich gesagt finde ich die Vorstellung, allein in New York zu bleiben, besser, als nach Hause zu müssen«, erklärte Rose schlicht.

»Versteh ich«, erwiderte ich, während ich mir meine Kuscheldecke, die mir auch als Tagesdecke diente, über die Beine legte. »Aber vergiss nicht, dann sehen wir uns. Wir können Bier trinken und Eis essen und uns irgendwelche seltsamen Filme ausleihen.«

»Du weißt, dass wir auch einfach über meinen Netflix-Account schauen könnten, oder?«, zog sie mich auf, und ich hörte an ihrer Stimme, dass sie nicht mehr ganz so bedrückt war wie eben noch. »Wir müssen nicht wie damals im Mittelalter in eine Videothek gehen und Filme ausleihen.«

Ich grinste und ließ mich rücklings in mein Kopfkissen sinken. »Wir müssen nicht, aber wir können.«

Ein Seufzen erklang am anderen Ende. »Okay. Lassen wir es einfach auf uns zukommen. Deal?«

»Deal«, erwiderte ich. »Wie geht es dir sonst so? Nachdem wir jetzt unsere Feiertagspläne geklärt haben, wie ist es in New York?«

»Es ist großartig, wirklich«, antwortete Rose das, was sie immer sagte, wenn ich sie fragte. »Ich mag die Menschen, das Pulsieren der Großstadt, die Anonymität, dass man nie allein ist und doch ganz für sich bleiben kann.«

»Okay. Und krieg ich jetzt noch die Wahrheit, oder willst du mich echt mit der Antwort abspeisen, die alle bekommen?«

Es war schwer, wirklich an Rose ranzukommen. Sie war gesellig, aufgeschlossen, es war leicht, sich mit ihr anzufreunden. Solange es oberflächlich blieb. Hinter ihre Fassade ließ sie kaum jemanden blicken, da musste man schon hartnäckig sein.

Wahrscheinlich hatten wir uns auch deswegen angefreundet und waren nicht nur Zimmergenossinnen geblieben. Sie hatte mich nie verurteilt oder ausgeschlossen, ja, sie hatte mich sogar verteidigt. Und ich hatte mir die Mühe gemacht, hinter ihre Fassade zu blicken.

Ich hörte ein erneutes Seufzen am anderen Ende der Leitung. »Durchschaut. Es gefällt mir sehr hier, das ist es gar nicht. Ich liebe diesen Studiengang, und New York ist eine Wahnsinnsstadt – das muss ich dir auch nicht noch mal erzählen, das weißt du inzwischen. Aber es gibt da diesen Typ, bei dem ich einfach nicht weiß …«

Ich runzelte die Stirn, davon hörte ich zum ersten Mal. »Wie lange haben wir nicht miteinander telefoniert?«

»Zwei Wochen«, erwiderte sie. »Letztes Wochenende hatte ich keine Zeit.«

Jetzt, da ich darüber nachdachte, wurde mir auch klar, dass wir nicht mehr miteinander gesprochen hatten, seitdem ich auf Jasons Geburtstagsparty gewesen war. Und das Gespräch, das wir am

Sonntag danach geführt hatten, war auch eher kurz angebunden gewesen, da ich in Gedanken nach wie vor damit beschäftigt gewesen war, den Jason in der Küche an seinem Geburtstag mit dem Jason in Einklang zu bringen, den ich davor kennengelernt hatte. Es war, als würde ich zwei Schablonen übereinanderlegen wollen, die einfach nicht zusammenpassten.

»Wann ist das passiert? Mit diesem Kerl? Wie heißt er und wie kam es dazu?«, löcherte ich sie mit Fragen und fischte eine Packung mit Schokocrispies von meinem Schreibtisch. Wenn Rose anfing, über einen Mann zu reden, war Nervennahrung immer gut. Für uns beide.

»Er heißt Oliver, studiert Geschichte, und ich hab ihn vor zwei Wochen am Samstag in einem Club kennengelernt.«

Ich runzelte erneut die Stirn. »Wir haben an dem Sonntag danach telefoniert, da hast du nichts davon erzählt ...« Das glaubte ich zumindest. Plötzlich wallte die Angst in mir auf, ich könnte es einfach vergessen haben, weil ich so sehr mit mir selbst beschäftigt gewesen war. Zu abgelenkt von der Frage, ob ich Rose ansprechen sollte, ob sie Will kannte oder nicht. Ich hatte sie nicht gefragt. Denn letztlich gingen mich Jasons Familienverhältnisse nichts an, egal, wie neugierig mich das Kennenlernen seines Halbbruders gemacht hatte. Und dann über meine beste Freundin mehr über ihn rauszufinden, anstatt ihn einfach zu fragen, war daneben und respektlos. Deswegen hatte ich es gelassen.

»Ich hab dir nichts davon erzählt, weil es da noch nicht wirklich was zu erzählen gab«, erwiderte Rose, und allein durch ihre Tonlage konnte ich mir vorstellen, wie sie die Augenbrauen zusammenzog. »Er hat mich angesprochen, mir einen Drink ausgegeben, mich nach meiner Handynummer gefragt – ich hab sie ihm nicht gegeben. Ende der Geschichte, dachte ich. Aber dann hat er mich auf Instagram gefunden und angeschrieben.«

Es folgte eine Erzählung darüber, wie er sie mit seiner forschen und gleichzeitig nachdenklichen Art dazu gebracht hatte, einen

Kaffee mit ihm trinken zu gehen. Wie er sie dann doch um den Finger gewickelt hatte. Und wie er sich seitdem mal meldete und dann plötzlich wieder gar nicht. Wie er sie erst unbedingt sehen wollte, dann aber nicht mehr schrieb.

Bei der Schilderung dieses unsteten und unzuverlässigen Kommunikationsmusters hätte ich kotzen können. Leider hatte Rose ein Händchen dafür, an Kerle zu geraten, die Heiß-und-Kalt mit ihr spielten, sie erst nah an sich heranließen und sie dann wieder wegstießen. Ich hasste es, danebenzustehen und zuzusehen, wie ihr das Herz gebrochen wurde. Und doch konnte ich nichts tun. Außer es mir anhören und ihr sagen, dass sie toll war und ihr Selbstwert nicht an jemandem hängen sollte, dem sie nicht wichtig genug war, dass er sich bei ihr meldete. Rauskriechen musste sie selbst aus diesem Sumpf, ich konnte ihr nur die Hand reichen und da sein.

Und das war ich. Genauso wie sie für mich da gewesen war, als ich die bittere Erfahrung hatte machen müssen, wie es war, wenn die eigenen Gefühle ausgenutzt wurden und man danach nie wieder etwas von demjenigen hörte. Außer Spott und Hohn.

Nach dem zweistündigen Telefonat mit Rose, in dem ich versucht hatte, sie aufzubauen, war ich schon reichlich spät dran. Ich war mit Amber und Sean verabredet, wir wollten bei Amber im Zimmer einen Film schauen und haufenweise Junkfood in uns reinstopfen.

Ambers Wohnheimzimmer war nicht in Keeney, sondern in Pembroke. Gefühlt war Pembroke am anderen Ende des Campus, obwohl es zu Fuß nur ungefähr zehn Minuten waren. Zehn Minuten, in denen die Kälte in meine Glieder kroch und meine Lunge vereiste. Als ich bei Amber ankam und die Treppen in den vierten Stock nach oben stieg, waren meine Finger steif gefroren und meine Oberschenkel so taub, dass ich sie kaum spürte. Dabei näherten die Temperaturen sich erst langsam der Nullgradgrenze, vor allem nachts, also würde es noch viel kälter werden.

Auf dem Gang, in dem auch Ambers Zimmer lag, kamen mir einige Studentinnen entgegen; viele von ihnen wirkten, als würden sie ausgehen. Andere wiederum waren nur in Jogginghosen und Schlabberpulli unterwegs. Es gab eindeutig noch andere, die an einem Freitagabend lieber nicht ausgingen. Mit meiner Jeans und meinem Kapuzenpulli fiel ich auf jeden Fall nicht weiter auf.

Sean war schon da, als ich das Zimmer betrat, und brütete zusammen mit Amber über ihrem Laptop, um einen Film auszusuchen. Wie immer brannte bei Amber eine Duftkerze, eine Yankee Candle. Heute roch es, als hätte sie einen Kamin im Zimmer, und ein Blick auf das Etikett des Kerzenglases verriet mir, dass der heutige Duft Crackling Wood Fire hieß. Nun, er machte seinem Namen alle Ehre.

Nachdem ich beide kurz umarmt hatte, setzte ich mich auf den Schreibtischstuhl neben Ambers Bett und sah ebenfalls auf den Bildschirm.

»Habt ihr schon was in die engere Wahl genommen?«, fragte ich, während ich die Chips und Schokolade auspackte, die ich mitgebracht hatte. Kein Videoabend ohne ein paar unnötige Kalorien.

»Nein«, erwiderte Sean und fuhr sich seufzend durch die Haare. »Ich würde gerne irgendeinen Actionfilm schauen, Amber will unbedingt bei Disney bleiben.«

Er warf mir einen Hilfe suchenden Blick zu, als müsste ich ihn vor diesem Schicksal bewahren, doch ich konnte nur grinsend den Kopf schütteln. »Ich will auch keinen Actionfilm sehen, sorry.«

»Aber das heißt deswegen noch lange nicht, dass wir Disney schauen müssen.«

»Doch, natürlich«, widersprach Amber ihm mit so einer Selbstverständlichkeit, dass Seans Augen sich weiteten und er schmollend die Unterlippe vorschob.

»Bitte tut mir das nicht an«, flehte er.

Ich lachte leise. »Wieso bist du denn hergekommen? Du wusstest, dass wir keinen Actionfilm schauen werden.«

»James Bond ist kein wirklicher Actionfilm, sondern ein Klassiker«, widersprach Sean. »Das würde gehen, oder?«

Amber und ich schüttelten gleichzeitig den Kopf. »Ich mag James Bond nicht«, sagte sie. »Und das wusstest du, also kann ich mich Kaylas Frage nur anschließen und dich fragen, was du hier machst.«

Sean runzelte die Stirn und presste gespielt gekränkt die Lippen aufeinander. »Ich mag euch beide, wir sind Freunde, deswegen verbringe ich gerne Zeit mit euch ... Aber wenn ihr auf meine Gesellschaft keinen Wert legt, gehe ich woandershin.«

Ich verkniff mir die Frage, wohin er denn wohl gehen würde. Obwohl unser Studiengang sehr von den männlichen Vertretern der Spezies Mensch dominiert wurde und neben Amber und mir nur vier weitere Frauen in den Kursen waren, hing Sean immer mit uns rum. Was total okay war, ich mochte Sean sehr.

»Du weißt doch gar nicht, was du ohne uns machen sollst«, sagte ich und wuschelte ihm freundschaftlich durch die Haare. »Und ich bin mir sicher, wir finden einen Kompromiss. *Die Chroniken von Narnia* oder *Harry Potter* oder so was.«

Seine Augenbrauen wanderten über die Ränder seiner Brille. »Ich könnte sehr wohl auch mit anderen Leuten abhängen.«

»Könntest du«, pflichtete Amber ihm nickend bei. »Willst du aber nicht, weil wir so supercool sind.«

»Sie sagt es«, bestätigte ich und deutete mit dem Daumen auf Amber.

Cool war zwar nicht unbedingt das Wort, mit dem ich uns beschreiben würde, zumindest nicht, wenn man den gängigen Maßstab für Coolness anlegte. Aber das war auch gar nicht wichtig, denn mit Amber und Sean lebte es sich wie in einer Seifenblase, in der es cool war, Disneyfilme zu schauen.

Sean ließ sich seufzend mit dem Rücken an die Wand sinken, an der Ambers Bett stand. »Okay, meinetwegen. Ihr seid supercool, und für euch nehme ich es auf mich, Disneyfilme zu schauen.«

Amber quietschte und klatschte begeistert in die Hände, und ich musste lachen. »Vielleicht finden wir ja trotzdem etwas, womit wir alle leben können. Sonst verlässt Sean uns wirklich irgendwann, um mit den Männern in unserem Kurs abzuhängen.«

»Nachdem ich quasi der Einzige bin, der es geschafft hat, sich in eine Mädelsclique zu integrieren?« Er schnaubte belustigt und schüttelte den Kopf. »Auf gar keinen Fall.«

Ehe eine von uns antworten konnte, ging die Zimmertür auf, und Ambers Mitbewohnerin Lauren kam herein. Sie hatte ihre langen blonden Haare mit den lila gefärbten Strähnen zusammengebunden, was dank des Sidecuts ihre geradlinigen, beinahe feinen Gesichtszüge betonte. Sie trug eine Jogginghose und eine dicke Jacke über ihrem Sweatshirt. Sie kam eindeutig vom Kickboxen, das war nicht nur an der Sporttasche ersichtlich, die über ihrer Schulter baumelte und die sie nun achtlos auf ihr Bett warf.

Auf Lauren traf die Bezeichnung cool wirklich zu. Alles an ihr strahlte Coolness, Lässigkeit und »*leg dich nicht mit mir an*« aus.

»Na ihr?«, sagte sie, und als sie grinste, blitzte der Ring, der ihre Unterlippe zierte. »Habt ihr euch schon für einen Film entschieden?«

Amber schüttelte den Kopf und seufzte theatralisch. »Nein, sie wollen einfach keinen Disneyfilm schauen.«

»Das stimmt doch gar nicht!«, entgegnete ich.

»Ich will wirklich nicht«, erklärte Sean, der nach wie vor in resignierter Haltung an der Wand lehnte.

»Aber du willst einen Kompromiss finden«, sagte Amber zu mir und schlug mit einem kleinen Kissen nach mir.

Ich lachte leise und hob abwehrend die Hände. »Kaum kommt Lauren rein, packst du die Fäuste aus.« Ich sah zu Lauren. »Du hast keinen guten Einfluss auf sie.«

Lauren zuckte mit den Schultern, als wäre ihr das vollkommen egal, und schmunzelte. »Ich hab den besten Einfluss auf sie.«

»Hör gut zu, was sie sagt«, meinte Amber und deutete auf Lauren, die sich gerade frische Klamotten aus dem Schrank holte und sich ein Handtuch über den Arm legte. Dann nahm sie ihren Waschbeutel und machte sich auf den Weg zur Tür.

»Ich bin mal duschen, und dann mache ich mein Versprechen mit der sturmfreien Bude wahr und verzieh mich.«

»Wir wollen dich nicht vertreiben«, sagte ich. »Du kannst auch bleiben und mitschauen.«

Lauren winkte ab, schon halb aus der Tür draußen. »Nope, ich geh aus. Aber danke.«

Und schon war sie verschwunden. Schulterzuckend wandte ich mich wieder Amber zu. »Gut, dann nicht.«

»Sie geht fast immer feiern«, sagte sie. »Das hat nichts mit uns zu tun.«

»Wahrscheinlich sollten wir zwei uns ein Zimmer teilen und Lauren mit Rachel«, meinte ich leichthin.

Amber schüttelte den Kopf. »Auf keinen Fall. Ich glaube nicht, dass die zwei gut miteinander auskämen. Außerdem mag ich Lauren, ich wohne super gerne mit ihr zusammen.«

»Ich mag Rachel ja auch – sehr sogar«, warf ich hastig ein. »Es war auch nicht so gemeint, dass ich sie loswerden will, sondern nur, dass die zwei aufgrund ihrer Wochenendgestaltung gut zusammenpassen würden.«

»Und das wäre auch alles, worin sie gut harmonieren würden«, meinte Sean und seufzte. »Wobei sie beide heiß sind, also die Vorstellung, wie sie sich ein Zimmer teilen und sich voreinander umziehen …«

»Sean!«, stieß Amber lachend aus und schlug ihn mit dem Kissen, das davor schon mich getroffen hatte. »Lass deine Sexfantasien zu Hause!«

»Geht nicht.« Er tippte sich an seine Schläfe. »Die trag ich ja hier drin mit mir rum. Und außerdem ist das total normal, jeder hat solche Fantasien.«

»Aber bei dir schockiert es mich besonders«, meinte Amber und sah ihn an, als hätte er ihr soeben offenbart, dass er sich gerne am ganzen Körper wachsen lassen würde, um dann nackt einen Schneehügel runterzurutschen. »Du bist immer so nett und still und zurückhaltend und zuvorkommend, weißt du.«

»Und es ist natürlich ein anerkannter Fakt, dass nette und zuvorkommende Menschen keinen Sex haben«, sagte ich trocken, obwohl mir das Thema ein wenig unangenehm war. »Oder davon fantasieren.«

»Nein, aber sie reden nicht drüber«, sagte Amber und legte nachdenklich den Kopf schief. »Wobei das vermutlich ein echt blödes Vorurteil ist und ich ziemlich gemein bin, wenn ich Sean so was nicht zugestehe.«

»Danke«, erwiderte er grinsend. »So lieb von dir, dass du mir auch einen Hormonhaushalt und einen Sexualtrieb zugestehst.«

»Ja, Amber ist wirklich sehr großzügig«, sagte ich, während Amber die Augen verdrehte.

»Ich mein ja nur! Sean ist einfach so ... nett.«

»Das haben wir ja gerade schon festgestellt.« Er sah sie frech über die Ränder seiner Brille an. »Aber danke.« Dann wurden seine Gesichtszüge ernst, und der belustigte Ausdruck verschwand aus seinen Augen. »Nicht, dass es einen in der Frauenwelt irgendwie weiterbringt, nett zu sein.«

Amber runzelte die Stirn. »Wie meinst du das?«

»Na ja.« Er setzte sich ein wenig auf, zog die Beine an und legte die Arme auf seinen Knien ab. »Frauen wie Rachel – oder Lauren, auch wenn sie zwei vollkommen unterschiedliche Typen sind – stehen nicht auf die netten und ehrlichen Kerle. Genau genommen tut das fast keine Frau. Die meisten wollen einen Arsch, der Frauen mies behandelt und nur für sie eine Ausnahme macht. Hart, aber wahr.«

»Das stimmt doch so gar nicht«, protestierte Amber, während mein Magen sich auf die Größe einer Walnuss zusammenzog. Ich war auch eine von diesen Frauen gewesen, damals noch ein Mädchen eher. Ich hatte gehofft, der große Frauenheld Ryan würde sich für mich ändern. Ich hatte ihm geglaubt. Und war bitter enttäuscht worden. Er hatte sein Spiel genau so lange aufrechterhalten, bis er bekommen hatte, was er gewollt hatte.

Ich war so dumm gewesen, so naiv und leichtgläubig, dass ich noch heute den Drang unterdrücken musste, meine Hand zur Faust zu ballen und auf irgendetwas einzuschlagen. Am liebsten auf mich selbst, da genau genommen niemand außer mir schuld daran war. Es war leicht, dem anderen die Schuld zuzuschieben, meistens tat ich das auch. Aber wenn ich ehrlich zu mir selbst war … dann hatte ich es mit mir machen lassen. Niemand war schuld daran, niemand außer mir.

»Ich will keinen Kerl, der mich schlecht behandelt.« Amber verschränkte die Arme samt dem Kissen vor der Brust. »Man kann es leider nicht immer vorher absehen, aber ich will jemanden, der mich gut behandelt und nett und ehrlich ist. Nichts ist so wichtig wie Ehrlichkeit in einer Beziehung, finde ich.«

»Seh ich auch so«, sagte ich und versuchte, die Wut auf mich selbst zu ignorieren, die immer noch unter meiner Haut köchelte. »Wenn er nicht nett ist und andere Menschen schlecht behandelt, will ich mit ihm nichts zu tun haben.«

Das hatte ich mir geschworen, ich würde nicht noch mal auf jemanden hereinfallen, der zu mir zwar nett war, aber dessen Weg mit gebrochenen Herzen gepflastert war.

»Und wieso sind die meisten Frauen dann trotzdem hinter solchen Kerlen her?«, fragte Sean. »Wieso muss ich eigentlich so tun, als hätte ich kein Interesse an einer Frau, nur damit sie mich überhaupt wahrnimmt? Warum kann ich nicht einfach sagen, dass ich sie toll finde und sie gerne näher kennenlernen würde? Warum ernte ich für so was höchstens ein mitleidiges Lächeln?«

»Das … ist eine gute Frage«, antwortete ich. »Wahrscheinlich, weil du mit deiner Theorie, dass sie alle auf Arschlöcher stehen, recht hast.«

Amber wiegte den Kopf und betrachtete das Kissen in ihren Armen. »Seien wir ehrlich, diese Typen sehen fast immer gut aus und haben viel Charisma – und darauf fällt man dann rein. Da zählen halt Oberflächlichkeiten mehr als Werte, die man braucht, um eine Beziehung zu führen. Und das ist ja kein rein weibliches Phänomen.« Sie sah Sean an und zog eine Augenbraue nach oben. »Du schmachtest auch Rachel an und beschwerst dich, dass sie dich nicht wahrnimmt – aber nimmst du Frauen wahr, die nicht wie Rachel sind? Die normalen Mädels von nebenan? Du bist da ja letztlich nicht besser, du machst es genauso.«

Sean schürzte die Lippen. »Du meinst also, ich soll gegen das gehen, was ich attraktiv finde, und bewusst woanders Ausschau halten?«

»Ja.« Amber nickte so heftig, dass eine Strähne ihrer dunklen Haare sich aus ihrem Dutt löste. »Genau das meine ich. Du willst, dass Frauen dich wahrnehmen? Dann hör auf, drauf zu warten, dass die, die dich nicht wollen, sich ändern, sondern fang selbst an, die wahrzunehmen, die bei dir bisher unter dem Radar durchfliegen.«

Sean sah sie an, als hätte sie ihn erneut mit dem Kissen geschlagen. »Du bist ein Quell der Weisheit«, brachte er schließlich hervor. »Wieso ist mir das bisher nicht aufgefallen?«

Amber grinste und streckte ihm die Zunge raus. »Weil du genauso in deinen Mustern gefangen bist wie die Frauen, denen du das vorwirfst. Und dafür, dass ich dich grade erleuchtet habe, verlange ich, dass wir einen Disneyfilm schauen.«

Wir schauten keinen Disneyfilm, sondern einigten uns schlussendlich auf die *Chroniken von Narnia*. Gerade als die vier Geschwister zusammen durch die Tür in dem Schrank nach Narnia gelangten, kam Lauren erneut ins Zimmer, um sich ihre Lederjacke und ihre Stiefel anzuziehen. Mit der zerrissenen Strumpfhose, dem kurzen Rock und den dunkel geschminkten Augen sah sie aus wie ein Vamp.

Sie schaute ungefähr zwanzig Minuten mit uns den Film, dann verabschiedete sie sich und wünschte uns einen schönen Abend.

Je weiter der Film fortschritt, desto mehr löste sich der Knoten in meinem Magen. Die Wut unter meiner Haut verschwand langsam, bis ich das alles ins Reich des Vergessens drängen und einfach die Gegenwart wertschätzen konnte. Die Gegenwart, in der ich an der Brown echt schnell Freunde gefunden hatte und mich am College in Momenten wie diesem wohler fühlte, als ich es je für möglich gehalten hätte.

KAPITEL 10

JASON

Die kalte Luft brannte in meiner Lunge, während der Kies unter meinen Füßen knirschte und meine Oberschenkel sich taub anfühlten. Ich zog mir meinen Schal über den Mund, um meine Lunge nicht zu sehr zu vereisen, und joggte im selben Tempo weiter. Ich liebte es, zu laufen, liebte dieses Gefühl der Schwerelosigkeit, das von der Erschütterung abgelöst wurde, sobald ich auftrat. Fliegen und landen, immer im Wechsel. Selten fühlte ich mich so sehr wie ich selbst, so zu Hause in meinem Körper, so verankert in mir.

Wenn ich joggte, zählte sonst nichts. Nur ich, mein Herzschlag, das Blut, das in meinen Ohren rauschte und alle Gedanken aus meinem Kopf spülte. Da konnte mir selbst dieser triste, kalte Tag nichts anhaben, an dem es gar nicht wirklich hell zu werden schien und der Nebel sich höchstens lichtete, aber nicht komplett verzog.

Manchmal kam Nate mit, der auch heute neben mir lief. Aber er hielt die Klappe und war einfach nur dabei, ohne sich dabei unterhalten zu müssen. Das war etwas, das ich an unserer Freundschaft sehr mochte – wir konnten zusammen schweigen. Eine Eigenschaft, die die wenigsten Menschen besaßen. Dabei war es so viel schöner, die Stille zu spüren und in sich aufzunehmen, anstatt sie dauernd mit etwas füllen zu wollen.

Wir liefen unsere Standardrunde, die erst über den Campus und durch die Grünflächen dort führte und dann durch die Straßen rund um das Unigelände.

Kurz bevor wir an die Kreuzung kamen, an der es entweder zurück zu unserer Wohnung oder auf den Campus ging, brach Nate das Schweigen.

»Willst du Muskeltraining dranhängen? Bei uns zu Hause oder im Park?«

»Ja. Wo, ist mir egal.«

Wenn meine Muskeln schon warm waren, war es sinnvoll, das Muskeltraining gleich mit dranzuhängen. Ich machte das immer so, auch wenn es viele gab, die sagten, es brachte nichts, Ausdauer- und Muskeltraining an einem Tag zu absolvieren. Aber das war mir egal. Ich verfolgte damit ja kein bestimmtes Trainingsziel, sondern hatte einfach Spaß daran und wollte fit bleiben, als Ausgleich zum vielen Sitzen in der Uni und beim Lernen.

»Dann lass uns in den Park gehen, solange wir es noch können«, meinte Nate und bog die Straße nach rechts ab.

Ich grinste in meinen Schal. »Wir können das den ganzen Winter, du bist nur so eine Tropenpflanze.«

Nicht, dass ich besonders scharf darauf war, zwischen Schneebergen Liegestütze zu machen. Aber im Gegensatz zu Nate musste sich bei mir nur meine Lunge an die Kälte gewöhnen, der Rest meines Körpers brachte auch bei Minusgraden Höchstleistungen.

»Ich lege keinen Wert auf eine Lungenentzündung oder so.«

»Aber solange es irgendwie geht, surfen gehen«, zog ich ihn weiter auf.

»Da hab ich einen Neoprenanzug an, das ist etwas vollkommen anderes.«

»Sagst du das beim Sex auch, dass es was vollkommen anderes ist, wenn du ein Kondom trägst?«

Lachend verdrehte Nate die Augen und boxte mich gegen den Oberarm. »Ja. Weil ich einfach in all meinen Lebensbereichen total auf Sicherheit stehe.«

»Punkt für dich«, sagte ich, während ich das Tempo verlangsamte, als wir wieder den Campus betraten. Mein Puls sollte sich ein wenig beruhigen, bevor ich mit dem Krafttraining begann – selbst wenn ich dafür nur mein eigenes Körpergewicht nutzte. »Aber ungeschützter Sex ist vom Gesundheitsrisiko her nicht zu vergleichen mit Sport im Freien.«

»Denkst du.«

»Weiß ich. Weil ich das eine ernst nehme und mir um das andere keine Gedanken mache – und trotzdem so gut wie nie krank bin.«

Nate musterte mich skeptisch von der Seite, ehe er seufzte. »Okay, Punkt für dich. Unentschieden.«

Wir waren bei einer Bank angekommen, auf der zu dieser Jahreszeit niemand saß. Überhaupt bot der Campus im Herbst ein anderes Bild als bei wärmeren Temperaturen. Es waren genauso viele Studenten zu sehen, nur eilten sie nun die Wege entlang, ein paar schneller, andere langsamer, anstatt auf den Grünflächen herumzulungern. Die Bänke waren weitgehend verwaist, kaum jemand legte es an einem nebligen und grauen Tag darauf an, länger als nötig draußen zu sein.

Nate und ich mussten uns gar nicht absprechen, welche Übungen wir in welcher Reihenfolge machten. Wir fingen immer mit den Liegestützen an, drei Sätze mit zwanzig Wiederholungen.

»Wie läuft es eigentlich mit Megan?«, fragte ich, während das blasse Herbstgras meinem Gesicht näher kam, ehe ich mich wieder hochstemmte.

»Passt schon«, gab Nate knapp zurück, und ich hörte an seiner Stimme, dass es eben nicht passte. Die beiden hatten seit meinem Geburtstag Streit miteinander, also schon zweieinhalb Wochen. Und ganz ehrlich, langsam ging mir Nates schlechte Laune auf die Nerven. Es war nicht so, dass er es an mir ausließ, aber er war meistens recht wortkarg, verschwand abends in der WG in sein Zimmer und wirkte insgesamt sehr in sich zurückgezogen. Und der einzige Auslöser, den ich dafür ausmachen konnte, war der Streit mit Megan an meinem Geburtstag gewesen. So viel dazu, dass sie nur

Freunde waren, die halt miteinander ins Bett gingen … Das glaubte ich Nate immer weniger.

»Und wegen *passt schon* bist du seit Tagen dermaßen mies drauf?«, hakte ich weiter nach und ließ mich ganz auf den kalten Boden sinken, den Kopf auf meiner Hand abgelegt und Nate zugewandt.

Nate richtete sich auf und kniete neben mir, den Blick auf das Gras gewandt. »Es ist echt nichts. Oder nichts, was sich nicht wieder einrenkt.«

»Willst du mir sagen, was dieses ominöse Nichts ist?«, fragte ich und stemmte mich wieder hoch, um weiter Liegestütze zu machen. »Vielleicht kann ich dann was Schlaues dazu beitragen.«

Nate stützte sich ebenfalls wieder auf die Hände. »Keine Ahnung, Mann, ich rede eigentlich nicht über so was. Ich finde, was zwischen zwei Menschen passiert, sollte genau da bleiben.«

Nur mit Mühe konnte ich ein Augenrollen unterdrücken. »Ich will ja auch nicht wissen, was ihr genau im Bett treibt, sondern was dich so fertigmacht.«

»Ich bin nicht fertig.«

»Dann halt angeschlagen oder nicht gut drauf oder was auch immer.«

»Hm«, grummelte er, und ich drehte den Kopf, um ihn ansehen zu können. Seine Kieferknochen mahlten, und er starrte die Wiese unter sich an, als hätte sie ihm ein persönliches Leid angetan.

Ich ließ mich erneut auf das Gras sinken und musterte Nate eindringlich. »Pass mal auf, du bist mein bester Freund, ich rede mit dir über alles. Du kannst mir vertrauen, was ist los?«

Ich kam mir ein bisschen blöd dabei vor, ihn darauf hinweisen zu müssen, dass wir beste Freunde waren und er mir alles sagen konnte, ohne dass ich ihn je dafür verurteilen würde. Aber so einfühlsam und offen Nate war, wenn es um die Probleme anderer ging, so verschlossen war er, sobald er selbst eines hatte.

»So wie du mit mir über die Sache mit Will und deiner Familie redest?«, entgegnete Nate gelassen und erwiderte meinen Blick ruhig. Ich wusste, dass es nicht als Angriff gemeint war, und doch verkrampfte sich mein Magen.

»Punkt für dich. Aber immerhin weißt du davon. Du weißt, dass diese Sache existiert – und dass du einer der Einzigen bist.«

Cole wusste es nur in Ansätzen, Rachel, weil sie mit mir groß geworden war … und sonst niemand außer Nate.

»Du weißt auch, dass Megan existiert«, hielt Nate dagegen und nutzte die Pause, um seinen Nacken ein wenig zu dehnen.

»Das ist kaum zu ignorieren«, sagte ich trocken. »Immerhin geht sie nicht nur dauernd bei uns ein und aus, sondern ist auch schwer zu überhören.«

Als Nate mir daraufhin einen bösen Blick zuwarf, seufzte ich. »Mann, das war ein Scherz, komm mal runter. Ich mein ja nur, dass ich dir nicht helfen kann, wenn ich nicht weiß, was los ist.«

»Hm«, war alles, was ich dazu bekam. Also beschloss ich, die Taktik zu ändern und Nate einfach zu lassen. Während des letzten Satzes Liegestützen und der Kniebeugen herrschte Schweigen zwischen uns. Zwei Studentinnen liefen an uns vorbei und grüßten uns – freizügiges Grinsen inklusive. Ich hatte keine Ahnung, woher ich sie kannte, ihre Gesichter kamen mir vage bekannt vor. Ich grüßte zurück und wandte mich wieder meiner einvernehmlich stillen Konversation mit Nate zu.

Erst als wir bereits bei den Ausfallschritten waren, öffnete Nate wieder den Mund.

»Ich weiß ehrlich gesagt gar nicht so genau, was los ist«, sagte er, und seine Stimme, die sonst immer sehr fest war, klang ungewöhnlich leise. »Ich verstehe ihr Problem nicht, weil sie nicht mit mir redet. Was ich aber bereits kapiert habe, ist: Sie will an dem Status unserer Freundschaft, Beziehung oder was auch immer das ist, nichts ändern und reagiert jedes Mal abweisend, wenn ich sie darauf anspreche. Was mit anderen haben soll ich aber gefälligst auch nicht – nicht mal drüber nachdenken.«

»Ähm … wow«, sagte ich und musste diese vielen Informationen, mit denen ich so nicht gerechnet hatte, erst mal sortieren.

»Nur für mein Verständnis: Du würdest gerne etwas an eurem Status ändern?«

Nate nickte, ohne mich anzusehen. »Schon. Ich meine, wir verstehen uns echt gut, diese Sache läuft jetzt beinahe ein Jahr zwischen uns … Das muss sich doch irgendwann mal in irgendeine Richtung bewegen, oder?«

»Es muss nicht unbedingt«, sagte ich und suchte nach den richtigen Worten. Mir war bisher nicht bewusst gewesen, dass Nate gerne eine feste Beziehung mit Megan hätte. »Aber das geht halt nur, solange es für beide in Ordnung ist. Und für dich ist es das ja offensichtlich nicht.«

Er schüttelte den Kopf. »Nein. Für sie schon.« Er seufzte, zog sich die graue Mütze vom Kopf und fuhr sich durch die Haare, nur um die Mütze gleich wieder anzuziehen. »Keine Ahnung, das ist ein bisschen kompliziert.«

»Offensichtlich«, sagte ich und versuchte, nicht das Gesicht zu verziehen. Meine Oberschenkel brannten von den Ausfallschritten und waren ein wenig beleidigt, dass sie nach dem Joggen noch solche Leistungen bringen sollten. »Und verstehe ich es richtig, dass sie es aber trotzdem exklusiv halten will zwischen euch?«

Nate nickte und seufzte. »Verstehst du richtig. An deinem Geburtstag haben wir uns gestritten, weil mich in meinem Kurs eine Frau angesprochen hat, die ich ganz attraktiv finde. Und die wiederum hat mir ihre Handynummer gegeben. Und da Megan ja nicht mehr als diese Freundschaft plus will, ich aber trotzdem fair zu ihr sein und ihr sagen wollte, wenn ich mich mit einer anderen verabrede, hab ich ihr davon erzählt.« Er presste die Lippen zusammen und stieß die Luft aus, sodass sich seine Nasenflügel blähten. »Tja, und dann ist sie explodiert, was sie sonst nie tut, weil sie eigentlich eher abweisend wird, und hat mir um die Ohren gehauen, dass sie das nicht will. Und seitdem versuche ich dahinterzukommen, was sie denn überhaupt will und erwartet.«

Ich legte den Kopf schief und rieb mir den Nacken. »So wie sich das anhört, weiß sie das selbst nicht so genau.«

»So weit bin ich auch schon.«

»Sorry, Mann.«

»Kannst du ja nichts dafür«, erwiderte Nate und ging in die Knie, um sich auf die Seite zu legen und Seitstützen zu machen. Ich tat es ihm gleich, mit dem Gesicht ihm zugewandt.

»Ist sie dir denn so wichtig, dass du das mitmachen willst?«, fragte ich. »Ich mein, wenn du sagst, sie ist es dir wert, dahinterzukommen, was das eigentliche Problem ist und warum sie zwar auf der einen Seite nichts Festes mit dir will, dich gleichzeitig aber nur für sich haben will, ist das okay. Aber wenn du sagst, ihr versteht euch nur gut und es läuft halt gut zwischen euch, würde ich mich an deiner Stelle nicht fest dran binden – und mich auch von ihr nicht dazu zwingen lassen.«

Für einen Moment senkte Nate den Blick, dann sah er mich wieder an. »Das wiederum ist auch nicht so leicht, weil … Megan hat mit ein paar Dingen zu kämpfen.«

Ich runzelte die Stirn. »Und? Wir kämpfen alle mit irgendwas, deswegen muss sie doch nicht dich ausnutzen.«

»Sie nutzt mich erstens nicht aus, und zweitens sind das schon heftige Dinge, deshalb möchte ich ihr nicht zu viel Druck machen.«

»Also darf sie mit dir machen, was sie will? Sind ihre Probleme ein Freibrief, um über deine Bedürfnisse hinwegzusehen und dich an die Leine zu nehmen?«

Er zögerte einen Moment und schien über meine Worte nachzudenken. »So ist es nicht. Sonst würden wir ja grade nicht streiten. Sonst hätte ich einfach gesagt: Ja, okay, wir treffen uns nur miteinander und sonst mit niemandem, sind aber trotzdem nicht fest zusammen.«

Ich schnaubte und musste mich beherrschen, nicht den Kopf zu schütteln. Ich kannte Megan nicht gut genug, um mir wirklich ein Urteil über sie zu erlauben – aber Nate war mein bester Freund, und was sie mit ihm abzog, fand ich uncool.

»Vielleicht solltest du ihr mal sagen, dass das, was ihr da führt, dann so oder so eine Beziehung ist, egal, wie ihr es nennt.«

»Dann macht sie dicht, das weiß ich.« Nate drehte sich auf den Rücken und fing an, Sit-ups zu machen.

»Dann weiß ich auch nicht«, erwiderte ich und begann ebenfalls mit Bauchmuskeltraining. Ich hasste es und tat es nur, weil eine starke Rückenmuskulatur entsprechende Gegenspieler brauchte. Aber bei jedem Sit-up fühlte sich mein Bauch an, als würde er brennen. Und egal, wie viele Jahre ich schon trainierte, es wurde nicht besser, es fand einfach kein Gewöhnungseffekt statt. Meine Muskeln jammerten, egal, wie fit sie waren.

»Ich blöderweise auch nicht«, sagte Nate. »Was machst du heute noch?«

»Unauffälliger Themenwechsel«, kommentierte ich und grinste. »Ich hab heute Nachmittag frei, muss aber ein Referat vorbereiten. Du?«

»Hab noch eine Vorlesung.«

Eigentlich wusste ich, dass er eine hatte. Genauso wie Nate wusste, dass bei mir keine Vorlesung auf dem Plan stand. Wenn man so eng befreundet war und dann auch noch zusammenwohnte, kannte man den Wochenplan des anderen. Aber okay, wenn er sich ablenken und über etwas anderes sprechen wollte, taten wir das eben.

Immerhin wusste ich jetzt, was los war, auch wenn ich mich dadurch nicht wirklich besser fühlte. Im Gegenteil. Jetzt, da ich wusste, was Nate umtrieb, wusste ich auch, dass ich nichts tun konnte, um es für ihn zu ändern. Und dieses Gefühl, nichts ändern zu können und es einfach aushalten zu müssen, machte alles nur schlimmer, das war ein ungeschriebenes Gesetz.

Sobald wir wieder in unserer Wohnung waren, führte unser erster Weg unter die Dusche – getrennt natürlich. Ich ließ Nate den Vortritt, da er danach zurück auf den Campus musste.

Als ich nach einer langen heißen Dusche, die meine Muskeln aufgewärmt und wieder versöhnt hatte, aus dem Bad trat, war Nate bereits verschwunden. Cole war ebenfalls nicht da, er war heute den ganzen Tag in der Uni und würde von dort direkt zur Arbeit gehen. Ehrlich, ich hatte keine Ahnung, wie er es schaffte, unter der Woche die halbe Nacht in einer Bar zu arbeiten und am nächsten Tag trotzdem pünktlich in seinen Vorlesungen zu sitzen. Wahrscheinlich hatten die Superheldengene aus den Comics, die er las und zeichnete, auf ihn abgefärbt. Ich auf jeden Fall bereute es meist schon, wenn ich einmal unter der Woche feiern ging und am nächsten Tag in die Uni musste. Das ging mal für genau diesen einen Tag, aber zur Dauereinrichtung konnte ich das nicht machen, weil ich sonst wie ein Wachkomapatient durch die Gegend lief.

Nachdem ich mir ein Sandwich gemacht hatte, setzte ich mich mit ein paar Notizen zu einem neuen Konzept für meine Podcasts an den Küchentisch. Während ich aß, blätterte ich die Zettel durch, die ich mit Themen beschrieben hatte, über die ich gerne reden würde. Themen, die mich beschäftigten, die aber überhaupt nichts mit Sport zu tun hatten. Themen, über die ich sprechen wollte, ohne dass ich das Gefühl hatte, wirklich etwas Wertvolles dazu beitragen zu können.

Seufzend schob ich den Stapel Notizen von mir. Ich spielte mit dieser Idee schon beinahe ein Jahr lang, aber wenn ich ehrlich war, traute ich mich nicht, sie umzusetzen. Ich glaubte einfach nicht, dass die Leute, die mir dabei zuhörten, wie ich gut gelaunt über Sport und die neuesten Entwicklungen an der Brown redete, sich dafür interessierten, wenn ich über sozialkritische Themen sprechen würde.

Ich beschloss, mich von dieser frustrierenden Erkenntnis abzulenken und etwas zu tun, was ich schon länger vorhatte und wofür ich seit meinem Geburtstag keine Zeit gefunden hatte. Okay, vielleicht hatte ich auch nicht wie ein armseliger Trottel dastehen wollen, der Gründe suchte, um mit einer Frau in Kontakt zu treten. Aber jetzt gerade, als ich den letzten Bissen meines Sandwiches kaute und mir gleichzeitig meine Jacke anzog, war mir egal, wie es wirkte. Außerdem hatte ich Entzugserscheinungen, seitdem ich den letzten *Harry Potter* gelesen hatte, und von Cole kamen dazu nur schadenfrohe Sprüche. Verräter.

Keine Viertelstunde später betrat ich den Buchladen, in dem Kayla arbeitete. Ich wusste nicht, ob sie heute hier war, aber ich hatte auch nicht wie ein verrückter Stalker Rachel fragen wollen. Außerdem wollte ich ja in erster Linie ein Buch kaufen und nicht Kayla sehen. Zumindest redete ich mir das ein.

Warme Luft schlug mit entgegen, die mich zusammen mit dem Geruch nach Büchern einhüllte. Augenblicklich überkam mich eine Hitzewelle, und ich öffnete meine Jacke. Dass man, wann immer man von draußen kam und ein Gebäude betrat, quasi einen Hitzschlag erlitt, mochte ich an dieser Jahreszeit nicht besonders. Nachdem ich meinen Schal in die Jackentasche gestopft hatte, sah ich mich um.

Ich hatte Glück, Kayla war da. Sie hatte einen so hohen Stapel Bücher auf dem Arm, dass sie kaum daran vorbeisehen konnte, und sortierte sie in ein Regal ein. Dabei hatte sie einen konzentrierten Ausdruck auf dem Gesicht, ihre Stirn war ganz leicht gerunzelt und ihre Augenbrauen zusammengezogen. Ihre dunklen, beinahe schwarzen Haare waren locker zusammengebunden, eine Strähne fiel ihr über die Wange. Sie trug ein schlichtes schwarzes Longsleeve und eine enge Jeans, beides betonte ihre Figur, ihre Kurven, den Schwung ihrer Taille und ihre langen Beine. Ich sollte sie eigentlich nicht anstarren, das wusste ich. Mir sollte das alles gar nicht auffallen – weil Kayla nicht auf mich stand und sie mit Rachel befreundet war. Es fiel mir trotzdem auf. Und ich starrte sie trotzdem an. Zumindest bis meine Augäpfel wieder meinem Befehl gehorchten und sich auf ihr Gesicht richteten.

Sie schien mich nicht zu bemerken, als ich auf sie zuging und sie mit schief gelegtem Kopf die Buchrücken studierte, ehe sie ein weiteres Buch in die Reihe schob.

»Hey, nicht erschrecken«, sagte ich, als ich bei ihr ankam, aber sie erschrak trotzdem. Sie zuckte zusammen, und der Stapel Bücher auf ihrem Arm schwankte bedenklich. Ohne darüber nachzudenken, griff ich vor und bewahrte zwei dicke Wälzer davor, den Abgang zu machen.

Ich grinste schief, während sie mich mit geweiteten Augen ansah. »Hi«, sagte ich. »Das mit dem Nicht-Erschrecken hat nicht funktioniert, tut mir leid. Aber ich muss sagen, dass meine Absichten absolut ehrenwert waren.«

»Das würde ich an deiner Stelle jetzt auch behaupten.« Sie trat einen Schritt zurück und schüttelte den Kopf leicht, um eine Strähne aus den Augen zu bekommen. Ich unterdrückte den irrsinnigen Drang, sie ihr auf die Seite zu streichen.

»Aber es ist wahr«, sagte ich und versuchte nicht einmal, den verschmitzten Ausdruck von meinem Gesicht zu vertreiben. »Wirklich.«

Kayla zog eine Augenbraue nach oben. »Wirklich? Na gut, im Zweifel für den Angeklagten.«

Damit wandte sie sich wieder dem Regal zu und sortierte weiter Bücher ein. Na ja, immerhin war sie nicht mehr ganz so kratzbürstig, also hatte sich doch etwas verändert seit meinem Geburtstag. Wir hatten uns seitdem nur flüchtig gesehen und nie allein, und ich hatte befürchtet, dass sie ihre Mauern sofort wieder hochziehen würde, sobald wir uns begegneten, und dass das Gespräch in meiner Küche rein gar nichts geändert hatte.

»Soll ich warten, bis du die Bücher eingeräumt hast, oder berätst du mich nebenher?«, fragte ich forsch.

»Ah, kommen jetzt deine wahren Absichten zum Vorschein«, entgegnete sie, ohne ihren Blick von den Büchern abzuwenden oder sich in ihrem Tun irritieren zu lassen.

»Meine wahren Absichten lagen nie im Verborgenen«, sagte ich, auch wenn das nun wirklich nur zur Hälfte stimmte. »Oder warum sollte ich in einen Buchladen kommen, wenn nicht, um Bücher zu kaufen?«

Oder um Kayla zu sehen. Obwohl ich in letzter Zeit meine Mittagspausen oft mit Rachel verbracht hatte, war Kayla nur selten dabei gewesen. Laut Rachel war sie viel mit Amber und Sean zusammen, mit denen sie an einem Projekt für die Uni arbeitete.

»Keine Ahnung.« Kayla stellte endlich das letzte Buch ins Regal. Dann wandte sie sich mir zu und musterte mich mit schief gelegtem Kopf. »Sag du es mir.«

Genau. Als ob ich ihr sagen würde, dass ich natürlich gehofft hatte, sie hier zu treffen. Konnte ich schon, aber es würde sie verschrecken, also ließ ich es.

»Ich habe ein wirklich großes Problem«, erklärte ich. »Ich bin mit *Harry Potter* durch und weiß nicht, was ich jetzt mit meinem Leben anfangen soll.«

Sie nickte langsam. »Wie du es vorhergesehen hast, ja?«

»Yep. Ganz schrecklicher Zustand. Deswegen habe ich mich auf die Suche begeben nach diesen ominösen Orten, von denen du erzählt hast. Orte, an denen man Bücher kaufen kann.«

Zu meiner Überraschung zupfte ein kleines Schmunzeln an Kaylas Mundwinkeln. »Und wie ich sehe, bist du fündig geworden. War es schwer?«

Ich nickte kräftig. »Sehr. Es war unglaublich abenteuerlich, und ich musste mich vielen Gefahren stellen, um zu diesem geheimnisvollen Ort zu gelangen.«

Sie schnaubte, ihre Augen funkelten. »Ja, das glaube ich, dass der Weg von deiner Wohnung hierher sehr beschwerlich war.«

»Vergiss nicht die Temperaturen, die machen es noch schwerer.«

»Aber du kommst doch auch von der Ostküste und bist es gewohnt, oder? Rachel erzählt mir dauernd, dass das jetzt noch gar nichts ist gegen den Winter.« Kayla schüttelte sich und tat so, als würde sie frösteln. »Ich werde erfrieren.«

Ich winkte ab. »Nein, wirst du nicht. Nate dachte das am Anfang auch, und der lebt noch ganz munter. Allerdings hat er jemanden, der ihn wärmt.«

Ein frecher Ausdruck trat in ihre Augen. »Aha, ich wusste gar nicht, dass ihr euch so nahesteht. Das ist ja süß.«

Ich schüttelte lachend den Kopf. »Klar, in kalten Nächten eröffnen wir das Familienbett und halten uns zu dritt gegenseitig warm. Wobei es mit Cole schwierig ist, er ziert sich immer so.« Ich seufzte gespielt theatralisch. »Hat wohl ein Problem mit Nähe, der Gute.«

»Da ist er ja bei dir an der richtigen Adresse, mit Soziologie solltest du doch in der Lage sein, ihn zu therapieren, oder nicht?«

Über diese Vorstellung musste ich schmunzeln. »Ich bin ja kein Psychologe, also nein. Wobei ich natürlich mein Bestes gebe, um den WG-Therapeuten zu spielen.«

Dabei kam diese Rolle eher Nate zu, er war derjenige, der auf andere zuging und sich ihre Probleme anhörte.

»Vielleicht solltet ihr eine Selbsthilfegruppe in Betracht ziehen – in eurem Familienbett.«

»Ich werde den Vorschlag mal anbringen.« Ich vergrub die Hände in den Hosentaschen und musterte Kayla, wobei ich unterdrücken musste, auf den Fußballen auf und ab zu wippen. Meine Schädelbasis prickelte ein wenig, keine Ahnung, wieso ich auf einmal nervös wurde. »Kommen wir zurück zu dem Grund, weshalb ich hier bin.«

»Du meinst, dass du nicht weißt, was du jetzt mit deinem Leben anfangen sollst?« Sie erwiderte meinen Blick, die Belustigung war daraus verschwunden.

»Ja.«

»Möchtest du ein neues Buch lesen? Bist du dafür schon bereit?«

Unsicher hob ich die Schultern, ohne sie aus den Augen zu lassen. »Ich weiß nicht, ob ich schon bereit bin für etwas Neues. Ich denke nicht, dass irgendetwas Neues diese Lücke füllen kann.«

Ihr Mundwinkel zuckte ein wenig. »Diese Lücke ist auch nicht zu füllen, aber du kannst ja trotzdem neue Buchfreundschaften knüpfen. Die helfen dir, über diesen Verlust hinwegzukommen.«

»Das ist der Plan. Kannst du mir etwas empfehlen?«

»Hm.« Sie legte den Kopf schief, und ihr Blick schien nach innen zu gehen, während sie überlegte. »Hast du eine bestimmte Vorstellung? Wieder Fantasy? Jugendbuch oder für Erwachsene? Oder lieber was Realistischeres? Historischer Roman? Was Sozialkritisches, angelehnt an deinen Studiengang?«

Wow, so viele Fragen auf einmal, auf die ich keine Antwort kannte.

»Puh …« Ich stieß die Luft aus. »Ich hab ehrlich keine Ahnung, dafür hab ich echt zu wenig gelesen die letzten Jahre. Aber ich denke, es muss nicht unbedingt in Richtung *Harry Potter* gehen, ich bin offen für was anderes. Nur bitte keine Romanzenschmonzette.«

»Dass deine romantische Ader vollkommen verdörrt ist, wundert mich nicht«, sagte sie trocken und wandte sich mit in die Hüften gestützten Händen einem Büchertisch zu. »Welches Buch mir im Bereich Fantasy wirklich gut gefallen hat, ist *Das Lied der Krähen* von Leigh Bardugo. Ist ganz anders als *Harry Potter*, aber wirklich sehr gut. Es ist auch eine Reihe, also bist du nicht nach einem Buch schon wieder gefrustet, weil es nicht weitergeht.«

»Okay, nehm ich«, antwortete ich, ohne das Buch anzusehen, das sie mir entgegenhielt. Ich klemmte es mir unter den Arm. »Sonst noch was?«

»Ransom Riggs ist auch sehr zu empfehlen. Kennst du den Film *Die Insel der besonderen Kinder*?«

Ich schüttelte den Kopf. »Nope. Also ich hab davon gehört, ihn aber nie gesehen.«

Sie drückte mir ein weiteres Buch in die Hand. »Dann solltest du es lesen, davon gibt es auch mehrere Teile. Reicht das für den Anfang, oder möchtest du noch etwas?«

Ich ließ sie nicht aus den Augen, wie sie um den Büchertisch herumging und die ausgelegten Werke musterte. Ihr fiel immer wieder eine Strähne ihrer unordentlich zusammengebundenen Haare ins Gesicht, sie wirkte konzentriert und versunken in den Gedanken, welche Bücher mir gefallen könnten. Das gefiel mir; mir gefiel die Vorstellung, dass sie sich darum bemühte, mir das richtige Buch zu empfehlen.

»Patrick Rothfuss ist auch empfehlenswert, denke ich. Ebenfalls Fantasy.« Sie seufzte und musterte weiter die ausgelegten Bücher. »Es gibt einfach so viel, weißt du? Neil Gaiman, Brandon Sanderson, Joe Abercrombie ... Und das sind nur Fantasyautoren. Wenn du noch mal was von J. K. Rowling lesen möchtest, kannst du ihre Krimiromane lesen. Die veröffentlicht sie unter dem Pseudonym Robert Galbraith, haben wir aber, glaube ich, nicht hier. Die müsste ich dir bestellen.«

Ich lächelte und beobachtete sie. »Bestell mir doch mal den ersten Band, und ich lese solange die zwei hier und sage dir, wie ich sie finde.« Ich hielt die beiden Bücher hoch. »Und anhand dessen kannst du mir dann andere empfehlen. So finden wir womöglich raus, was für einen Lesegeschmack ich habe.«

»Du und Geschmack?«, zog sie mich auf und schnaubte belustigt. »Das glaubst du ja wohl selbst nicht.«

»Meine Aussage erlaubt keine Wertung über die Qualität meines Geschmacks – deine schon.« Ich ließ meinen Blick über Kaylas Körper gleiten, ganz kurz nur, ehe ich ihr wieder ins Gesicht sah. »Dabei würde ich mir eigentlich einen exquisiten Geschmack bescheinigen.«

Ich grinste, als sich eine zarte Röte über ihre Wangen legte. Obwohl ich das hier nicht tun sollte, konnte ich auch nicht damit aufhören. Vertrackte Situation.

Sie verengte die Augen. »Mir gefällt die Richtung nicht, in die diese Unterhaltung geht.«

»Schade«, grinste ich. »Aber immerhin hast du das dieses Mal wie ein normaler Mensch artikuliert, ohne mich dabei gleich anzuzicken. Das ist ein Fortschritt.«

»Ich hab dich noch nie angezickt!«, entgegnete sie empört, und ich musste einfach lachen.

»Doch, hast du. Dafür gibt es Zeugen – sehr viele sogar.«

Sie zog die Nase ein wenig kraus, und ein verschämtes Grinsen erschien auf ihren Lippen. »Okay, vielleicht hast du recht.«

Ich hielt die Hand an mein Ohr und tat so, als ob ich sie nicht verstanden hätte. »Was war das? Hast du gerade zugegeben, mich vollkommen grundlos angezickt zu haben? Mehrmals?«

»Hey, treib's nicht zu weit! Vollkommen grundlos war das nie.« Sie funkelte mich an, wirkte dabei aber belustigt. Dann seufzte sie, dieses Geräusch löste ein seltsames Kribbeln unter meiner Haut aus. »Okay, vielleicht war es manchmal grundlos. Aber nur ganz selten.«

»Und was sind deine Gründe?«, fragte ich neugierig. »Klär mich auf, sonst kann ich es nicht besser machen und muss weiterhin in jedes Fettnäpfchen in der näheren Umgebung springen.«

»Wenn ich dir das verraten würde, müsste ich dich leider töten.«

Und dabei beließ sie es. Obwohl ich nachhakte, blieb sie mir die Antwort schuldig. Aber ich würde schon noch dahinterkommen, nein, ich wollte dahinterkommen. Das war die eine Sache, bei der ich mir sehr sicher war.

KAPITEL 11

KAYLA

Musik dröhnte aus den Lautsprechern, und der Bass vibrierte unter meiner Haut. Ich kannte den Song nicht, aber es klang ganz so, als wäre er von Sean Paul. Ich zog meine Jacke aus und versuchte, mich von meinem Platz dicht am Eingang aus zu orientieren. Der Club *The Lilac* erstreckte sich vor mir, um eine große Tanzfläche in der Mitte waren mehrere Sitzgruppen angeordnet, die etwas erhöht lagen. Es war wirklich voll, an diesem Freitagabend, eine Woche vor Thanksgiving, schien sich halb Providence hier drin zu stapeln. Lichtblitze zuckten über die Menge, die Luft war heiß und stickig. Das war es also, die Erfahrung, die laut Rachel zu jedem normalen Studentenleben dazugehörte. In Bars und auf Hauspartys hatte sie mich inzwischen oft genug mitgeschleppt, aber Nachtclubs hatte ich bisher erfolgreich gemieden. Bis heute.

Rachel hatte mir irgendwoher einen gefälschten Ausweis besorgt (und ich wollte gar nicht so genau wissen, woher), und nun war ich mit Rachel, Jess, Amber und Sean hier. Zu meiner großen Überraschung war es für Sean überhaupt kein Problem gewesen, für sich und Amber ebenfalls gefälschte Ausweise zu organisieren. Irgendwie hatte ich erwartet, dass die beiden nicht besonders scharf darauf waren, mit feiern zu gehen. Doch da hatte ich falsch gedacht, sie hatten keinen Augenblick gezögert und zugesagt.

Nachdem wir unsere Jacken an der Garderobe abgegeben hatten, stürzten wir uns ins Getümmel. Damit wir uns nicht verloren, hielt Rachel meine Hand und zog mich hinter sich her, und ich wiederum umklammerte Ambers Finger. Wir drängten uns an Menschen vorbei, etwas Nasses streifte meinen Arm, und ich wollte gar nicht so genau wissen, was es war. Es konnte von Schweiß über Bier bis hin zu anderen Flüssigkeiten alles gewesen sein.

Wir waren beinahe auf der anderen Seite der Tanzfläche angekommen, als ich sah, worauf Rachel zusteuerte. Jason. Er saß an einem Tisch zusammen mit Blake, Dawson und Alena und ein paar anderen, die ich teilweise von seinem Geburtstag kannte.

Mein Magen zog sich zusammen, wenn auch nicht mehr so sehr wie noch vor ein paar Wochen. Ich gewöhnte mich langsam daran, ständig von Menschen umgeben zu sein, die ich im Internat noch in die Schublade »*die Coolen*« eingeordnet hätte, ohne dass sie etwas gegen mich zu haben schienen. Ich nahm an, ihnen relativ egal zu sein, sie standen mir neutral gegenüber – und das war total okay so.

Nur Jason ... der stand mir nicht neutral gegenüber, er war der Einzige aus der Truppe, der mir Beachtung schenkte. Gut, der war auch der Einzige, den ich außerhalb irgendwelcher Partys zu Gesicht bekam. Und das störte mich immer weniger. So übel war Jason gar nicht, auch wenn ich es ungern zugab.

Er stand auf, um uns alle zu begrüßen, während die anderen uns nur zuwinkten oder nickten. Er umarmte Jess und Rachel kurz, und ehe ich michs versehen konnte, hatte er auch einen Arm um meine Schultern gelegt und zog mich an sich. Seine Hand fühlte sich warm und schwer an auf meinem Oberarm, der Duft nach Seife, als hätte er gerade frisch geduscht, mischte sich mit seinem eigenen Geruch und einem Hauch von Bier. Unter meiner Haut prickelte es ein wenig, und ich schob es darauf, dass in dem Augenblick ein neuer Song ertönte, der den Bässen noch mehr abverlangte. Flo Rida, wenn ich mich nicht irrte.

So schnell wie der Moment gekommen war, war er vorüber, und Jason ließ mich los. Mit einem frechen Grinsen im Gesicht zwinkerte er mir kurz zu, ehe er sich daranmachte, Amber und Sean zu begrüßen. Etwas in meinem Bauch verknotete sich, und ich musste mich dazu zwingen, die Gefühle auf die Seite zu schieben, die dieses Zwinkern in mir auslöste. Jason war nicht ... Ryan, auch wenn er mich in solchen Momenten an ihn erinnerte. Jason war anders. Ob Jason ein wirklich guter Kerl war, konnte ich nicht sagen, aber zumindest war er kein komplettes Arschloch, da war ich mir inzwischen recht sicher. Immerhin hatte er *Harry Potter* inhaliert und seitdem seine Liebe zu Büchern entdeckt, wie schlimm konnte er also sein? Wenn ich genau darüber nachdachte, wollte ich die Antwort auf diese Frage lieber nicht wissen. Denn ehrlich, nur weil jemand gerne las, machte ihn das noch nicht automatisch zu einem guten Menschen.

Nachdem wir uns mit an diesen Tisch gequetscht hatten, besorgten Amber und Sean für uns alle etwas zu trinken. Der Deal war, dass wir abwechselnd zur Bar gingen und eine Runde ausgaben. Ich hatte keine Ahnung, ob man das immer so machte, ich war ja bisher noch nie in einem Club gewesen.

Abgesehen davon, dass es irre laut war und Musik lief, mit der ich nicht viel anfangen konnte, war es erstaunlich in Ordnung. Es war so laut, dass man sich nur mit der Person unterhalten konnte, die direkt neben einem saß. Und das waren in meinem Fall glücklicherweise Rachel und Amber. Jason saß mir gegenüber und unterhielt sich mit Sean. Als die Musik kurz leiser wurde, schwebte ein Gesprächsfetzen herüber, der darauf schließen ließ, dass es sich um Eishockey drehte. Eins von Jasons Lieblingsthemen, zumindest wenn man nach dem ging, worüber er in seinem Podcast so sprach. Denn wie fast jeder Mensch auf und um den Campus kam auch ich nicht daran vorbei, seine Podcasts zu hören. Die zugegeben wirklich unterhaltsam waren, Jason war durchaus charismatisch, und wenn er eins konnte, dann reden, sodass die Leute ihm zuhörten, vollkommen egal, was er eigentlich von sich gab. Das war eindeutig ein Talent.

Natürlich sprach Jason über alle Sportarten und Teams der Brown, aber Eishockey bekam überdurchschnittlich viel Sendezeit. Daraus schloss ich, dass es zu seinen Lieblingssportarten zählte.

»Und wie findest du es?«, rief Rachel über einen Song von Jason Derulo hinweg und sah dann an mir vorbei zu Amber. »Bei dir auch alles okay?«

Amber nickte so heftig, dass ihre gelockten Haare, die sie heute zur Abwechslung mal offen trug, durch die Luft flogen. »Es ist Wahnsinn! Ich wollte schon viel eher die Clubs in Providence auschecken!«

Das war mir neu – ich hatte Amber nicht für eine Person gehalten, die gerne feiern ging.

Rachel lachte, ich hörte es nicht, aber ich sah es an der Art, wie sich ihr Gesicht verzog und sie den Kopf zurückwarf. »Hättest du doch was gesagt! Du hättest viel früher mitkommen können! Ich hätte dich mitgenommen!«

»Ich kenn dich ja eigentlich nur über Kayla«, erwiderte Amber ehrlich, wie sie war, obwohl sie manchmal so zurückhaltend wirkte. »Außerdem könnte ich auch jederzeit mit Lauren mitgehen, aber die ist mir zu … äh …« Sie wiegte den Kopf auf der Suche nach einem passenden Wort. »… ausgelassen. Nennen wir es ausgelassen. Da wäre ich mir nie sicher, ob ich nicht plötzlich allein dastehen würde.«

Rachel runzelte die Stirn. »Das klingt nicht nach einer guten Freundin.«

»Nein, nein!«, erwiderte Amber hastig. »So ist es echt gar nicht! Aber ich hätte das Gefühl, sie aufzuhalten oder ihr im Weg umzugehen, und deswegen wäre ich dann letztlich allein unterwegs, weil ich ihr sagen würde, dass es okay ist, wenn sie noch bleibt, und ja …«

»Du bist süß!« Rachel prostete Amber zu. »Wirklich sehr süß. Auf eine wirklich gute Art.« Sie stupste mich mit dem Ellbogen an und meinte verschwörerisch und absichtlich so laut, dass Amber es hörte: »Ich mag sie, sie ist cool.«

»Ich weiß.«

Natürlich war Amber cool, deswegen war ich mit ihr befreundet. Aber ehe ich das laut aussprechen konnte, biss ich mir auf die Zunge. So etwas zu sagen würde implizieren, dass ich mich selbst für cool hielt. Und ganz ehrlich, das wäre erstens gelogen gewesen, und zweitens wollte ich die Reaktionen anderer auf solche Äußerungen meinerseits nicht erleben. Oder riskieren, dass sie negativ ausfielen.

»Da drüben ist Kyle«, sagte Jess, die auf Rachels anderer Seite saß und sich jetzt so weit herüberlehnte, dass ich ihre nach Rosen duftenden Haare im Gesicht hatte. Diese Verrenkung sah unbequem aus, aber offenbar wollte sie Kyle unbedingt im Auge behalten. Ich folgte ihrem Blick und entdeckte ihn neben einem zweiten dunkelhäutigen Kerl, den ich noch nie gesehen hatte. Er hatte lange Dreadlocks mit bunten Perlen darin und wirkte damit neben Kyle, der ein dunkles Hemd halb zugeknöpft über einem weißen Shirt trug, wie ein Paradiesvogel.

Kyle entdeckte Jess, und sie winkte ihm zu. Einen Moment sah er sie an, ich war mir ganz sicher, dass er sie erkannte. Dann wandte er sich wieder seinem Kumpel zu, ohne sie eines weiteren Blickes zu würdigen. Ich spürte quasi den Tritt in die Magengrube, den Jess dabei empfinden musste, als sie über Rachel zurück auf ihren Platz sank und dort erstarrte. Rachel drehte sich sofort zu ihr und redete auf sie ein, und ich biss mir unsicher auf die Unterlippe. Ich wollte ihr sagen, dass es mir leidtat, dass ich wusste, wie verdammt mies sich das anfühlte, und dass sie etwas Besseres verdient hatte. Ich hatte keine Ahnung, was genau zwischen Jess und Kyle war, aber ich wusste, dass sie die letzten Wochen miteinander ausgegangen waren und dass Jess sehr in ihn verschossen war. Und jetzt zeigte Kyle ihr die kalte Schulter. Dieser Arsch.

Amber schien davon nichts mitbekommen zu haben, sie stand gerade auf, trank ihre Bierflasche mit einem Zug leer und griff nach Seans Hand, der sich ebenfalls erhoben hatte.

»Wir gehen tanzen!«, verkündete Amber, und ich rutschte automatisch tiefer in die Bank. Tanzen war eigentlich nicht mein Ding.

»Kommst du mit?«, fragte Amber mich, und mein erster Impuls war, Nein zu sagen. Andererseits war Rachel gerade damit beschäftigt, Jess aufzubauen, und die anderen an dem Tisch kannte ich nicht gut genug, um mich mit ihnen zu unterhalten. Abgesehen von Jason, aber es war wirklich zu laut, um über den Tisch zu brüllen. Obwohl sich meine Nackenmuskulatur dagegen sträubte, nickte ich Amber zu. So schlimm würde es schon nicht werden, notfalls würde ich einfach ein bisschen von dem einen Fuß auf den anderen wippen.

Ich drehte mich zu Rachel und tippte ihr auf die Schulter. »Ich geh mit Amber und Sean tanzen.«

»Okay«, erwiderte sie nickend. »Jess und ich reißen derweil Kyle den Arsch auf.«

»Das stimmt doch gar nicht!«, protestierte Jess, die Augen vor Entsetzen geweitet. »Ich geh einfach nur hin und frag ihn, was los ist und ob das sein muss. Und du wartest in einigem Abstand, ohne ihm die Augen auszukratzen.«

Rachel wiegte den Kopf, als müsste sie erst darüber nachdenken. »Vielleicht. Kommt drauf an, wie er ist. Wenn er sich wieder wie ein Arsch verhält, kratze ich ihm womöglich doch die Augen aus.«

»Dann kannst du nicht mit.«

»Ich komme mit, ich lass dich nicht allein.«

»Aber dann musst du dich benehmen!«

Rachel seufzte und strich sich eine blonde Strähne hinters Ohr. »Meinetwegen.«

Jess sah sie streng an, woraufhin Rachel die Augen verdrehte. »Ja, ist ja gut! Ich verspreche hoch und heilig, mich zusammenzureißen, egal, was dieser Schwachmat von sich gibt.«

Damit schien Jess sich zufriedenzugeben, und ich konnte hier nichts weiter tun. Ich wünschte ihr viel Glück für ihr Gespräch mit Kyle, stand auf und folgte Amber und Sean auf die Tanzfläche. Mehrere Menschen rempelten mich an, als wir uns unseren Weg durch die tanzende Menge bahnten. Bis Amber und Sean plötzlich ziemlich in der Mitte stehen blieben und sich zu mir umdrehten; scheinbar hatten sie den perfekten Platz zum Tanzen gefunden – was auch immer ihn von jedem anderen Fleck in diesem Raum unterschied.

Ich kannte den Song nicht, und ein Ellbogen landete in meinem Rücken, als Amber und Sean anfingen zu tanzen. Und wow, Amber konnte sich bewegen. Überrascht beobachtete ich sie, sie tanzte wirklich gut. Ihr Körper schien eine einzige Wellenbewegung zu sein, die sich perfekt in die Musik einfügte und eins mit ihr wurde. Der Spruch auf ihrem Tanktop – heute *Let it go* – bewegte sich hin und her in der Dunkelheit, die von zuckenden Scheinwerfern durchbrochen wurde. Dazu trug sie Jeansshorts mit einer blickdichten Strumpfhose darunter und Sneaker. Da fühlte ich mich mit meiner Jeans und meinen Chucks in bester Gesellschaft. Nur Tanzen ... war trotzdem nicht so mein Ding. Ich wusste nicht, wie ich mich bewegen sollte, alles fühlte sich falsch und ungelenk und unrhythmisch an. Und das wurde nicht besser, wenn ich Amber zusah, die tanzte, als hätte sie ihr Leben lang nichts anderes getan. Allerdings wurde dieses Gefühl relativiert, da Sean genauso wenig tanzen konnte wie ich – nur dass es ihm offensichtlich total egal war. Er stieß die Hände in die Luft und hüpfte auf und ab, als würde ihm niemand dabei zusehen. Sein Auftritt passte kein bisschen zur Musik, aber das machte nichts, er schien den Spaß seines Lebens zu haben. Ich hatte Sean unterschätzt, eindeutig, und bewunderte ihn für seine Ausgelassenheit und seine »*Leck mich am Arsch*«-Einstellung. Von der sollte ich mir unbedingt eine Scheibe abschneiden.

Unsicher begann ich, mich im Takt der Musik zu bewegen. Erst wippte ich nur von einem Fuß auf den anderen, dann schwang ich langsam die Hüfte von der einen auf die andere Seite und versuchte, die Bewegung durch meine Wirbelsäule hindurchgleiten zu lassen. Es gelang mir nicht, aber seltsamerweise hatte ich dieses Mal kein Problem damit, etwas nicht zu können und mich dadurch womöglich lächerlich zu machen. Kurz nur flammte der Gedanke in meinem Kopf auf, ob das hier peinlich war und was andere Menschen über mich dachten, ob sie mich beobachteten … Doch dann lenkte ich meine Konzentration wieder auf Amber und Sean, die ausgelassen tanzten. Kaum zu glauben, dass ein solches Bewegungstalent in Amber steckte; man hätte meinen können, sie wäre Profi. Bei Gelegenheit musste ich sie danach fragen.

Als *Raise your Glass* von Pink aus den Lautsprechern ertönte, quietschte Amber und sprang euphorisch auf und ab.

»Wenn das nicht unser Lied ist, weiß ich's auch nicht!«, rief sie uns über die Musik hinweg zu, und ich ließ mich von ihrer energetischen Ausgelassenheit anstecken. Lachend warf ich den Kopf in den Nacken und verbannte jeden Gedanken daran, ob ich tanzen konnte oder nicht, ob ich mich peinlich aufführte oder nicht, aus meinem Gehirn. Ich tanzte einfach und sang den Text mit, der mich beflügelte, weil ich mich davon so verstanden fühlte. Als wäre es total okay, nicht wie alle anderen zu sein, und dass ich es jederzeit einfach hinter mir lassen konnte. Die Vorstellung gefiel mir, sie schäumte euphorisch in meinen Adern.

Ich verlor das Zeitgefühl auf der Tanzfläche, während ich tanzte, bis mir die Haare im Nacken klebten und der Schweiß in mein Top sickerte. Irgendwann gesellten sich Rachel und Jess zu uns, sie hatten Kyle bisher nicht gefunden, und deshalb hatten sie beschlossen, ebenfalls zu tanzen. So elegant Rachel sonst war, beim Tanzen glich sie einem durchgeknallten Glücksbärchi, das freudig durch die Gegend hüpfte. Auf Pfennigabsätzen, die zehn Zentimeter hoch waren. Ohne dabei hinzufallen oder auch nur umzuknicken. Wie machte sie das nur? Irgendwann würde sie mir das beibringen müssen. Oder vielleicht hatte ich ja Glück, und ihr Körpergefühl färbte langsam auf mich ab, solange ich ein Zimmer mit ihr teilte.

Sean starrte Rachel an, als wäre sie eine Offenbarung, und war dabei nicht besonders subtil. Doch Rachel schien es nicht zu bemerken und versuchte stattdessen, Jess zum Tanzen zu animieren, die so wie ich am Anfang nur ein wenig von einer Seite auf die andere wippte. Keinen Augenblick später erstarrte sie ganz und lehnte sich zu Rachel, um ihr etwas zu sagen. Daraufhin sah Rachel über ihre Schulter, und als ich ihrem Blick folgte, entdeckte ich Kyle. Offenbar war er wieder aufgetaucht.

Jess' Schultern hoben und senkten sich ein paar Mal, als sie tief durchatmete, wie um Mut zu schöpfen. Dann ging sie schnurstracks auf Kyle zu, nein, *gehen* war nicht anmutig genug für das, was sie tat, und wie elegant ihr schwarzes Kleid ihre langen Beine bei jedem Schritt umspielte.

Rachel folgte ihr auf dem Fuß, und so waren wir sehr viel schneller wieder zu dritt als gedacht. Meine Kehle war komplett ausgedörrt, und mir war so heiß, dass ich wohl doch mal eine Pause einlegen sollte.

»Ich geh was trinken!«, rief ich Sean und Amber zu. »Wollt ihr auch was?«

Sie schüttelten beide den Kopf.

»Sollen wir trotzdem mitkommen?«, fragte Amber, doch ich winkte ab.

»Nope, ich bin schon groß, bleibt ihr ruhig hier.«

Allein zur Bar gehen und mir was zu trinken bestellen sollte ja nun wirklich kein Hexenwerk sein.

Zur Bar durchzukommen erforderte ein wenig Ellbogenarbeit und noch viel mehr Geduld. Inzwischen drängten sich derart viele Menschen in dem Nachtclub, dass ich nur im Schneckentempo vorwärtskam und jede noch so kleine Lücke nutzen musste, um mich hindurchzuzwängen. Und dennoch wurde ich beinahe zerquetscht.

Als ich endlich in die Nähe des Tresens kam, atmete ich erleichtert durch. Nur um mich gleich vor der nächsten Herausforderung zu sehen. Dort drängten sich genauso viele Menschen, während die Barkeeper hinter der Bar rotierten. Wie zur Hölle sollte ich es jemals bis dahin schaffen und einen der Barkeeper auf mich aufmerksam machen?

Mich vordrängeln war eigentlich nicht meine Art. Andererseits ... seit dem Tanzen hatte ich einen Höhenflug, und wenn ich es durch die Menge bis hierher geschafft hatte, würde ich ja wohl auch einen Weg bis zum Tresen finden. Es gelang mir. Mit viel Beharrlichkeit und »*ich gehe hier nicht weg, selbst wenn du versuchst, mich wegzuschieben.*« Ich stemmte einfach die Füße in den Boden und biss die Zähne zusammen, egal, wie unwohl ich mich dabei fühlte.

Als ich endlich am Bartresen angekommen war, fummelte ich einen Geldschein aus meiner Tasche und sah mich nach den Barkeepern um. Entgegen meiner Erwartung fing ein blonder Sunnyboy sofort meinen Blick auf, kassierte nur noch einen Studenten einen Meter neben mir ab und kam dann zu mir. Er lehnte sich grinsend über den Tresen und drehte mir sein Ohr zu.

»Was kriegst du?«, rief er über die laute Musik.

»Ein Wasser!« Denn ich hatte Durst und musste unbedingt den Flüssigkeitsverlust ausgleichen. Alkohol konnte ich auch später noch trinken, falls mir überhaupt danach sein würde; ich hatte auch so viel Spaß und das Bier vorhin nur für den Geschmack getrunken.

Sobald ich das Glas mit dem Strohhalm in der Hand hatte, drehte ich mich um. Ich musste so schnell wie möglich aus diesem Gedränge raus, irgendwohin, wo es ein bisschen ruhiger war. Kaum war ich aus dem Getümmel rund um die Bar hinausgetreten, rempelte mich jemand so heftig an der Schulter an, dass ich beinahe strauchelte und mein Wasser verschüttete. Ich drehte den Kopf und sah dem Kerl nach, der mich keines Blickes würdigte. Arschloch, echt. Was sollte das denn?

Kopfschüttelnd wandte ich mich wieder um und suchte mir ein etwas ruhigeres Plätzchen. An einer Säule bei den Tischen und am Rand der Tanzfläche stellte ich mich hin, mit dem Rücken an den kühlen Stein gelehnt. Die Säule würde mich wenigstens nicht anrempeln. Mein Smartphone vibrierte in meiner Hosentasche. Ich zog es heraus und las die Nachricht von Rachel. Das Gespräch mit Kyle war nicht gut gelaufen, Jess ging es sehr schlecht, und Rachel brachte sie nach Hause. Ob das in Ordnung für mich wäre, da ja Amber und Sean auch da seien.

Ich schrieb ihr zurück, dass es kein Problem war und sie Jess alles Liebe von mir ausrichten sollte. Dann steckte ich das Handy wieder weg. Jess tat mir wirklich leid, ich wollte gar nicht wissen, wie sie sich fühlte. Und doch konnte ich es mir viel zu gut vorstellen. Gedemütigt, verletzt, wertlos, wie Müll. Wie etwas, das es nicht anders verdient hatte, als schlecht behandelt zu werden. Bei diesem Gedanken verflog meine ausgelassene Stimmung, und ich musste mich zwingen, mich wieder auf das Hier und Jetzt zu konzentrieren. Hier und jetzt war ich am College, hatte Freunde, war in einem Nachtclub und tanzte – mit Leuten, die sich nicht für mich schämten. Hier und jetzt war alles gut, es gab keinen Grund, dauernd über die Vergangenheit nachzudenken. Zumindest redete ich mir das ein.

Ich kam mir vor wie auf einer kleinen Insel in dem Meer der Feierwütigen, während ich den Blick über die Menge schweifen ließ und mein Wasser in großen Schlucken trank. Ich hatte wirklich Durst, Tanzen war anstrengender, als ich es für möglich gehalten hätte. Ich entdeckte Amber und Sean, die nach wie vor tanzten, als gäbe es kein Morgen. Keine Ahnung, wie die zwei das ohne Pause aushielten.

Es lief *It's My Life* von Bon Jovi, und ich beobachtete, wie Sean dazu eine Luftgitarre imitierte. Plötzlich schlängelte sich eine Welle der Übelkeit meine Wirbelsäule nach oben. *Hallo Psychosomatik*, so viel dazu, dass ich nicht zuließ, dass die Vergangenheit die Gegenwart beeinflusste; das hatte ich wirklich gut im Griff. Noch während ich das dachte, fing der Fußboden unter meinen Füßen an zu schwanken, als wäre ich bei heftigem Seegang auf einem Boot. Ein nebliger Schleier breitete sich an den Rändern meines Sichtfelds aus und zeichnete alles weich, egal, wie oft ich blinzelte. Es war, als würde ich meine Umgebung plötzlich durch einen Filter betrachten, der der Welt alle Kanten und jede Schärfe nahm. Es war schön, so entspannt und sorglos und als würden alle Ängste nicht existieren. Alles um mich herum drehte sich, und ich konnte kaum noch einen Punkt fixieren, aber das fühlte sich okay an, sogar angenehm. Gleichzeitig wallte Euphorie in mir auf und steckte jede meiner Zellen an, als hätte ich soeben eine unglaublich freudige Nachricht erhalten. Mir schoss der Gedanke durch den Kopf, dass das eine seltsame Mischung war, dass das nicht normal sein konnte und dass ich mich wirklich sehr, sehr komisch fühlte. Doch er verflüchtigte sich, bevor ich ihn zu Ende denken konnte, und versickerte im nebligen Nichts, das mich immer dichter umgab. Bis es mich verschlang.

KAPITEL 12

JASON

»Wenn die Infusion durch ist, können Sie sie mit nach Hause nehmen.«

Bitte was? Ich starrte die Ärztin perplex an und brauchte einen Moment, um meine Stimme wiederzufinden.

»Sie ist nicht mal ansprechbar, wie soll ich sie denn so mit nach Hause nehmen?« Ich deutete auf Kayla, die auf einer Liege lag, und die Infusion, die tropfend in sie hineinlief. In dem grellen Licht der Notaufnahme sah sie leichenblass aus. Sie hatte die Augen geschlossen, und nur das stete Heben und Senken ihres Brustkorbs verriet, dass sie noch lebte.

»Sie sind doch ein starker Kerl, Sie werden Ihre Freundin ja wohl nach Hause tragen können, so wie Sie sie hier reingetragen haben.« Die Ärztin musterte mich kurz, ehe sie weiter auf das Klemmbrett schrieb, das sie in der Hand hielt.

»Sie ist nicht meine …«, begann ich, schüttelte dann jedoch den Kopf und zwang mich, beim Wesentlichen zu bleiben. »Natürlich kann ich sie tragen. Aber irgendjemand hat ihr K.-o.-Tropfen eingeflößt, die eindeutig noch nicht aus ihrem Organismus draußen sind. Ich kann sie doch so nicht mitnehmen!«

Aufgebracht fuhr ich mir durch die Haare, während mein Herz unangenehm gegen meine Rippen pochte. Das durfte doch alles nicht wahr sein! Ich kam mir vor wie in einem schlechten Film.

Die Ärztin verschränkte die Arme mit dem Klemmbrett vor der Brust und sah mich mit müden Augen an. »Wir haben ihr Blut abgenommen und einen Urintest gemacht. Sie wurde nicht vergewaltigt und hat auch keine sonstigen körperlichen Verletzungen. Wir haben sie untersucht, sie ist stabil, die Wirkung lässt bereits nach. Sie muss nur ihren Rausch ausschlafen – und das kann sie genauso gut zu Hause, ohne hier ein Bett zu blockieren.«

Fassungslos sah ich sie an. »Ist das Ihr Ernst?«, brachte ich hervor. »Wahrscheinlich ist ihr nur deswegen nichts Schlimmeres passiert, weil ich zufällig mitbekommen habe, dass etwas nicht stimmt!«

»Dann hatte sie ja Glück, dass Sie da waren.«

Ich hatte sie an einer Säule stehen sehen und die Gelegenheit nutzen wollen, mich mit ihr zu unterhalten. Aber die Kayla, die ich dort vorgefunden hatte, war nicht die Kayla gewesen, die ich kannte. Sie redete angeregt auf mich ein, hatte einen regelrechten Redeschwall und wirkte vollkommen ungehemmt. Außerdem schwankte sie ein wenig. Erst dachte ich, sie wäre betrunken, doch dafür sprach sie zu klar. Ich hatte ein wirklich schlechtes Gefühl bei der Sache und einen bösen Verdacht.

Als ich sie fragte, ob sie kurz mit mir frische Luft schnappen gehen wollte, stimmte sie ohne zu zögern zu und folgte mir nach draußen. Testweise fragte ich sie, ob sie mit mir nach Hause kommen würde, was sie bejahte; ich fasste sie am Arm an, was sie widerstandslos geschehen ließ. Sie war vollkommen willenlos, eines der ersten Symptome von K.-o.-Tropfen. Das wusste ich, weil ich, nachdem es in letzter Zeit mehrere solcher Fälle gegeben hatte, recherchiert und mich informiert hatte. Erst setzte Euphorie ein, die Betroffenen konnten sich noch normal artikulieren, waren dabei aber schon komplett willenlos; der tiefe Schlaf oder die Bewusstlosigkeit kamen erst später. Das machte es den Tätern so leicht, ihre Opfer unbemerkt an einen einsamen Ort zu locken, um dort ... ich wollte gar nicht darüber nachdenken. Mich fröstelte, und mein ganzer Körper verkrampfte sich allein bei der Vorstellung.

Ich hatte nicht lange gezögert, Kayla in mein Auto gepackt und in die Notaufnahme gefahren. Schon auf dem Weg war sie eingeschlafen und nicht mehr zu wecken gewesen. Ich hatte sie ins Krankenhaus getragen und mich, während ich vor dem Untersuchungsraum gewartet hatte, noch mal im Internet informiert. Deshalb hatte ich auch auf einen Blut- und Urintest bestehen können. Als Beweis, denn diese Substanzen waren nur etwa zwölf Stunden lang nachweisbar.

Und jetzt stand ich hier, und die Ärztin sagte mir vollkommen ungerührt, dass ich Kayla mit nach Hause nehmen sollte.

»Das heißt also, sie hatte Glück und wir sollen das einfach so hinnehmen?«, hakte ich nach. »Da hat ein Kerl ihr was eingeflößt und Sie tun nichts? Gar nichts?«

Die Ärztin seufzte, sie wirkte genervt. »Hören Sie, ich verstehe, dass Sie aufgebracht sind – aber das ist Sache der Polizei, wir haben getan, was in unserer Macht steht. Und jetzt entschuldigen Sie mich, ich hab noch andere Patienten.«

Mit diesen Worten verließ sie das Behandlungszimmer, und ich war mit Kayla allein. Verfluchte Scheiße.

Ratlos ließ ich mich auf einen Stuhl neben der Liege fallen und strich mir durch die Haare. Mein Herz klopfte immer noch aufgebracht gegen meine Rippen. So einen Riesenshit konnte man sich doch nicht ausdenken, wie zur Hölle hatte das passieren können?

Mein Handy klingelte in meiner Hosentasche, und ich zog es seufzend hervor. Amber. Ich hatte ihre Nummer von Rachel, die ich noch vor Amber und Sean über Kaylas Zustand informiert hatte. Eigentlich war ausgemacht gewesen, dass ich mich meldete, sobald ich mehr wusste. Aber Amber war wohl ungeduldig. Verdenken konnte ich es ihr nicht.

Ich nahm das Gespräch an. »Hey, Amber.«

»Wie geht es ihr?«, fragte sie ohne Umschweife. »Soll ich ins Krankenhaus kommen?«

Ich schielte zu Kayla, die nach wie vor regungslos auf der Liege lag. »Unverändert. Nicht ansprechbar, aber die Ärzte meinen, sie ist stabil. Sie haben Blut und Urin abgenommen, um den Wirkstoff nachzuweisen, falls sie Anzeige erstatten will. Ansonsten ist sie körperlich unversehrt. Gerade bekommt sie noch eine Infusion und dann …« Ich atmete einmal tief durch und strich mir übers Gesicht, weil ich es immer noch nicht fassen konnte.

»Und dann was?«, bohrte Amber nach. »Sprich, Parker, sofort!«

Innerlich zuckte ich kurz zusammen; nicht nur, weil sie mich bei meinem Nachnamen nannte, sondern weil ich so einen herrischen Tonfall von Amber nie erwartet hätte.

»Dann soll ich sie mit nach Hause nehmen«, sagte ich und zögerte einen Moment. »Ich würde sie mit zu mir in die WG nehmen und auf sie aufpassen. Rachel bleibt über Nacht bei Jess, ich will nicht, dass Kayla allein ist.«

Genau genommen führte der bloße Gedanke dazu, dass mein Herz einen unangenehmen Satz machte und noch schneller pochte.

Einen Moment herrschte Schweigen am anderen Ende der Leitung. Dann fluchte Amber. »Verdammt, wieso hab ich was getrunken und kann nicht autofahren?«

»Weil du eine normale Studentin bist«, schlug ich matt vor und rieb mir über die Augen. Dieses Neonlicht hier drin machte mich fertig.

»Wieso warst du eigentlich nüchtern?«, fragte sie.

»War ich nicht«, gestand ich. »Ich hab am Anfang ein Bier getrunken und dann nichts mehr, das mach ich oft so.«

Ich mochte das Gefühl, die Kontrolle komplett zu verlieren, nicht. Außerdem wollte ich gerne jederzeit kommen und gehen können, ohne auf Taxen oder einen anderen Fahrer angewiesen zu sein.

»Ach so«, erwiderte Amber. »Wenn du Kayla zu ihr nach Keeney bringst, komm ich da hin und schlafe bei ihr.«

»Wenn du selbst was getrunken hast?«

»So viel hab ich nicht getrunken!«, protestierte sie sofort.

»Mag sein, aber ich bin quasi nüchtern und sowieso so wach, dass ich locker ein Auge auf sie haben kann.« Genau genommen pulsierte so viel Adrenalin in meinen Adern, dass ich nicht glaubte, jemals wieder schlafen zu können.

Am anderen Ende der Leitung herrschte Schweigen, ich konnte förmlich fühlen, wie angestrengt Amber nachdachte.

»Ich pass wirklich nur auf sie auf«, sagte ich sanft. »Versprochen. Sobald die Infusion durch ist, nehm ich sie mit nach Hause. Bei uns in der Wohnung ist es allein deswegen besser als in Keeney, weil wir ein abgeschlossenes Badezimmer haben – keine Gemeinschaftstoiletten oder Duschen. Denn ehrlich, wenn es dir total mies geht, willst du wenigstens deine Ruhe haben.«

»Und die kriegt sie bei dir?«

»Versprochen. Wirklich.«

Amber seufzte. »In Ordnung. Wenn irgendwas ist, bin ich die ganze Zeit erreichbar. Und ich komm sie morgen bei dir abholen. Nicht dass sie vor ein Auto läuft oder so.«

»Klingt nach einem guten Plan. Ich sag dir Bescheid, sobald sie fit genug ist.«

»Und zwischendrin auch.«

»Ich halt dich auf dem Laufenden.«

Nachdem ich Amber gefühlt noch tausendmal versprechen musste, gut auf Kayla aufzupassen, beendete sie das Telefonat endlich. Da ich gerade dabei war, rief ich Rachel auch gleich an und führte quasi dasselbe Gespräch noch einmal. Nur dass sie sich schneller davon überzeugen ließ, dass Kayla bei mir in guten Händen war. Klar, sie kannte mich besser als Amber und vertraute mir, und außerdem war sie vollauf mit Jess beschäftigt, die es für eine gute Idee gehalten hatte, ihren Liebeskummer in einer Flasche Schnaps zu ertränken.

Sobald ich aufgelegt hatte, klingelte mein Smartphone erneut. Amber. Schon wieder.

Seufzend ging ich ran. »Ja?«

»Ich hab noch mal nachgedacht, zu Fuß ist es doch nicht weit zu dir, oder? Vom Campus aus?«

»Ähm, nein«, antwortete ich verwirrt.

»Okay, dann komm ich auch zu dir«, entgegnete sie vehement, und Wind pfiff in den Lautsprecher, als wäre sie bereits draußen unterwegs. »Das ist nichts gegen dich, aber ich will Kayla einfach nicht allein lassen. Da das Argument mit dem eigenen Badezimmer aber gut ist, dachte ich, ich quartiere mich auch bei dir ein.« Ihre Stimme wurde ein wenig leiser, bis sie einen Moment ganz schwieg. »Ist das okay für dich?«, fragte sie ein wenig unsicherer.

Ich nickte. »Klar ist das okay. Weißt du, wo ich wohne?«

Genau genommen hätte ich Kayla auch wirklich zu Amber nach Pembroke oder Keeney bringen können. Aber allein die Vorstellung bereitete mir Unbehagen. Ich wollte Kayla in dem Zustand einfach nicht allein lassen, selbst wenn Amber sich sicherlich gut um sie kümmern würde.

»Nein«, sagte sie.

»Okay, ich schick dir die Adresse. Vielleicht hast du Glück und Nate ist da. Ansonsten treffen wir uns vor dem Haus, Deal?«

»Deal.« Mit diesem Wort legte sie auf, und ich schickte ihr erst die Adresse, dann versuchte ich, Nate ans Telefon zu bekommen.

Nach sieben Freizeichen hob er ab. »Mmpf ... was'n los?«, nuschelte er, und für einen Moment überkam mich ein schlechtes Gewissen, weil ich ihn offensichtlich geweckt hatte. Aber ab und an mussten wir alle Opfer bringen.

»Bist du zu Hause?«, fragte ich.

»Mhm«, brummte Nate.

»Okay, pass auf, Amber kommt gleich zu uns. Lass sie bitte rein, es ist arschkalt draußen.«

»Okay.« Einen Moment herrschte Stille am anderen Ende der Leitung, dann hörte ich ein Rascheln, als würde Nate sich aufsetzen. »Wart mal, wieso kommt Amber mitten in der Nacht zu uns?«

»Längere Story. Ich bin mit Kayla im Krankenhaus, weil ihr irgendein Arschloch K.-o.-Tropfen verpasst hat.«

Sofort war Nate hellwach, und ich musste die ganze Geschichte noch mal erzählen. Er fluchte genauso viel wie ich und stachelte meine Wut dadurch neu an. Wenn ich diesen Wichser, der das getan hatte, jemals in die Finger bekam ...

Das Gespräch wurde erst dadurch beendet, dass es bei Nate an der Tür klingelte. Er ließ Amber rein, und wir verabschiedeten uns.

Ein paar Minuten später war die Infusion durchgelaufen, und die Nadel wurde aus Kaylas Handrücken entfernt. Damit war sie entlassen. Ich nahm sie vorsichtig in die Arme, ihr Kopf kippte an meine Brust, und sie murmelte irgendetwas im Schlaf. Ihr Duft nach Früchtetee und Honig stieg mir in die Nase. Sie war erstaunlich leicht und sah so unschuldig aus, und bei der Vorstellung, dass ihr jemand etwas hatte antun wollen, wahrscheinlich das Schlimmste, was man einer Frau zufügen konnte, verkrampfte sich mein Magen auf die Größe einer Erbse.

Bei meinem Auto angekommen, manövrierte ich sie irgendwie auf den Beifahrersitz, was keineswegs leicht war, da sie momentan über so viel Körperspannung verfügte wie ein nasser Sack. Hin und wieder öffnete sie die Augen und blinzelte orientierungslos, ehe sie wieder einschlief. Nachdem ich es endlich geschafft hatte, sie anzuschnallen, setzte ich mich auf den Fahrersitz und fuhr los. Die fünfzehn Minuten bis zu meiner Wohnung kamen mir vor wie eine Ewigkeit. Mein Herz beruhigte sich nicht und konnte sich nicht entscheiden, ob es nun vor Sorge oder Wut wie verrückt das Adrenalin in Höchstgeschwindigkeit durch meinen Körper pumpte.

Als ich meinen Wagen endlich vor dem Wohnhaus parkte, in dem unsere Wohnung lag, waren meine Handflächen schweißnass. Ich fühlte mich derart zittrig, dass ich nicht sicher war, wie ich Kayla tragen sollte. Doch sobald ich sie in den Armen hielt, war ich ganz ruhig. Wahrscheinlich war es wirklich das Adrenalin zusammen mit anderen Stresshormonen.

Die Wohnungstür flog auf, als ich gerade den letzten Treppenabsatz erklomm, und Amber lief uns entgegen.

»Wie geht es ihr?«, fragte sie leise und betrachtete die schlafende Kayla in meinen Armen.

Ich zuckte ganz leicht mit den Schultern, um Kayla nicht zu stören. »Unverändert, aber stabil, sonst hätten die Ärzte sie nicht gehen lassen.« Das hoffte ich zumindest. »Ab und zu macht sie die Augen auf, aber meistens schläft sie einfach.«

»Dann solltest du sie hinlegen«, sagte Nate, der im Türrahmen stand.

Ich nickte und trug Kayla in mein Zimmer. Genau genommen dachte ich nicht einmal darüber nach, sie auf die Couch oder in eins der anderen Zimmer zu legen. Sanft setzte ich sie auf meinem Bett ab und hielt sie aufrecht, bis ich mit der freien Hand die Decke zurückgeschlagen hatte. Erst dann legte ich sie vorsichtig auf die Seite, nur für den Fall, dass sie sich übergeben musste. Und nun hätte ich sie loslassen sollen. Meine Hand unter ihrem Kopf hervorziehen wollte ich trotzdem nicht. Ich wollte auch meinen um sie gelegten Arm nicht zurückziehen, aber mal ehrlich, das wäre erstens echt aufdringlich und respektlos gewesen, da sie sich nicht wehren konnte. Und zweitens wurde es langsam wirklich lächerlich. Also zog ich die Hände zurück und die Decke über Kayla. In meinem Zimmer war es dunkel, nur durch die geöffnete Tür fiel ein Streifen Licht vom Flur herein und beleuchtete das Fußende meines Betts.

Amber kniete sich neben mich und strich Kayla die Haare aus dem Gesicht.

»Dieses Arschloch«, flüsterte sie. »Stell dir mal vor, was passiert wäre, wenn du sie nicht gefunden hättest.«

»Das will ich mir gar nicht vorstellen«, sprach Nate die Worte aus, die mir den Brustkorb zuschnürten. Also nickte ich nur in stummer Zustimmung.

»Wollt ihr was essen?«, fragte Nate und unterdrückte ein Gähnen. »Ich hab gehört, Menschen stehen auf nächtliche Snacks, wenn sie vom Feiern kommen.«

»Das hast du gehört?«, fragte Amber Nate. »Wie ein Gerücht?«

Ich schüttelte nur den Kopf und konnte mich nicht zu einem Grinsen durchringen. »Nate geht selten feiern, das ist also etwas, das für ihn nur in einem Paralleluniversum stattfindet.«

»Wenn du das so sagst, klinge ich wahnsinnig langweilig«, erwiderte Nate.

»Das hast jetzt du gesagt«, meinte ich und hob zumindest einen Mundwinkel an, auch wenn es sich wie Schwerstarbeit anfühlte. »Ich will auf jeden Fall nichts essen, aber danke.«

»Und was ist mit dir?«, fragte Nate Amber.

Sie zuckte unsicher mit den Schultern, und ihr Blick wanderte zwischen Kayla und Nate hin und her. »Ich will dir keine Umstände machen ...«

»Es macht mir keine Umstände, ehrlich. Jetzt bin ich sowieso wach. Was hältst du von Tomatenrührei und Toast?«

Ein kleines Lächeln umspielte ihre Lippen. »Das klingt super. Aber wie gesagt, nur wenn es dir keine Umstände macht.«

Nate winkte ab. »Das ist echt kein Ding. Ich zieh mir nur vorher mehr an. Zumindest Socken oder so.«

Erst jetzt fiel mir auf, dass er nur Shorts und ein T-Shirt trug. Offenbar war er sehr damit beschäftigt gewesen, Amber zu unterhalten, und hatte sich noch nichts Richtiges angezogen.

»Sonst wird unser Tropenpflänzchen krank«, witzelte ich, doch Nate verdrehte nur die Augen, drehte sich um und ging den Flur entlang zu seinem Zimmer.

»Er kommt aus Australien, oder?« Amber hielt den Blick noch einen Moment länger auf die Stelle gerichtet, an der Nate bis eben gestanden hatte, und sah mich dann an.

Ich nickte und setzte mich rücklings an die Kommode, die meinem Bett gegenüberstand, die Ellbogen auf den Knien abgelegt. »Yep. Quasi vom anderen Ende der Welt.«

»Für uns ist Australien eigentlich nicht das andere Ende der Welt, geographisch gesehen, meine ich«, erwiderte sie, ehe sie den Kopf schüttelte. »Wobei das ja auch egal ist.«

»Ach, ich ziehe Nate so oder so sehr gerne damit auf, dass er von da kommt, wo der Pfeffer wächst.«

»Ich glaube, dass Australien sehr schön ist. Sieht zumindest auf Bildern so aus.«

»Ist es«, bestätigte ich. »Cole und ich waren im Sommer da, um Nate zu besuchen, es war echt großartig. Und auch wenn Cole dauernd Angst hatte, von irgendeinem giftigen oder gefährlichen Tier gemeuchelt zu werden, sind wir alle heil wiedergekommen.«

Die Erinnerung an diesen Sommer lockerte die Ketten etwas, die mir den Brustkorb zusammenschnürten.

Einen Moment herrschte Schweigen zwischen Amber und mir, und wir saßen einfach im Dunkeln und beobachteten Kayla. Die Stille wurde nur davon unterbrochen, dass Nate in der Küche herumhantierte. Nach einer Weile räusperte Amber sich.

»Hast du mitbekommen, wer es war?«, fragte sie.

Ich schüttelte den Kopf und schnaubte verbittert. »Leider nicht, nein. Sonst wäre ich nicht hier, sondern würde schon längst eine Aussage bei der Polizei machen.«

»Das ist doch scheiße.« Amber seufzte frustriert und ließ den Kopf an die Wand sinken. »Aber sie kann morgen Anzeige erstatten, oder?«

Ich zuckte mit den Schultern, die Bewegung fühlte sich an, als wären meine Gelenke mit Blei gefüllt. »Denke schon, ja. Vermutlich wegen Körperverletzung.«

»Wer macht denn so was überhaupt? Ich verstehe nicht, wie man so sein kann.«

»Da fragst du den Falschen«, erwiderte ich matt. Die Wut sickerte langsam aus mir heraus und ließ nichts als Erschöpfung zurück. Dort, wo bis eben noch so viele überschäumende Gefühle gewesen waren, dass ich nicht wusste, wohin damit, machte sich nun langsam Leere breit.

Aus dem Augenwinkel sah ich, wie Amber den Kopf zu mir drehte, doch ich ließ den Blick starr auf Kayla gerichtet.

»Danke auf jeden Fall, dass du dich um sie gekümmert hast.«

»Kein Thema, ehrlich.«

»Das ist nicht selbstverständlich.«

»Sollte es aber sein.«

Amber seufzte erneut. »Da hast du auch wieder recht … Pass auf, ich geh mal in die Küche und schau, wie weit Nate mit dem Essen ist. Brauchst du irgendwas? Soll ich dir was bringen? Ein Wasser vielleicht?«

»Nein, danke …« Ich fuhr mir mit beiden Händen durch die Haare; der Geruch nach gebratenen Eiern und Toastbrot strömte in mein Zimmer und verursachte mir Übelkeit. »Du musst nicht die ganze Zeit neben mir sitzen, du kannst auf der Couch schlafen, wenn du willst. Ich weck dich, falls was sein sollte.«

»Und du musst die ganze Nacht hier wach bleiben? Nein, ich finde, wir sollten uns abwechseln.«

»Meinetwegen«, stimmte ich zu, obwohl ich mir nach wie vor sicher war, kein Auge zuzumachen. »Ich übernehm die erste Schicht. Geh du zu Nate in die Küche, iss was und dann leg dich auf die Couch.« *Oder mach was auch immer*, fügte ich in Gedanken hinzu. Ich mochte Amber, und sie war eindeutig eine gute Freundin, sonst würde sie nicht um drei Uhr in der Nacht neben mir sitzen und auf Kayla aufpassen. Aber jetzt gerade wollte ich einfach nur meine Ruhe. Ich wollte mich nicht unterhalten müssen. Ich wollte nicht so tun, als würde es mir nicht so nah gehen, was mit Kayla passiert war. Ich wollte erst mal für mich selbst herausfinden, wieso das so war. Klar, es ging gegen alle meine moralischen Werte, mein innerer ethischer Kompass drehte allein bei der Vorstellung durch, so etwas einer Frau anzutun. Aber würde ich bei jeder anderen auch hier sitzen und auf sie aufpassen? Hätte ich jede andere auch mit zu mir genommen und in mein Bett gelegt? Natürlich hätte ich jedem anderen Menschen geholfen und ihn ins Krankenhaus gebracht. Aber wäre ich bei jedem anderen Menschen geblieben, um die Untersuchungsergebnisse abzuwarten? Bei guten Freunden sicher, bei Menschen, die mir wichtig waren, ja …

Amber rappelte sich auf und ließ mich mit Kayla und meinen Gedanken allein. Mit meinen Gedanken, die alle in Richtung Kayla und diesen Abend drifteten und sich langsam in der Leere verloren, in die schon meine Gefühle verschwunden waren.

KAPITEL 13

KAYLA

Ich war auf einem Schiff. Es schwankte und schaukelte auf bedrohlich dunklen, beinahe schwarzen Wellen hin und her, ich war mir nie sicher, ob es über den nächsten Kamm gelangen oder kentern würde. Weiße Schaumkronen wüteten auf dem Wasser, Gischt spritzte mir ins Gesicht. Eine lilafarbene Wolkenfront baute sich bedrohlich auf und kam immer näher, sie verzerrte sich zu einem Strudel und wurde eins mit den Wellen. Von irgendwoher kam ein Klopfen. Es hämmerte direkt in meinem Kopf und meinen Schläfen, ohne dass ich die Quelle zuordnen konnte.

Etwas krachte in der Ferne, vielleicht Donner, und ich schlug die Augen auf. Verwirrt blinzelte ich. Das Schiff und die Wellen waren verschwunden, aber das Schwanken blieb. Und das Pochen in meinen Schläfen auch. Ach, du Schande.

Meine Augen brauchten einen Moment, um sich zu fokussieren und die Umgebung zu erkennen. Ich lag in einem breiten Bett, das nicht meins war, in einem Zimmer, das nicht meins war. Und ich hatte keine verdammte Ahnung, wie ich hier hergekommen war. Ich wartete, dass die Panik mich überrollte, doch die körperliche Reaktion blieb aus. Lediglich mein Herz klopfte ein wenig schneller, und ein flaues Gefühl breitete sich in meinem Magen aus, während meine Gedanken Amok liefen und sich gegenseitig zerfetzten. Es war, als würde mein Körper einfach nicht mit den angemessenen Reaktionen aufwarten können, als wäre ich abgeschnitten von mir selbst und als sprächen Verstand und Gefühle nicht mehr dieselbe Sprache.

Ich atmete tief durch und sah mich um. Sogar bei dieser kleinen Bewegung protestierte mein Nacken. Ich streckte mich ein wenig, und mein gesamter Körper schmerzte, als wäre jede einzelne Zelle vollkommen übersäuert. Was zur Hölle war mit mir passiert? Ein schrecklicher Gedanke schoss mir durch den Kopf, und mir wurde schlagartig kotzübel. Obwohl ich es gar nicht wissen wollte, wusste ich, dass ich mich der Wahrheit stellen musste, auch wenn sie womöglich furchtbar war. Ich atmete erneut tief durch und sah an mir herunter. Ich trug noch dasselbe Top wie gestern, ab der Taille lag ich unter einer Decke. Ich nahm all meinen Mut zusammen, hielt den Atem an und schlug die Decke zurück. Erleichtert entließ ich die Luft aus meiner Lunge. Ich war komplett angezogen, nicht mal der Jeansknopf war geöffnet. Und auch wenn mein Körper schmerzte, mein Unterleib fühlte sich vollkommen normal an – eben so, als hätte ich seit Ewigkeiten keinen Sex gehabt, worüber ich noch nie so froh gewesen war wie im Moment. Trotzdem änderte das nichts an der Tatsache, dass ich einen kompletten Filmriss hatte und keine Ahnung, wo ich war. Ich setzte mich langsam auf, wobei mir noch schwindliger wurde und meine Kopfschmerzen rapide schlimmer wurden.

Fahles Morgenlicht fiel durch ein Fenster, die Zimmertür war geschlossen, und ein dunkelblauer Bademantel hing daran. Und dem Bett gegenüber, an eine Kommode gelehnt, saß jemand. Mit aufgestellten Beinen, die Arme auf den Knien verschränkt und das Gesicht darin vergraben. Jemand mit rostbraunen Haaren und breiten Schultern.

»Jason?«, brachte ich hervor, meine Stimme war nur ein Krächzen. Ich räusperte mich und versuchte es erneut. »Jason?«

Keine Reaktion. Das konnte ja wohl nicht wahr sein. Trotz meiner Gleichgewichtsprobleme (ich hoffte wirklich, dass ich nicht aus dem Bett fiel, wenn ich mich herauslehnte) krabbelte ich zur Bettkante und rüttelte an seiner Schulter.

»Hey, Jason! Wach auf!«

Er schreckte so plötzlich hoch, dass sein Kopf an meinen stieß.

»Au«, murrte ich und zog mich wieder aufs Bett zurück, um meine Schläfen zu massieren.

Jason sah mich mit aufgerissenen Augen an. »Entschuldige, das … ich wollte nicht einschlafen. Wie geht es dir?«

Er musterte mich besorgt, und dieser Ausdruck in seinen Augen sorgte dafür, dass die Angst nun doch langsam in meine Glieder kroch. Offenbar war mein Körper davor zu erschöpft gewesen für solche Gefühle und hatte ein bisschen Anlaufzeit gebraucht.

»Wo bin ich?«, fragte ich. »Und wie bin ich hierhergekommen?«

»Du bist bei mir, und ich hab dich mitgenommen – genau genommen hab ich dich getragen.«

»Das hier ist ... dein Bett?«, hakte ich fassungslos nach und musterte das Kopfkissen mit dem dunkelblauen Bezug. »Ich hab in deinem Bett geschlafen? Warum hab ich in deinem Bett geschlafen?«

Hektisch suchte ich nach Erinnerungen in meinem Kopf, nach irgendetwas, das mir diesen Umstand erklärte, aber da war ... nichts. Das Einzige, woran ich mich erinnerte, war, dass ich mir ein Wasser an der Bar gekauft hatte. Danach herrschte gähnende Leere.

»Ich dachte, dann sind wir quitt – weil ich ja auch mal auf deinem Bett lag und so«, erwiderte Jason müde und rieb sich über die Augen. »Nein, ein blöder Witz, entschuldige. Irgendjemand hat dir K.-o.-Tropfen verpasst. Ich hab es gemerkt und dich ins Krankenhaus gefahren. Die haben dich untersucht und Blut und Urin abgenommen, weil diese Wirkstoffe oft nur um die zwölf Stunden nachweisbar sind. Abgesehen davon, dass du nicht ansprechbar warst, warst du vollkommen stabil und unversehrt. Du hast eine Infusion bekommen, und dann haben sie gesagt, ich soll dich mit nach Hause nehmen. Und weil ich dich nicht allein lassen wollte, hab ich dich mit zu mir genommen. Amber ist auch hier, sie hat sich um dich gekümmert und schläft im Wohnzimmer.« Er sah mich an, nichts als Aufrichtigkeit und ehrliche Sorge im Blick. »Wirklich. Es war gar nichts, ich hab dich nicht angefasst oder irgendwas. Ich hab dich einfach nur ins Bett gelegt und auf dich aufgepasst.«

Ich glaubte ihm. Jedes Wort. Doch mein Mund wurde von irgendeinem alten Verhaltensmuster regiert, das ich nicht schnell genug ausschalten konnte. »Das heißt, du hast da gesessen und mich die ganze Nacht angestarrt wie ein Stalker?«

Er runzelte die Stirn, eindeutig verwirrt. »Wenn du es so sagst, klingt es irgendwie ... verrückt.«

»Nein, oh, Gott, entschuldige«, stieß ich hastig hervor. Ich fuhr mir mit beiden Händen durch die Haare und blieb dabei an lauter verfilzten Stellen hängen. Wahrscheinlich sah ich wirklich schlimm aus; ich wollte es gar nicht so genau wissen.

»Schon gut, das ist ja grade auch eine sehr verwirrende Situation für dich.«

Ich seufzte, und plötzlich fingen meine Augen an zu brennen, als die Erkenntnis, was passiert war, langsam zu mir durchdrang. »Kannst du mir alles noch mal von Anfang an erzählen? Ich hab einen riesengroßen Filmriss, ich erinnere mich an gar nichts.«

Und das tat er. Er erzählte mir alles. Von meinem Redeschwall ihm gegenüber. Dass ich total willenlos gewesen war und er alles mit mir hätte machen können. Dass er aufgrund seiner Recherche zu dem Thema recht schnell bemerkt hatte, dass etwas mit mir nicht stimmte. Dass er mich ins Krankenhaus gebracht und meine Freunde informiert hatte. Er erzählte mir, was die Ärzte gesagt hatten, und warum er und Amber dann entschieden hatten, mich mit in die WG zu nehmen. Sie waren sich nicht sicher gewesen, wie es mir gehen würde, ob ich mich vielleicht übergeben oder sonst etwas tun würde, wobei ein abgeschlossenes Badezimmer doch behaglicher war als eine Gemeinschaftseinrichtung.

»Ich glaube nicht, dass ich kotzen muss«, sagte ich leise. »Mir ist nur ein bisschen flau. Hauptsächlich tut mein Kopf weh, und mir ist schwindlig. Ich fühl mich, als wäre der Hogwartsexpress über mich hinweggerollt.«

»Oder eine Herde Hippogreife – um in dem Fandom zu bleiben«, schlug Jason vor. »Falls du andere Vergleiche brauchst, um deinen Zustand zu beschreiben.«

Ich rang mir ein schwaches Lächeln ab. »Das wäre auch passend, ja.«

Dass es mir körperlich so schlecht ging, okay, das würde vorbeigehen. Aber je mehr ich darüber nachdachte, was hätte passieren können, desto mehr Gefühle flammten in mir auf. Angst, Wut, Ohnmacht und Hilflosigkeit. Wahrscheinlich würde ich nie herausfinden, was in diesen Stunden meines Lebens mit mir passiert war. Natürlich konnte Jason es mir erzählen, und ich glaubte ihm sogar, aber meine Erinnerung daran … war weg. Bei dem Gedanken daran, dass ich beinahe Opfer einer Vergewaltigung geworden wäre (denn mit was für einem anderen Ziel hätte jemand mir etwas ins Getränk mogeln sollen), wurde mir eiskalt, und alles in mir erstarrte. Dabei hatte ich gar nichts getan, ich hatte mich nur amüsiert und noch nicht einmal viel Alkohol getrunken. Wieso hatte ausgerechnet mich jemand als sein Opfer auserkoren? Was stimmte nicht mit mir? Sah ich aus, als wäre es leicht, mich von meinen Freunden zu trennen? Offensichtlich, denn anders konnte ich es mir nicht erklären, warum mir jemand K.-o.-Tropfen einflößen sollte.

»Erinnerst du dich wirklich an gar nichts?«, hakte Jason behutsam nach und studierte mein Gesicht, als würde er darin meine verloren gegangene Erinnerung finden. »Hast du keine Idee, wie und wann dir die Tropfen ins Glas geschüttet wurden?« Erst jetzt fielen mir die tiefen Schatten auf, die unter seinen Augen nisteten. Die Nacht hatte ihn eindeutig auch mitgenommen.

Ich schüttelte den Kopf, wobei es sich anfühlte, als würde mein Gehirn lose in meinem Schädel umherwabern. »Nein, nicht wirklich. Außer ... als ich von der Bar weg bin, hat mich jemand so doll angerempelt, dass ich echt Gleichgewichtsprobleme hatte. Aber der Typ ist sofort weiter, und ich hatte das Glas in der anderen Hand, da wäre er nicht hingekommen.«

»Hm.« Jason überlegte einen Moment und kaute nachdenklich auf seiner Unterlippe. »Außer sie sind zu zweit und das war ein Ablenkungsmanöver. Der eine rempelt dich an, damit du ihm nachsiehst, der andere schüttet die Drogen in dein Glas.«

Das klang erstaunlich einleuchtend. Ich fröstelte noch mehr und zog mir die Bettdecke über die Schultern. Wenn Jason mich nicht gefunden hätte, hätte wer weiß was passieren können. Und wenn es nicht nur einer gewesen war, sondern sie zu zweit gewesen waren ... Dann hätten sie es auch zu zweit getan. Allein bei der Vorstellung zog sich alles in mir zusammen, und ein Würgereiz wollte sich meine Kehle nach oben kämpfen. Ich schluckte krampfhaft und kuschelte mich in dem Wunsch, mich sicher und geborgen zu fühlen, tiefer in die Decke.

Erst jetzt bemerkte ich, wie gut die Decke roch. Nach Waschmittel und … frisch geduschtem Mann und etwas ganz eigenem, vermutlich Jason. Aus irgendeinem verrückten Grund beruhigte mich sein Duft, es gab mir tatsächlich ein Gefühl der Sicherheit, hier in seiner Decke eingewickelt zu sitzen, in seinem Bett. Es war, als könnte ich das, was passiert war, zusammen mit dem, was beinahe geschehen wäre, aus diesem Zimmer aussperren. Als würde die Welt draußen bleiben und so lange aufhören, sich zu drehen, bis ich bereit war, dass sie in ihrer Umlaufbahn weiterlief. Doch leider stimmte das nicht, dieses Gefühl war eine Illusion. Nicht nur, dass ich nicht wusste, woher es so plötzlich kam, es war auch nicht real. Die Welt drehte sich einfach weiter, egal, ob ich dafür bereit war oder nicht, das hatte ich gelernt. Ich konnte mich nicht in einem Zimmer davor verstecken. Ich musste mich mit den Tatsachen auseinandersetzen. Ich hatte Drogen in einen Drink gemixt bekommen. Und ich hatte großes Glück gehabt, dass ich außer einer Erinnerungslücke und dem schlimmsten Kater meines Lebens keine weiteren Schäden davongetragen hatte. Dank Jason.

Ich sah ihn an. Wie er da saß in dieser unbequemen Haltung an die Kommode gelehnt, in einer grauen Jogginghose und einem weißen Shirt, das ein wenig an seinen Schultern und seinen Oberarmen spannte. Aber das war nicht das, was mich auf einmal so in seinen Bann zog. Vielleicht stand ich immer noch unter Drogen (ziemlich sicher sogar), aber es war sein Blick. Dieser Blick aus seinen haselnussbraunen Augen, der dermaßen offen und aufrichtig auf mir ruhte, in dem kein Spott und kein Hohn lag, nichts, wovor ich mich fürchten musste. Er würde sich nicht über das lustig machen, was mir passiert war, er erkannte den Ernst der Situation.

Ich kannte viele, die sich darüber lustig machten, wenn jemand anderes zu viel getrunken oder einen Filmriss hatte, egal, ob selbst verursacht oder nicht. Ich kannte viele, die gesagt hätten, *stell dich*

nicht so an, ist doch nichts Schlimmeres passiert, hast Glück gehabt.
Obwohl ich es nicht mit Sicherheit wusste, hatte ich dieses plötzliche Gefühl, dass Jason nicht so war. Dazu wirkte er zu besorgt, zu ernst, er hatte kein einziges Mal gelächelt oder gegrinst. Im Gegenteil wirkte seine Miene geradezu unbewegt, und wenn man etwas darin lesen konnte, dann Erschöpfung und Müdigkeit.

Ich fühlte mich immer noch vollkommen benebelt, und mir war schwindlig, aber ich glaubte, ich hatte Jason noch nie auf diese Weise gesehen. Und wenn ich ehrlich war, dann lag das nicht an ihm, sondern an mir. Wahrscheinlich war dieser Teil von ihm, dieser hilfsbereite und aufrichtige Teil von ihm, die ganze Zeit da gewesen, und ich hatte ihn nur nicht sehen wollen. Nicht sehen können. Letztlich waren wir alle nicht schwarz und weiß, sondern ein einziges Gemisch aus Grautönen.

»Danke«, sagte ich leise.

Ich musste nicht mehr sagen, ich sah in seinen Augen, dass er wusste, was ich meinte. Dennoch winkte er ab.

»Nicht dafür. Das hätte jeder getan.«

»Nein. Ich kenne eine ganze Menge Kerle, die hätten sich noch darüber lustig gemacht.«

»Dann kennst du die falschen Kerle.«

»Jetzt ja offensichtlich nicht mehr«, erwiderte ich, ehe ich darüber nachdenken und rechtzeitig den Mund schließen konnte. Ich schluckte. »Danke auf jeden Fall. Ehrlich, ich weiß nicht, was ohne dich passiert wäre. Ich will es mir nicht mal ausmalen. Ich verdanke dir viel mehr, als dass du mich ins Krankenhaus gebracht hast.«

Daraufhin schwieg Jason. Seine Kiefermuskeln traten hervor, als er die Lippen zusammenpresste und seine Nasenflügel sich leicht blähten. Es brodelte sichtlich in ihm, was mich noch mehr überraschte.

»Es sollte gar nicht nötig sein, dass du dich bei mir bedanken musst, weil so was gar nicht passieren sollte. Allein dass es passiert ist, ist schon auf so verflucht vielen Ebenen eine epische Scheiße.«

Darauf hatte ich keine Antwort. Mein Verstand sagte mir, dass er recht hatte, natürlich hatte er recht, aber ich war entwaffnet von seiner Ehrlichkeit, seiner Einstellung, von etwas, das ich Jason nicht zugetraut hätte. Es war gemein, das wusste ich, aber ich hatte ihm keine so hohen moralischen Werte zugetraut.

»Ich will dich damit jetzt auch gar nicht nerven«, sagte er, nachdem ich ihn eine Weile nur angestarrt hatte, ohne ihm zu antworten. »Aber du solltest dir überlegen, ob du zur Polizei gehen und denjenigen anzeigen willst. Das ist ja mehreren jungen Frauen passiert in letzter Zeit, deswegen …« Er zuckte mit den Schultern und strich sich durch die Haare, die sowieso schon unordentlich von seinem Kopf abstanden. »Es ist deine Entscheidung.«

»Ich … ich kann darüber gerade nicht nachdenken«, antwortete ich ehrlich und zog unwillkürlich die Decke enger um mich. »Ich meine, es ist ja nichts passiert, was soll ich denn da anzeigen …«

Jason sah mich an, als hätte ich nicht mehr alle Latten am Zaun. »Ist das dein Ernst? Du könntest diesen Wichser wegen vorsätzlicher Körperverletzung anzeigen, da bin ich mir ziemlich sicher.«

»Und dann? Das ändert doch auch nichts.«

Einen Moment presste Jason die Lippen aufeinander. Dann entließ er die angehaltene Luft aus seiner Lunge, seine Stimme klang ganz ruhig. »Für dich macht es vielleicht keinen Unterschied, das kann und will ich nicht für dich beurteilen. Aber für andere Frauen, denen dasselbe von dem gleichen Mistkerl angetan wird, ändert es vielleicht was.«

Vermutlich hatte er recht, doch die Gedanken rasten viel zu schnell durch meinen Kopf und verursachten einen Knoten der Übelkeit in meinem Bauch. Ich konnte das gerade nicht entscheiden, es überforderte mich vollkommen. Allein die Vorstellung, zur Polizei zu gehen und mich allen möglichen Fragen stellen zu müssen – und dass sie mir vielleicht nicht glaubten, sondern einfach davon ausgingen, ich hätte die Drogen selbst eingeworfen oder es anderweitig herausgefordert … Ich wusste nicht, ob ich dazu bereit war. Oder ob ich mich nicht lieber verkriechen und mir diese Prozedur ersparen wollte.

»Ich ...«, begann ich, ehe meine Stimme erstarb und all die Worte, die ich Jason sagen wollte, all die wirren Gedanken, wieder zurück in mein Inneres wichen.

»Ist schon okay«, erwiderte er sanft und rappelte sich auf. »Denk einfach drüber nach, du musst es nicht jetzt entscheiden. Ich kann mir vorstellen, dass das alles gerade ein bisschen viel ist und du dich erst mal sortieren musst.«

Ich sah ihn an, beobachtete, wie er auf die Beine kam und sich streckte. Sein Rücken knackte, er wirkte verspannt und steif. Wäre ich vermutlich auch, wenn ich die halbe Nacht zusammengekauert auf dem Boden gesessen hätte.

»Danke«, sagte ich leise, und meinte damit nicht nur, dass er Verständnis für mich hatte. Ich meinte alles, was er für mich getan hatte. Dass er bemerkt hatte, was mit mir los war. Dass er mich ins Krankenhaus gebracht hatte. Dass er die halbe Nacht in unbequemer Haltung verbracht und auf mich aufgepasst hatte.

Er vergrub die Hände in den Hosentaschen und wippte leicht auf den Fußballen auf und ab, sein Blick ruhte auf mir und schien sich in mich hineinzubohren.

»Kein Thema, hab ich wirklich gerne getan«, erwiderte er, seine Stimme klang plötzlich etwas rauer als zuvor, und in meinem Bauch glimmte ein kleines Kribbeln auf.

Mir wurde bewusst, wie trocken meine Kehle war, als ich Jason anstarrte und schon wieder nicht wusste, was ich sagen sollte. Wie konnte man so viele Gedanken gleichzeitig im Kopf haben und dennoch ganz und gar wortleer sein? Ich hatte keine Ahnung, aber genau das war es, was meinen Zustand am besten beschrieb. Mein Inneres war derart voll, zum Bersten gefüllt mit Gefühlen und Gedanken, die alle durcheinanderwirbelten, dass meine Stimme versagte und ich nichts von diesem Chaos zum Ausdruck bringen konnte. Also schwieg ich.

»Brauchst du irgendwas?«, fragte Jason. »Hast du Hunger? Durst? Willst du duschen und dir was anderes anziehen? Ich kann dir was leihen, wenn du willst. Meine Klamotten sind dir bestimmt viel zu groß, aber zum Chillen reichen sie allemal.«

Wieder fühlte ich mich überfordert, ich hatte auf keine einzige seiner Fragen eine Antwort. »Ähm. Ich sollte gehen. Ich hab deine Gastfreundschaft lange genug beansprucht. Wie viel Uhr ist es eigentlich?«, sprudelte es aus mir heraus.

»Noch gar nicht so spät«, sagte Jason und nickte in Richtung seines Nachttischs, auf dem ein Wecker stand. Das Ziffernblatt zeigte kurz nach zehn. »Heute ist einer dieser Tage, an denen es gar nicht richtig hell wird. Typisch Herbst.«

Das erklärte das fahle Licht, als wäre es erst früher Morgen. Andererseits hatte ich mich inzwischen an die tristen Herbsttage hier gewöhnt, an denen es, wie Jason schon sagte, nie über die Dämmerung hinausging.

»Ich kann doch trotzdem nicht hierbleiben …«, sagte ich.

»Warum nicht?«, erwiderte er und zog die Mundwinkel ein wenig nach oben, wobei das Grübchen an seiner Wange das erste Mal heute zum Vorschein kam. »Es ist witzig hier in der WG, versprochen. Außerdem bist du so nicht allein. Krankgeschrieben bist du für heute auch, Rachel hat gleich heute früh in der Buchhandlung angerufen und Bescheid gesagt, dass du nicht kommen kannst.« Er runzelte die Stirn. »Zumindest hoffe ich, dass sie das getan hat, es war so abgemacht.«

Der Schreck fuhr mir in die Glieder, und ich richtete mich mit einem Ruck weiter auf, wodurch mir sofort wieder schwindlig wurde. Ich musste heute arbeiten, ich hätte um zehn anfangen sollen. *Mist, Mist. Mist.* Verdammt!

Doch Jason hatte schon sein Handy aus der Hosentasche gezogen, um seine Nachrichten zu checken. Er tippte ein wenig auf dem Display herum, dann grinste er mich über sein Smartphone hinweg an. »Sie hat es erledigt, du hast heute frei und kannst dich ganz deinem Kater widmen.«

Erleichterung schwappte über mich hinweg. Allein die Vorstellung, heute arbeiten zu müssen ... Nein, das würde mein Kreislauf nicht mitmachen, so ehrlich musste ich zu mir selbst sein.

»Danke«, sagte ich schuldbewusst. »Ihr habt ja echt an alles gedacht.«

»Wir haben uns Mühe gegeben«, erwiderte er und musterte mich mit schief gelegtem Kopf. »Lass uns einen Deal machen. Ich bring dir was zu trinken, und du schaust mal, wie es dir damit geht. Solange hüpfe ich schnell unter die Dusche, und du freundest dich mit dem Gedanken an, noch ein bisschen hierzubleiben.«

Unschlüssig kaute ich auf meiner Unterlippe. »Aber ich kann meinen Kater auch in meinem Wohnheim auskurieren ...«

»Kannst du schon. Aber wie gesagt, hier bist du nicht allein, sollte es dir doch wieder schlechter gehen. Rachel ist nämlich noch sehr beschäftigt mit Jess, so wie sich ihre Nachrichten lesen. Außerdem ist Amber immer noch hier.«

»Stimmt ja«, sagte ich und schüttelte verwirrt den Kopf. Mir wurde ganz warm ums Herz, als mir bewusst wurde, was es bedeutete, dass Amber die ganze Nacht geblieben war, und ich spürte einen seltsam rührseligen Druck auf meinen Augäpfeln. Ich hätte nie damit gerechnet, dass sich tatsächlich so viele Menschen um mich sorgten – schon gar nicht, weil wir uns erst so kurze Zeit kannten ...

Ich wusste nicht, wie Jason es letztlich schaffte, aber es brauchte nicht mehr viel Überzeugungskraft von ihm, um mich dazu zu bringen, zumindest noch ein bisschen zu bleiben, bis mein Kreislauf so stabil war, dass ich nicht schon bei dem Gedanken daran, bis nach Keeney zu laufen, in Ohnmacht fiel.

Er brachte mir eine Flasche Wasser und ein paar Cracker sowie Ibuprofen gegen die Kopfschmerzen, ehe er ein paar Klamotten aus dem Schrank fischte und sich unter die Dusche verabschiedete. Er meinte, ich solle einfach rauskommen, sobald mir danach war. Irgendwie fand ich es ... echt lieb (und mir fiel einfach kein besseres

Wort dafür ein), wie er sich um mich kümmerte und wie viel Freiraum er mir trotzdem ließ. Und das, obwohl ich in seinem Bett lag und sein Zimmer belagerte. Ganz ehrlich, Jason war wirklich nett. Ich musste das Bild, das ich von ihm gehabt hatte, immer mehr revidieren.

Nachdem ich die Flasche Wasser getrunken und ein paar Cracker heruntergewürgt hatte, fühlte ich mich, als hätte ich einen Stein geschluckt. Einen Stein, den mein Magen am liebsten sofort wieder loswerden wollte. Also legte ich mich noch mal hin und atmete tief durch in der Hoffnung, mich nicht doch übergeben zu müssen – und dabei aus dem Zimmer zu stürzen, ohne zu wissen, wo eigentlich das Badezimmer war. Wenn irgendetwas die Situation noch schlimmer machen konnte, als sie schon war, dann eindeutig, dass ich auch noch in Jasons Wohnzimmer kotzte. Vor Zeugen. Nein, das musste ich auf jeden Fall verhindern.

Nach einer Weile wurde es besser, der Wecker sagte mir, dass es jetzt schon kurz vor elf war. Ich hörte gedämpfte Stimmen durch die geschlossene Tür. Eindeutig Amber und Jason und … Cole oder Nate, die andere männliche Stimme konnte ich nicht zuordnen. Eine Tür fiel zu, dann waren es nur noch Amber und Jason. Weil ich meinen Körper irgendwann dem Test stellen musste, ob ich auf zwei Beinen laufen konnte, ohne dabei umzufallen, beschloss ich, es hinter mich zu bringen. Ich konnte nicht auf Ewigkeiten in Jasons Bett bleiben – auch wenn es wirklich unfassbar bequem war und ich das sicher mehr zu würdigen gewusst hätte, wäre es mir nicht so schlecht gegangen.

Meine Beine fühlten sich an wie Gummi, als ich die ersten Schritte ging, und der Boden schien unter meinen Füßen zu schwanken. Mein Magen rumorte, aber zumindest mein Kopf pochte nur noch dumpf. Danke Ibuprofen, immerhin etwas.

Ich trat aus Jasons Zimmer und befand mich im Flur, der direkt ins Wohnzimmer führte. Durch die Tür schräg gegenüber gelangte man in die Küche, das wusste ich von Jasons Geburtstag.

»Guten Morgen, Sonnenschein.« Ich riss den Kopf herum, als die Tür gegenüber von Jasons Zimmer aufging und Cole heraustrat. Mit nichts als einem Handtuch bekleidet und nassen Haaren. Wassertropfen perlten über seine Schultern, von denen eine ebenso tätowiert war wie seine Arme. »Hast du deinen Rausch ausgeschlafen?«

Mit einem kleineren Handtuch rubbelte er sich die Haare trocken, und mir blieb der Mund offen stehen; ich wusste nicht, was ich sagen sollte. Damit – mit einem halb nackten Cole – hatte ich nicht gerechnet.

»Wie geht's dir?«, rettete mich Amber, die in dem Moment neben mir auftauchte und mich von oben bis unten musterte. »Ich wollte dich erst mal in Ruhe lassen – aber ich war die ganze Zeit hier!«

»Ich weiß – danke, das ist echt … wow«, brachte ich irgendwie heraus.

»Wie fühlst du dich?«, erkundigte Amber sich weiter und sah mich so eindringlich an, dass ich wegsehen musste. Irgendwie wurde mir von ihrem Blick beinahe schwindelig.

»Ein bisschen komisch ist mir schon«, gestand ich, während Cole an uns vorbei in die Küche schlappte.

»Noch jemand Kaffee?«, rief er.

»Ja«, antwortete Jason, der ebenfalls in den Flur getreten war, und sah uns fragend an. »Ihr auch?«

»Unbedingt«, erwiderte Amber, während mir allein bei der Vorstellung übel wurde.

Ich schüttelte den Kopf. »Lieber nicht.«

»Was anderes?«, hakte Jason nach, die Hände in den Taschen seiner Jogginghose vergraben. Dieses Mal war es eine dunkelblaue und das Shirt, das er trug, war schwarz. »Willst du einen Tee? Nate hat eine riesige Sammlung für alle möglichen Zwecke.«

»Für welche Zwecke kann man denn Tee trinken?«, fragte Amber mit gerunzelter Stirn.

»Wenn du Nate fragst, gibt es Tee für jeden Anlass«, erklärte Cole, der mit zwei Tassen im Türrahmen erschien und sie Jason und Amber in die Hand drückte. »Ich wiederum finde, man kann zu jedem Anlass Kaffee trinken.«

»Du willst Cole nicht vor seinem ersten Kaffee erleben«, sagte Jason.

»Warum?«, wollte Amber wissen, während mir noch ein bisschen schwindeliger wurde. Ich stützte mich mit einer Hand an der Wand ab, als mein Sichtfeld ein wenig verschwamm.

»Weil er ohne Koffein in den Adern ein echter Morgenmuffel ist«, erwiderte Jason, trat zu mir und griff sacht nach meinem Arm. »Alles okay? Willst du dich hinsetzen?«

Hinsetzen klang super. Hauptsache, ich musste nicht länger stehen. Diese fünf Minuten, die ich während dieses Gesprächs auf meinen eigenen Füßen verbracht hatte, fühlten sich an wie fünf Stunden.

Jason und Amber führten mich zur Couch ins Wohnzimmer, und Cole stellte den Wasserkocher an und verschwand anschließend kurz in seinem Zimmer, um sich etwas anzuziehen.

Selbst wenn ich gewollt hätte, ich hätte gar nicht einfach so nach Hause gehen können, das wurde mir klar. Ich hätte es vermutlich gar nicht bis zu Keeney geschafft, ohne einen Kreislaufkollaps zu erleiden. Aber es gab wohl schlimmere Orte, um einen Kater auszukurieren, als Jasons Wohnung.

KAPITEL 14

JASON

Ich hasse dieses Gefühl, alles getan zu haben und doch nichts ändern zu können. So ging es mir mit Kayla. Ich hatte ihr einen Pulli von mir gegeben, einen Tee aus Nates Sammlung gekocht, der angeblich stärkend und stabilisierend war, und noch ein paar Cracker auf den Couchtisch gestellt. Und trotzdem sah sie immer noch aus wie ein sehr blasses Häufchen Elend.

Ihre Augen waren glasig, und darunter hatte sie tiefe Ringe, ihre Haut war so weiß wie die Wand hinter ihr. Immer, wenn sie nach ihrer Teetasse griff, zitterte ihre Hand ein wenig, und ihr Blick war geistesabwesend.

Ich hatte inzwischen mit Rachel telefoniert, die immer noch bei Jess war, und sie auf den Stand der Dinge gebracht. Vielleicht kam sie später vorbei – sofern sie Jess davon überzeugen konnte mitzukommen. Die letzte Nacht hatte ein Drama nach dem anderen produziert.

Nate hatte Besuch von Megan, sie lernten angeblich, und Cole stand in der Küche und matschte Guacamole aus drei überreifen Avocados zusammen. Ich hätte niemanden von uns als Küchenprofi bezeichnet, aber wir hatten alle unsere Talente. Nate machte fantastische Rühreier und Pancakes, Cole Dips aller Art und ein paar einfache Sachen wie Chili oder Nudelauflauf – und ich ... ich konnte wirklich gut Sandwiches belegen oder Pizza bestellen. Salat ging auch noch, solange man sich mit Essig und Öl als Dressing zufriedengab.

Da meine Mitbewohner gerade beide mehr oder minder beschäftigt waren, war ich mit Amber und Kayla allein. Und ganz entgegen meiner sonstigen Art hatte ich keine Ahnung, was ich sagen sollte. Ein wenig unbeholfen rutschte ich auf meinem Sessel umher und betrachtete Kayla, wie sie geistesabwesend in ihren Tee starrte und sich über die aufgesprungene Lippe leckte.

»Wollt ihr einen Film schauen?«, fragte ich, weil ich schließlich irgendetwas sagen musste – und weil ich annahm, dass etwas Normales, wie einen Film anzuschauen, Kayla vielleicht stabilisierte und ihr ein Gefühl von Sicherheit gab.

Amber sah von ihrem Smartphone auf, auf dem sie bis eben getippt hatte. »Von mir aus, ja. Ich schreib nur eben noch Sean, dass Kay wieder unter den Lebenden weilt.«

Kayla schnaubte leise, es klang irgendwie geschwächt. »So weit würde ich momentan nicht gehen.«

»Also bist du so eine Art Wiedergänger?«, fragte Cole, als er mit einer Schüssel Guacamole, Tellern und einem Brotkorb mit Toast das Wohnzimmer betrat und alles zum Couchtisch balancierte. »Das ist echt cool, darf ich dich in einem Comic verarbeiten?«

»Als Wiedergänger?«, hakte Kayla nach, ehe sie verwirrt den Kopf schüttelte, als hätte Cole nicht mehr alle Tassen im Schrank.

»Du zeichnest Comics?«, fragte Amber. »Das ist ja cool.«

»Ja, tu ich.« Cole winkte ab, als wäre es keine große Sache, und wandte sich wieder Kayla zu. »Und klar. Superhelden werden oft dadurch zu Superhelden, dass sie mit irgendwelchen Substanzen in Berührung kommen, die besondere Fähigkeiten bei ihnen hervorrufen. Spiderman zum Beispiel wurde von einer Spinne gebissen.«

»Und was ist meine neue besondere Superkraft?«, erwiderte Kayla trocken. »Dass ich mich wie ausgekotzt fühle und mich nicht länger als drei Minuten auf den Beinen halten kann?«

Cole wiegte den Kopf. »Ich gebe zu, dein Zustand hat noch Verbesserungspotenzial.«

»Ist das unser Mittagessen?«, fragte ich, um Kayla aus diesem Gespräch zu retten. Schon ohne Kater und Drogeneinfluss war es nicht leicht, mit Cole über seine Superheldenliebe zu reden und mithalten zu können.

Cole rollte mit den Augen und ließ sich neben Amber fallen, die nun zwischen ihm und Kayla auf der Couch eingepfercht war. »Nein, ich hab das einfach da hingestellt, damit ihr es anschauen könnt.«

»Du isst die Guacamole mit Brot?«, fragte Amber und legte ihr Smartphone weg, als sie sich neugierig zu dem Tisch beugte. »Ich kenne das nur mit Nachos.«

»Du kannst es einfach auf den Toast schmieren«, sagte Cole. »Ansonsten finden wir vielleicht irgendwo in den Tiefen der Küche noch Nachos.«

Amber winkte ab und griff nach einem Toast. »Ach was, ich esse das gern auch mal so. Man muss ja immer offen für Neues sein.«

»Apropos offen für Neues«, begann ich. »Wir hatten überlegt, einen Film zu schauen, was meinst du, Cole?«

Er zuckte mit den Schultern. »Klar, warum nicht. Ich will eh ein bisschen entspannen, bevor ich wieder zur Arbeit muss.«

»Wie hoch ist die Chance, dass ihr euch zu einem Disneyfilm überreden lasst?«, fragte Amber und klimperte mit den Wimpern.

»Mir ist alles egal«, seufzte Kayla und ließ den Kopf auf die Rückenlehne des Sofas sinken, während ich unsicher mit den Schultern zuckte; im Zweifelsfall würde ich mir auch einen Disneyfilm antun, wenn es zu Kaylas Wohlfühlfaktor beitrug.

Cole allerdings zog eine Augenbraue nach oben. »Einen was?«

»Disneyfilm, du weißt schon. Das sind ja quasi auch Comicfiguren.«

»Animation«, korrigierte Cole sie. »Das sind Animationsfiguren, das ist was vollkommen anderes.«

»Nicht wirklich«, beharrte Amber.

»Doch, auf jeden Fall«, erwiderte Cole. »Wir könnten *X-Men* schauen. *X-Men* geht immer – und währenddessen überlegen wir, was für eine Superkraft Kayla nun entwickelt, da sie mit mysteriösen Substanzen in Berührung gekommen ist.«

»Mir würde schon die Superkraft reichen, bis in mein Wohnheim laufen zu können«, stöhnte sie.

»Du hast aber geringe Ansprüche«, meinte Cole und schmunzelte. »Du könntest es wenigstens in übermenschlicher Geschwindigkeit tun.«

»Ich glaube, momentan kann ich nur mit Schneckenschnarchgeschwindigkeit aufwarten.«

Meine Mundwinkel zuckten, während ich dem kleinen Schlagabtausch zwischen Kayla und Cole über ihre möglichen Superheldenfähigkeiten lauschte. Es gefiel mir, dass Kayla auch ohne Rachel langsam einen Weg in meinen Freundeskreis fand und es noch andere Verbindungspunkte zwischen uns gab. Auch wenn die Umstände, die dazu geführt hatten, dass sie nun an einem Samstag bei uns in der WG war, alles andere als toll waren und ich sie sofort rückgängig gemacht hätte, wenn ich gekonnt hätte.

Während Cole, Amber und Kayla darüber diskutierten, was für einen Film wir anschauen sollten (Amber bestand auf den Disneyfilm, Kayla war es egal, und Cole wollte irgendwas von Marvel), ertönte plötzlich ein leises, rhythmisches Klopfen gepaart mit dem Quietschen einer Matratze aus dem Nebenzimmer. Nates Zimmer. Eindeutige Geräuschkulisse. Cole und ich kannten das schon, in einer WG bekam man zwangsläufig viel vom Intimleben seiner Mitbewohner mit. Wahrscheinlich hörte Cole es schon gar nicht mehr, so wie er schon wieder mit Amber darüber redete, wo der Unterschied zwischen Comic- und Animationsfiguren lag.

Kayla allerdings schien es zu hören. Sie runzelte die Stirn und drehte den Kopf in Richtung der Wand, die an Nates Zimmer grenzte. »Ist das …?«

»Nate. Mit Megan«, sagte Cole, ohne mit der Wimper zu zucken. »Das wird jetzt erst noch schlimmer, bevor es besser wird. Wobei ›schlimm‹ nicht das richtige Wort ist – bezeichnen wir es als laut.«

Als wäre Coles Ansage das Stichwort gewesen, erklang gedämpftes Stöhnen. Besonders Nates Name war gut zu hören.

Kaylas Augen weiteten sich, und ihre Wangen liefen rot an, womit sie das erste Mal heute nicht wie ein Geist aussah. Sie rutschte peinlich berührt auf der Couch herum, kaum merklich, wahrscheinlich fiel es mir nur auf, weil ich sie so genau beobachtete. Es schien ihr wirklich unangenehm zu sein, und ich unterdrückte ein Seufzen. Immer wenn ich dachte, dass sie auftaute … aber gut, das war auch eine andere Situation. Vielleicht waren Cole und ich einfach nur besonders entspannt in der Hinsicht – oder schlichtweg daran gewöhnt und deshalb abgestumpft.

»Sie scheinen Spaß zu haben«, meinte Amber, ohne mit der Wimper zu zucken. »Da sind sie ja eindeutig weiter als wir. Was schauen wir jetzt für einen Film?«

Cole lachte leise. »Wie, sie sind weiter als wir? Willst du auch Sex? Ist kein Problem, können wir einrichten.«

Amber, die ich bisher eher als schüchtern und zurückhaltend eingestuft hatte, zumindest, bis man sie besser kannte, sah Cole ungerührt an. »Geht deine Gastfreundschaft denn so weit?«

Nein, ging sie nicht, das wusste ich. Cole hielt seine Bettbekanntschaften so weit von seinem Privatleben und seiner Wohnung weg, wie es überhaupt möglich war.

Obwohl er grinste, meinte er es nicht ernst, da war ich mir sicher. »Auf jeden Fall.«

Amber musterte ihn übertrieben interessiert und wandte sich dann mit einem Seufzen ab. »Sorry. Du hast einen gewissen Ruf, und One-Night-Stands sind nicht mein Ding.«

Lachend strich Cole sich die Haare aus der Stirn, die sofort wieder zurückfielen. »Glück gehabt. Ich hab mich schon gefragt, wie ich aus der Nummer wieder rauskomme.«

»Hey!«, erwiderte Amber und schob gespielt gekränkt die Unterlippe vor.

»Sorry, es liegt nicht an dir.«

»Na klar, das würde ich jetzt auch sagen«, lachte Amber.

Cole und Amber zogen sich noch ein bisschen gegenseitig auf, aber das interessierte mich gar nicht so sehr. Ich wandte mich Kayla zu, die sehr konzentriert in ihre Teetasse starrte, die Wangen nach wie vor gerötet. Ich zögerte einen Moment, dann rutschte ich mit meinem Sessel näher zu ihr. Sie sah auf, als sie das leise Kratzen auf dem Boden hörte.

»Die sind gleich fertig«, sagte ich und konnte mir ein Grinsen nur schwer verkneifen. »Nate hat ein Ausdauerproblem.«

»Klingt nicht danach«, entgegnete Kayla und wich meinem Blick aus; sie strich sich eine wirre Strähne hinters Ohr. »Es ist mir irgendwie … unangenehm, das zu hören. Das sollte eigentlich nur zwischen den beiden passieren, ohne Publikum.«

Mit absoluter Willenskraft gelang es mir, nicht zu grinsen und meine Augenbrauen an Ort und Stelle zu belassen.

»Na ja, es passiert ja faktisch auch nur zwischen den beiden«, sagte ich und warf einen kurzen Blick zu Amber und Cole, die sich immer noch unterhielten und von unserem Gespräch nichts mitzukriegen schienen. »Die Wände sind nur leider ein bisschen dünn und wir sitzen hier zufällig rum. Aber hey, man gewöhnt sich dran, blende es einfach aus.«

»Ich glaube, dafür ist mein Nervenkostüm heute zu dünn«, gestand sie. »Vielleicht bin ich deswegen so empfindlich. Ich mein, ich war in einem Internat, ich hab ganz andere Dinge mitbekommen.«

Darauf würde ich wetten. »Glaub ich dir. Und hey, du hast echt eine harte Nacht hinter dir und einen wirklich blöden Tag. Da darf man schon mal ein bisschen angekratzt sein.«

Jetzt sah sie mich doch an, sie wirkte nachdenklich, während sie mich mit ihren blauen Augen musterte, die heute ein wenig matt aussahen. »Wir wissen beide, dass das nicht stimmt – ich bin irgendwie immer ein bisschen angekratzt.«

Die Wendung, die dieses Gespräch nahm, haute mich beinahe um. Für einen kurzen Moment war ich so überwältigt von ihrer unerwarteten Offenheit, dass ich nicht wusste, was ich sagen sollte. Ich freute mich darüber, so sehr, dass etwas in meinem Inneren anfing zu summen, doch gleichzeitig wollte ich sie nicht unter Druck setzen oder in die Ecke drängen. Nicht, wenn sie sowieso schon angeschlagen war.

»Vielleicht reden wir wann anders darüber«, sagte ich und legte den Kopf schief. »Wenn du wieder fitter bist und ich mal ausgeschlafen habe.«

Denn auch wenn es sich noch in Grenzen hielt, weil ich abgelenkt war, sobald ich darauf achtete, merkte ich, wie müde ich war. Meine Augen brannten, meine Glieder waren bleischwer, und mein Kopf fühlte sich an, als wäre er in Watte gepackt. Von meinem Rücken, der mir die Nacht in sitzender Haltung auf dem Boden übel nahm, wollte ich gar nicht anfangen.

Ein kleines Lächeln zuckte um Kaylas Mundwinkel. »Klingt nach einem Plan. Ich glaube, ich bin heute nicht in der Lage, irgendein sinnvolles Gespräch zu führen.«

»Dito.«

»Wir haben uns für einen Film entschieden«, unterbrach Cole uns. »Wir schauen *X-Men*.«

Amber verdrehte die Augen. »Wir haben uns nicht entschieden, er hat mir einfach *X-Men* aufgezwungen.«

»*X-Men* ist als Einstieg aber gut«, meinte ich. »Ich mag den Film, man braucht kein Vorwissen und wird trotzdem gut unterhalten.«

»Genau meine Meinung«, sagte Cole.

Kayla indessen legte den Kopf wieder auf die Rückenlehne. »Mir ist es egal, macht, was ihr wollt. Aber tut es schnell, ich brauche eine andere Geräuschkulisse.«

»Die sind bestimmt gleich fertig«, versicherte Cole ihr, stand auf und schlenderte zu dem Regal mit den DVDs. »Was aber nicht bedeutet, dass sie nicht noch eine zweite Runde einlegen.«

Sie taten es nicht. Oder aber Nate hatte Megan einen Knebel verpasst, was ich für sehr unrealistisch hielt. Wir hatten etwa die erste Dreiviertelstunde des Films gesehen, und Amber hatte sich bereits über Logans Brutalität beschwert, als Nates Zimmertür aufging und er zusammen mit Megan herauskam. Megan warf einen kurzen Blick in die Runde und hob flüchtig die Hand, ehe sie sich auf den Weg zur Wohnungstür machte. Man hätte meinen können, sie verhielt sich deswegen so abweisend, weil Kayla und Amber da waren. Aber daran lag es nicht. Sie benahm sich Cole und mir gegenüber immer so, mehr als ein *Hallo* war nie drin. Selbst dann nicht, wenn sie mit Nate zusammen in unserer Küche saß. Zumindest konnte ich mich nicht erinnern, jemals mehr als zwei zusammenhängende Sätze mit Megan gewechselt zu haben. Und das, obwohl sie in der WG ein und aus ging und mit meinem besten Freund schlief.

Nate brachte sie noch zur Tür, dann kehrte er zu uns ins Wohnzimmer zurück. Kaum, dass er den Raum betreten hatte, grinste Cole ihn frech an.

»Oh, mein Gott, Nate!«, zog Cole ihn auf und stöhnte gespielt übertrieben. »Ja, genau so! Ja, Nate, ja!«

Nate griff nach einem Kissen auf der Couch und schlug es Cole auf den Kopf. »Halt die Klappe.«

Doch Cole dachte gar nicht daran. »Oh ja, mach weiter, ich hab's gerne ein bisschen härter!«

Kayla versank tiefer in den Sofakissen und tat möglichst unbeteiligt, allerdings wirkte sie nicht mehr ganz so peinlich berührt wie vorhin.

Nate verdrehte die Augen, er wirkte nicht mal genervt, sondern eher resigniert. »Langsam wird es langweilig.«

»So klingt es aber rein gar nicht«, grinste Cole, und sein Piercing blitzte, als er mit den Brauen wackelte. »Oh, Gott, Nate.«

»Ich bin sicher, dass sie das so nicht sagt«, erwiderte er schlicht.

»Doch, ich glaube, der Ausdruck Gott ist schon das ein oder andere Mal gefallen.«

Nate presste die Lippen zusammen und funkelte Cole böse an.

»Er ist doch nur neidisch«, kam Amber ihm zur Hilfe.

»Weil Nate mit Megan ins Bett geht und nicht mit mir?«, hakte Cole nach und nickte übertrieben ernsthaft. »Ja, sehr. Das bereitet mir Höllenqualen, tief in meinem Herzen.« Theatralisch hielt er sich die Brust und grinste Nate erneut frech an.

Seufzend ließ er sich neben Cole auf die Couch fallen. »Dann rutsch mal, vielleicht geb ich dir ja eine Chance.«

»Muss ich dich dafür auch als Gott bezeichnen und deinen Namen stöhnen?«

»Bitte nicht.«

»Zum Glück, ich hatte schon Sorge.«

»Das wären ganz neue Dimensionen des Zusammenwohnens«, warf ich ein.

»Warum?«, fragte Kayla, und ihre Augen funkelten tatsächlich ein wenig belustigt. »Ich dachte, das Familienbett hättet ihr schon etabliert.«

»Wir haben *was*?«, hakte Cole nach, und ich grinste.

»Stimmt. Aber du weißt doch, dass das schwierig ist, weil Cole Probleme mit Nähe hat und Nate lieber mit Megan ins Bett geht als mit mir.«

»Also gehst du leer aus?«, meinte Amber und sah mich mit vorgeschobener Unterlippe an. »Du Armer.«

Cole prustete los. »Als ob Jason jemals leer ausgehen würde.«

»Hey!«, protestierte ich. »Wenn hier jemand promiskuitiv ist, dann ja wohl du.«

Cole zuckte nicht mal mit der Wimper. »Klar, und du bist ein Kind von Traurigkeit.«

War ich nicht, nein. Aber ich wollte dieses Gespräch nicht vor Kayla führen; genau genommen wollte ich noch nicht einmal, dass sie es wusste. Obwohl ich wusste, dass sie es wusste. Ich hatte einen Ruf und sie mich selbst schon darauf angesprochen. Deswegen wollte ich trotzdem nicht, dass sie dachte, ich würde mich durch mein Leben vögeln. Ich wollte nicht, dass sie so ein Bild von mir hatte. Zumal es in diesem Semester noch nicht mal der Wahrheit entsprach; ich konnte mich nicht daran erinnern, in den letzten Wochen Sex gehabt zu haben.

»Ich verhalte mich immer fair und ehrlich«, sagte ich ausweichend.

Cole runzelte die Stirn. »Und ich nicht, oder was?«

»Keine Ahnung, ich war noch nicht mit dir im Bett – weil du dich ja immer so zierst«, zog ich ihn auf, um das Gespräch in eine andere Richtung zu lenken.

»Ich seh schon, hier tun sich Abgründe auf, ein ganzes Herzschmerzdrama«, kommentierte Amber, während sie sich noch einen Toast griff. »Jason steht auf Cole, aber Cole auf Nate – und Nate hat was mit Megan. Und um sich darüber hinwegzutrösten, dass sie beide nicht haben können, wen sie wollen, pflegen sowohl Cole als auch Jason wechselnde sexuelle Bekanntschaften. Ich finde, das klingt total logisch.«

»Es klingt wie eine schlechte Soap«, meinte Cole.

»Ach, ich finde, ich komme dabei ganz gut weg«, meinte Nate und nahm sich ebenfalls einen Toast.

Amber musterte ihn mit an die Lippen gelegtem Zeigefinger. »Keine Sorge, für dich denken wir uns auch noch irgendein Drama aus.«

Das gab es schon mit Megan, da musste Amber sich nicht weiter anstrengen. Doch das behielt ich für mich, es ging niemanden in dieser Runde etwas an.

»Kannst du das machen, nachdem wir den Film gesehen haben?«, fragte Kayla. »Ich komm überhaupt nicht mit, wenn du dauernd redest.«

Da ich den Film dank Cole auch schon öfter gesehen hatte, nutzte ich die Gelegenheit, um Kayla zu erklären, was passiert war, und die ganzen Zusammenhänge aufzuzeigen. In einem waren wir uns einig: *X-Men* war ein cooler Film und Wolverine ein großartiger Charakter.

Als der Abspann lief, sah sie zwischen Cole und mir hin und her. »Können wir den zweiten auch noch gucken? Es gibt doch mehrere, oder?«

Cole wackelte mit den Augenbrauen. »Du hast ja keine Ahnung.«

»Damit hast du gerade ein schlafendes Monster geweckt«, erklärte ich. »Aus der Nummer kommst du nie wieder raus.«

»Aus welcher? Mit euch Filme schauen zu müssen?«

Ich nickte nachdrücklich und grinste. »Yep. Wenn wir dich einmal ins Rudel integriert haben, gibt es kein Entkommen mehr.«

»Das klingt, als wärt ihr Wölfe«, sagte Kayla ganz nüchtern.

»Sind wir«, meinte Cole und stand auf, um die nächste DVD einzulegen. »Wir heulen auch zusammen den Mond an. Aber nur bei Vollmond, anders lässt sich das nicht mit meinen Arbeitszeiten vereinbaren.«

»Macht ihr das dann von eurem Familienbett aus oder geht ihr dafür raus?«, fragte Amber.

»Kommt aufs Wetter an«, sagte Nate.

»Wenn es zu kalt ist, verlässt Nate das kuschelige Bett lieber nicht«, ließ ich sie schmunzelnd wissen.

»Die Gefahr, zu erfrieren – oder noch schlimmer: sich zu erkälten –, ist auch einfach zu groß.« Nate erhob sich seufzend. »Und jetzt lasse ich euch allein, ich muss noch lernen.«

»Du lernst jetzt schon? Für die Zwischenprüfungen?«, fragte Amber irritiert. »Ich dachte, es reicht, wenn ich nach Thanksgiving damit anfange.«

»Für jeden normalen Menschen reicht das auch«, sagte ich und grinste meinen besten Freund frech an. »Aber Nate ist ein kleiner Streber.«

»Ich lerne auch schon«, sagte Kayla kleinlaut und sah unsicher zu Amber. »Also zumindest hab ich schon angefangen, alles zusammenzufassen.«

Amber seufzte und rutschte so tief in die Couch, dass ihr Becken schon beinahe über die Sitzfläche ragte. »Sean und du versteht es wirklich, einem ein schlechtes Gewissen zu machen. Ihr seid so ... engagiert.«

»Na ja, wir wollen beide zum Medizinstudium zugelassen werden.«

»Und ehrgeizig – das hab ich noch vergessen.«

»Was willst du mit deinem Biologiestudium anfangen?«, fragte ich. »Wenn ich die Frage stellen darf – ich hasse es, wenn man mich fragt, was ich mit Soziologie will.«

»Dann wirst du ja hoffentlich verstehen, wenn ich sage: Ich habe keine Ahnung, es interessiert mich einfach«, antwortete Amber, als Cole sich gerade wieder neben sie setzte; er hatte die nächste DVD eingelegt und dann seinen Skizzenblock aus seinem Zimmer geholt.

Ich nickte. »Das versteh ich total.«

»Ich glaube, das versteht ungefähr die Hälfte aller Studenten.« Cole seufzte tief, während sein Bleistift über das Papier flitzte. Ich bewunderte es, wie er mit schnellen und flinken Bewegungen solche Wunderwerke erschaffen konnte. Zwar hatte ich keine Ahnung, was er gerade zeichnete, aber ich wusste, zu was er in der Lage war, und das reichte mir schon, um auch diese Zeichnung als Kunstwerk einzustufen.

Nate warf einen kurzen Blick auf Coles Skizzenblock, dann hob er die Hand und winkte in die Runde. »Also ich bin weg.«

»Mach's gut«, sagte Kayla, ehe sie sich dem Fernseher zuwandte.

Während des zweiten Films unterhielten wir uns viel weniger, so gut wie gar nicht, um genau zu sein. Amber schlief recht schnell ein und schnarchte leise, und Cole war vollkommen ins Zeichnen vertieft. Nur hin und wieder sah er auf, um zu gucken, was auf dem Bildschirm passierte. Kayla wiederum schien gefesselt zu sein. Ich konnte mir gut vorstellen, dass *X-Men* ihr gefiel, schließlich war sie ein großer *Harry Potter*-Fan und *X-Men* wies durchaus Parallelen auf.

Zwischendrin kochte ich Kayla noch einen Tee, das »Bitte« und »Danke«, das wir dabei wechselten, waren nahezu die einzigen Worte, die wir miteinander sprachen. Aber das war okay, sogar mehr als okay. Es gefiel mir, mit ihr zu schweigen, nichts sagen oder fragen zu müssen, und trotzdem Zeit mit ihr zu verbringen. Und es beruhigte mich, dass ich auf diese Weise ein Auge auf sie hatte, dass sie nicht alleine war und sich auch nicht so fühlte, mit allem, was passiert war. Denn allein war sie nicht, und ich hoffte wirklich, dass sie das wusste.

KAPITEL 15

KAYLA

»Kayla!«, schallte die Stimme meiner Mom durchs Haus. »Kommt ihr runter?«

»Gleich!«, rief ich zurück und verdrehte die Augen. Rose, die quer über meinem Bett lag, giggelte. Seit drei Tagen war ich zu Hause in Alabama, seit gestern Abend war Rose bei mir zu Besuch.

»Sie tut grade so, als müsste sie für eine Großveranstaltung kochen!« Rose rollte sich auf den Bauch und stützte das Kinn in die Hand. Sie war gleich nach Thanksgiving von ihren Eltern zu mir geflüchtet.

Ich zuckte mit den Schultern. »Na ja, meine Großeltern kommen immerhin auch.« Und die wiederum brachten meinen Onkel, seine neue Freundin und deren Tochter mit. Patchworkfamilie ahoi – Thanksgiving hatten sie deswegen bei den Eltern seiner neuen Flamme verbracht. Meine Eltern und ich waren bei meinen anderen Großeltern gewesen, so hatte meine Mom sich die Kocherei gespart. Ich liebte meine Familie, wirklich, aber ich hatte sie lieber geballt auf einem Haufen, als einen Marathon über mehrere Tage veranstalten zu müssen.

»Kayla!«

Ich seufzte und rappelte mich auf. »Okay, ich glaube, es hilft nichts. Wir sollten mal nach unten schauen.«

Ich erhob mich von meinem Bett, das ich an der Brown wirklich vermisste. Es war so viel bequemer und breiter als das in meinem Wohnheimzimmer. Auch die vielen Bücherregale, die mein Vater persönlich unter die Dachschrägen meines kleinen Zimmers eingepasst hatte, fehlten mir. Aber gut, man konnte nicht alles haben, und für das Stipendium an der Brown verzichtete ich gerne auf mein komfortables Zimmer und die Möglichkeit, eine Tür hinter mir zu schließen und allein zu sein.

Als Rose und ich in die kleine Küche traten, rührte meine Mutter gerade in einem Topf.

»Der Kuchen muss noch gebacken werden«, sagte sie und winkte uns mit der Hand zu sich an die Arbeitsplatte. Sie stellte den Herd aus und schob den Topf auf die Seite. »Ich muss noch kurz was besorgen, aber die Zutaten liegen alle hier und das Rezept auch.« Sie deutete auf eine Packung Eier, Milch, Mehl, Schokolade und andere Dinge, die ich nicht auf Anhieb identifizieren konnte. »Fangt schon mal an, ist ganz leicht, ihr könnt quasi nichts falsch machen.«

»In Ordnung«, antwortete ich, obwohl ich lieber Moms Besorgungen erledigt hätte, als zu backen. In der Küche war ich nämlich nicht sonderlich begabt. »Was musst du denn besorgen?«

»Waschmittel, das hat dein Vater vergessen. Und du möchtest doch deine Wäsche bestimmt sauber wieder mit nach Providence nehmen.«

»Auf jeden Fall.« Dafür würde ich sogar drei Kuchen backen. Denn auch wenn ich es vom Internat bereits gewohnt gewesen war, Waschsalons und Gemeinschaftswaschmaschinen zu benutzen, ging nichts über Wäsche, die in der eigenen Waschmaschine mit dem eigenen Waschmittel gewaschen worden war.

Meine Mom drückte mir einen Kuss auf die Wange und strich kurz fürsorglich über Rose' Oberarm, dann verließ sie die Küche, um sich Schuhe anzuziehen. Eine Jacke brauchte sie nicht, in Alabama war es selbst zu dieser Jahreszeit noch warm genug, dass man locker im Pulli vor die Tür gehen konnte. Etwas, das ich in Providence ebenfalls vermisste. Vielleicht würde ich irgendwann Jasons Vorschlag folgen und eine Selbsthilfegruppe mit Nate aufmachen – für tropische Frostbeulen. Apropos Jason … Zwischen uns hatte sich etwas verändert. Vielleicht hatte sich auch nur etwas bei mir verändert, schließlich hatte ich nichts mit ihm zu tun haben wollen, aber seitdem er mich ins Krankenhaus gebracht und sich um mich gekümmert hatte, war es anders. Sehr anders. Es waren nur wenige Tage gewesen, bis ich nach Alabama geflogen und er nach Boston gefahren war, und vielleicht bildete ich es mir auch nur ein, aber dennoch. Wir grüßten uns, und er fragte nach, wie es mir ging. Wir hatten zweimal mit den anderen zusammen die Mittagspause verbracht. Und dann war ich schon weggeflogen.

Heute sollte ein Podcast von ihm online kommen, ein Podcast, zu dem er vorher meine Erlaubnis eingeholt hatte. Ich hätte gerne behauptet, dass es mir total egal war und ich mir den Podcast gar nicht sofort anhören würde. Aber Fakt war, dass ich mich bereits den ganzen Tag beherrschen musste, um nicht permanent zu schauen, ob er schon online war. Ganz davon abgesehen, dass ich ihn sowieso nicht in Rose' Beisein anhören wollte. Ich hatte ihr zwar erzählt, was passiert war, und auch, dass es mich nach wie vor mitnahm, aber zu sehr ins Detail war ich nicht gegangen.

Rose wusste, dass ein Freund es bemerkt und sich um mich gekümmert hatte. Das entsprach ja auch der Wahrheit. Was sie nicht wusste, war, dass dieser *Freund* bekannt war wie ein bunter Hund, einen erfolgreichen Podcast pflegte und außerdem so ziemlich der begehrteste Single auf dem gesamten Campus war. Gut, nicht ganz, die Sportler standen eindeutig noch über ihm. Aber er erfreute sich durchaus einiger Beliebtheit. Es war nicht so, dass ich Rose das nicht hätte erzählen können. Aber sie hätte mehr daraus gemacht, als es war, irgendeine romantische Geschichte gesponnen, in der der strahlende Held (Jason) das unscheinbare Aschenputtel (mich) rettete und sich dabei in sie verliebte. Sie hätte in die Tatsache, dass er ein guter und hilfsbereiter Mensch war, Dinge reininterpretiert, die dort nicht waren. Das wollte ich nicht. Jason war ein Freund von mir, oder vielleicht auch nur ein guter Bekannter, mit dem ich mich langsam mehr anfreundete, und das war's. Ende der Geschichte.

»Dann haben wir jetzt sturmfreie Bude, oder?«, fragte Rose und krempelte die Ärmel ihres Pullis hoch, ehe sie ihre roten Haare zusammenband. Man konnte wirklich neidisch sein auf ihre elfenbeinfarbene Haut und die lange rote Mähne. Zumindest war ich es gewesen und hatte früher gedacht, sie wäre arrogant. Bis ich sie besser kennengelernt und festgestellt hatte, dass das Gegenteil der Fall war.

»Sieht so aus«, erwiderte ich und zog das Rezept zu mir, um es durchzulesen. »Aber wir lassen das Haus trotzdem stehen.«

»Schade. Ich dachte, wir schmeißen jetzt eine wilde Party und jagen alles in die Luft.«

Ich grinste. »Und dann trifft meine armen Großeltern der Schlag.«

»Dann müssen wir uns entweder beeilen oder die Pläne anpassen.« Mein Dad holte seine Eltern gerade ab, sie wollten so weite Strecken nicht mehr mit dem Auto fahren. Mein Onkel würde samt Anhang selbst anreisen, er wohnte quasi um die Ecke und betrieb mit meinem Vater zusammen eine Schreinerei.

»Verschieben klingt besser.« Ich schob ihr das Rezept zu. »Als Erstes brauchen wir die Butter.«

Rose reichte mir die Butter. »Sag mal ... bist du sicher, dass es dir gut geht? Ich mein nur, weil du K.-o.-Tropfen untergejubelt bekommen hast.«

Ich runzelte die Stirn, während sich etwas in mir zusammenzog. Ich hatte damit gerechnet, dass Rose noch mal darauf zu sprechen kommen würde, und hatte mir eine entsprechende Antwort zurechtgelegt. »Ja, alles klar. Und es ist nichts weiter passiert, das hab ich doch schon gesagt.«

»Ich weiß. Ich wollte nur sichergehen, ob bei dir wirklich alles okay ist. Denn meiner Erfahrung nach ist es das nicht, wenn du ein Thema nur so kurz anschneidest.«

Wo sie recht hatte ... Die Wahrheit war, dass ich nicht wusste, wie es mir ging. Die ersten Tage hatte ich mich seltsam abgeschirmt gefühlt, als wäre ich in eine dicke Schicht Watte gepackt. Und als dieses Gefühl langsam nachließ, war ich bereits damit beschäftigt gewesen, meine Sachen zu packen und nach Alabama zu fliegen.

Seitdem ich hier war, hatte ich quasi keine Zeit, darüber nachzudenken, und war permanent abgelenkt gewesen. Meine Eltern hatten alles über die Brown wissen wollen, natürlich hauptsächlich über meinen Studiengang. Und zwischen all den Gesprächen, was bei ihnen passiert war, meinen vielen Lieblingsgerichten, die meine Mom mir gekocht und die ich verdrückt hatte, und dem Besuch von Rose, die mich sofort auf den Stand ihres aktuellen Liebesdramas hatte bringen müssen, war keine Zeit gewesen, mich mit mir selbst und den Vorkommnissen zu beschäftigen. Zumindest redete ich mir das ein.

»Ich hab ehrlich gesagt keine Ahnung, wie es mir geht«, sagte ich und wich Roses Blick aus, indem ich die Packung Eier zu mir heranzog und zwei von ihnen in die Schale schlug. »Ich glaube, ich habe es noch nicht richtig realisiert.«

»Das ist kein gutes Zeichen«, erwiderte Rose und machte sich daran, das Mehl abzuwiegen. »Das ist es bei niemandem, denke ich, aber bei dir ist es besonders. Je weniger du über etwas redest, desto schlimmer ist es.«

»Hm.« Ich zuckte unsicher mit den Schultern. Sie hatte recht, das wusste ich, bloß, was sollte ich machen? Ich konnte nicht mit einem Fingerschnipsen wütend werden oder meine Gefühlswelt zwingen, zu realisieren, was mein Kopf bereits wusste. Dass mir jemand K.-o.-Tropfen verpasst und weiß der Teufel was mit mir hatte anstellen wollen. Ich wusste, ich sollte wütend und verzweifelt sein, mich ohnmächtig fühlen. Aber stattdessen war da … nichts. Als wäre es gar nicht passiert. Oder noch eher, als wäre es jemand anderem widerfahren und ich hätte nur unbeteiligt zugeschaut.

»Ich weiß einfach nicht, was ich sagen soll«, gab ich wahrheitsgemäß zu. »Es ist irgendwie noch nicht bei mir angekommen, und ich kann das ja auch nicht erzwingen.«

»Nein, wahrscheinlich nicht«, erwiderte Rose und verrührte Eier, Mehl, Zucker und Butter. »Wollen wir einen Deal machen?

Ich frag nicht mehr die ganze Zeit nach und behandele dich normal, aber wenn du doch darüber reden willst, sagst du Bescheid.«

Genau deswegen liebte ich Rose so; sie ließ mich einfach sein, wie ich war. »Deal.«

Onkel Lukes neue Freundin Emely war nett, wirklich, und ihre Tochter ebenso. Vanny war zwei Jahre jünger als Rose und ich und in ihrem letzten Jahr an der Highschool. Sobald wir beim Nachtisch angekommen waren, wussten wir so ziemlich alles über Emelys Job als Tierarzthelferin (auch die Dinge, die wir nicht hatten wissen wollen, wie die von Hunden mit verstopften Analdrüsen) und dass Vanny das ehrgeizige Ziel hatte, Tiermedizin zu studieren.

»Da musst du dich an Kayla wenden«, sagte Dad und klopfte mir mit einem stolzen Lächeln auf die Schulter. »Wenn dir irgendjemand erzählen kann, dass du alles sein und werden kannst, solange du es wirklich willst, dann sie.«

Ein nervöses Kribbeln machte sich in meinem Magen breit, und ich legte meine Kuchengabel auf die Seite. »Na ja, ganz so ist es nicht, ich hatte schon viel Glück.«

Mein Großvater nickte mir auffordernd zu. »Los, erzähl ihr, wie du an dein Stipendium gekommen bist.«

»Die Wahrheit…« Ich biss mir unsicher auf die Unterlippe und beschloss, die ungeschönte Version zum Besten zu geben. »Die Wahrheit ist, ich war auf einem sehr guten Internat und habe sehr viel gelernt, um wirklich gute Noten zu schreiben. Der Rest war Glück. Ich hatte Glück, dass jemand meine Bewerbung gelesen hat, der mir wohlgesonnen war – jemand anderes wäre es vielleicht nicht gewesen. Ich hatte Glück, dass ich ein Stipendium bekommen habe. Natürlich habe ich alles dafür getan, um die bestmöglichen Voraussetzungen dafür zu schaffen – aber ich bin sicher, das haben ganz viele andere auch, und sie müssen jetzt trotzdem Studiengebühren zahlen.«

Schweigen und viele ungläubige Augenpaare, die mich fixierten. So deutlich hatte ich das noch nie gesagt, ich ließ es gerne so wirken, als hätte ich das alles wirklich verdient und allein durch harte Arbeit erreicht. Aber wenn ich ehrlich war, war ich genauso privilegiert wie zum Beispiel Rose oder Rachel. Natürlich wurden Stipendien nach strengen Regeln vergeben – aber auch diese Regeln wurden von Menschen befolgt und ausgelegt, nicht von Maschinen. Ich hatte es nicht mehr oder weniger verdient als jemand anderes, der sich genauso viel Mühe gegeben und nun dennoch kein Stipendium hatte.

»Du hast es trotzdem auf jeden Fall verdient«, sagte Rose und sah dann Vanny an, die sich unsicher eine ihrer braunen Strähnen um den Finger wickelte. »Sie hat so viel gelernt, um es an die Brown zu schaffen, und ich kenne niemanden, der seinen Bewerbungsaufsatz dermaßen oft umgeschrieben hat. Außerdem muss es ja nicht unbedingt die Ivy League sein – andere Colleges vergeben auch Stipendien.«

»Und später fragt dich doch sowieso keiner mehr, wo du studiert hast«, meinte Emely und strich ihrer Tochter liebevoll über die Haare.

»Richtig«, pflichtete Luke ihr nickend bei. »Hauptsache, du studierst – und das schaffst du bestimmt, du bist sehr klug.«

»Und wenn nicht, ist es auch in Ordnung«, sagte meine Großmutter und spießte ein Stück Kuchen auf ihre Gabel. »Wir haben alle nicht studiert, und aus uns ist trotzdem was geworden.«

Ich biss mir auf die Zunge und schluckte die Anmerkung herunter, dass ein Studium aber manchmal die Voraussetzung war, um die Welt zu verändern. Leben wurden nicht gerettet, medizinische Wunder wurden nicht vollbracht von Menschen, die nur danebenstanden und zusahen, weil sie nicht über das nötige Wissen verfügten, um zu helfen. Und das war etwas, das ich nie wieder erleben wollte. Ich warf einen kurzen Blick zu Mom, ihr Gesicht glich einer Maske. Als hätte sie meine Gedanken gelesen, sah sie mich kurz an.

Sie wusste, warum ich Medizin studieren wollte, und aus diesem Grund hatte sie mich immer dabei unterstützt. Dad war stolz auf mich, klar, aber die treibende Kraft, die mir bei allem geholfen hat, war meine Mom gewesen.

»Im Frühjahr wollen wir Ski fahren gehen«, lenkte Mom das Gespräch in eine andere Richtung. »Meine Eltern haben uns doch zu Weihnachten letztes Jahr ein verlängertes Wochenende in Vermont geschenkt, wir wollen den Gutschein endlich einlösen. Und wir haben überlegt, dass wir dich auf dem Hin- oder Rückweg in Providence besuchen kommen könnten.«

Mein Dad nickte enthusiastisch. »Ja, wir wollen natürlich unbedingt mal die Stadt sehen, für die du uns verlassen hast.«

»Die Uni, Dad, nicht die Stadt. Es liegt an der Uni.«

»Ich weiß doch, Schätzchen.« Er zwinkerte mit zu und drückte mir ein Küsschen auf die Wange.

»Ich fände es auf jeden Fall schön, wenn ihr mich besuchen kommt«, sagte ich und sah dann Rose mit hochgezogener Augenbraue an. »Das gilt für dich auch, immerhin bist du sogar an der Ostküste.«

Rose grinste und streckte mir die Zunge raus. »Hey, New York ist ja wohl viel cooler als Providence – ich finde, du solltest zu mir kommen.«

»Ich denk drüber nach«, erwiderte ich schmunzelnd.

Nach dem Abendessen setzten sich alle ins Wohnzimmer, um sich noch ein wenig zu unterhalten – und weil mein Grandpa die Nachrichten sehen wollte. Da Rose sehr in ein Gespräch mit Vanny vertieft war und meine Eltern sich mit Luke und Emely unterhielten, ergriff ich die Gelegenheit, um mich nach oben in mein Zimmer zu schleichen, mit der Ausrede, dass ich kurz etwas im Prüfungsportal nachschauen musste. Alle nahmen es mir ab, nur Rose wirkte ein wenig irritiert, ließ mich aber gehen.

Sobald ich die Tür hinter mir geschlossen hatte, kramte ich mein Smartphone aus der Tasche und ging auf Jasons Website. Der Podcast war online, und mein Herzschlag beschleunigte sich augenblicklich. Was lächerlich war, er hatte mir versprochen, meinen Namen nicht zu erwähnen ... Mein Herz schien diese Memo aber nicht bekommen zu haben.

Ich setzte mich aufs Bett, hielt die Luft an und drückte auf Play. Das Intro ertönte, dann erfüllte Jasons Stimme den Raum.

»Heyho, ihr da draußen, habt ihr Thanksgiving alle gut hinter euch gebracht? Was auch immer ihr getan habt, ich hoffe, ihr hattet Spaß dabei – und wenn ihr nur im Bett lagt und Serien geschaut habt, ist das auch okay. Ich bin für viel mehr Tage im Bett mit Serien und weniger soziale Verpflichtungen.« Er klang locker und entspannt, gut gelaunt. Seine Stimme war warm, angenehm, tief, aber nicht kratzig, sondern irgendwie ... samtig und voll. Ich mochte sie, ich hörte ihm gerne beim Reden zu, einfach seiner Sprachmelodie und wie er die Worte betonte. Wobei er in seinen Podcasts tatsächlich anders sprach als in echt.

Er räusperte sich, und sein Tonfall wurde ernster. »Heute möchte ich mit euch über ein ernsteres Thema sprechen – und es hat rein gar nichts damit zu tun, dass die Bears im Eishockey diese Saison zu kämpfen haben. Nein, es geht um etwas anderes. Es hat nichts mit Sport zu tun und auch nur indirekt mit der Uni.« Er machte eine Pause, und mein Herz blieb ebenfalls kurz stehen. »Ein paar von euch haben sicher mitbekommen, dass jetzt schon einige junge Frauen K.-o.-Tropfen in ihre Drinks gemischt bekommen haben. Bei manchen haben es Freunde rechtzeitig bemerkt, bei anderen nicht. Auf die Details der jeweiligen Fälle möchte ich aus Respekt den Opfern gegenüber nicht genauer eingehen – aber Fakt ist und bleibt, dass ihr bitte alle die Augen offen halten müsst. Nicht nur bei euch selbst, auch bei euren Freundinnen. Passt aufeinander auf, wenn ihr zusammen feiern geht.« Jason räusperte sich erneut. »Um euch etwas an die Hand zu geben, dachte ich, ich fange damit an, was das für Substanzen sind. Was die ersten Anzeichen sind und wie ihr am besten reagiert – als Betroffene genauso wie als Außenstehende.«

Während seiner Aufzählung und genauer Schilderung der Symptome und Erklärungen, wie die verschiedenen Substanzen wirkten, breitete sich eine Gänsehaut auf meinem Körper aus, und ich fröstelte. Ich erkannte mich so gut darin wieder. Der plötzliche Schwindel und die Euphorie, die Übelkeit, die bis jetzt anhaltende Erinnerungslücke, die wie ein schwarzes Loch war, in das kein Licht vordringen konnte. Und dass ich, selbst zu einem Zeitpunkt, an den ich mich schon nicht mehr erinnern konnte, dennoch ansprechbar gewesen, ja, sogar losgelöst gewesen war und hemmungslos auf Jason eingeredet hatte. Gut, das erzählte er nicht. Er erwähnte keine Namen, er sagte nicht einmal, dass er es aus eigener Erfahrung kannte – er sagte nur, dass es ein Thema war, das zu wichtig war, um nicht darüber zu sprechen.

Doch abgesehen von der Gänsehaut und der Kälte, lösten seine Worte nichts bei mir aus. Es war, als wäre mein Inneres ebenfalls ein schwarzes Loch, in dem all meine Gefühle verloren gegangen waren, zusammen mit meinen Erinnerungen. Diese Schutzreaktion meiner Psyche war etwas, das ich beinahe so beängstigend fand wie die Tatsache, dass ich K.-o.-Tropfen eingeflößt bekommen hatte.

»Und wenn euch so was passiert ist und ihr Urin und Blut zur Untersuchung abgegeben habt – was wirklich wichtig ist, ich kann es nur noch mal betonen –, können die Substanzen nachgewiesen werden. Das muss zeitnah passieren, der nächste Tag reicht meistens schon nicht mehr. Also wenn ihr den Verdacht habt, dass euch oder jemandem aus eurem Umfeld Drogen untergejubelt wurden, geht ins nächste Krankenhaus und lasst euch untersuchen. Ich weiß, gerade in so einer Situation ist es schwer, ich will mir gar kein Urteil erlauben, wie schwer es ist, sich da noch richtig zu verhalten. Aber es ist wichtig. Es sind wichtige Beweise, die ihr im Falle einer Anzeige braucht. Und wie gesagt, am nächsten Tag ist es meist zu spät.« Er machte eine kurze Pause, es klang, als würde er leise seufzen. »Ich weiß, ich wiederhole mich hier wie eine hängengebliebene Schallplatte, aber es ist nun mal wirklich wichtig. Ein weiteres bedeutsames Thema ist, dass ihr zur Polizei gehen und den Dreckskerl anzeigen solltet, auch wenn ihr keine Ahnung habt, wer es war, und vielleicht gar nichts Schlimmeres passiert ist. Die Scham und die Angst an der Stelle sind groß, das ist allgemein bekannt, aber ihr habt nichts falsch gemacht. Es ist nicht euer Fehler. Derjenige, der so etwas tut, verletzt euch damit vorsätzlich. Es ist Körperverletzung, es ist eine Form der Gewalt, selbst wenn ihr Glück hattet und nichts passiert ist. So etwas sollte demjenigen nicht einfach durchgehen, er darf damit nicht durchkommen. Letztlich ist und bleibt es die Entscheidung der Betroffenen – aber es ist das gute Recht einer jeden Frau und eines jeden Mannes, dem so etwas passiert. Es ist euer Recht, dieses Unrecht anzuzeigen.«

Seine Worte bewegten tatsächlich etwas in mir. Es war, als würde Jason etwas in mir anstoßen. Ganz dumpf nur, sodass alles, was ich wahrnahm, einzig ein unbehagliches Gefühl war, das sich langsam in mir ausbreitete. Es war erträglich, aushaltbar, nicht so, dass ich befürchten musste, jeden Moment auseinanderzubrechen. Jason öffnete die Tür zu meinen Gefühlen, einen Spalt nur und nicht gewaltsam. Sodass sie nur langsam und in kleinen Portionen herauskamen, auf eine Weise, mit der ich umgehen konnte. Auf eine Weise, die ganz langsam in mein Bewusstsein sickerte und die Erkenntnis mit sich brachte, dass ich immer noch nicht zur Polizei gegangen war. Ich hatte darüber nachgedacht, das schon. Aber letztlich hatte ich die Entscheidung immer wieder aufgeschoben, mit mir gehadert, ob ich überhaupt ein Recht dazu hatte oder mich einfach nur anstellte. Schließlich war mir dank Jason nichts passiert. Andererseits hatten sowohl Rachel als auch Amber darauf gedrängt, dass ich Anzeige erstatten sollte. Ich hatte sie abgewimmelt, jedes Mal. Mit Ausreden, dass ich mich nicht bereit fühlte, dass ich zu viel lernen musste, dass ich packen sollte, weil ich heimflog ... Irgendetwas war mir immer eingefallen, und obwohl sie sehr hartnäckig gewesen waren, ich war hartnäckiger. Ob das nun allerdings die klügste Strategie war, damit umzugehen … Vermutlich nicht. Aber allein bei der Vorstellung, wirklich zur Polizei zu gehen, fühlte sich jede Zelle in meinem Körper gelähmt an, und meine Gedanken froren ein, unfähig, eine Entscheidung zu treffen – geschweige denn, sie auch auszuführen.

Das alles führte mir Jason vor Augen. Dabei sprach er noch nicht mal direkt mit mir, sondern hatte einfach nur einen Podcast aufgenommen – um andere Frauen rund um den Campus zu warnen und eine Anleitung an die Hand zu geben, was im Ernstfall zu tun war.

Als sein Podcast endete, starrte ich weiter auf mein Smartphone, genauso gelähmt wie die letzten Tage, unfähig, mich mit dem Geschehenen auseinanderzusetzen. Ich wollte lieber in meiner sicheren Normalität bleiben, mich hier verstecken und so tun, als wäre alles in Ordnung. Ich wollte nichts tun, das meine Normalität zum Einsturz bringen konnte, ich wollte mich nicht damit befassen. Dabei war es längst geschehen. Ich konnte es nicht ungeschehen machen, egal, wie sehr ich mich weigerte, darüber zu reden. Egal, wie sehr ich mich bei meinen Eltern verkroch und mich an der Uni in der Arbeit und den Kursen versteckte.

Es war an der Zeit, dass ich mich der Realität stellte, ich durfte nicht länger weglaufen.

Ich nahm all meinen Mut zusammen und straffte meine Schultern, obwohl ich allein war und niemand es sehen konnte. Dann öffnete ich Instagram auf meinem Handy. Mein Postfach zeigte eine neue Nachricht an. Von Jason. Als hätte er es gerochen. Er hatte auf meine Story geantwortet, in der ich den Nachmittag und insbesondere das Backen festgehalten hatte. Mein Konto war privat, und am Anfang hatte ich seine Anfrage, mir zu folgen, abgelehnt. Aber nachdem er mich gerettet und mir vor ein paar Tagen eine neue Anfrage gesendet hatte, hatte ich sie angenommen.

Jason: Das sieht echt gut aus … Darf ich vorbeikommen? :)

Normalerweise hätte ich die Augen verdreht, doch heute tippte ich nur mit trockener Kehle zurück, um nicht gleich mit der Tür ins Haus zu fallen.

> Kayla: Du würdest von Boston herkommen, nur um Kuchen zu essen?

Die Antwort kam schneller als ich es jemandem mit einer so großen Followerschaft zugetraut hätte.

> Jason: Du hast ja keine Ahnung, was ich alles tun würde, um aus Boston wegzukommen. Und für Kuchen mache ich sowieso fast alles. ;)

> Jason: Wie war dein Thanksgiving? Wie ist es zu Hause? Abgesehen von dem Kuchen.

Überrascht las ich die Nachricht. Ich hatte nicht damit gerechnet, dass er so gesprächig sein würde. Andererseits war er es im echten Leben ja auch, also wusste ich selbst nicht so genau, wie ich auf die Idee gekommen war, er könnte im Chat anders sein. Vielleicht weil ich sein Instagramprofil gecheckt und dabei gesehen hatte, dass er auf viele Kommentare gar nicht oder nur kurz angebunden antwortete. Aber das lag vermutlich an der Flut von Antworten, die er auf jedes seiner Bilder bekam.

> Kayla: Es war echt schön, wir waren bei meinen Großeltern. Und jetzt ist meine beste Freundin da und der andere Teil der Familie.

Ich zögerte einen Moment und biss mir auf die Unterlippe, tippte dann aber noch:

> Kayla: Wieso bist du in Boston, wenn du da eigentlich wieder wegwillst?

Ich sah, wie er sofort anfing zu tippen – als hätte er auf meine Antwort gewartet. Gebannt starrte ich auf den Bildschirm, doch der eigentliche Grund, weshalb ich Jason hatte schreiben wollen, lauerte immer noch in jedem meiner Gedanken und wollte endlich ausgesprochen werden. Ich hielt mich zurück, bis ich seine Antwort hatte.

Jason: Boston ist schon okay, meine Mom ist nur manchmal ein bisschen anstrengend, das ist alles.

Ich runzelte die Stirn. Erst jetzt fiel mir auf, dass Jason in Boston bei seiner Mutter war, was ich von Rachel ja gewusst hatte, aber Will, sein Halbbruder, aus New York war, genauso wie Rachel. Ohne die Ereignisse der letzten Tage wäre mir das wohl schon früher seltsam vorgekommen. So hatte ich es nicht hinterfragt, wieso Jason in Boston war, obwohl ich bisher gedacht hatte, er käme ebenfalls aus New York.

Kayla: Du hast es ja bald überstanden.

Ich formulierte es vorsichtig, weil ich ihm nicht zu nahe treten wollte, egal, wie neugierig ich war. Vermutlich gab es eine ganz einfache Erklärung, und seine Mom war eben nach Boston gezogen. Boston und New York lagen ja auch nicht allzu weit auseinander.

Kayla: Ich hab übrigens grade deinen Podcast angehört ... Der war ziemlich gut.

Mit klopfendem Herzen schickte ich die Nachricht ab, und ich musste den Impuls unterdrücken, von meinem Bett aufzuspringen und in meinem Zimmer auf und ab zu laufen. Ich legte das Handy auf die Decke, den Blick weiter aufs Display gerichtet, und wischte meine plötzlich schweißnassen Hände an meiner Jeans ab, als die Antwort kam.

Jason: Echt? Danke, das freut mich. Ehrlich ... Wie geht es dir eigentlich inzwischen? Wenn ich fragen darf ...

Ich starrte die Wörter an und hatte keine Ahnung, was ich schreiben sollte. Ich entschied mich für die Wahrheit.

Kayla: Ich weiß es nicht. Es fühlt sich seltsam unwirklich an.

Jason: Verständlich.

Darauf folgte ungefähr zwei Minuten lang nichts. Zwei Minuten, die ich brauchte, um mir einen Ruck zu geben und ihn endlich das zu fragen, weshalb ich Instagram überhaupt geöffnet hatte.

Kayla: Würdest du mit mir zur Polizei gehen? Wenn ich zurück bin?

KAPITEL 16

JASON

Immer wenn ich aus Boston oder New York zurück nach Providence kam, war es, als würde ich aus einem Korsett ausbrechen und endlich wieder frei atmen können. Zumindest stellte ich es mir so vor, ein Korsett zu tragen – wie die Frauen in den vergangenen Jahrhunderten, die durch den Luftmangel oftmals in Ohnmacht fielen und denen dann eilig die enge Schnürung geöffnet werden musste. Ich fiel nicht in Ohnmacht, mir fehlte körperlich kein Sauerstoff – und doch fühlte es sich so an, als würden sich Stahlketten um meine Rippen spannen, wann immer ich meine Mutter oder meinen Vater besuchte. Aus unterschiedlichen Gründen, aber der Effekt, nicht frei atmen zu können, blieb derselbe. Bei meiner Mutter erstickte mich ihre Gleichgültigkeit, die gepaart mit ihrem großen Geltungsdrang dennoch nicht zuließ, dass ich ihr an den Feiertagen fernblieb. Schließlich brauchte sie jemanden, dem sie erzählen konnte, dass er ihr Leben versaut hatte. Und dieser jemand war ich.

Bei meinem Vater sah es anders aus; mein Vater gab sich sehr viel Mühe, aber egal, wie sehr er sich anstrengte, er konnte auch nichts daran ändern, dass ich nicht wirklich in seine Welt gehörte. Wir standen auf unterschiedlichen Seiten einer Schlucht, genauso wie Will und ich, wir lebten in verschiedenen Realitäten. Nur schien das außer mir niemandem aufzufallen.

In Providence war das nicht so. Das war eine Realität, die nur mir gehörte, die ich mir erschaffen hatte, eine neue Realität fernab meiner Herkunft. Klar, ab und an schaute Will vorbei, aber die meiste Zeit war Providence wie eine Schneekugel, in der die Außenwelt ausgesperrt blieb.

Meist brauchte ich ein paar Tage, um mich wieder normal zu fühlen und alles, was an den Feiertagen geschehen war, zu verdrängen. Ich war seit zwei Tagen zurück in Providence und inzwischen war das Korsett, das Gefühl, nicht atmen zu können, nur noch eine schale Erinnerung, ein dumpfes Echo, ein Schatten im Augenwinkel, der jedes Mal verschwand, wenn ich den Kopf drehte. Spätestens zum Wochenende hin wäre ich wieder der Alte.

Ich atmete tief durch, als ich aus der Haustür trat. Die kalte Luft brannte in meiner Lunge und verließ in weißen Nebelschwaden meinen Mund. Der Winter war eindeutig auf dem Weg, die Stadt in Besitz zu nehmen. Anspannung kroch in meine Glieder, während ich zu meinem Auto lief und einstieg. Natürlich begleitete ich Kayla gerne zur Polizei, nicht nur, weil ich mich sehr geehrt fühlte, dass sie mir so vertraute. Ich wusste allerdings nicht, was ich tun konnte, um sie zu unterstützen. Ich würde mitgehen, sicher, aber was dann? Ich hatte keine Ahnung, was uns erwartete; wie ich ihr wirklich helfen konnte. In meinem Podcast darüber zu reden war die eine

Sache, überhaupt war ich gut darin, große Töne zu spucken, aber es dann in die Tat umsetzen? Ich hatte keine Ahnung, ob ich der Richtige dafür war. Ich wollte es gerne sein, ich wollte gerne der Typ sein, auf den Kayla sich verlassen, dem sie vertrauen konnte und der ihr in so einer Situation half. Ich wusste nur nicht, ob meine Vorstellung von dem, wer ich sein wollte, etwas gemeinsam hatte mit der Person, die ich tatsächlich war.

Ich lenkte meinen SUV durch College Hill in Richtung Campus, und als ich in die Straße einbog, in der unser vereinbarter Treffpunkt lag, stand Kayla bereits am Straßenrand. Sie trug einen dicken Anorak, einen weißen Schal und eine weiße Mütze, unter der ihre dunklen Locken hervorblitzten. Mit ihrer blassen Haut und den geröteten Wangen sah sie aus wie eine moderne Version von Schneewittchen.

Ich hielt neben Kayla an, und sie stieg ein.

»Hey«, sagte sie und lächelte zaghaft, in ihren Augen spiegelte sich die Unsicherheit, die auch in mir wütete. Großartig, ich musste mich schnell in den Griff bekommen, damit wenigstens einer von uns ein Gefühl von Sicherheit ausstrahlte.

»Hey«, erwiderte ich und grinste leicht, als sie die Wagentür schloss und sich anschnallte. »Bereit?«

»Kein bisschen.« Sie rutschte unsicher auf dem Beifahrersitz herum und stellte ihre Handtasche in den Fußraum.

»Versteh ich«, antwortete ich und musste den plötzlichen Impuls unterdrücken, ihre Hand zu nehmen und zu drücken.

»Danke, dass du mitkommst, das ist wirklich ... nett.« Sie sah mich an und wirkte dabei noch unsicherer, als sie gequält lächelte. »Ich mein, du warst dabei, du kannst am besten bezeugen, was passiert ist. Das ist bestimmt hilfreich.«

»Kein Thema«, erwiderte ich und versuchte, mich nicht allzu ernüchtert zu fühlen. Natürlich war das der Grund, weshalb sie mich dabeihaben wollte – weil ich ein Zeuge war und die einzige Person, die zurechnungsfähig gewesen war und sich an etwas erinnerte. Das war logisch. Wäre es rein um emotionale Unterstützung gegangen, hätte sie sicherlich Rachel oder Amber mitgenommen.

Die Fahrt verlief weitgehend schweigend. Wann immer ich versuchte, ein Gespräch anzufangen, bekam ich nur einsilbige Antworten, und das Einzige, was ich in diesen zehn Minuten herausfand, war, dass sie bereits so viel für die Prüfungen lernte, wie ich es auch ganz dringend tun sollte.

Direkt vor dem Polizeidepartment war eine Parklücke frei. Sobald ich den Motor abgestellt und mich abgeschnallt hatte, drehte ich mich zu Kayla um. Sie starrte bewegungslos durch die Frontscheibe, ich war mir nicht mal sicher, ob sie atmete, so regungslos war sie. Ich öffnete den Mund, um etwas zu sagen, schloss ihn aber sofort wieder. Es gab nichts, was ich sagen oder machen konnte, das wusste ich. Außerdem wollte ich sie zu nichts drängen; sie sollte selbst den Entschluss fassen, hineinzugehen, und das nicht, weil ich sie gezwungen hatte.

Also wartete ich einfach. Und wartete. Sekunden dehnten sich zu Minuten, dehnten sich zu einer Ewigkeit. Ich hatte keine Ahnung, wie lange wir dort saßen, vermutlich war es viel weniger lang, als es mir vorkam. Angespanntes Schweigen hatte die Eigenschaft, sich auszudehnen und alles zu verschlucken, vor allem das Zeitgefühl.

»Vielleicht war es eine schlechte Idee«, sagte Kayla irgendwann, ihre Stimme klang leise, und ihr Blick war nach wie vor auf das Gebäude vor uns gerichtet.

»Wieso glaubst du das?«, fragte ich.

In einer kaum wahrnehmbaren Bewegung zuckte sie mit den Schultern. »Keine Ahnung. Ich will da nicht rein, und ich vergeude deine Zeit, also war es eine schlechte Idee.«

Ich winkte ab, obwohl sie mich sowieso nicht ansah. »Du vergeudest meine Zeit kein bisschen. Im Gegenteil, du hältst mich davon ab, mein Gehirn mit irgendeiner blöden Serie oder Eishockey vollzuballern.«

»Ich will da trotzdem nicht rein. Glaube ich. Keine Ahnung.«

Einen Moment schwieg ich, nicht sicher, wie ich angemessen darauf reagieren sollte – dazu fehlten mir ein paar Informationen, und ich kannte Kayla zu schlecht.

»Wieso willst du denn nicht rein?«, rückte ich einfach mit der Frage heraus, die für mich hoffentlich ein wenig Licht ins Dunkel bringen würde. Denn Vermutungen hatte ich viele, aber welche davon der Wahrheit entsprach, konnte nur Kayla mir beantworten.

Ihr Blick flackerte leicht in meine Richtung, ganz kurz nur, dann sah sie wieder das Gebäude an. »Ich weiß nicht ...«

Das bezweifelte ich, aber ich nahm es so hin. »Okay. Was hältst du davon, wenn wir eine Runde um den Block fahren? Vielleicht weißt du es bis dahin.«

Außerdem würde das Auto wieder warm werden, denn die Kälte kroch langsam in den Innenraum und die Sitze. Und da ich keine Ahnung hatte, wie lange wir brauchen würden, bis wir das Präsidium wirklich betreten würden, erschien es mir vernünftig, solange zumindest nicht zu erfrieren.

»Klingt gut«, antwortete Kayla, und ich startete den Motor. Wir fuhren eine Runde um den Block. Und noch eine. Dann noch eine. Die ganze Zeit herrschte Schweigen zwischen uns. Ich wusste nicht, ob ich sie mit Nebensächlichkeiten ablenken sollte oder nicht. Manche Menschen redeten nur, wenn man ihnen den Raum dazu gab; anderen musste man die Pistole auf die Brust setzen. Ich wusste nicht, zu welcher Sorte Kayla gehörte. Die ganze Fahrt über saß sie steif neben mir, wirkte total verkrampft und sah aus dem Fenster.

Nach vier Runden um den Block parkte ich mein Auto wieder vor dem Polizeidepartment, in derselben Parklücke wie zuvor. Ich stellte den Motor ab und sah zu Kayla herüber.

»Und wie ist es jetzt?«, fragte ich leise.

Sie warf mir einen kurzen Blick zu, ehe sie ihn auf ihre ineinander verschränkten Hände senkte; ihre Fingerknöchel traten weiß hervor. »Jetzt fühle ich mich noch schlechter, weil ich noch mehr von deiner Zeit vergeudet habe.«

»Das hatten wir doch schon«, sagte ich und seufzte. »Wie gesagt, es ist kein Thema, ich mach das gerne. Du sollst dich wohlfühlen damit, ich begleite dich ja nur.«

»Ich …«, begann sie und schnappte nach Luft. Ich sah förmlich, wie ihre Fassade Risse bekam, als ihr Kopf sich zu mir drehte und ihr Gesicht seine Starre ablegte. »Ich hab einfach das Gefühl, ich mache viel heißen Wind um nichts, wenn ich wegen so was da reingehe. Es ist ja nicht mal was passiert, die werden sich auch fragen, was ich für eine Mimose bin. Ehrlich, ich mache mich damit total lächerlich.«

Irritiert runzelte ich die Stirn, das konnte sie nicht wirklich denken. »Ist das dein Ernst?«

Sie nickte leicht, es war nur eine ganz kleine Bewegung. »Es ist ja echt nichts passiert, weißt du. Ich wurde nicht vergewaltigt oder geschlagen, ich hatte gar nichts, außer einem heftigen Kater.«

»Und das Trauma, dass dir über Stunden deines Lebens deine Erinnerungen fehlen, und das Wissen, dass du genauso gut hättest vergewaltigt werden können«, sagte ich trocken, ehe ich meine Stimme mäßigte und einen sanfteren Ton anschlug. »Hör zu, ich versteh das – oder ich versuche es zumindest –, aber du musst dir klarmachen, dass du jedes Recht hast, da reinzugehen und das Arschloch anzuzeigen. Er hat eine Straftat begangen, vorsätzlich – und ja, bei dir hat es vielleicht nicht geklappt, aber bei anderen schon. Lass ihn nicht ungeschoren davonkommen.«

Einen Moment sah sie mich einfach nur an, sie kaute unsicher auf ihrer Unterlippe. »Aber …« Ihre Stimme brach, und sie schüttelte den Kopf, als würde sie sich selbst verbieten, diesen Gedanken laut auszusprechen.

»Aber was?«, hakte ich nach und legte den Kopf schief. Ihr Gesicht gab keine Antwort preis.

»Nichts«, sagte sie und wandte den Blick ab.

»Das sieht gar nicht nach nichts aus«, beharrte ich.

Sie schwieg einen Moment, dann schielte sie aus dem Augenwinkel zu mir. »Vielleicht hab ich es irgendwie provoziert? Ich mein, es muss doch an mir liegen, dass die beiden sich ausgerechnet mich ausgesucht haben.«

Verdammter Mist, wovon sprach sie da?

Perplex schüttelte ich den Kopf. »Was? Nein. Du hast überhaupt nichts falsch gemacht – der Fehler liegt einzig und allein bei diesen Wichsern.«

Die einzige Erklärung, die ich noch gelten gelassen hätte, war, dass Kayla attraktiv war – aber dafür konnte sie erstens nichts, und zweitens war das trotzdem keine Einladung.

»Meinst du?«, fragte sie.

»Mein ich nicht, weiß ich«, erwiderte ich mit Nachdruck.

Einen Moment noch sah sie mich an, und es wirkte, als würde sie mich gar nicht wahrnehmen, sondern durch mich hindurchsehen. Dann drehte sie sich plötzlich um und öffnete die Autotür.

»Bringen wir es hinter uns.«

Wir hatten es tatsächlich schneller hinter uns gebracht, als ich angenommen hätte. Es waren schon zwei andere junge Frauen da gewesen und hatten Anzeige erstattet, die diensthabende Polizistin war sehr freundlich und ermutigte Kayla, dass es die richtige Entscheidung gewesen war, herzukommen. Kayla gab alle ihre Personalien an und füllte das Formular zur Strafanzeige aus, wobei ihre Hände ein wenig zitterten. Und das war's, mehr war nicht zu tun. Sie – und auch ich, weil ich ein Zeuge war –, wir würden zu einer Vernehmung im Polizeipräsidium geladen werden, um unsere Aussage zu machen. Wir waren nicht dazu verpflichtet zu erscheinen, es wurde uns aber natürlich geraten.

Nach nicht mal einer halben Stunde verließen wir das Gebäude, und Kayla wirkte sichtlich erleichtert.

»Das hab ich mir viel schlimmer vorgestellt«, sagte sie, verzog aber im nächsten Moment das Gesicht. »Andererseits muss ich jetzt noch mal hin und dann alles erzählen ...«

»Ich weiß«, erwiderte ich und fischte meinen Autoschlüssel aus meiner Jackentasche. »Aber du hast den ersten Schritt gemacht, das ist immer das Schwerste.«

Sie nickte nachdenklich, während sie neben mir zum Auto lief. »Schon. Und sie hat mich nicht ausgelacht oder mir das Gefühl gegeben, dass ich mich nur ein bisschen anstelle.«

»Das hätte sie auch mal versuchen sollen«, sagte ich mit gerunzelter Stirn. Wieso um alles in der Welt dachte sie, sie könnte dafür ausgelacht werden? Was war mit ihr passiert, dass sich dieser Gedanke so sehr in ihrem Kopf festgesetzt hatte? Ich war mir gar nicht sicher, ob ich das wissen wollte.

Wir stiegen in mein Auto ein und schnallten uns an, den Motor ließ ich allerdings noch aus.

»Und jetzt?«, fragte ich und wandte mich Kayla zu. Plötzlich war meine Kehle trocken, und ich war aus irgendeinem Grund noch aufgeregter als vor unserem Besuch im Department. »Möchtest du noch irgendwas machen? Was essen gehen? Spazieren? Schlittschuh laufen?«

Schlittschuh laufen? Hatte ich das gerade wirklich vorgeschlagen? Hatte ich, das verriet mir Kaylas irritierter Gesichtsausdruck. Ich redete mir ein, dass ich sie nach der Anzeige eben nicht allein lassen wollte, aber das war nur ein kleiner Teil der Wahrheit – der Wahrheit, dass ich einfach gerne mehr Zeit mit ihr verbringen würde.

»Ich kann nicht Schlittschuh laufen«, erwiderte sie perplex.

»Ich könnte es dir beibringen«, schlug ich vor. »Ich bin kein Profi, aber ich kann es ein bisschen. Zumindest gut genug, um nicht hinzufallen.«

»Das klingt nicht besonders vertrauenerweckend«, sagte sie, und ein kleines Lächeln zupfte an ihren Mundwinkeln. »Außerdem sind meine Knie vor Aufregung so weich, ich bin mir nicht mal sicher, ob ich auf normalem Boden geradeaus laufen kann, ohne zu stolpern. Da sollte ich mich nicht mit Kufen aufs Eis stellen.«

Das war ein Argument – und sie hatte immerhin nicht komplett abgesagt.

»Dann bleibt essen gehen, oder?«, sagte ich und blinzelte sie unschuldig an. »Komm schon. Ich finde, wir haben uns das verdient, weil du so mutig warst.«

Sie schnaubte, es klang beinahe belustigt. »Weil ich so mutig war, hast du dir was zu essen verdient?«

Ich nickte übertrieben ernsthaft. »Auf jeden Fall. Deswegen lade ich dich ein.«

»Ach, das darfst du auch noch als Belohnung tun?«

Ich konnte mir ein Grinsen nicht mehr verkneifen. »Genau so sieht es aus.«

Kayla verdrehte die Augen und lachte leise. »Na gut, da kann ich mich ja kaum querstellen.«

»Gut, dass du es einsiehst«, sagte ich und drehte den Schlüssel, um den Motor anzulassen.

Ich setzte den Blinker und wollte gerade aus der Parklücke herausfahren, als Kaylas Stimme mich aufhielt.

»Jason?«

Ich drehte den Kopf, um sie anzusehen. »Ja?«

Der Blick ihrer blauen Augen ruhte auf mir, Aufrichtigkeit spiegelte sich darin, und er war so intensiv, dass mir ein warmer Schauer über den Rücken rieselte und ich plötzlich vergaß, wohin ich hatte fahren wollen. »Danke. Für alles.«

Wir landeten in einem kleinen Café mit wechselnder Tageskarte, wo es für jeden Geschmack etwas zu geben schien. An den Backsteinwänden hingen Schwarz-Weiß-Fotografien verschiedener historischer Gebäude und Sehenswürdigkeiten in Providence, und blau-weiß karierte Tischdecken setzten farbige Akzente. Da das Café ein wenig weiter vom Campus entfernt lag, war ich nur selten hier, aber ich mochte es. Es war klein, gemütlich und familiär mit den alten Holzdielen und den hausgebackenen Kuchen.

Kayla und ich fanden einen Tisch in einer Ecke direkt am Fenster. Die Kellnerin hatte gerade unsere Getränke abgestellt und die Bestellung aufgenommen (Lachslasagne mit Salat für mich, Caesar Salad für Kayla), als Kayla ihren Schal von ihrem Hals wickelte und ihn auf den freien Stuhl neben sich legte.

Ein wenig unsicher sah sie sich um. »Ist nett hier ... Kommst du öfter her?«

Ich schüttelte den Kopf und trank einen Schluck Cola. »Nein – aber es gefällt mir hier. Cole hat es irgendwann aufgetan. Wenn du ein paar Tipps haben willst, wo du in Providence was machen kannst, solltest du ihn fragen. Er bewegt sich am meisten abseits des ganzen Trubels rund um die Brown.«

»Na ja, er studiert ja auch nicht an der Brown«, sagte sie und zog ihr Haargummi aus den Haaren, nur um ihre Locken gleich wieder zusammenzubinden. Ich versuchte, die Bewegung nicht allzu offensichtlich zu verfolgen und mir nicht vorzustellen, wie ihre Haare sich wohl anfühlen würden.

»Erstens das«, pflichtete ich ihr bei. »Außerdem arbeitet er im Nachtleben und kennt deswegen viele Leute. Aber vor allem treiben sich Künstler häufig in Ecken rum, wo nicht alle sind – zumindest ist das Coles Ding.«

»Kann sein. Ich kenne weder Cole noch andere Künstler besonders gut.« Sie runzelte die Stirn, als müsste sie angestrengt darüber nachdenken, und schüttelte dann den Kopf. »Nein, ich kenne wirklich niemanden, den ich als Künstler bezeichnen würde. Kreativ, ja, das schon – Rose studiert Journalismus, und Schreiben ist ja eine kreative Tätigkeit.« Sie trank einen Schluck Wasser. »Oh, und deine Podcasts sind auch kreativ. Aber wirkliche Künstlerseelen kann ich nicht beurteilen, ich kenne schlicht kaum jemanden.«

»Cole erzählt dir bestimmt gerne was darüber«, sagte ich und grinste. »Wobei ich dir natürlich auch was über meine Podcasts erzählen kann, nur das ist erstens nicht spannend und zweitens keine große Kunst.«

Sie rümpfte die Nase und lächelte verschlagen. »Nur nicht so bescheiden. Ich würde es schon als Talent bezeichnen, lange am Stück über ein Thema reden zu können und das so spannend zu gestalten, dass die Leute gerne zuhören.«

War das etwa ein Kompliment gewesen? »Danke für die Blumen«, entgegnete ich amüsiert und stützte mein Kinn in die Hand.

Kayla legte den Kopf schief und musterte mich neugierig. »Wie bist du eigentlich dazu gekommen?«

»Zu was? Zu den Podcasts?«

Sie nickte.

»Puh.« Ich seufzte und kratzte mich nachdenklich am Kinn. »Am Anfang einfach aus Spaß. Ich schaue gerne Sport – und ich rede gerne. Und dann dachte ich, hey, warum sollte ich nicht über den Sport an meiner Uni reden. Nach und nach sind dann mehr Themen dazugekommen, ich hatte bessere Technik zur Verfügung und tja. So hat sich das entwickelt. Ich hätte auch nie gedacht, dass die Sache so groß wird, das war nicht geplant. Eigentlich war es einfach eine Schnapsidee, die ich aus Spaß ausprobiert habe – und dann war die Resonanz echt krass.«

»Das kann man wohl sagen, du bist quasi eine Berühmtheit auf dem Campus.« Eine zarte Röte zog sich über ihre Wangen, und sie senkte kurz den Blick, fast so, als hätte sie etwas Peinliches gesagt.

»Womit wir mal wieder dabei wären, dass mein Ruf mir vorauseilt«, erwiderte ich und versuchte, aus ihrer Miene schlau zu werden. »Was ja offensichtlich gar nicht immer gut ist.«

Feine Falten furchten ihre Stirn. »Wieso offensichtlich?«

»Du wolltest am Anfang nichts mit mir zu tun haben, das lag ja wohl zum großen Teil daran.«

»Nein, das lag daran, dass du dich einfach ungefragt auf mein Bett gelegt hast«, erwiderte sie, und ihre Augen funkelten. »Und weil du so unverschämt von dir selbst überzeugt bist.«

Ich lachte leise, in meinem Bauch wurde es ein bisschen warm, und die Anspannung des Tages verflog langsam. »Na ja, irgendjemand muss ja von mir überzeugt sein.«

Spöttisch hob sie die Augenbrauen. »Und abgesehen von dir ist das niemand?«

Wenn sie wüsste, wie nah dieser Satz an der Wahrheit dran war ... Ich spürte, wie mein Grinsen verschwand, ehe ich es zwingen konnte zu bleiben.

»Früher nicht, nein.« Genau genommen waren es auch jetzt wenige. Rachel, Nate, Cole. Will und mein Vater vermutlich auch, aber ... das war kompliziert. Zu kompliziert, um es anzunehmen und so etwas wie Selbstvertrauen aufzubauen.

Kaylas Augenbrauen wanderten nach unten, und sie sah mich an, studierte regelrecht mein Gesicht, als könnte sie diese Aussage nicht richtig einordnen.

»Warum willst du eigentlich Medizin studieren?«, fragte ich, um das Gespräch in eine andere Richtung zu lenken. »Gab es irgendwann den Moment, der für dich alles verändert hat? Der dir klargemacht hat, dass du unbedingt Ärztin werden willst? Oder hat es sich eher langsam entwickelt?«

»Ähm.« Kayla räusperte sich, und ihr Blick flackerte zu dem Fenster; offenbar musste sie erst darüber nachdenken – ob über die Antwort oder darüber, ob sie sie mit mir teilen wollte, wusste ich nicht. Draußen wurde es langsam dunkel, die Straßenbeleuchtung würde bald angehen.

Gebannt wartete ich, ob sie etwas sagen würde, und falls ja, was das sein würde. Wie tief sie mich blicken lassen würde. Denn die Antwort sagte viel über sie aus. Medizin war nichts, was man studierte, weil man nicht wusste, was man sonst machen sollte, oder weil es einen irgendwie interessierte – dafür waren die Anforderungen zu hoch und das Studium zu lang.

Sie atmete tief durch und sah mich wieder an. »Medizin fasziniert mich, schon immer – wie der menschliche Körper funktioniert und alles, was damit zusammenhängt. Aber das, was den Ausschlag gegeben hat, war die Erkrankung meiner Tante.« Sie stockte kurz und strich sich eine Strähne hinter das Ohr. »Sie war die Schwester meiner Mutter und schwer krank – sie hatte ALS, das ist eine Erkrankung des motorischen Nervensystems, die nicht heilbar ist. Meine Mutter hat sie bei uns zu Hause gepflegt, bis sie gestorben ist. Und ab da ... wusste ich es.«

»Das tut mir leid«, sagte ich und fragte mich zugleich, ob ich damit alte Wunden aufgerissen hatte – an diesem Tag, der sowieso schon schwer genug für sie gewesen war.

Doch sie winkte ab. »Es ist okay, echt. Meiner Mom fehlt sie natürlich immer noch, aber für mich ist es in Ordnung. Wir hatten kein besonders enges Verhältnis, bis sie bei uns wohnte und da gestorben ist.« Sie fuhr sich durch die Haare und stützte die Stirn kurz in die Hand, ehe sie mich wieder ansah. »Oh, Gott, das klingt schrecklich, als wäre ich wirklich gefühlskalt. Aber so war es nicht, ich war wahnsinnig berührt und betroffen davon. Sie hatte nur davor keinen so großen Anteil an meinem Leben, dass ihr Tod eine Lücke hätte hinterlassen können.«

»Verstehe«, sagte ich, obwohl ich es nur erahnen konnte, weil mir so etwas noch nie passiert war. Für gefühlskalt hielt ich Kayla deswegen trotzdem nicht. »Und es hat dich immerhin so sehr geprägt, dass du deswegen Medizin studieren willst.«

Sie nickte, es war eine langsame Bewegung, und ihr Blick wirkte nach innen gekehrt. »Ja, es war ... furchtbar, danebenzustehen und nichts tun zu können. Einfach nichts, was sie gerettet hätte. Und ich hätte ihr so gerne geholfen, es irgendwie besser oder erträglicher gemacht.« Sie räusperte sich. »Natürlich passiert das Ärzten regelmäßig, dass sie Krankheiten machtlos gegenüberstehen und nichts tun können, das ist mir klar.«

»Aber sie heilen auch viele Krankheiten.« Glaubte ich zumindest. In meiner Familie und in meinem näheren Umfeld war nie jemand krank gewesen, zumindest nicht so, dass es keine Heilung gegeben hätte. Meine Stiefmutter hatte einmal eine Gehirnerschütterung gehabt, und Will hatte sich den Arm gebrochen beim Eishockey – aber das war's.

Kaylas Mundwinkel zuckte ein wenig. »Und das ist genau der Grund, warum ich es machen will.«

»Deswegen Biologie als Einstiegsfach?«

Sie nickte. »Genau.«

Gerade, als ich etwas erwidern wollte, kam die Kellnerin und stellte das Essen vor uns ab.

»Lass mich raten«, meinte Kayla, während sie ihr Besteck aus der Serviette ausrollte. »Wenn ich dich jetzt frage, was du mal mit deinem Studium machen willst, kommt nur, dass alle Soziologen diese Frage hassen.«

Ich grinste. »Das hast du mich schon öfter sagen hören, oder? Ich glaube, ich habe es sogar schon zu dir gesagt.«

»Yep. Aber nachdem ich dir jetzt erzählt habe, was ich mit meinem Leben anstellen will, wäre es nur fair, wenn du mir diese Frage auch beantwortest.«

»Hm …« Ich schnitt ein Stück von meiner Lasagne ab. »Da hast du wohl recht.«

»Und?«

Ich tat unschuldig. »Was und?«

Kayla wedelte auffordernd mit der Hand. »Na, was willst du mal mit deinem Leben anstellen. Hast du irgendwelche Pläne?«

Dieses Gespräch erinnerte mich sehr an eines der ersten, die wir miteinander geführt hatten, was ich erheiternd fand. »Selbe Antwort wie damals: Keine langfristigen Pläne, aber schon durchaus welche für die nähere Zukunft.«

Automatisch wanderte mein Blick über ihr Gesicht, über diese schönen, feinen Linien, und blieb an ihren vollen Lippen hängen, und ich fragte mich, wie sie sich wohl an meinen anfühlen würden. Einen Moment nur, dann war ich wieder Herr meiner Sinne und sah ihr in die Augen. Gerade rechtzeitig, um ihre Antwort mitzubekommen.

»Und was sind deine kurzfristigen Pläne?«

Ich zuckte unsicher mit den Schultern und grinste. »Der Plan, allein mit dir essen zu gehen, ist schon mal aufgegangen. So viel weiter bin ich noch nicht.«

Einen Moment starrte sie mich perplex an, dann runzelte sie die Stirn. »Sag mir bitte, dass nicht alle deine näheren Pläne für die Zukunft mich beinhalten, denn das fände ich wirklich gruselig, und dann müsste ich mir überlegen, ob du vielleicht ein irrer Stalker bist.«

Ich lachte leise und fuhr mir durch die Haare. »Du meinst, wie dieser verrückte Typ in dieser Netflixserie, von der überall die Rede ist? *You*, oder so?«

»Ich hab das Buch zu dieser Serie gelesen, und das ist wirklich gruselig.«

Sie rümpfte die Nase, und ich biss mir auf die Lippe, um nicht noch mehr zu lachen. »Keine Sorge, die meisten meiner Pläne schließen dich nicht mit ein.«

Was so nun auch nicht stimmte. Wenn es nach mir ging, würden wir mehr Zeit miteinander verbringen und uns besser kennenlernen. Kayla faszinierte und interessierte mich auf zu vielen Ebenen, um es nicht zumindest zu versuchen.

»Das beruhigt mich. Erzählst du mir was von diesen Plänen?« Sie schob sich ein Stück Putenstreifen in den Mund und sah mich neugierig an.

Nervosität ballte sich in meiner Magengegend, und ich schluckte, als meine Kehle sich zusammenzog. Dann gab ich mir einen Ruck. »Ich überlege schon seit Längerem, mit meinem Podcast ein neues Format aufzuziehen. Bis auf wenige Ausnahmen geht es ja meist um eher lockere, spaßige Themen mit Schwerpunkt auf Sport und Unileben.« Ich strich mir durch die Haare und rieb mir den Nacken, auf der Suche nach den richtigen Worten. »Ich würde gerne über … bedeutsamere Sachen sprechen. Wie das genau aussehen soll, weiß ich nicht. Vielleicht frage ich auch die Hörer, welches

Thema sie interessieren würde, und rede darüber. Oder ich bitte sie, Erfahrungsberichte einzureichen.« Ich zuckte mit den Schultern, Unsicherheit rumorte in mir. »Ich weiß noch nicht genau. Natürlich rede ich gerne über Spielergebnisse und wo die besten Partys steigen, aber das ist alles so … nichtig.« Beinahe unbedeutend. Und ich wollte nicht unbedeutend sein, obwohl ich es war.

»In was für eine Richtung soll es denn gehen?«, hakte Kayla nach, ehrliches Interesse spiegelte sich in ihrer Miene.

Ich zuckte erneut mit den Schultern. »Soziale Themen, Gesellschaft, ein Einblick hinter die Kulissen des Sports – dass nicht alles Glanz und Glamour ist, sondern wie viel harte Arbeit da drin steckt, dass die Sportler Raubbau an ihrem eigenen Körper betreiben und manche ihre Seele verkaufen müssen. Wie viele Menschen, nicht nur Leistungssportler, ein Bild, eine Rolle erfüllen müssen, ohne sie selbst sein zu können. Ohne darüber reden zu dürfen, was sie für Opfer bringen, wie oft sie zweifeln – weil das eben nicht in das perfekte Bild passt. Und das geht doch so vielen so, dass sie nicht sie selbst sein können, weil es irgendwelche gesellschaftlichen Konventionen sprengen würde und deshalb nicht anerkannt ist. Und das geht dann weiter mit Gleichberechtigung und diesem irren Wertesystem unserer Gesellschaft, dem wir irgendwie alle unterliegen …« Ich verstummte und schluckte krampfhaft, meine Kehle war trocken, und mein Herz stotterte aufgeregt in meiner Brust. Es wären noch so viel mehr Worte aus mir herausgesprudelt, wenn ich es nicht unterbunden hätte. Mir wären auf Anhieb mindestens fünf Beispiele eingefallen von Menschen, deren Schicksal mich zu solchen Podcasts inspirieren würde. Doch das ging Kayla nichts an, ich wollte ihr nur einen oberflächlichen Überblick über meine Gedanken geben, ohne dabei zu sehr ins Detail zu gehen, zu viel preiszugeben. Es grenzte sowieso schon an ein Wunder, dass ich ihr davon erzählt hatte. Außer Cole und Nate wusste nur Rachel davon – und die nur, dass ich über ein neues Format nachdachte, das ein bisschen tiefgründiger sein sollte. Ausführlicher hatten wir uns nie darüber unterhalten, und ganz ehrlich, wenn ich schon Herzklopfen bekam, wenn ich es meinen engsten Freunden erzählte, war es vielleicht nicht gut, diese Idee in die Tat umzusetzen. Wahrscheinlich würde ich einen Herzinfarkt kriegen, noch bevor der erste Podcast online ging. So ähnlich wie bei dem letzten über die K.-o.-Tropfen. Ich war dermaßen nervös gewesen, dass ich kaum etwas hatte essen können und den ganzen Tag durch die Wohnung meiner Mutter getigert war. Aber das Thema war einfach zu wichtig gewesen, um meine Reichweite nicht zu nutzen und nicht darauf aufmerksam zu machen.

»Das klingt wirklich großartig, Jason«, sagte Kayla und holte mich damit in die Realität zurück. »Du solltest das unbedingt machen.«

Ich lächelte. »Ich denk drüber nach. Wie schmeckt dein Salat?«

Kayla runzelte die Stirn, ihr Gesichtsausdruck verriet mir, dass sie meinen Ablenkungsversuch sehr genau durchschaute. Doch entgegen meiner Erwartungen ging sie darauf ein.

»Schmeckt echt gut, wie ist deine Lasagne?«

»Grandios. Willst du probieren?«, fragte ich und schob ihr meinen Teller hin.

Sie zögerte einen Moment. Dann hob sie ihre Gabel und nahm sich ein wenig von meiner Lasagne. Ich beobachtete, wie sie die Gabel zum Mund führte, wie ihre Kehle sich bewegte, als sie schluckte, und kam mir dabei nur minimal wie ein verrückter Stalker vor.

»Schmeckt ziemlich gut«, meinte sie und ließ die Hand neben den Teller sinken, sodass sie dicht neben meiner zum Ruhen kam. Sehr dicht. So dicht, dass ihr Daumen beinahe meinen kleinen Finger berührte und mir war, als könnte ich die Wärme ihrer Haut bereits spüren und als würde das kleine bisschen Luft, das uns noch voneinander trennte, elektrisch vibrieren. Verrückt.

»Sag ich doch«, erwiderte ich und räusperte mich. »Deswegen geh ich so gerne her.«

»Muss ich mir merken.«

»Was?«, fragte ich. »Das Lokal oder dass ich gerne herkomme?«

Sie verdrehte die Augen, sie funkelten frech, und sie grinste, als sie ihre Hand wegzog. »Na, was denkst du denn.«

»Dass du mir ab jetzt hier auflauern wirst«, sagte ich selbstgefällig und zwinkerte ihr zu. »Aber das musst du nicht, du kannst einfach fragen, ob ich dich mitnehme.«

Sie schüttelte lachend den Kopf. »Wie gut, dass du nicht eingebildet bist.«

»Rein gar nicht sogar, ich bin ziemlich echt«, antwortete ich.

Lächelnd zog sie die Nase kraus. »Egal, was ich dazu sage, dir wird immer ein noch blöderer Spruch einfallen, oder?«

»Auf jeden Fall. Blöde Sprüche sind meine Spezialität.«

»Gut, dass du es erwähnst, das wäre mir sonst gar nicht aufgefallen«, erwiderte sie und reckte das Kinn ein wenig herausfordernd.

»Ich glaube, das hast du schon mal zu mir gesagt.«

»Offenbar bringen deine Sprüche meine Kreativität nicht gerade zum Erblühen.«

»Touché.« Ich lachte leise und warf meine Serviette vor mir auf den Tisch als Zeichen, dass ich aufgab.

Einen Moment sah Kayla mir in die Augen, ihr Lächeln verblasste ein wenig. Dann presste sie kurz die Lippen zusammen und wandte sich wieder ihrem Caesar Salad zu.

»Wie weit bist du eigentlich mit den Büchern, die du gekauft hast?«, fragte sie und lenkte das Gespräch damit in eine Richtung, der ich nur zu gerne folgte. Wobei es mir ehrlich gesagt beinahe egal war, worüber ich mit Kayla redete, solange wir es überhaupt taten. Und bis jetzt sah es so aus, als lägen die Zeiten, in denen sie mich dauernd auf Abstand hielt, hinter uns.

KAPITEL 17

KAYLA

»Ich kann nicht mehr und ich will nicht mehr«, stöhnte Rachel laut auf und ließ ihren Kopf in den Nacken fallen. »Ich fühl mich wie ein Lernsklave.«

Amber sah kurz auf, ehe sie sich kommentarlos wieder ihrer Zusammenfassung zuwandte.

»Das beschreibt den Zustand ziemlich gut«, erwiderte Nate leise, um niemanden in der Bibliothek zu stören. Im Gegensatz zu Rachel schien er darauf bedacht, nicht rausgeworfen zu werden.

»Gewöhn dich dran«, flüsterte Jason. »Das läuft in jedem Semester so.«

»Das halt ich nicht aus«, setzte Rachel nach und richtete sich ruckartig auf, um auf ihre Uhr zu sehen. »Ich glaube, es ist sowieso Zeit für meine Theaterprobe; ich treffe mich gleich mit Jess.«

Hätte ich nicht gewusst, dass die Theatergruppe, der Jess und Rachel seit ein paar Wochen angehörten, jeden Dienstagabend probte, hätte ich es für eine Ausrede gehalten. Wobei ich auch so sicher war, dass es Rachel sehr gelegen kam, verschwinden zu können. Schließlich war Jess nicht mal zu unserem Lerntreffen aufgetaucht, und sie und Rachel klebten die meiste Zeit aneinander, als wären sie zusammengeschweißt.

Ich beobachtete Rachel, wie sie ihre Sachen zusammenpackte, und seufzte innerlich. Wie gerne hätte auch ich einen Grund gehabt, meine Lernunterlagen in meine Tasche zu stopfen und etwas anderes zu machen. Ich war gut im Lernen, schnell und effizient, aber Spaß … nein, Spaß machte es mir nicht. Zumindest nicht mit dem Druck, Bestnoten zu schreiben, um fürs Medizinstudium zugelassen zu werden. Den Grundstein dafür musste ich schon im ersten Semester legen.

»Macht's gut, Leute«, sagte Rachel leise, nachdem sie aufgestanden war und sich ihre Tasche über die Schulter gehängt hatte, und winkte in die Runde. »Viel Erfolg euch.«

Wir grummelten alle eine Verabschiedung, und Jason hob die Hand, um ihr ebenfalls zuzuwinken. Danach versanken wir alle wieder in unseren Lernunterlagen.

Heute bestand »*Wir*« nur noch aus Nate, Amber, Jason und mir. Ich wusste gar nicht, wie es passiert war, aber irgendwie war ich in dieser Lerngruppe gelandet. Oder hatte sie mit gegründet.

Vor zehn Tagen, kurz nachdem ich mit Jason bei der Polizei gewesen war, waren wir uns in der SciLi über den Weg gelaufen, obwohl er nichts Naturwissenschaftliches studierte. Er war mit Nate da gewesen und hatte gefragt, ob ich mich zu ihm setzen wollte – weil es motivierender sei, zusammen auf die Prüfungen zu lernen. Damit wir nicht nebenher die ganze Zeit quatschten, kam dafür auch kein anderer Ort als eine der Bibliotheken infrage. Meist waren wir in der SciLi, aber manchmal, so wie heute, in der John D. Rockefeller Library, kurz The Rock, die Bibliothek für Sozial- und Humanwissenschaften. Manchmal konnten wir ja auch Jason und Rachel entgegenkommen, die sonst all ihre Sachen in die SciLi schleppten. Und letztlich war es egal, wo wir mehrere Tische belagerten und lernten. Hauptsache, wir taten es.

Ganz ehrlich, wäre ich gerade an einem anderen Ort, hätte ich mich auch eher abgelenkt, als meine Nase ins Buch zu stecken und Biochemie zu pauken. Ich hasste alles, was mit Chemie zu tun hatte; es war interessant, aber chemische Vorgänge zu begreifen verlangte mir mehr ab als vieles andere in meinem Studium. Blöd nur, dass ich darum niemals herumkommen würde, wenn ich Medizin studieren wollte. Zum Glück war Amber ein Ass in Chemie.

Amber schlug seufzend ihr Buch zu, schob es von sich und zog den nächsten Wälzer zu sich. »Ich geh gleich zu Sean und räum freiwillig Regale ein, wenn ich dafür Genetik entkomme«, murmelte sie.

»Und Sean schreibt dann deine Prüfung für dich?«, erwiderte ich ebenso leise.

»Vielleicht, wenn ich ihn dafür bezahle.«

Sean arbeitete noch mehr als ich und konnte deswegen nur unregelmäßig an unseren Lerntreffen teilnehmen. Er lernte meist abends – und wenn ich nachmittags im Buchladen arbeitete, schloss ich mich ihm an. Wobei er tatsächlich gut allein lernen konnte; er war immer sehr konzentriert und fokussiert. Anders hätte er es bei seinem Arbeitspensum vermutlich nicht geschafft.

»Ich bin durch«, flüsterte Jason und klappte seinen Ordner zu, nur um die Arme darauf zu verschränken und den Kopf darauf abzulegen.

»Mit dem Lernstoff oder den Nerven?«, fragte Nate.

»Mit allem«, erwiderte Jason, ohne sich zu rühren; es klang, als würde er schmollen, und ich musste ein unwillkürliches Lächeln unterdrücken.

Er saß mir direkt gegenüber, und ich beobachtete, wie er durch seine rostbraunen Haare fuhr, die dadurch noch unordentlicher wurden. Manchmal fragte ich mich, wie seine Haare sich wohl anfühlten, aber wann immer der Gedanke um die Ecke lugte, verbannte ich ihn sofort wieder. Ich erinnerte mich noch, wie schrecklich ich Jasons Frisur anfangs gefunden hatte. Wie sicher ich gewesen war, dass er sehr viel Zeit aufwendete, um so auszusehen, als wäre er gerade erst aufgestanden. Inzwischen wusste ich es besser. Zu oft hatte ich beobachtet, wie er sich durch die Haare fuhr, sie dabei unbewusst zerzauste und dadurch noch besser aussah. Irgendwie niedlich und zugleich anziehend. Oh, Gott, langsam erlag ich wirklich seinem Charme. Aber das war okay, redete ich mir ein, wir waren schließlich Freunde. Und ich fand ja auch, dass Rachel gut aussah, und wollte trotzdem nicht mehr von ihr.

Jason atmete tief durch und richtete sich auf. Auf seiner Wange prangte der Abdruck einer Falte seines Pullis, und er sah zerknautscht aus. Auf eine Art und Weise, die in mir das seltsame Bedürfnis weckte, über den Tisch zu langen und mit den Fingerknöcheln über den Abdruck zu streichen, zu spüren, wie sich seine Bartstoppeln anfühlten. Tja, so viel dazu, dass wir ganz normal befreundet waren ... Aber solange ich mich im Griff hatte, war alles gut. Jason war ein netter Kerl, es war gut, mit ihm befreundet zu sein. Er war nett, witzig, tiefgründiger, als man ihm zutraute, und vor allem vertrauenswürdig. Denn er hatte nichts weitererzählt von dem, was er über mich, die K.-o.-Tropfen und die Anzeige bei der Polizei wusste. Rachel hatte ehrlich überrascht gewirkt, als ich ihr erzählt hatte, dass Jason mich begleitet hatte.

»Ich geh mir einen Kaffee holen«, sagte Jason und sah mich dabei direkt an. »Kommst du mit? Du siehst aus, als könntest du auch eine Pause gebrauchen.«

Ich runzelte die Stirn. »Tu ich das?«

Jason grinste, ganz sachte nur, und das Grübchen an seiner Wange trat hervor. »Nein, aber ich möchte nicht allein gehen – und hätte am allerliebsten dich als Begleitung.«

»Aber ich bin noch nicht fertig ...«, erwiderte ich lahm. »Ich wollte noch diesen einen Abschnitt machen.«

»Das kannst du danach auch. Pausen sind wichtig. Und Kaffee mit mir holen ebenfalls«, sagte er leise, und seine Stimme klang so ... betörend. Bei seinen Worten schaute er mir direkt in die Augen, es war, als würde sein intensiver Blick alle meine Barrieren durchbrechen und in mein Inneres gehen, um dort ein seltsames Flattern in meinem Magen anzustoßen.

»Okay«, erwiderte ich, ohne länger darüber nachzudenken. Eine Pause konnte ja wirklich nicht schaden.

Wir holten uns einen Kaffee zum Mitnehmen im nächstgelegenen Coffeeshop, diese Umweltsünde in Pappbechern, wie Nate es laut Jason nannte, und betraten danach den Campus wieder. Die grauen Wolken hingen tief über den roten Backsteingemäuern, und unser Atem kondensierte in der Luft. Das ehemals grüne Gras wirkte grau, stumpf irgendwie, und die Studenten hasteten schnell über die Wege, immer auf der Flucht vor der Kälte ins nächste Gebäude.

Nur Jason wirkte entspannt; er schlenderte neben mir her, seinen Pappbecher in der Hand, an der er fingerlose Handschuhe trug. An ihm sah es irgendwie cool aus, als würde es zu einem ganz eigenen, ausgefallenen Stil gehören. In Wahrheit hatte er die Handschuhe vermutlich einfach in seiner Schublade gefunden und angezogen, ohne einen weiteren Gedanken daran zu verschwenden.

»Du siehst nicht aus, als hättest du es eilig, wieder reinzukommen«, bemerkte ich.

»Hab ich auch nicht.« Er grinste, das Grübchen furchte seine Wange, und bei dem Anblick spürte ich meine Mundwinkel automatisch zucken. Als müsste ich lächeln, einfach nur weil er es tat. Als wäre ich eine Nachahmungstäterin.

»Das heißt?«, hakte ich nach.

Er zuckte mit den Schultern, die in der dicken Winterjacke noch breiter wirkten als sonst. »Keine Ahnung. Nach was steht dir denn der Sinn?«

»Nicht nach lernen«, antwortete ich, verzog aber das Gesicht. »Was nichts dran ändert, dass ich es tun muss.«

»Musst du wirklich? Fürs Bestehen reicht's doch bestimmt auch so.«

Ich betrachtete den Pappbecher in meinen Händen. »Das schon. Aber ich muss ja nicht nur bestehen, sondern Bestnoten haben. Für mein Stipendium und für das Medizinstudium. Da wird niemand zugelassen, der nur mittelmäßige Noten hatte.«

Jason seufzte. »Die Last der Stipendien, das hatte ich beinahe vergessen.«

»Yep. Die Leistung muss weiterhin stimmen.«

»Da bin ich fast froh, kein Stipendium bekommen zu haben«, sagte er, und seine Worte sollten wohl locker und leicht klingen, wäre da nicht der kaum hörbare, bittere Unterton zwischen den Silben gewesen.

Verwundert drehte ich den Kopf und sah ihn an. »Wolltest du denn eins?«

Er schwieg einen Moment und blickte kurz zu Boden, ehe er mich wieder ansah. »Ja, schon.«

Ich blieb stehen. »Im Ernst?«

Jason runzelte die Stirn und drehte sich ganz zu mir um. »Wieso wirkst du so überrascht?«

»Ich, ähm, hab einfach nicht damit gerechnet.«

Ein Schatten huschte über sein Gesicht und verfinsterte seine Miene. »Ich hab einen echt guten Abschluss, ich war der Drittbeste meines Jahrgangs.«

»So hab ich das nicht gemeint.« Ich trat unsicher von einem Bein auf das andere. »Ich bin sicher, dass du alle Voraussetzungen mitgebracht hast, die man braucht, um sich für ein Stipendium zu bewerben.«

»Aber?«, hakte er nach. Er wirkte undurchdringlich, sein Gesicht war eine Maske, und ich hätte nicht sagen können, was in ihm vorging. So hatte ich Jason noch nie gesehen.

Obwohl mein Herz sich nervös überschlug, gab ich mir einen Ruck. Freunde sollten ehrlich zueinander sein. »Weil du es nicht nötig hast. Das meine ich gar nicht böse, aber du brauchst kein Stipendium. Du hast einen finanziellen Hintergrund, der es dir auch so ermöglicht, an einem College der Ivy League zu studieren, ohne einen Kredit aufnehmen zu müssen, den du dann dein Leben lang abzahlst.«

Wieder schwieg er einen Moment, seine Kiefermuskeln traten leicht hervor, als würde er die Zähne zusammenbeißen.

»Das stimmt«, sagte er schließlich und wandte sich ab, um weiterzugehen. »Ich bin auch dankbar dafür, so ist es nicht.«

»Aber?«, fragte ich vorsichtig. Ich hatte das Gefühl, mit dem Thema an etwas zu rütteln, was Jason schon länger beschäftigte.

»Nichts aber. Ich hätte trotzdem gerne ein Stipendium bekommen. Einfach, um unabhängig zu sein und mir nicht von meinem Vater alles bezahlen lassen zu müssen, weißt du.«

Nein, wusste ich nicht ... Weil mir bisher nicht klar gewesen war, dass Jason das nicht wollte. Dass er sich nicht von seinem Vater sein Studium und sein Leben finanzieren lassen wollte. Gut, wer wollte das schon. Aber so eisern, wie Jasons Miene nach wie vor war, als er mit steifen Schritten, die all ihre Unbeschwertheit verloren hatten, neben mir herging, hätte ich gewettet, dass da mehr dahintersteckte. Dass es nicht nur darum ging, sich von seinem Elternhaus abzunabeln und selbstständig zu sein, so wie jeder junge Erwachsene das irgendwann wollte.

»Versteh ich«, sagte ich, weil ich irgendetwas sagen musste, und trank aus Hilflosigkeit einen großen Schluck Kaffee, an dem ich mir die Kehle verbrannte. »Willst du darüber reden? Also über die Gründe?«

Er schüttelte den Kopf und lächelte mich an. Es wirkte unecht, seine Augen waren so hart und abweisend, wie ich sie noch nie erlebt hatte. »Alles gut. Da gibt es keine tiefschürfenden Gründe. Einfach die ganz normalen. Etwas allein schaffen zu wollen. Aber so ist es auch okay. Ich mag mein Studium, bin dankbar und sehr glücklich, dass ich die Möglichkeit dazu habe. Wir müssen keine Wissenschaft draus machen.«

Dafür, dass er keine Wissenschaft daraus machen wollte und es wirklich in Ordnung für ihn war, hatte er sehr ausschweifend erklärt, wie okay die Situation angeblich für ihn war. Einen Moment überlegte ich, weiter nachzuhaken, biss mir dann aber auf die Lippe und ließ es. Er wollte nicht darüber reden, das war in Ordnung. Es gab auch Dinge, über die ich nicht sprechen wollte, und ich hasste nichts mehr, als wenn andere dauernd darauf herumritten.

»Okay, dann können wir ja wieder reingehen und weiterlernen«, sagte ich und blinzelte ihn unschuldig an.

Seine Gesichtszüge entspannten sich ein wenig. »Oh, so weit würde ich jetzt nicht gehen.«

»Warum nicht?«, fragte ich neckend. »Wenn du so glücklich und dankbar bist, sollten wir unbedingt und ganz dringend was für deine Zensuren tun.«

Ein klein wenig Belustigung stahl sich in seinen Blick. »Wir sollten es nicht übertreiben. So viel lernen ist ungesund und wirkt sich negativ auf das Wohlbefinden aus.«

Amüsiert zog ich die Augenbrauen nach oben. »Sagt wer?«

»Ich.«

»Hast du dafür Beweise?«

»Wofür? Dafür, dass ich das sage?« Er grinste leicht und sah mich herausfordernd an, in meiner Magengegend kribbelte es ein wenig. »Soll ich dir einen Aufsatz darüber schreiben, wieso ich diese Meinung vertrete?«

»Ich dachte eher an Studien oder andere Belege«, zog ich ihn weiter auf.

»Oh, das ist kein Problem. Ich hasse Statistik zwar, aber ich kann schon eine Umfrage starten, ein paar empirische Daten sammeln und dann irgendwelche Aussagen damit unterlegen.«

Ich lachte leise. »Frei nach dem Motto: Glaube keiner Studie, die du nicht selbst gefälscht hast?«

Er sah mich unschuldig an. »Woher hast du das gewusst?«

»Wie wir schon mal festgestellt haben, bist du gar kein so großes Mysterium«, erwiderte ich frech, obwohl das nicht stimmte. Je länger ich Jason kannte und je mehr Seiten ich an ihm kennenlernte, desto öfter fragte ich mich, was eigentlich noch alles hinter der Fassade des immer gut gelaunten und unverschämten Kerls steckte. Und wie viel diese Fassade überhaupt mit der Wirklichkeit gemein hatte.

Er griff sich an die Brust und rieb getroffen darüber. »Autsch, das ist immer noch nicht gut für mein männliches Ego.«

»Du wirst drüber wegkommen«, sagte ich und tätschelte seinen Arm, der durch die dicke Jacke kaum fühlbar war.

Jason blieb stehen, und sein Grinsen verrutschte, aber anders als gerade eben verhärteten sich seine Gesichtszüge nicht, sie wurden nur von Ernsthaftigkeit überzogen. Sein Blick huschte kurz zu meiner Hand, die noch auf seinem Arm ruhte und die ich nun hastig zurückzog.

»Äh, entschuldige«, stammelte ich, während mir trotz der Kälte die Hitze in die Wangen stieg.

Er sah mich an, und sein Mundwinkel zuckte, das Grübchen blitzte kurz hervor. »Kein Thema, du darfst mich gerne jederzeit und überall anfassen.«

»Überall?«, hakte ich nach, bevor ich mir auf die Zunge beißen konnte. Hatte er das gerade wirklich gesagt?

Er wiegte den Kopf sacht von einer auf die andere Seite, ohne mich aus den Augen zu lassen. »Das klang jetzt irgendwie falsch und anzüglich – was nicht heißt, dass ich was dagegen hätte.«

Die Vorstellung, Jason tatsächlich zu berühren, nicht nur durch seine Jacke ... Plötzlich war meine Kehle ganz trocken; ich schluckte. »Das heißt, du hast es so gemeint, wie du es gesagt hast, und es nur ein bisschen unglücklich formuliert?«

Oh, Gott, was sagte ich denn da?

»Ja, so könnte man es ausdrücken«, murmelte er und trat einen Schritt näher an mich heran. Er hatte den Kopf schief gelegt, sein Blick ruhte auf mir, nein, er bohrte sich förmlich in mich und hielt mich fest. Ich wollte wegschauen und gleichzeitig konnte ich nicht anders, als ihm in die Augen zu sehen. Diese wirklich schönen, warmen, haselnussbraunen Augen, in die sich ein paar grüne Sprenkel verirrt hatten. Sie hatten eine magische Anziehungskraft auf mich, als wäre ich daran gebunden, seinen Blick zu erwidern.

Mein Herzschlag beschleunigte sich. Jason trat noch einen Schritt näher. Wenn wir beide gleichzeitig eingeatmet hätten, hätten sich unsere Oberkörper vermutlich berührt, so nah war er mir. Sein warmer Atem strich über mein Gesicht, mir rieselte ein warmer Schauer über den Rücken und sammelte sich zu einem Kribbeln in meinem Bauch.

Jasons Lider senkten sich, und sein Blick huschte zu meinen Lippen, dann sah er mir wieder in die Augen. Mein Herz setzte einen Schlag aus, als er mir näher kam, nur um danach noch schneller gegen meinen Brustkorb zu trommeln.

Er würde doch nicht …? Oder doch? Hier draußen? Vor allen? Ich konnte mich nicht rühren oder einen klaren Gedanken fassen und überhaupt nicht einordnen, was gerade passierte, während mein Körper sich sehr sicher zu sein schien, in welche Richtung das hier lief.

Noch ehe ich eine Entscheidung treffen konnte, veränderte sich etwas an Jasons Gesichtsausdruck. Er nahm mir meinen Pappbecher aus der Hand und trat einen Schritt zurück.

»Ist leer, oder?«, fragte er und schüttelte den Becher, um zu prüfen, ob noch etwas darin war. Es war nur noch ein winziger Schluck, auf den ich verzichten konnte.

Perplex starrte ich ihn an. Mir wurde plötzlich bewusst, wie kalt es war, als hätte er mich mit seiner Wärme eingehüllt, ohne mich zu berühren, und sie mitgenommen, als er zurückgetreten war.

Als mir klar wurde, dass Jason mich ansah und offensichtlich auf eine Antwort wartete, nickte ich hastig. »Ja, ist leer.«

»Gut«, erwiderte er und schmiss meinen Pappbecher mitsamt seinem in den Mülleimer am Wegesrand, ehe er sich mit einem Grinsen wieder zu mir umwandte. »Wollen wir reingehen? Oder einfach … irgendwo anders hin?«

Wie bitte? Ich verstand gar nichts. Was zur Hölle war das gerade gewesen? Oder hatte ich es mir nur eingebildet?

Dennoch zuckte ich mit den Schultern. »Klar.«

»Okay.« Er sah mich noch einen Moment an, so intensiv, dass ich das Gefühl hatte, dass er durch mich hindurchsah. Dann wandte er sich zum Gehen, wartete allerdings, bis ich die zwei Schritte zu ihm aufgeschlossen hatte. Meine Knie fühlten sich weich an, als bestünden meine Gelenke aus Gummi.

»Lass uns da reingehen«, sagte Jason und steuerte die Treppe des Instituts für Archäologie an. Dort drin war ich noch nie gewesen.

Ich runzelte die Stirn und verlangsamte meine Schritte. »Was willst du da drin?«

Er grinste mit diesem frechen Funkeln in den Augen. »Siehst du dann. Komm schon, lass dich auf ein kleines Abenteuer ein.«

Ich zögerte kurz, gab mir dann aber einen Ruck. Was sollte schon passieren?

»Ich hoffe, das ist es wert, noch mehr Lernzeit zu verschwenden«, murmelte ich und stieg neben ihm die wenigen Stufen nach oben.

»Oh, das hoffe ich auch«, erwiderte Jason. »Aber allein der Versuch lohnt sich.«

»Was für ein Versuch?«, fragte ich verwirrt. Ich hatte keine Ahnung, wovon er redete. Überhaupt konnte ich sein Verhalten gerade nicht einordnen.

Wir betraten das Gebäude, und Wärme schlug uns entgegen. Da die meisten Studenten gerade in Vorlesungen saßen oder lernten, war außer uns niemand hier, und in den leeren Gängen hallten unsere Schritte über den steinernen Boden und von den hohen Wänden wider.

»Nach links.« Jason hielt mir die Tür auf, die in einen verlassenen Nebengang führte.

»Wo sind wir hier?« Ich zog die Augenbrauen zusammen und sah mich um. Der Gang war kurz, lediglich drei Türen gingen davon ab. »Und wieso kennst du dich so gut in der archäologischen Fakultät aus?«

»Weil Will mich mal genötigt hat, sie mit ihm anzuschauen, als er hier war – keine Ahnung, warum, es interessiert ihn wohl.« Jason schüttelte den Kopf, als wäre das jetzt vollkommen nebensächlich. »Und da hab ich diesen Gang hier entdeckt, die lagern da Putzsachen.«

»Du hast deinem Bruder so gründlich die Fakultät gezeigt, dass du weißt, wo sie die Putzsachen aufbewahren?«, fragte ich irritiert.

»Yep, aber egal. Auf jeden Fall war das hier näher als die Bibliothek, und ich dachte, dass … uns ein bisschen Privatsphäre guttut.«

Er vergrub die Hände in den Taschen seiner Jeans und wippte leicht auf den Fußballen auf und ab. Er wirkte unsicher, als er meinen Blick suchte, sein lässiges Grinsen war verschwunden, als er auf mich zukam und einen Schritt von mir entfernt stehen blieb.

Mir wurde plötzlich heiß. Kein Wunder, wenn ich in voller Wintermontur in einem beheizten Gebäude stand, redete ich mir ein. Ich öffnete meine Jacke und lockerte den Schal ein wenig, während ich zu Jason aufsah und schluckte. Ich spürte meinen Puls in meiner Kehle wummern. Vielleicht hatte ich die Situation draußen doch nicht missinterpretiert.

»Privatsphäre?«

Er nickte, es war nur eine ganz sachte Bewegung, und zog zeitgleich seine Hände aus den Taschen. Mit schief gelegtem Kopf trat er noch einen Schritt auf mich zu. Mein Verstand setzte aus, alle Gedanken waren nur noch eine entfernte Erinnerung. Jasons Blick nahm mich gefangen. Ich hätte nicht wegsehen können, selbst wenn ich gewollt hätte. Und ich wollte nicht.

Er kam noch näher. Sein Blick huschte kurz zu meinen Lippen, ehe er mir wieder in die Augen sah. Dann hielt er inne, und ich vergaß hier und jetzt, wie man atmete. Er war mir so nah, dass seine Nasenspitze beinahe meine berührte und ich seinen Atem abermals auf meinem Gesicht spürte. Er betrachtete mich aufmerksam, eine stumme Frage in den Augen, während mein Herz sich in einem verrückten Salto überschlug. Wäre ich mutig genug gewesen, hätte ich ihm gesagt, dass er es endlich tun oder lassen sollte. Aber dazu war ich zu feige. Und selbst jetzt noch viel zu unsicher, ob ich die Situation nicht doch falsch einschätzte.

Offenbar reichte ihm, dass ich nicht weglief. Er zögerte einen Moment, dann senkte er die Lider und überbrückte die letzte Distanz. Als seine Lippen meine berührten, schnappte ich beinahe erleichtert nach Luft und schloss automatisch die Augen. Seine Bewegungen waren routiniert und sanft zugleich, fast zurückhaltend, als müsste er erst herausfinden, was er durfte und was nicht. Ich spürte seine Hand an meiner Wange, meine Haut prickelte an der Stelle, über die er strich. Automatisch legte ich meine Hand in seinen Nacken und vergrub die Fingerspitzen in seinem Haaransatz. Jason seufzte leise gegen meine Lippen und vertiefte den Kuss. Als unsere Zungenspitzen sich berührten, wallte ein warmes Kribbeln in meinem Bauch auf, und ich drängte mich unwillkürlich näher an ihn.

Alles in mir drehte sich, und zugleich fühlte sich mein Körper so leicht an, als hätte ich keinen Boden mehr unter den Füßen, als würde die Erdanziehungskraft auf einmal nicht mehr existieren.

Jason schob seine freie Hand unter meine offene Jacke und legte sie an meine Hüfte, um mich näher an sich zu ziehen.

Dann löste er sich von mir und lehnte seine Stirn gegen meine. »Alles okay?«, fragte er, und seine Stimme klang atemlos und rauer als sonst.

»Alles bestens«, hauchte ich, nicht fähig zu einem klaren Gedanken, und ließ vorsichtig meine Finger über seinen Nacken gleiten.

Er küsste mich erneut, und die Welt um mich herum verlor all ihre Konturen.

KAPITEL 18

JASON

Schneeflocken schwebten durch die Luft. Auf dem Asphalt schmolzen sie, doch auf dem Geländer unseres Balkons türmten sie sich bereits, und auch die Baumkronen wurden von den weißen Kristallen geschmückt. Einen Moment noch beobachtete ich das Treiben vor dem Fenster, dann wandte ich mich ab. Ich musste die Küche aufräumen, bevor Kayla kam. Normalerweise war es bei uns verhältnismäßig ordentlich, wir hatten einen Putzplan und hielten uns daran. Nur während der Prüfungsphasen neigten wir dazu, alles zu vernachlässigen. Was dazu führte, dass die Geschirrspülmaschine seit drei Tagen nicht fertig ausgeräumt worden war und sich das dreckige Geschirr in der Spüle stapelte. Auf der Arbeitsplatte lagen zwei alte Pizzakartons, und in der Obstschale auf dem Tisch wartete eine verwaiste Banane darauf, dass sie bald selbst in den Müll laufen konnte.

Seufzend begann ich damit, das saubere Geschirr, das noch in der Maschine war, in die Schränke zu stapeln. Ich räumte gerade die Teller weg, als Cole die Küche betrat und mir die saubere Tasse aus der Hand nahm, die ich eben ins Regal hatte stellen wollen.

»Danke, Mann«, sagte er und goss sich einen Kaffee ein. »Ich brauch unbedingt noch ein bisschen Koffein vor der Arbeit.«

Klar, es war Samstagnachmittag. Das bedeutete, dass Cole bald zu seiner Schicht antreten musste. Und das war auch der Grund, weshalb ich Nate einkaufen geschickt hatte, damit wir erstens nicht verhungerten und zweitens Kayla nicht dachte, wir würden hier wie die Wilden hausen.

»Was machst du da?«, fragte Cole, setzte sich an den Küchentisch und musterte mich kritisch.

»Aufräumen.« Wie zum Beweis beförderte ich das Besteck in eine Schublade, ehe ich mich daranmachte, die unzähligen dreckigen Tassen in der Spülmaschine aufzureihen.

»Das sehe ich. Aber wieso? Wir machen das nie in der Prüfungsphase. Da gilt drei Wochen das Gesetz der Unordnung.«

»Von diesem Gesetz hab ich noch nie gehört«, murmelte ich, während ich naserümpfend einen Teller aus der Spüle zog, dessen Belag bereits eklig roch.

»Gefällt mir, dass du aufräumst. Sieht gleich viel besser aus.«

»Freut mich, wenn ich dich glücklich machen kann.«

Ich hörte, wie die Wohnungstür aufging und Nate den Flur betrat. Einen kurzen Augenblick später kam er in die Küche und stellte zwei Taschen mit Einkäufen ab.

Cole runzelte die Stirn. »Was ist hier los? Jason putzt, Nate kauft ein – was hab ich verpasst?«

»Nichts«, sagten Nate und ich wie aus einem Mund, und Nate ergänzte: »Wir müssen ja von irgendwas leben. Kein Gehirn kann arbeiten, wenn es keine Energie bekommt. Und ich bin Neurowissenschaftler, ich sollte es wissen.«

So in etwa hatte ich es Nate vorhin auch verkauft, dass er bitte unsere Essensvorräte aufstocken musste, während ich versuchte, in unserer Küche zu retten, was zu retten war. Und dann hatte ich ihm noch erklärt, dass er die Wohnung räumen musste, weil ich Besuch bekam. Cole war ja sowieso nicht da, Nate schon. Natürlich hatte er den Grund wissen wollen (denn Frauenbesuch war normalerweise kein Grund, die Wohnung zu räumen), doch ich hatte tatsächlich nur »*Kayla*« sagen müssen und er war sofort bereit gewesen, die Biege zu machen.

Ich wollte nicht, dass sie sich unwohl fühlte oder beobachtet. Wobei Cole gar nicht wusste, dass zwischen Kayla und mir seit Neuestem etwas lief, und Nate nur, dass da was war, aber nicht, was genau. Dennoch wollte ich ihr nicht das Gefühl geben, ins offene Messer zu laufen, wenn sie sich schon bereit erklärt hatte, unsere Lernsession zu mir in die Wohnung zu verlegen. Nicht nur, dass ich nicht jeden Tag an der Uni verbringen wollte ... Heimlich zwischen den Regalen der Bibliothek rumzuknutschen oder in irgendwelchen verlassenen Gängen war auf Dauer nicht der Hit. Auch wenn die fünf Tage, die seit unserem ersten Kuss vergangen waren, noch keine besonders lange Zeitspanne darstellten.

»Na dann«, sagte Cole und stellte seine leere Tasse auf die Arbeitsplatte, meinen bösen Blick ignorierend. »Ich muss los, bis morgen.«

Im Vorbeigehen nahm er sich einen der Äpfel, die Nate gekauft hatte, und schon war er verschwunden.

Ich sah ihm nach und räumte die Tasse, die er eben abgestellt hatte, in die Spülmaschine. »Wir sind jetzt einfach nachsichtig, weil Prüfungsphase ist und er trotzdem so viel arbeiten muss.«

»Genau das sind wir.« Nate nickte und machte sich daran, die restlichen Einkäufe einzuräumen. »Gibt es noch irgendetwas, was ich machen kann, bevor ich so tue, als hätte ich heute Abend was total Wichtiges vor?«

Ich überlegte kurz, schüttelte dann aber den Kopf. »Nein, ich glaube nicht. Das Wohnzimmer hab ich schon aufgeräumt.«

»Dein Zimmer auch?«

Ich zog die Augenbraue nach oben. »Mein Zimmer sah nicht so schlimm aus.« Ich hatte nur ein paar Klamotten, die auf dem Boden herumlagen, über einen Stuhl gehängt. Davon abgesehen glaubte ich sowieso nicht, dass Kayla mein Zimmer betreten oder meinem Bett nahekommen würde. Zumindest nicht heute.

»Ich frag ja nur«, sagte Nate und hob abwehrend die Hände. »Wenn dir der Eindruck unserer Wohnung so wichtig ist, solltest du auch an dein Zimmer denken.«

»Mach ich, keine Sorge.«

»Du weißt schon, dass sie die Wohnung bereits kennt, oder?«, zog Nate mich auf, und ich unterdrückte den Drang, den Putzlappen nach ihm zu werfen. Stattdessen wischte ich die Arbeitsfläche.

»Weiß ich. Aber da war sie in einem besseren Zustand.«

»Kayla oder die Wohnung?«

»Die Wohnung.« Ich sah ihn skeptisch an. »Wolltest du nicht eigentlich abhauen?«

»Du hast recht. Schreibst du mir, wenn ich wieder kommen kann?«

»Mach ich. Und Nate? Danke, Mann.«

Er drehte sich im Gehen noch mal zu mir um und winkte ab. »Kein Thema. Viel Spaß.«

Nate war noch keine zehn Minuten weg und ich hatte mich gerade umgezogen, als es an der Tür klingelte. Obwohl ich mir einredete, dass es keine große Sache war und ich Kayla schon kannte, kroch Aufregung unter meine Haut, als ich zur Tür ging, um zu öffnen. Die Minute, die es dauerte, bis Kayla durchs Treppenhaus bis zu unserer Wohnungstür gelaufen war, zog sich in die Länge wie zäher Kaugummi. Sie bog um den letzten Treppenabsatz und lächelte schüchtern, als sie mich im Türrahmen stehen sah.

»Hey.«

»Selber hey«, erwiderte ich und nutzte den Moment, als sie die letzten Stufen erklomm, um sie genauer zu betrachten. Wie immer trug sie Jeans, die eng saßen und ihre Figur betonten, nur heute steckten ihre Füße nicht in Chucks, sondern in flachen Winterstiefeln. Sie versank beinahe in ihrer dicken Jacke und dem hellblauen Schal, der die Farbe ihrer Augen unterstrich. In ihrem dunklen Haar hingen ein paar Schneeflocken. Sie sah süß aus, auf eine sehr anziehende und attraktive Art und Weise, nicht auf eine verniedlichende.

Auf der Fußmatte angekommen, schlüpfte sie aus ihren Stiefeln. »Ich will nicht den ganzen Matsch in die Wohnung tragen.«

Ich musste schmunzeln. »Sehr zuvorkommend.«

Sie richtete sich auf, und ihre Mundwinkel zuckten ein wenig. »Es schneit. So richtig in echt.«

»Ich seh's«, erwiderte ich und zupfte eine Schneeflocke aus ihren Haaren, die sofort schmolz. Ich zögerte einen Moment, dann lehnte ich mich zu ihr und küsste sie auf die Wange. Ihre Haut fühlte sich weich und kühl an unter meinen Lippen, ich sog ihren Duft nach Honig und Früchtetee ein und verweilte einen Augenblick länger, als angemessen gewesen wäre. Wobei ich mir nicht sicher war, was man überhaupt als angemessen bezeichnen konnte in so einer Situation. Mit Dating kannte ich mich nicht aus. Zwanglose Treffen, One-Night-Stands und Spaß ohne Verpflichtungen, davon hatte ich Ahnung. Aber das mit Kayla war … anders.

»Komm rein«, sagte ich und trat in den Flur zurück, um die Tür hinter ihr zu schließen.

Sie folgte mir und zog ihre Jacke aus, die ich ihr abnahm und an die Garderobe hängte. »Ich hab Schnee bisher nur im Fernsehen gesehen«, gestand sie und trat unsicher von einem Bein auf das andere.

Ich musste einfach grinsen. »Und wie gefällt es dir bisher?«

Sie rümpfte die Nase. »Es ist ziemlich nass und kalt. Ich bin mir nicht sicher, ob das so sein soll.«

Lachend schüttelte ich den Kopf. »Kalt schon, nass eher nicht. Wenn es noch ein paar Grad kälter wird, ist der Schnee nicht mehr so nass – und es fühlt sich auch nicht mehr so kalt an. Feuchte Kälte ist ätzend.«

»Spricht da der Experte?«, fragte sie, während sie mir in die Küche folgte.

»Auf jeden Fall, ich hab schließlich mein ganzes Leben an der nördlichen Ostküste verbracht.« Ich wandte den Kopf und musterte sie aufmerksam. »Tee oder Kaffee?«

Sie überlegte einen Moment. »Kaffee. Sonst schlaf ich beim Lernen ein.«

»Und das, obwohl ich hier bin, um dich wach zu halten?«, entgegnete ich und grinste. »So eine Schande.«

»Verletzt das jetzt wieder dein männliches Ego?«

»Nein, das ist zum Glück sehr standhaft«, sagte ich und füllte neues Kaffeepulver in die Maschine.

Als ich darauf keine Antwort bekam, drehte ich den Kopf und entdeckte, dass Kayla mich mit geweiteten Augen ansah. Ich runzelte die Stirn. »Alles gut?«

Sie erwachte aus ihrer Starre und nickte hastig. »Alles gut. Ich bin nur gedanklich kurz … hängengeblieben.«

Ich brauchte einen Moment, um es zu begreifen, dann grinste ich. »Weil ich das Wort Standhaftigkeit in den Mund genommen hab? Du hast schmutzige Gedanken.«

Ihre Wangen färbten sich rot, und sie presste die Lippen aufeinander. »Nein, ich meine, schon – aber du hast damit angefangen!«

»Nein, eigentlich nicht. Ich hab von einer Charaktereigenschaft gesprochen, du hast das auf eine körperliche Eigenschaft übertragen. Was natürlich nicht heißt, dass das auf dieser Ebene nicht auch zutrifft.« Ich zwinkerte ihr zu, völlig selbstverständlich und ohne

Hintergedanken, und im nächsten Moment wurde ihre Miene starr.

»Natürlich«, erwiderte sie steif, und ich runzelte die Stirn. Ihre ganze Körperhaltung wirkte plötzlich verspannt. Davor war sie unsicher gewesen, ein bisschen nervös, klar. Aber jetzt wirkte sie abweisend. Sie hatte die Arme vor der Brust verschränkt, und ich konnte ihre Gesichtszüge nicht lesen, weil sie sich verschloss und in sich selbst zurückzog. Ein mulmiges Gefühl wand sich durch meine Eingeweide

»Hey, pass auf, ich hab keine Erwartungen, okay?«, riet ich einfach mal ins Blaue und hoffte, dass ich damit ins Schwarze traf. »Wir lernen nur. Vielleicht knutschen wir ein bisschen rum, okay. Aber wir machen nichts, was du nicht willst, alles klar?«

Einen Moment starrte sie mich nur an, das Blubbern der Kaffeemaschine füllte die Stille zwischen uns.

»Alles gut«, sagte sie schließlich, und ihr Blick flackerte kurz zu Boden, ehe sie mich wieder ansah. »Ich war nur irgendwie irritiert, also nicht weil ich verklemmt bin oder so, sondern ...«

»Ist schon okay«, unterbrach ich sie und sah ihr in die Augen. »Du musst dich vor mir nicht rechtfertigen. Ich würde nie was tun, das du nicht willst, das sollst du wissen. Ende.«

»Das weiß ich.« Sie erwiderte meinen Blick, ohne zu blinzeln. »Wir wären keine Freunde, wenn es anders wäre.«

Moment mal, wir waren was? Freunde? Im Sinn von *nur Freunde*? Was dachte sie, was wir hier taten? Klar, wir waren nicht fest zusammen, wie auch, nach so kurzer Zeit, aber ich hätte nicht gedacht, dass wir nur Freunde waren. Oder war sie selbst unsicher?

Ich hatte keine Antwort auf diese Fragen, aber auf jeden Fall war ich derjenige, der nun irritiert war. Ich beschloss, dass jetzt jedoch nicht der richtige Zeitpunkt war, um das zu ergründen, und schob das Gefühl einfach an die Ränder meines Bewusstseins. Vielleicht brauchte Kayla ein bisschen Zeit und Vertrauen, und ich wollte sie nicht unter Druck setzen.

Ich räusperte mich. »Gut, dann haben wir das ja geklärt. Wie war dein Tag?«

Kaylas Augen verengten sich kurz, als wäre sie verwirrt, dann zuckte sie mit den Schultern. »Die Arbeit war okay. Es ist echt gut, dass sie mich in der Prüfungsphase samstags nur halbtags arbeiten lassen.«

»Versteh ich. Ich hab zum Beispiel keine Ahnung, wie Cole das macht.«

Wahrscheinlich machte er seine mangelnde Lernzeit durch Talent wett, anders konnte ich mir das nicht erklären.

»Ist auf jeden Fall beeindruckend«, meinte Kayla und zog nachdenklich ihre Unterlippe zwischen die Zähne. »Sag mal, weißt du, was mit Rachel los ist? Ich weiß, eigentlich ist es mies, dich das hinter ihrem Rücken zu fragen. Nur zu mir sagt sie seit zwei Tagen, dass alles okay ist, liegt aber den ganzen Tag in ihrem Bett und starrt geistesabwesend die Decke an. Ich mach mir ein bisschen Sorgen.«

Eigentlich hatte ich gerade den Schrank öffnen und Tassen herausholen wollen, drehte mich jetzt jedoch mitten in der Bewegung zu Kayla um. »Echt? Zu mir hat sie gar nichts gesagt.«

In Gedanken ging ich die letzten Tage durch, kramte in meinem Gedächtnis nach Rachels letzten Nachrichten und wann ich sie zuletzt gesehen hatte und ob mir irgendetwas seltsam vorgekommen war.

»Also geschrieben hat sie mir ganz normal, aber das muss ja nichts heißen«, sagte ich und fuhr mir durch die Haare. »Das letzte Mal gesehen hab ich sie vor drei Tagen, da wirkte alles in Ordnung. Ehrlich gesagt seh ich sie in letzter Zeit sowieso wenig, weil sie dauernd mit Jess unterwegs ist.«

»Dito«, erwiderte Kayla und seufzte. »Das ist ja auch vollkommen okay, bloß jetzt hängt sie seit zwei Tagen in unserem Zimmer rum wie ein Schluck Wasser in der Kurve.«

»Seltsam.« Das passte überhaupt nicht zu Rachel. Ein ungutes Gefühl kroch unter meine Haut, und ich zog mein Handy aus der Hosentasche. »Ich schreib ihr mal, ob alles okay ist.«

»Aber sag ihr nicht, dass du es von mir weißt«, meinte Kayla. »Erstens will ich keine Petze sein, und zweitens weiß sie nicht, dass ich hier bin.«

Dieses *zweitens* brachte meinen Magen dazu, sich zusammenzukrampfen, aber ich ignorierte es.

»Na, wenn sie nicht weiß, dass du hier bist, wird sie auch nicht denken, dass du gepetzt hast«, stellte ich fest und tippte eine Nachricht an Rachel, wie bei ihr die Lage war und was sie so trieb.

Die Antwort kam prompt.

Rachel: Nicht so. Kann mich nicht zum Lernen motivieren. Und bei dir?

Jason: Ist was passiert oder einfach nur Unlust? Bei mir ist alles cool.

»Und was sagt sie?«, fragte Kayla.

»Bisher nichts«, erwiderte ich und starrte auf den Bildschirm. Rachel schrieb und schrieb und schrieb, aber es dauerte ewig, bis die Antwort kam, die viel zu kurz war, als dass sie wirklich so lange daran getippt hätte.

Rachel: Hab bisschen Stress mit Jess, aber nichts Wildes. Hab deswegen auch keinen Bock auf Bibliothek. Werd mich jetzt mal an den Schreibtisch setzen.

Okay, das klang nicht, als wäre es nur ein bisschen Stress, denn Rachel ging Streitigkeiten normalerweise nicht aus dem Weg oder verbarrikadierte sich in ihrem Zimmer. Schon gar nicht, wenn sie genauso gut auf eine andere Bibliothek ausweichen konnte.

Ich zögerte einen Moment, ehe ich schrieb:

Jason: In Ordnung. Wenn du reden willst oder ich was tun kann, meld dich.

Darauf schickte sie mir nur ein Herz, und ich steckte mein Smartphone wieder weg.

Kayla musterte mich mit schief gelegtem Kopf. »Und? Muss ich mir Sorgen machen? Mehr will ich gar nicht wissen.«

»Nein, musst du nicht«, erwiderte ich, obwohl ich mir da gar nicht so sicher war. »Wird schon wieder.«

»Okay, dann bin ich erleichtert.« Sie lächelte. »Danke, dass du sie gefragt hast.«

»Kein Thema.« Rachel war meine beste Freundin, niemand musste mich darum bitten, mich um sie zu kümmern.

»Und jetzt?«, fragte Kayla. »Lernen?«

Die Art, wie ihr Blick über meinen Oberkörper huschte und auf dem Weg zu meinen Augen kurz an meinen Lippen hängenblieb, verriet mir, dass sie etwas ganz anderes als Lernen im Sinn hatte. Und das war mehr als okay für mich.

Mit einem Grinsen biss ich mir auf die Unterlippe und trat auf sie zu. »Deswegen bist du hier, oder?«

»Richtig.« Sie nickte und sah unverwandt zu mir auf, ihre langen, dichten Wimpern berührten dabei beinahe ihre Augenbrauen. Als ich die Hände seitlich von ihr an der Arbeitsfläche abstützte, wandte sie sich mir zu, sodass sie mir gegenüberstand, eingerahmt von meinen Armen.

»Dann sollten wir das tun, oder?«, sagte ich leise.

»Eigentlich schon, ja«, flüsterte sie.

Zögernd hob sie die Hand und strich langsam mit den Fingerknöcheln über mein Brustbein nach oben an meinem Schlüsselbein entlang und über meinen Oberarm. Es fühlte sich an, als würde sie direkt durch den Stoff meines Longsleeves hindurchfassen und jede meiner Zellen einzeln berühren und zum Schwingen bringen. Ein heißer Schauer rieselte über meinen Rücken, und ich musste mich beherrschen, mich nicht näher an sie zu drängen. Wir hatten nicht darüber gesprochen, aber ich vermutete, dass Kayla nicht besonders viel Erfahrung mit Männern hatte, und wollte ihr entsprechend Raum lassen. Aber verdammt, sie machte es mir echt schwer, wenn sie mich so ansah und sich unbewusst die Lippen mit der Zunge befeuchtete. Diese Lippen, von denen ich inzwischen wusste, wie sie sich anfühlten. Über ihre Zunge konnte ich gar nicht erst nachdenken, ohne dass meine Kehle trocken wurde und ich schlucken musste.

»Ich finde, wir können auch in zehn Minuten anfangen mit Lernen, oder?«, raunte ich und rückte so nah an Kayla heran, dass ich die Wärme ihres Körpers spürte, sie aber nicht berührte. Es war die reinste Folter.

»Auf jeden Fall«, sagte sie, neigte den Kopf und stellte sich auf die Zehenspitzen. Ich kam ihr auf halbem Weg entgegen, überbrückte die letzte Distanz und drückte meine Lippen auf ihre. Wie jedes Mal, wenn wir uns küssten, schlug mein Herz, als würde ich einen Marathon laufen, auf eine gute, überhaupt nicht anstrengende Weise.

Als unsere Zungen sich berührten, fühlte es sich an, als würde elektrische Spannung durch meinen Körper jagen, und die Realität um mich herum verblasste. Das war vollkommen neu für mich, diese Wirkung hatte bisher kaum eine Frau auf mich gehabt, aber Kayla? Sie stellte irgendetwas mit mir an, das mein Nervensystem auf überempfindsamen Hochtouren laufen ließ.

Ihre Hände fanden ihren Weg in meine Haare, und ihre Fingernägel fuhren über meine Kopfhaut. Seufzend drängte ich mich dichter an sie und schlang einen Arm um ihre Taille, um sie näher an mich zu ziehen. Ich wollte ihren ganzen Körper spüren, wenn auch nur durch Klamotten, aber hey, wenigstens das. Sie passte perfekt zu mir, als wären wir zwei Puzzlestücke, die sich ineinander verhakt hatten.

Ihre Zunge neckte meine, zurückhaltend und doch frech, und ich forderte sie heraus, ein bisschen mutiger zu sein. Es klappte, sie ging von Mal zu Mal mehr darauf ein. Meine Hand wanderte von allein zu ihrer Hüfte, zeichnete dabei den Schwung ihrer Taille nach. Ihr Pulli war ein kleines Stück hochgerutscht, sodass ich meinen Daumen über den schmalen Streifen freigelegte nackte Haut kreisen lassen konnte. Sie fühlte sich weich an unter meinen Fingerkuppen, zart.

Ihre Hände strichen über meinen Rücken, erkundeten das Tal meiner Wirbelsäule, und ihre Finger vergruben sich in meinen Schulterblättern. Ihr Keuchen, als ich mit den Lippen über ihr Kinn zu ihrem Hals glitt, fegte jeden Gedanken aus meinem Kopf wie alte Spinnweben aus einer düsteren Kammer und ließ mich alles vergessen. Wer ich war. Wo ich war. Welches Datum wir hatten. Alles, was zählte, war Kayla, es war, als würde meine Wahrnehmung sich allein auf sie richten und sich alle meine Sinne nur noch auf sie konzentrieren.

Das Blut rauschte in meinen Ohren, und ihr rasender Puls brachte ihre Halsschlagader unter meiner Zunge zum Vibrieren. Meine Erektion drückte pochend gegen die Knopfleiste meiner Jeans und brachte mich auf wirklich dumme Gedanken. Verdammt, so viel dazu, dass ich mich zurückhalten wollte. Ich brauchte einen Moment, um mir all meine guten Vorsätze und meine Willenskraft ins Gedächtnis zu rufen. Das hier sollte nicht in einem One-Night-Stand, einem Quickie auf der Küchenzeile oder einer Affäre enden. Kayla war mehr als das.

Ich zwang mich, mich von ihr zu lösen. Die Pupillen ihrer blauen Augen waren geweitet, als sie mich atemlos ansah.

»Wir sollten lernen«, sagte ich und erkannte meine eigene Stimme kaum wieder, so belegt war sie.

Einen Moment starrte Kayla mich an, als würden meine Worte keinen Sinn ergeben. Dann runzelte sie die Stirn. »Echt jetzt?«

Ich räusperte den rauen Klang von meinen Stimmbändern. »Echt jetzt.«

Ich sah förmlich, wie sich die Gedanken in ihren Kopf zurückschlichen. Sie ließ sich gegen die Küchenzeile sinken und brachte auf diese Weise etwas Abstand zwischen uns, doch ihre Hände ruhten nach wie vor auf meinem Rücken.

»Vermutlich hast du recht«, seufzte sie. »Es wäre auf jeden Fall klüger und vernünftiger.«

»Richtig.« Ich konnte nicht anders, als mich grinsend zu ihr zu beugen und sie auf die Wange zu küssen. Gegen ihre Haut murmelte ich: »Und danach können wir ja weitermachen. Also wenn das kein Ansporn ist …«

Ihr Atem prallte gegen meinen Hals, als sie leise lachte; in meinem Bauch breitete sich ein warmes Kribbeln aus. »Mir fällt leider nichts ein, womit ich dieses Argument entkräften könnte.«

»Wie schade.«

»Sehr.«

Ich löste mich von ihr und grinste sie an. »Dadurch ergeben sich ungeahnte Möglichkeiten. Lass uns diese neu gewonnene Motivation schnellstmöglich nutzen. Deal?«

Sie verdrehte die Augen, lächelte dabei aber. »Deal.«

KAPITEL 19

KAYLA

Ich hatte es geschafft. Ich hatte keine Ahnung, wie ich es bewerkstelligt hatte, aber ich hatte soeben meine letzte Klausur geschrieben und vorne bei dem Professor abgegeben. Und jetzt war ich frei. Nach einer harten, vollen Woche war heute der letzte Tag der Zwischenprüfungen gewesen. Und obwohl ich mich gedanklich auf nichts anderes hatte konzentrieren können als auf Jason, hatte ich das Gefühl, dass alle Prüfungen ziemlich gut gelaufen waren. Klar, es konnte immer besser sein, aber versemmelt hatte ich keine. Es sei denn, ich verdankte diese Einschätzung dem Hormoncocktail, den Jason seit gut zwei Wochen regelmäßig in mir freisetzte. Ehrlich gesagt wusste ich nicht mal, wie ich es trotzdem geschafft hatte, zu lernen. Gefühlt hatte es in meinem Kopf keinen Platz gegeben, an den ich Wissen für meine Prüfungen hätte stopfen können. Offenbar hatte die Zeit im Internat mein Gehirn gelehrt, auch unter widrigen Umständen Leistung zu bringen, wenn es darauf ankam.

»Was machen wir jetzt?«, fragte Sean und legte seinen einen Arm um mich und den anderen um Amber. »Nachdem wir endlich die Freiheit wiedererlangt haben? Wir sollten feiern, oder?«

»Das ist der Plan, stimmt's?«, erwiderte Amber und sah dabei mich an. »Nate meinte zu mir, dass sie sich in der Bar treffen, wo Cole arbeitet. Da sind Jason und Rachel doch bestimmt auch, oder?«

Ich zuckte mit den Schultern, obwohl ich es nur von Jason sicher wusste. Aber das wiederum konnte ich weder Amber noch Sean sagen. »Ich gehe davon aus. Ich schreib Rachel gleich mal.« Während ich mein Handy aus der Jackentasche zog, um Rachel wegen heute Abend zu schreiben, schielte ich zu Amber. »Oder hast du mit Nate schon irgendwas fix ausgemacht?«

Die Frage war berechtigt. Durch unsere Lerngruppe hatten Amber und Nate sich recht gut angefreundet. Überhaupt waren wir alle enger zusammengerückt und verstanden uns gut. Innerlich schüttelte ich den Kopf. Wenn mir am Anfang des Semesters jemand erzählt hätte, dass ich mich mit zwei der beliebtesten Typen des Campus anfreunden würde ... Ich hätte denjenigen ausgelacht und ihm zeitgleich den Vogel gezeigt. Von dieser Sache, die die Freundschaft von Jason und mir seit Neuestem bereicherte, ganz zu schweigen.

»Nope, er hat nichts gesagt«, antwortete Amber. »Er meinte, er will erst mit Megan reden, was sie macht und ob sie sich noch mal sehen. Er fliegt ja morgen früh schon nach Australien über die Ferien.«

So wie auch ich morgen früh in den Flieger stieg, um zu meinen Eltern zu reisen. Vermutlich war der morgige Samstag für die meisten Studenten der Tag, an dem sie den Campus über die Ferien verließen.

»Ihr klärt das und gebt mir Bescheid, okay?«, sagte Sean und wirkte dabei ungewöhnlich überdreht. »Ich muss arbeiten gehen, bye, ihr Süßen.« Er drückte meine Schulter, dann machte er sich von uns beiden los und huschte den Gang entlang zum Ausgang der naturwissenschaftlichen Fakultät.

»Hat er uns gerade süß genannt?«, fragte Amber und schob die Unterlippe vor, während sie sich bei mir unterhakte.

Ich konnte mir ein Lachen kaum verkneifen. »Na ja, du bist süß.«

»Selber.« Sie knuffte mich mit dem Ellbogen in die Seite, und ich verdrehte die Augen.

»Nein, ich nicht. Dieses Attribut trifft hauptsächlich auf dich zu, du Disneyprinzessin.«

Mit gerunzelter Stirn sah Amber mich an. »Ich würde jetzt gerne was sagen, um das zu entkräften, aber mir fällt nichts ein. Ich glaube, mein Gehirn ist vollkommen ausgelaugt.«

Das konnte ich total nachvollziehen. Meine Gedankenstrukturen waren auf mehreren Ebenen gesprengt worden in den letzten zwei Wochen.

»Zum Glück haben wir jetzt frei«, sagte ich und trat mit ihr ins Freie.

Eine Schneeschicht überzog die Grünflächen und bedeckte die kahlen Äste der Bäume und Sträucher. Jason hatte recht gehabt, seitdem es kalt genug war, sodass der Schnee nicht zu einer ekligen Matschpampe zusammenschmolz, fühlten die Temperaturen sich wärmer an. Vermutlich würde ich einen Hitzeschock erleiden, sobald ich wieder in Alabama war.

»Was machen wir jetzt?«, fragte Amber. »Musst du auch arbeiten, oder können wir schon mal anfangen zu feiern?«

»Ähm ...«, begann ich, obwohl ich mir bereits eine Ausrede zurechtgelegt hatte. »Ich wollte eigentlich packen, damit ich das nicht morgen machen muss. Mein Flug geht echt früh und wer weiß, wann wir heute Nacht nach Hause kommen.«

Bei dieser Lüge wand sich ein schlechtes Gewissen in mir, aber ich konnte Amber nicht die Wahrheit sagen. Weder dass ich den Großteil bereits gepackt hatte noch dass ich mit Jason verabredet war. Für Rachel musste ich mir zum Glück keine Ausrede überlegen, da sie erst heute Nachmittag ihre letzte Prüfung hatte und sich deswegen kaum wundern würde, wo ich steckte. Normalerweise war sie sowieso mehr bei Jess als in unserem gemeinsamen Zimmer, nur letzte Woche war sie viel zu Hause und sehr in sich gekehrt gewesen. Doch alle meine Nachfragen hatte sie abgeblockt und behauptet, es würde ihr gut gehen, die Prüfungen würden sie nur stressen. Ich glaubte nicht, dass das die ganze Wahrheit war, aber da wir alle unsere Geheimnisse hatten und hüten wollten, bohrte ich nicht nach.

Amber seufzte und stülpte eine rosa Mütze über ihre krause Haarpracht. »Du hast recht, ich sollte echt auch packen, bevor ich heute Nacht zu betrunken bin und am Ende morgen ohne Unterwäsche nach LA fliege.«

»Du hast vor, dich zu betrinken?«

Amber wiegte grinsend den Kopf von einer auf die andere Seite. »Ein bisschen vielleicht. Nicht zu sehr, aber wer weiß.«

Allein bei dem Gedanken an Alkohol wurde mir unwohl. Hätte Jason mir nicht versichert, dass ich bei Cole an der Bar Wasser in einer Flasche mit Schraubverschluss kriegen würde und mir deshalb niemand was ins Getränk mixen konnte, würde ich diese Bar heute Abend auf keinen Fall betreten. Aber unter diesen Umständen war es in Ordnung, und ich konnte ja nicht mein Leben lang Clubs und ähnliche Orte meiden. Da war es sinnvoll, mich meiner Angst gleich zu stellen.

»Dann lass uns doch jetzt beide packen, und wir schreiben uns, wann wir uns treffen, oder?«, fragte Amber, und ich nickte.

»Klingt gut, genauso machen wir es.«

Wir verabschiedeten uns, sie ging nach Pembroke und ich nach Keeney, und ich versuchte, das in mir rumorende schlechte Gewissen zu ignorieren.

Die Kufen wackelten unter meinen Füßen. Oder meine Knie wackelten aufgrund meiner nicht vorhandenen Körperspannung? Weswegen die Kufen unkontrolliert über das Eis schlingerten? Oder es lag daran, dass das Eis so glatt war. Ich konnte nicht genau sagen, was Ursache und was Wirkung war und inwiefern sich beide gegenseitig bedingten, aber Fakt war, dass ich mich auf Schlittschuhen extrem unwohl fühlte.

»Ich schwör's dir, Jason, wenn ich mir was breche, mach ich dir die Hölle heiß«, grummelte ich und krallte mich währenddessen an seinem Oberarm fest. Das Eis sah hart aus, ich wollte wirklich nicht hinfallen.

Er lachte leise. »Du fällst nicht hin, ich fang dich auf. Wobei es schon hilfreich wäre, wenn du nicht so verkrampft wärst. Mach dich mal locker in den Knien, dann kannst du Unebenheiten viel besser ausgleichen und bist viel flexibler.«

»Schauen wir mal, wie locker du noch bist, wenn ich mir wirklich wehtue.« Ich funkelte ihn böse an und versuchte, dabei nicht das Gleichgewicht zu verlieren. Der Blick seiner haselnussbraunen Augen war amüsiert.

»Falls. Und du wirst nicht. Ich pass schon auf.« Sein Blick wurde sanfter, seine Miene ganz weich, und seine Stimme nahm einen beruhigenden Ton an. »Entspann dich, du kannst mir vertrauen.«

Irgendetwas an seinem Tonfall hatte eine besondere Macht über mich, denn mein Körper gehorchte ihm einfach, als hätte er zu jeder einzelnen Zelle gesprochen und ihr Entspannung eingehaucht. Meine Kniegelenke fühlten sich weicher an als zuvor, nicht mehr so steif. Und ich musste zugeben, dass seine Argumentation rein physikalisch Sinn ergab, also versuchte ich, locker zu bleiben und mich nicht sofort wieder zu verkrampfen.

»Funktioniert doch«, sagte er und verzog einen Mundwinkel zu einem Lächeln, das mein Herz erst einen Schlag aussetzen und dann einen freudigen Hüpfer machen ließ.

»Ob es funktioniert, bleibt abzuwarten«, entgegnete ich gespielt mürrisch. Immerhin standen wir bisher am Rand der Eisbahn, auf der sich an diesem Freitagnachmittag viele Eltern mit ihren Kindern tummelten. Soweit ich das überblickte, waren Jason und ich die Einzigen, die nicht mit Nachwuchs da waren und das frühe Teenageralter bereits hinter sich gelassen hatten. Das war gut, ich wollte nicht in irgendwelche Kommilitonen reinlaufen, die dann das Gerücht verbreiteten, dass Jason und ich … was auch immer miteinander taten. Ich wollte nicht als seine nächste Eroberung in aller Munde sein. Und miteinander Schlittschuh zu laufen war schon etwas anderes, als miteinander zu lernen – vor allem, wenn man so wie ich zwei linke Füße hatte und sich deswegen an Jason festklammern musste, als wäre er die einzige Rettungsboje in einem tosenden Meer. Warum ich mich überhaupt auf diesen Vorschlag eingelassen hatte, wusste ich selbst nicht mehr, jetzt da ich tatsächlich Schlittschuhe an den Füßen hatte. Es war bestimmt eine hormongetriebene Entscheidung gewesen, da Jason mich das gefragt hatte, als ich dank ihm kaum klar hatte denken können. Und natürlich war ich zu stolz gewesen, um im Nachhinein abzusagen.

»Bist du bereit?«, fragte Jason und sah mich erwartungsvoll an.

Ich schüttelte den Kopf und krallte meine Hand noch tiefer in seinen Arm. »Nein.«

Sein raues Lachen weckte das Kribbeln in meinem Bauch, das ich in letzter Zeit zu oft in seiner Gegenwart spürte. »Komm schon, du musst gar nichts tun. Bleib einfach locker in den Knien, ich zieh dich. Du musst nur stehen bleiben.«

»*Nur*«, äffte ich ihn nach und schnaubte verärgert, ehe ich seufzte: »Okay. Bringen wir es hinter uns.«

»Es macht Spaß, versprochen«, erwiderte er und löste vorsichtig meine Finger von seinem Arm, allerdings nur, um meine Hände in seine zu nehmen. Ich hielt automatisch die Luft an, und mein Herz machte einen nervösen Satz. Als würde Jason meine Angst bemerken, suchte er meinen Blick. Seine haselnussbraunen Augen strahlten so viel Ruhe aus, dass ich ihm alles glaubte, was aus seinem Mund kam. »Alles ist gut. Ich lass dich nicht los, und wir machen ganz langsam, okay? Du musst einfach nur auf deinen Füßen stehen bleiben und nicht verkrampfen.«

Klar, weil das ja so leicht war. Dennoch nahm ich all meinen Mut zusammen und nickte. »Okay.«

Tatsächlich war es gar nicht so schlimm, wie ich es mir vorgestellt hatte. Jason fuhr rückwärts, mit einer Eleganz, die ich beneidete und zugleich bewunderte, und zog mich mit sich. Anfangs schlingerten die Kufen unter meinen Füßen und Jason musste ausgleichen, wenn ich mich zu sehr an ihm festhielt, aber nach ein paar Runden hatte ich den Dreh raus und glitt halbwegs entspannt über das Eis. Der Trick war wirklich, locker zu bleiben, um keine Widerstände zu provozieren, die eigentlich gar nicht da waren.

»Geht doch, oder?«, fragte Jason, und als er grinste, trat das Grübchen an seiner Wange hervor, was mein Bauch sofort mit einem Flattern quittierte. Jegliche Resistenz, die ich jemals gegen seinen Charme gehegt hatte, war dahin.

»Vielleicht ist es gar nicht so schlimm, wie ich dachte«, sagte ich. »Und ich bin noch nicht hingefallen.«

Lachend verdrehte Jason die Augen. »Du wirst auch nicht hinfallen.«

Er zog mich in die Mitte der Eisfläche, damit wir nicht im Weg waren, und verlangsamte sein Tempo. »Okay. Jetzt hast du ein bisschen Gefühl für die Schlittschuhe und das Eis, dann können wir anfangen.«

Ich schob die Unterlippe vor. »Müssen wir? Eigentlich ist das ganz nett, wenn du mich einfach übers Eis ziehst. Da ist die Sturzgefahr so gering.«

»Schon – aber du willst es doch selbst lernen, oder?«

Ich tat so, als müsste ich angestrengt darüber nachdenken. »Nein, eigentlich nicht.«

»Okay, gut.« Jason überhörte meine Aussage absichtlich, das verriet das freche Funkeln in seinen Augen. »Dann fangen wir an.«

Er zeigte mir, wie ich einen Fuß vor den anderen setzen und mich mit den Kufen abstoßen musste, um von der Stelle zu kommen. Die ersten Minuten hätte ich beinahe mehrfach nähere Bekanntschaft mit dem Eis gemacht, hätte Jason mich nicht gehalten. Dann ging es. Wackelig zwar, aber ich bewegte mich eigenständig vorwärts. Jason fuhr wieder rückwärts vor mir her, allerdings ohne meine Hände zu halten. Nur als Sicherheitsnetz war er nach wie vor da und bewies, dass seine Hand sehr schnell da war, um mich zu stabilisieren, wenn ich ins Straucheln geriet. Wir hatten uns sogar wieder in den Strom der anderen Fahrer eingereiht.

»Du fährst echt gut Schlittschuh«, sagte ich. »Eishockey spielst du aber nicht, oder?« Die Frage ergab Sinn, da Eishockey in seinen Podcasts die Sportart war, der er am meisten Aufmerksamkeit widmete. Eigentlich war es seltsam, dass ich nie davor auf die Idee gekommen war, dass er selbst spielen könnte.

Grinsend schüttelte er den Kopf. »Nope. Also früher in meiner Freizeit, aber für alles andere fehlen mir das Talent und der Ehrgeiz.«

»Wie gesagt, ich finde, du fährst gut.«

»Das kommt immer drauf an, mit wem man sich vergleicht.« Er zwinkerte mir zu, und mein Magen verkrampfte sich innerhalb von Sekundenbruchteilen. »Wenn ich zum Beispiel mit Dawson oder Blake Schlittschuh fahre, sehe ich neben ihnen aus wie ein alter gebrechlicher Mann, der zur Sicherheit einen Rollator mit aufs Eis nehmen sollte.«

Ich musste echt darüber hinwegkommen, dass so eine simple Geste wie ein Zwinkern dafür sorgte, dass die Anspannung in meine Glieder kroch. Jason war nicht Ryan. Es war unfair, ihn aufgrund einer Geste, die er mit Ryan gemein hatte, in dieselbe Schublade zu stecken. Solange ich einen gewissen emotionalen Abstand zu ihm hielt und mir die ganze Zeit klar war, was das zwischen uns war, war ich mir sicher, dass Jason mich nicht verletzen würde. Das mussten nur meine Gefühle auch noch verstehen.

Mit aller Willenskraft versuchte ich, das Unwohlsein, das über meinen Rücken kroch und mich daran erinnerte, wie es das letzte Mal ausgegangen war, als ich mich auf jemanden eingelassen hatte, auf die Seite zu schieben. So sehr, dass ich alle Lockerheit verlor und die Kufen verkanteten. Meine Knie waren wie Bretter, viel zu steif, um die Bewegung abzufedern, und ich verlor das Gleichgewicht, vollkommen unfähig, es wiederzufinden. Die Kufen schlingerten unkontrolliert über das Eis, und mein Herz blieb stehen. Ich ruderte mit den Armen, doch es half alles nichts. In Erwartung eines Aufpralls hielt ich die Luft an und schloss die Augen. Ich fiel nicht. Stattdessen landete ich in Jasons Armen, mit dem Gesicht an seine Schulter gepresst. Er prallte mit dem Rücken gegen die Bande, und so kamen wir beide zum Stehen.

»Oh, Gott, entschuldige«, stammelte ich und sah zu ihm auf.

Er schüttelte den Kopf und presste die Lippen zusammen, als müsste er ein Lachen unterdrücken. »Alles gut.«

»Aber … sicher?«

»Ich wollte schon immer mal von einer Frau gegen die Wand gedrückt werden, das ist echt heiß.« Das freche Grinsen kehrte auf sein Gesicht zurück, und mir schoss das Blut in die Wangen, als mir bewusst wurde, wie dicht an ihn gepresst ich dastand und wie sehr ich die harten, definierten Konturen seines Körpers trotz seiner dicken Jacke wahrnahm.

»Und du findest keine, die das tut?«, erwiderte ich schnippisch.

»Das kann ich mir kaum vorstellen.«

Ich richtete mich gerade auf und brachte ein wenig Abstand zwischen uns, nur so viel, dass einige Zentimeter Luft zwischen uns passten. Sofort lockerte Jason seine Umarmung, ließ die Arme aber um meine Taille ruhen. Das war etwas, das ich an Jason sehr schätzte, ich fühlte mich von ihm nie unter Druck gesetzt.

»Na, du hast es ja gerade getan«, erwiderte er frech.

»Das war keine Absicht!«

»Schade. Nur fürs Protokoll: Du darfst es das nächste Mal absichtlich tun.«

Ich verdrehte die Augen, konnte mir ein Lachen aber kaum verkneifen. »Wie ist das eigentlich, wird man mit so einem großen Selbstvertrauen geboren, oder gibt es da Kurse, die man belegen kann?«

»Das wüsstest du jetzt gerne, oder?« Ein träges Grinsen schlich um seine Lippen, während er die Lider senkte und mich unter seinen dichten Wimpern hervor ansah. »Vielleicht verrate ich dir mein Geheimnis. Oder bringe es dir bei.«

Hitze wallte in mir auf, und ich musste schlucken.

»Lass mich raten, du bist einfach als Kind zu oft aus dem Bett gefallen«, konterte ich schwach. Mein Blick wanderte zu seinen vollen Lippen, von denen ich inzwischen wusste, wie gut sie sich anfühlten. »Das ist das ganze Geheimnis, richtig?«

Jason neigte den Kopf und murmelte: »Eher nicht, nein. Wobei das schon einiges erklären würde.«

»Was noch? Deine frechen Sprüche? Meinst du, die Verbindung von deinem Gehirn zu deinem Mund hat einen Wackelkontakt und funktioniert nur unzuverlässig?«, zog ich ihn weiter auf.

Er lachte leise und hob eine Hand von meiner Hüfte, um mir mit den Fingerknöcheln, die in Halbfinger-Handschuhen steckten, über die Wange zu streichen. »Ich glaube, dieses Problem hast eher du – du hast dein Mundwerk zuweilen nicht besonders gut unter Kontrolle.«

»Touché«, erwiderte ich und unterdrückte den Drang, mich in seine Berührung zu lehnen.

Jason atmete tief durch und strich sich mit der Hand, die eben noch meine Wange berührt hatte, durch die Haare. »Mal was anderes ... Wie wollen wir das heute Abend machen?« Er legte die Hand wieder auf meine Hüfte, wirkte aber angespannt.

Perplex sah ich ihn an, ich hatte keine Ahnung, wovon er redete. »Wie wollen wir was machen?«

Sein Blick flackerte kurz, und er fixierte einen Punkt neben meiner Schulter, Unbehagen stahl sich unter meine Haut. Dann sah er mich wieder an. »Na ja, das zwischen uns läuft ja schon ein bisschen, und wenn wir allein sind, ist das kein Thema, aber heute Abend sind alle unsere Freunde mit dabei, und wir müssen uns ja irgendwie verhalten.«

Das Thema war ihm unangenehm, das merkte ich daran, wie seine Arme sich um mich herum anspannten, minimal nur, und dass er plötzlich flacher atmete. Ich konnte ihn so gut verstehen, ich wäre viel lieber aus voller Fahrt aufs Eis gekracht, als dieses Gespräch mit ihm zu führen.

»Na, wir verhalten uns wie immer – wie Freunde. Ich mein, wir sind Freunde«, sagte ich hastig, obwohl ich plötzlich das Gefühl hatte, mich gleich übergeben zu müssen. »Sind wir doch, oder?«

Einen sehr kurzen Moment, der sich wie eine Ewigkeit anfühlte, schwieg Jason und sah mich einfach nur an, sein Gesichtsausdruck war unleserlich, gab nichts preis, nur seine Augen wirkten aufgewühlt, als würde irgendetwas in ihm toben, das er nicht mit mir teilen wollte.

Dann verzogen sich seine Lippen zu einem Lächeln. »Klar sind wir das.«

»Gut«, erwiderte ich und zwang mich ebenfalls zu einem Lächeln, obwohl mir gar nicht danach war. Mein Herz fühlte sich auf einmal derart schwer an, dass ich mir nicht sicher war, wie es weiter Blut durch meinen Körper pumpen sollte. Aber es war besser und richtig so. Ich wollte mir von Jason nicht anhören, dass wir nur Freunde waren, und mir einbläuen lassen, dass wir vor den anderen lieber so tun sollten, als wäre zwischen uns nichts weiter. Dieses Plus in unserer Freundschaft sollte lieber unser Geheimnis bleiben, das verstand ich, ohne dass wir darüber reden mussten. Also ersparte ich ihm die Prozedur, es aussprechen zu müssen, und mir die Qual, zu hören, was ich sowieso schon wusste. Die Sache mit Jason war gut, wie sie war, und wenn ich mir das lange genug einredete, würde es mir sicher bald in Fleisch und Blut übergehen. Freundschaft Plus war ein sehr gängiges Modell, und ich brauchte mir nichts vormachen, mit Jason würde es auch nie mehr sein. Weil ich ich war und er er war und das ausreichte, um mich nicht in der Illusion zu verlieren, dass da jemals mehr zwischen uns sein könnte.

Der Abend war furchtbar. Ich klammerte mich an der Wasserflasche fest, die Cole mir gegeben hatte, und trank sie viel zu schnell leer, nur um irgendetwas zu tun zu haben. Die Tatsache, dass ich ein Getränk hatte, das ich selbst kontrollieren und verschließen konnte, gab mir Sicherheit. Anfangs war ich ein wenig angespannt gewesen, und ja, ich würde nichts aus einem offenen Glas trinken, aber dass ich das letzte Mal in einem Club K.-o.-Tropfen eingeflößt bekommen hatte, war gerade nicht mein größtes Problem. Was paradox war, da es eigentlich nicht mal ein Problem gab.

Cole hatte uns einen Stehtisch mit Barhockern in einer Nische neben der Bar reserviert, vermutlich für den Fall, dass er sich zwischendrin mal mit Jason und Nate unterhalten konnte. Allerdings sah es nicht so aus, als würde das heute noch passieren. Die Bar war so überfüllt, dass die Menschen sich wie in einem vollen Wespennest drängten. Cole und zwei andere Barkeeper rotierten hinter dem Tresen, dass ich mich allein vom Zuschauen überfordert fühlte. Alternative Rock dröhnte aus den Lautsprechern, wechselte sich ab mit aktuellen Charts, zeitlosen Klassikern und Partyhits. Es war für jeden etwas dabei, vermutlich machte das den Charme der Bar aus.

Lustlos schraubte ich die Wasserflasche auf und trank einen Schluck, um mich davon abzuhalten, zu Jason zu schielen. Er stand ungefähr zwei Meter von unserem Tisch entfernt, an dem momentan Amber, Nate, Rachel und Sean saßen, und unterhielt sich mit Dawson. Eine Hand hatte er lässig in der Tasche seiner Jeans vergraben, in der anderen hielt er ein Bier. Das schwarze Shirt spannte ein wenig an seinen breiten Schultern und seinen definierten Oberarmen; ich sollte wirklich nicht so offensichtlich hinschauen. Ich trank noch einen Schluck Wasser und zwang mich, in eine andere Richtung zu schauen. Amber unterhielt sich mit Nate, und Sean redete auf Rachel ein, die irgendwie geistesabwesend wirkte und ihren Blick immer wieder über die Menge schweifen ließ. Hin und wieder nickte sie oder sagte ein Wort zu Sean, das schien ihm zu genügen, um seinen Monolog weiterzuführen. Ich runzelte die Stirn, Rachel verhielt sich seit einer Weile wirklich seltsam, aber ich hatte nach wie vor keine Ahnung, was los war. Und ich wollte auch nicht dauernd Jason ausfragen. Ich hatte ihn einmal danach gefragt und ihn quasi darauf angesetzt – was er als ihr bester Freund daraus gemacht hatte, wusste ich nicht, und es ging mich auch nichts an, egal, wie neugierig ich war.

Als ich noch einen Schluck trinken wollte, stellte ich fest, dass die Flasche leer war. Obwohl ich keinen Durst hatte, rutschte ich von meinem Hocker und drehte mich zur Bar um. Mit ein wenig Ellbogenarbeit gelang es mir recht schnell, den Abstand bis zum Tresen zu überbrücken. Cole entdeckte mich und hob den Finger zum Zeichen, dass er mich gesehen hatte und gleich zu mir kommen würde. Ich nickte und bedeutete ihm, sich nicht zu stressen. War ja nicht so, dass ich dringend zurück musste. Irgendwie hatte ich es mir echt anders vorgestellt, die letzte Prüfung zu feiern. Aber wie so oft stimmten Vorstellung und Realität nicht überein.

»Hey, na, du auch hier?«, sprach mich plötzlich ein Kerl neben mir an, der mir vage bekannt vorkam. Er war groß, hatte rotblonde Haare und helle Augen, deren genaue Farbe ich im Dunkeln nicht ausmachen konnte. Ich glaubte, er studierte mit mir zusammen Biologie. »Feierst du die letzte Prüfung?«

Ich nickte steif und entschied mich, gleich mit der Sprache rauszurücken. »Wer bist du? Und wieso redest du mit mir, als würden wir uns kennen?«

Ein peinlich berührter Ausdruck huschte über sein Gesicht, dann lächelte er und streckte mir die Hand hin. »Sorry, mein Fehler. Ich heiße Greg, wir studieren zusammen. Aber klar, der Studiengang ist so männerdominiert, dass da einer mehr oder weniger nicht auffällt – die wenigen Frauen allerdings kennt man.«

Ich zögerte kurz, dann entschied ich mich, dass er mir erstens nichts getan hatte und ich mich zweitens genauso wie Jason mit anderen unterhalten durfte. »Freut mich, dich kennenzulernen, Greg«, sagte ich und schüttelte seine Hand. »Auch wenn du mich offenbar schon kennst.«

Das war mir noch nie passiert; dass jemand mich wahrgenommen hatte, ich denjenigen aber nicht. Es war ein befremdliches und zugleich schmeichelndes Gefühl.

»Darf ich dich auf einen Drink einladen?«, fragte Greg mit einem Blick auf meine leere Wasserflasche.

Automatisch schüttelte ich den Kopf. »Nein, danke, ich trink nicht.«

Er runzelte die Stirn. »Ich lad dich auch auf ein Wasser ein, wenn du willst.«

»Will ich nicht«, sagte ich mit mehr Nachdruck, als vermutlich nötig gewesen wäre.

Greg hob abwehrend die Hand. »Schon okay, entspann dich.«

Einer der anderen Barkeeper nahm Gregs Bestellung auf – ein Bier – und ließ ihn bezahlen. Ich bedeutete dem Barkeeper, dass ich auf Cole wartete.

Greg trank einen Schluck von seinem Bier und wandte sich mir wieder zu. »Ich muss zurück zu meinen Freunden, aber vielleicht sehen wir uns ja mal?«

»Ziemlich sicher tun wir das«, erwiderte ich trocken. »Immerhin studieren wir dasselbe.«

Greg zog die Augenbrauen zusammen und schüttelte den Kopf. »Das hab ich zwar anders gemeint, aber ja, wir sehen uns nach den Ferien in den Kursen. Mach's gut.«

Mit diesen Worten verabschiedete er sich und ließ mich endlich allein. Während ich auf Cole wartete, wanderte mein Blick automatisch wieder zu Jason, und mein Magen verkrampfte sich augenblicklich, als hätte mir jemand einen Baseballschläger in den Bauch gerammt. Dawson war weg, dafür unterhielt Jason sich jetzt mit einer blonden Frau, deren Aussehen den Baseballschläger erneut ausholen und zuschlagen ließ. Sie trug eine enge schwarze Hose mit einem grünen Wasserfalloberteil, das ihrer Figur schmeichelte. Zusammen mit den perfekten glatten Haaren, den elfengleichen Gesichtszügen und dem Zahnpastalächeln sah sie aus, als wäre sie einem Hochglanzmagazin entsprungen. Jason wirkte sehr vertieft in das Gespräch, er grinste breit und neigte den Kopf, sodass sie ihm etwas ins Ohr sagen konnte. Nun prügelte der Baseballschläger mir beinahe den Mageninhalt heraus. Unbewusst biss ich die Zähne zusammen, ich merkte es erst, als mein Kiefergelenk schmerzend protestierte.

Jemand tippte mich an, und ich drehte mich in diese Richtung, nur um Cole zu sehen, der mich mit hochgezogenen Augenbrauen musterte.

»Alles gut?«, rief er über die laute Musik, die ich nicht genauer identifizieren konnte. Klang rockig. »Du siehst irgendwie ... fertig aus!«

Ich winkte ab, peinlich berührt davon, dass er das mitbekommen hatte, und tapezierte mir mein überzeugendstes Lächeln ins Gesicht. »Alles bestens. Kann ich noch eine Flasche Wasser haben?« Zur Verdeutlichung hielt ich die Flasche hoch, und Cole nickte.

»Kommt sofort!« Keine halbe Minute später stellte er das Wasser vor mir ab und kassierte mich ab, wobei er das Trinkgeld ausschlug. Für mehr Konversation hatte er keine Zeit, also winkte ich ihm kurz zu, ehe ich mich umdrehte. Auf dem kurzen Weg zurück zu unserem Tisch schielte ich wieder zu Jason. Eigentlich wollte ich es gar nicht, aber ich konnte nicht anders. Es war, als würden meine Augen nicht zu mir gehören und fremde Befehle ausführen.

Sie unterhielten sich immer noch, gerade legte die Frau wie zufällig ihre Hand auf seinen Oberarm und lachte über etwas, das er gesagt hatte. Ich wollte kotzen. Oder mir freiwillig alle Zähne ziehen lassen, nur um mir das nicht anschauen zu müssen. Dabei reagierte ich vollkommen über. Erstens unterhielten sie sich nur. Und zweitens war das Jasons verdammtes Recht. Er durfte sich mit ihr unterhalten, er durfte mit ihr flirten, er durfte sie sogar flachlegen. Er war ein freier Mann und ich nur seine Freundschaft Plus. Wenn er uns überhaupt so betiteln würde, selbst da war ich mir bei genauerer Überlegung nicht mehr sicher. Es war schlicht das einzige Label, das mir passend erschien.

Und dennoch … ein Teil von mir konnte kaum glauben, dass er mir heute Nachmittag noch Schlittschuhfahren beigebracht und mich geküsst hatte. Mich im Arm gehalten und zum Lachen gebracht hatte. Vor wenigen Stunden noch war ich diejenige gewesen, die ihre Hand auf seinen Oberarm gelegt und mit der er geflirtet hatte.

Frustriert setzte ich mich wieder auf meinen Stuhl und trank einen großen Schluck Wasser. Auf keinen Fall würde ich ihm eine Szene machen. Die alte Kayla, eine jüngere und dümmere Version von mir, hätte es getan, hatte es sogar einmal getan und sich dabei die Demütigung ihres Lebens eingefangen. Nie wieder würde ich mir anhören, dass ich zu viel in etwas hineininterpretiert hatte, mich für besonders gehalten hatte, obwohl es nur um Sex, nur um die Eroberung gegangen war. Nie wieder wollte ich so dumm dastehen. Also tat ich das, was ich am besten konnte: so tun, als wäre es mir total egal.

Irgendwie schien an unserem Tisch keine Stimmung aufzukommen, es war, als wären wir alle in einem Netz der Niedergeschlagenheit gefesselt. Rachel verabschiedete sich sehr früh mit der Begründung, sie wäre noch mit Jess verabredet. Nate tippte die meiste Zeit auf seinem Smartphone herum, und Sean hatte es sich zur Aufgabe gemacht, eine Frau an der Bar anzusprechen. Welche, war vollkommen egal, Hauptsache die Mission war erfolgreich.

Meine Augen wollten sich gerade wieder selbstständig machen und zu Jason und Blondie hinüberschauen, als Amber mich mit dem Ellbogen in die Seite stupste und sich zu mir lehnte.

»Ist alles okay?«, fragte sie mich, so leise es über die Musik hinweg möglich war, ohne dass es jemand der anderen hörte.

Unbeteiligt zuckte ich mit den Schultern. »Klar. Warum sollte es das nicht sein?«

»Weil du aussiehst, als hätte jemand deinen Welpen ertränkt und du dir nicht sicher wärst, ob du dich weinend zusammenrollen oder deiner Mordlust nachgehen sollst.«

Ach, verdammt ... »Das bildest du dir ein«, erwiderte ich und verdrehte die Augen, um meine Aussage zu unterstreichen. »Die Prüfungen waren einfach anstrengend, und ich freue mich auf zu Hause, das ist alles.«

Amber musterte mich prüfend, so als würde sie mir kein Wort glauben. »Du und Jason ... ihr verbringt viel Zeit miteinander.«

Mein Inneres gefror zu einem Eisklumpen, doch ich versuchte, mir nichts anmerken zu lassen, und sah sie verständnislos an. »Du verbringst auch viel Zeit mit Nate.«

»Ja, weil wir Freunde sind und ...«

»Jason und ich sind auch Freunde«, unterbrach ich sie.

»... und weil du und Jason uns in dieser Lerngruppe echt oft zusammen habt sitzenlassen. Genauso wie die anderen.«

Ein schlechtes Gewissen kroch über meinen Rücken und gesellte sich zu dem Eisklumpen. Es stimmte, den wirklich harten Kern der Lerngruppe hatten irgendwann nur noch Amber und Nate gebildet. Weil Rachel sich seltsam benahm oder bei Jess war, Sean viel arbeiten musste und Jason und ich oft anderweitig beschäftigt gewesen waren.

»Es tut mir leid«, sagte ich aufrichtig. »Ich wollte dich nicht hängenlassen.«

Amber wedelte mit der Hand, als hätte ich vollkommen das Thema verfehlt. »Darum geht es doch nicht. Nate ist cool und diszipliniert, ich hab gern mit ihm gelernt, also kein Stress. Was aber nichts daran ändert, dass du und Jason viel unternehmt. Und dass ihr euch in letzter Zeit ... so anseht.«

Meine Kehle wurde eng. »Wie denn?«, fragte ich beiläufig.

»Als könntet ihr es überhaupt nicht erwarten, miteinander alleine zu sein. Im Ernst, manchmal, wenn er sich unbeobachtet fühlt, sieht er dich an, als hättest du für ihn persönlich die Sterne an den Himmel gehängt.« Sie wiegte grinsend den Kopf. »Und als würde er dich gerne sofort ausziehen und flachlegen.«

Meine Kinnlade klappte herunter, und einen Moment konnte ich Amber nur anstarren. »Die Wahnvorstellungen, unter denen du leidest, hätte ich auch gerne.«

Sie verdrehte die Augen. »Du musst deswegen nicht gleich dicht machen, ich sag es keinem, versprochen.«

Ich presste die Lippen zusammen, um nichts Dummes zu sagen und mich zu verraten.

»Aber zurück zum Thema«, sagte Amber und stützte das Kinn in die Hand. »Du erdolchst die arme Frau, die sich mit ihm unterhält, mit Blicken. Wahrscheinlich spürt sie bald körperliche Schmerzen.«

Ich fühlte, wie etwas in mir unter Ambers wissendem Blick zusammenbrach, wie eine Mauer einstürzte. »Wir …« Ich schluckte gegen den aufsteigenden Kloß in meiner Kehle. »Wir haben ausgemacht, dass wir nur Freunde sind. Also ja, da läuft was, aber wir sind trotzdem nur Freunde.«

Ambers Augenbrauen wanderten nach oben. »Deine Gefühle haben dieses Memo aber nicht bekommen, oder? Und seine?«

Ich überging diesen Kommentar einfach und rutschte auf meinem Stuhl hin und her, während ich Ambers Blick auswich. »Wir haben darüber geredet, er sieht das auch so. Genau genommen hat er das Thema auf den Tisch gebracht.«

Amber wirkte irritiert. »Im Ernst?«

»Ja, im Ernst«, blaffte ich, was mir sofort leidtat. »Können wir es jetzt bitte gut sein lassen?«

Amber zuckte nicht mal mit der Wimper, nickte aber. »Natürlich. Wie du willst.« Sie strich sich die Haare zurecht. »Nur eine

Sache noch: Jason wirkt nicht, als würde er sich für die Frau interessieren. Sie sich für ihn, ja, und er unterhält sich mit ihr – aber er fasst sie nicht an, er geht nicht auf ihre zufälligen Berührungen ein, und er versucht immer, ein bisschen Abstand zwischen sie und sich zu bringen. Aber zu dir schaut er immer wieder mal rüber.«

Im Ernst? Ich konnte mir gerade noch auf die Zunge beißen, um diese Frage nicht laut zu stellen. Und ich verkniff es mir auch, sofort zu Jason zu schauen, um mich selbst davon zu überzeugen. Doch Amber hatte einen kleinen Hoffnungsfunken entfacht, der sich nicht gleich wieder löschen ließ.

KAPITEL 20
JASON

Weihnachten war ein Fest direkt aus der Familienhölle. Ich wäre lieber barfuß über Glasscherben gelaufen, als eine Sekunde länger dieses erzwungene Beisammensein an Heiligabend zu ertragen. Leider hatte ich Schuhe an, weil meine Stiefmutter sehr viel Wert auf gutes Benehmen legte, und Glasscherben gab es hier auch nirgends. Wobei ich eine ihrer teuren Vasen runterwerfen könnte …

»Wie lange hast du vor, hierzubleiben, Jason?«, fragte meine Stiefmutter Gayle in zuckersüßem Tonfall, der trotzdem keinen Zweifel daran zuließ, dass sie mich so schnell wie möglich wieder loswerden wollte.

»Na, die Ferien über, oder?«, antwortete Will, während er seinen Weihnachtsbraten schnitt, und sah mich an. Er saß mir gegenüber neben seiner Mutter.

Dad neben mir schaltete sich ebenfalls ein, bevor ich etwas sagen konnte. »Ich ging auch davon aus, du warst doch immer die ganzen Ferien da.«

»Das stimmt ja so nicht«, sagte Gayle und sprach über mich, als würde ich nicht mal am selben Tisch sitzen. Ich hasste das. »Weihnachten war er immer abwechselnd bei uns oder bei seiner Mutter.«

»Und dieses Weihnachten ist er samt Ferien bei uns«, sagte Dad ruhig, aber bestimmt. Innerlich seufzte ich. Ich war gerade mal seit heute Morgen da, und es ging schon los.

Andererseits war heute Abend der schlimmste, redete ich mir ein, danach würde es besser werden. Heute waren nur Gayle, Will, unser Vater und ich anwesend. Über die Feiertage würde viel Besuch kommen, und je weniger Leute da waren, desto weniger musste Gayle den Schein wahren.

»Ihr wisst, dass ich euch hören kann«, sagte ich und bemühte mich um eine gefasste Stimme. Diese Frau schaffte es durch ihre bloße Anwesenheit, dass ich mich wie ein kleiner Junge fühlte, der ihr schutzlos ausgeliefert war. »Ich muss nicht die ganzen Ferien bleiben. Ich bin erstens auch bei Cole eingeladen und kann zweitens jederzeit nach Boston oder nach Providence.«

Ich wusste nicht, wieso ich mich rechtfertigte, aber einem Teil von mir, einem sehr großen Teil, war es sehr wichtig, dass sie wussten, dass ich andere Möglichkeiten hatte. Wobei genau genommen nur Providence oder Cole eine richtige Option waren. Wenn New York die Hölle war, war Boston die Vorhölle. Nur dass dort weder Rachel noch Will waren, um es erträglicher zu machen.

»So ein Quatsch«, sagte Dad und klopfte mir auf die Schulter. »Du bleibst natürlich hier, wir sehen dich sowieso so wenig.«

»Und das ist wirklich sehr schade«, ergänzte Gayle in aufgesetzt liebenswürdigem Tonfall.

»Wie liefen eure Zwischenprüfungen, Jungs?«, fragte Dad Will und mich. Ich war mir sicher, dass er es bei Will bereits wusste; kaum vorstellbar, dass Gayle ihn nicht bereits darüber ausgequetscht und ihrem Mann alles darüber berichtet hatte. Ihre Tentakeln hatten sich nur enger um Will geschlossen, seitdem er ausgezogen war.

Will zuckte mit den Schultern. »Gut, denke ich. Bin entspannt rausgegangen.«

»Und bei dir, Jason?«

Ich wiegte den Kopf. »Auch ganz gut. Bin auf jeden Fall überall durchgekommen.«

»Das wollen wir doch hoffen«, sagte Gayle und lächelte kalt. »Schließlich kostet so ein Studium viel Geld, und deswegen hoffen wir alle, dass du in der Regelstudienzeit abschließt.«

Und danach einen anständigen Job findest und nicht mehr deinem Vater auf der Tasche liegst, hörte ich ihre Stimme in meinem Kopf. Jedes Mal dieselbe Leier, die Will sich nie anhören musste, obwohl er genau wie ich an einem College der Ivy League studierte. Er konnte nichts dafür, das wusste ich, und ich verstand Gayle sogar. Aber trotzdem hatte ich das Gefühl, dass der Weihnachtsbraten dringend wieder aus meinem Magen rauswollte.

»Gayle ...«, sagte mein Vater warnend und beendete dieses Thema damit. Für ihn war es selbstverständlich, dass er mich genauso unterstützte wie Will.

Den Rest des Abends über platzierte Gayle nur noch kleine Spitzen, die ich mehr oder minder überhörte. Dad erzählte, wie sein Job als Banker in New York lief und dass er überlegte, sich ein Ferienhaus in Miami zuzulegen, einfach, um regelmäßiger Sonne tanken zu können. Will redete über seine neue Wohnung und dass die Nachbarn so laut waren, woraufhin Gayle sofort meinte, er solle sich beschweren. Ich hielt überwiegend den Mund, also war eigentlich alles wie immer.

Mit meinem Dad verbrachte ich an sich gerne Zeit, und wenn wir allein waren, führten wir sogar gute Gespräche. Nur das Drumherum erschwerte es oftmals. Unsere Familiensituation war nicht gerade ideal, für ihn vermutlich noch weniger als für mich.

Sobald ich das Essen und die Anstandshalbestunde danach hinter mich gebracht hatte, entschuldigte ich mich mit der Ausrede, dass die Fahrt anstrengend gewesen und ich sehr müde sei. Ich war gerade auf dem Weg in den oberen Stock der Penthousewohnung, in der mein Vater mit seiner Frau lebte, als Will mich einholte.

»Hey, Jason, wart mal.«

Innerlich seufzend blieb ich auf dem Treppenabsatz stehen und drehte mich um. »Ja, Will?«

Er fuhr sich durch die Haare und rieb sich den Nacken. »Ich weiß, du bist müde und willst deine Ruhe. Aber die Tage machen wir mal was, oder?« Er zuckte mit den Schultern. »Wir können auch in meine Wohnung gehen, wenn du willst. Du musst nicht hier schlafen.«

Ich winkte ab. »Ist schon okay.«

Das Angebot war zwar verlockend, aber aus der Vergangenheit wusste ich, wie das endete. Gayle wollte mich nicht hier haben, aber wann immer ich zu Rachel geflohen war und dort übernachtet hatte, war ich undankbar gewesen und hatte mich unmöglich verhalten. Also nein, das würde nur noch mehr Unruhe bedeuten.

»Okay, ich bleib auf jeden Fall auch über die Feiertage hier, bis du wieder weg bist«, sagte Will. »Wir könnten zusammen Silvester feiern, vielleicht mit Rachel.«

»Machen wir«, sagte ich, und dieses Mal fühlte sich mein Lächeln gar nicht so falsch an. »Und danke, Mann.«

Er sah mich an, vollkommen ernsthaft. »Nicht dafür. Du bist mein Bruder, das ist selbstverständlich.«

Halbbruder, lag mir auf der Zunge, doch ich ließ es. Will versuchte so sehr, diese Schlucht zwischen uns zu schließen, dass ich ihn nicht dauernd daran erinnern wollte, wie unüberbrückbar sie war.

Langsam reichte es. Ich war seit vier Tagen in New York, und als wäre diese Tatsache nicht schon schlimm genug, benahm Rachel sich auch noch wie ein Geist. Sie war da, aber gleichzeitig auch nicht. Gerade lag sie bäuchlings auf meinem breiten Boxspringbett und starrte aus der großen Fensterfront auf die Wolkenkratzer, während ich versuchte, ein Gespräch mit ihr zu führen.

»Ich weiß halt einfach nicht, ob es sinnvoll ist, wirklich ein neues Format aufzuziehen«, erklärte ich in dem Versuch, ihr mein Problem mit meinem Podcast zu schildern.

»Verstehe«, erwiderte sie, wandte mir aber nicht mal den Blick zu.

»Aber weißt du, vielleicht muss man einfach mal was wagen«, testete ich aus, ob sie mir zuhörte.

»Mhm.«

»Deswegen denke ich, ich sollte was ganz Neues ausprobieren und einen Podcast über erotische Fetische aufziehen.«

»Klingt gut.«

Ich verdrehe die Augen. Das war der endgültige Beweis, sie hörte mir wirklich nicht zu. Es war eindeutig an der Zeit, der Sache auf den Grund zu gehen. Ich erhob mich von meinem Schreibtischstuhl und setzte mich im Schneidersitz neben Rachel aufs Bett. Als die Matratze einsank, drehte sie den Kopf tatsächlich zu mir.

»Was ist mit dir los?«, fragte ich und musterte sie prüfend. »Und jetzt erzähl mir nicht wieder irgendeinen Quatsch von wegen du hättest dich mit Jess gestritten oder die Prüfungen wären so anstrengend gewesen.«

Einen Moment starrte sie mich einfach nur an, ihre Augen waren so ausdruckslos wie die Fenster eines leerstehenden Hauses, und das machte mir Angst. So kannte ich Rachel überhaupt nicht.

»Es ist nichts«, sagte sie und bettete ihr Kinn auf ihre verschränkten Hände, um wieder nach draußen zu schauen.

Ich schnaubte. »Genau. Nach nichts sieht es aus.«

»Lass mich bitte einfach in Ruhe.« Ihre Stimme klang so zerbrochen, und Schmerz torkelte durch die Silben, dass in mir sämtliche Alarmglocken schrillten.

»Das kann ich nicht, tut mir leid«, sagte ich leise und legte meine Hand auf ihre Schulter. »Was ist los, Rachel? Sag es mir einfach.«

Sie schüttelte nur den Kopf, ohne mich dabei anzusehen. Es war so vollkommen untypisch für sie. Und das verriet mir, dass es schlimm sein musste. Sehr schlimm.

»Du kannst mir alles sagen. Egal, was es ist, versprochen. Wir sind die besten Freunde, was ist so furchtbar, dass du es nicht mal mir sagen kannst?«

Es dauerte einen Moment, doch dann regte Rachel sich. Sie setzte sich langsam auf, hielt den Blick jedoch gesenkt, als sie sich mir zuwandte.

»Rachel …«, sagte ich und hatte keine Ahnung, wie ich weitermachen sollte. Doch offenbar reichte das, denn sie sah mich endlich an. Ihre Augen waren rot gerändert, und Tränen schwammen darin. Mein Herz wurde schwer, und ich legte meine Hand auf ihren Oberarm.

»Was ist los?«

Sie schüttelte den Kopf, ihre Stimme klang erstickt. »Ich kann dir das nicht sagen, ich weiß gar nicht, wie …«

»Probier es einfach. Sag es so, wie es in dir drin ist, wir kriegen es dann schon sortiert«, versuchte ich, sie zu ermutigen.

Sie biss sich auf die Unterlippe, so fest, dass ich Angst hatte, sie würde anfangen zu bluten, und ihr Blick kehrte sich nach innen, als würde sie sich von der Realität abwenden. Dann sah sie mich wieder an.

»Hattest du schon mal Liebeskummer?«, fragte sie so leise, dass ich sie kaum verstand.

Ich schüttelte den Kopf, obwohl das nur zur Hälfte stimmte. Seitdem Kayla mir sehr deutlich gesagt hatte, dass wir nur Freunde waren, konnte ich mir durchaus vorstellen, wie sich Liebeskummer anfühlte. Doch darum ging es gerade nicht, es ging um Rachel. Tausend Gedanken schossen durch meine Hirnwindungen, und ich versuchte, aus ihrer Aussage schlau zu werden. Ich hatte nicht mal gewusst, dass Rachel sich mit jemandem traf, und jetzt sprach sie plötzlich von Liebeskummer? Rachel, die, soweit ich mich erinnerte, noch nie verliebt gewesen war?

»Muss ich den Kerl verhauen?«, erwiderte ich, um Zeit zu gewinnen und die Situation ein wenig zu entspannen.

Einen Augenblick sah Rachel mich nur an, sie hielt sogar den Atem an. Dann entließ sie langsam die Luft aus ihrer Lunge und flüsterte kaum hörbar: »Es ist kein Mann.«

Die Worte schwebten zwischen uns, und obwohl ich sie gehört hatte, verstand ich sie im ersten Moment nicht, begriff ihre Bedeutung nicht.

»Dann …«, begann ich und rieb mir den Nacken, ehe ich den nächstliegenden Gedanken aussprach. »Ist es eine Frau?«

Vorausgesetzt Rachel stand nicht auf lilafarbene Aliens, war das die einzige Option, die mir noch einfiel. Wobei es auch in Ordnung gewesen wäre, wenn sie sich in ein Alien verliebt hätte.

Sie nickte, es war eine so zaghafte Bewegung, dass ich sie beinahe übersehen hätte, und ihre blauen Augen waren so schreckgeweitet, dass mir allein der Anblick Schmerzen bereitete.

»Okay, das ist jetzt etwas unerwartet, aber kein Ding«, sagte ich und hätte mich am liebsten geohrfeigt, weil ich nichts Einfühlsameres zustande brachte. Zu meiner Verteidigung konnte ich nur sagen, dass ich wirklich nicht damit gerechnet hatte, obwohl ich Rachel schon so viele Jahre kannte und wir quasi zusammen aufgewachsen waren.

»Ist es sehr wohl, und das weißt du«, erwiderte sie, ihre Stimme klang erstickt. Ich biss die Zähne zusammen, um nicht erneut zu reden, bevor ich nachdachte. Ich konnte mir nicht mal annähernd vorstellen, wie das für Rachel war, deren Eltern sehr konservativ waren und viel Wert auf ihre Außenwirkung legten. Eine lesbische Tochter passte nicht ins Bild der perfekten Vorzeigefamilie. Und das war vermutlich der Grund, wieso Rachel nie etwas gesagt hatte.

Ich schüttelte den Kopf, mehr über mich selbst und die Situation als über Rachel. »Es sollte kein Problem sein.«

»Wir leben nicht in einer perfekten Welt, Jason«, sagte sie tonlos.

»Ich weiß.« Wenn sie das irgendjemandem nicht erzählen musste, dann mir. Ich rutschte näher an sie heran, legte meine Hände auf ihre Oberarme und sah sie intensiv an. »Mir ist das vollkommen egal, das weißt du, oder? Du bist mir natürlich nicht egal – aber wen oder was du liebst oder attraktiv findest, spielt für mich keine Rolle.«

Sie nickte mit zusammengepressten Lippen, und Tränen traten erneut in ihre Augen. Eine Ader pulsierte an ihrer Schläfe, und ihre Nasenflügel bebten, als würde sie mit aller Macht versuchen, ihre Gefühle zurückzudrängen. Bis es nicht mehr ging und ihre Schutzmauern in sich zusammenfielen.

»Ich weiß nicht, was ich machen soll, Jason«, schluchzte sie und vergrub das Gesicht in den Händen. Sofort legte ich die Arme um sie und zog sie an meine Brust.

»Wir finden eine Lösung, versprochen«, murmelte ich und legte mein Kinn auf ihren Kopf. Sie sackte vollkommen in sich zusammen und weinte so heftig, dass ihr gesamter Körper zitterte und sich auf meinem Pulli in kürzester Zeit ein nasser Fleck ausbreitete.

Ich bekam kaum einen zusammenhängenden Satz aus ihr heraus, aber die wenigen Puzzlestücke, die sich herauskristallisierten, ergaben ein sehr schmerzhaftes Bild. Bis zum letzten Jahr, das sie mit Reisen verbracht hatte, war sie sich selbst nicht sicher gewesen, was sie wollte, und hatte es aufgrund des Korsetts, das das gesellschaftliche Leben in New York mit ihren Eltern ihr vorgab, nie den Raum gehabt, es herauszufinden. Und dann war sie ausgebrochen, hatte ein bisschen herumprobiert und experimentiert, fernab von den kritischen Augen der High Society in Manhatten. So weit war das alles gut und kein Problem für sie gewesen. Dann hatte sie Jess kennengelernt. Jess, die laut Rachel so hetero war, wie man nur hetero sein konnte, und die nun seit der Prüfungsphase wieder mit Kyle anbandelte, dem Typ, der ihr erst kürzlich das Herz gebrochen und sie wie Abfall behandelt hatte. Rachel hatte versucht, Jess vor Kyle zu warnen, doch das hatte im Streit geendet, und auch wenn sie sich inzwischen ausgesprochen hatten, war Jess seitdem kühler und distanzierter als zuvor. Das war der Auslöser für Rachels Liebeskummer gewesen, ihr Beweis, dass sie so nicht weitermachen und dieses Geheimnis nicht länger hüten konnte. Es jemandem erzählen wollte sie aber auch nicht, noch nicht, soweit ich es verstand. Außer mir wusste es keiner, und sie wollte, dass es so blieb. Also versprach ich es ihr; ich würde ihr Geheimnis für mich behalten, solange sie es für nötig hielt.

KAPITEL 21

KAYLA

Frohes neues Jahr!«, flötete Amber und fiel mir um den Hals, kaum dass sie mir die Tür geöffnet hatte.

Lachend umarmte ich sie. »Wir haben schon telefoniert. Und geschrieben. Mehrfach.«

Sie ließ mich los und winkte ab. »Na und? Darum geht es nicht.« Sie setzte sich im Schneidersitz auf ihr Bett, ich trat ein und schloss die Tür hinter mir. Heute roch es in dem kleinen Raum, als hätte Amber einen ganzen Nadelwald hier drin stehen. Dabei war es nur die Yankee Candle mit dem klangvollen Namen *The Perfect Tree*, die auf ihrem Schreibtisch brannte.

Ich schälte mich aus meiner Jacke und ließ mich auf ihr Bett sinken. Ich war erst seit heute Morgen wieder in Providence und gleich für den Nachmittag mit Amber verabredet. »Ich würde dich ja fragen, wie es in LA war, aber du hast mir schon so gut wie alles geschrieben.«

Offenbar hatte Amber die Feiertage damit verbracht, zu viel zu essen – so wie ich – und sich mit ein paar alten Freunden zu treffen, mit denen sie früher zusammen getanzt hatte. Inzwischen wusste ich, dass sie damals Mitglied einer Tanzgruppe gewesen war und sogar überlegt hatte, Tanz zu studieren, sich dann aber dagegen entschieden hatte. Aus Gründen, die ich nicht aus ihr herauskitzelt bekam, egal, wie sehr ich es auch versuchte. Auf jeden Fall erklärte es, wieso sie sich so gut zu Musik bewegen konnte, dass sich jeder normale Mensch daneben wie ein steifer Roboter fühlte.

»Es war unbedeutend«, sagte Amber und sah mich mit wackelnden Augenbrauen an. »Und dass du nur eine ruhige Kugel geschoben hast, weiß ich. Also erzähl mir lieber, was du jetzt vorhast.«

Irritiert runzelte ich die Stirn. »Wovon redest du?«

»Na, von Jason.«

Augenblicklich rutschte mir das Herz in die Hose, und ich unterdrückte ein Seufzen. Inzwischen bereute ich beinahe, Amber davon erzählt zu haben. Die gesamten Ferien über war es gewesen, als hätte sie keinen anderen Lebensinhalt, als jedes kleine Detail über Jason und die Sache zwischen uns aus mir herauszuquetschen. Amber sollte zum FBI gehen, dort wäre sie mit ihren Verhörmethoden sicher bestens aufgehoben.

Natürlich hatte ich auch Rose von Jason erzählt, ich hatte es einfach nicht für mich behalten können. Doch da Rose wusste, wie es mit meinen Männerbekanntschaften in der Vergangenheit gelaufen war, war es leichter, mit ihr zu reden. Rose musste ich nicht erklären, woher meine Zweifel kamen und wieso ich mich nicht kopfüber in diese Sache mit Jason stürzen konnte. Und warum ich auch keine »*was passiert als Nächstes, wie wird es wohl weitergehen*«-Gespräche führen wollte. Bei Amber sah die Sache anders aus. Sie wusste nicht, dass es mir unangenehm war, über Jason zu reden, als wäre es etwas Besonderes, wenn ich vermutlich nichts Besonderes für ihn war.

Plötzlich fühlte ich mich nackt, instinktiv verschränkte ich die Arme vor der Brust.

»Was soll ich bitte vorhaben?«, erwiderte ich bissig. »Nichts.«

Amber klimperte ungerührt mit den Wimpern. »Also seht ihr euch nicht?«

»Doch.« Ich verdrehte die Augen.

»Und?«, hakte sie weiter nach.

»Was und?«

»Na, was macht ihr, wo trefft ihr euch, du weißt schon!«, erwiderte Amber, als wäre das vollkommen selbstverständlich.

Ich seufzte genervt. »Wir treffen uns später bei ihm. Cole muss arbeiten, und Nate ist bei Megan.« Ich biss mir auf die Zunge, gab mir aber einen Ruck; jetzt war es sowieso egal. »Und wenn wir schon dabei sind, könntest du mein Alibi sein? Rachel weiß nichts davon, und ich will es ihr auch nicht sagen. Ich mein, Jason ist ihr bester Freund …«

»Und sie ist deine Freundin, und er hat einen gewissen Ruf, versteh schon.« Amber nickte, ohne mit der Wimper zu zucken. »Ich sag es keinem, versprochen, und ich bin jederzeit dein Alibi. Allerdings solltest du es ihr vielleicht irgendwann sagen, bevor sie es selbst rausfindet. Das wäre blöd, wenn es jeder vor ihr gewusst hätte.«

»Außer dir weiß es niemand hier. Jedenfalls nicht von mir, und ich kann mir nicht vorstellen, dass Jason es jemandem erzählt hatte.«

Dafür hatte er keinen Grund; ich war keine der Frauen, mit denen Männern angaben, weil sie sie erobert hatten. Höchstens eine, mit der sie prahlten, weil sie es geschafft hatten, sie reinzulegen. Und so war Jason nicht. Hoffte ich.

»Meinst du?« Amber zog die Augenbrauen zusammen und griff nach einem kleinen Kissen, um es sich zwischen Rücken und Wand zu stopfen. »Ich könnte mir vorstellen, dass er es Nate erzählt hat.«

Mein Herz machte einen nervösen Satz, ehe es stotterte wie ein absterbender Motor. »Das glaub ich nicht. Wieso sollte er? Hat Nate irgendwas gesagt?«

»Nein, hat er nicht. Aber er ist Jasons bester Freund, und er hat diesen wissenden Blick, wenn du und Jason zusammen verschwindet.«

»Was stimmt nicht mit euch, dass ihr dauernd Leute beobachtet?«, erwiderte ich und wollte mir am liebsten die Haare raufen oder sie mir am besten gleich einzeln ausreißen. Das würde mich vielleicht davon ablenken, was die Vorstellung, dass Jason mit seinem besten Freund über mich sprach, mit mir machte. Sie brachte meinen Magen dazu, sich gleichzeitig zu verkrampfen und zu flattern, als wäre es etwas Gutes und Schlechtes zugleich.

»Wir beobachten euch nicht absichtlich, wir verbringen nur viel Zeit mit euch – und es ist so offensichtlich, dass ihr aufeinander steht.«

»Quatsch«, widersprach ich automatisch.

Amber sah mich an, als hätte ich ihr gerade gesagt, dass die Erde nicht rund war und wir keinen Sauerstoff atmeten. »Zwischen euch hat es von Anfang an geknistert, und er steht mindestens genauso sehr auf dich wie du auf ihn. Ich würde sogar so weit gehen, zu behaupten, dass er dich echt gerne mag.«

»Na, das will ich ihm auch geraten haben, immerhin sind wir Freunde«, erwiderte ich und fühlte mich zunehmend in die Ecke gedrängt.

»Ich mach mit meinen Freunden nicht rum.«

»Das findet Sean sicherlich sehr schade«, gab ich trocken zu bedenken.

Amber richtete den Zeigefinger auf mich. »Lenk jetzt nicht vom Thema ab.«

Obwohl es langsam anfing, in mir zu brodeln, zwang ich mich, tief durchzuatmen und Ruhe zu bewahren. »Jason und ich haben darüber geredet. Wir sind Freunde, und zwischen uns läuft was, aber wir behalten es für uns. Okay? Tu mir den Gefallen und akzeptier das bitte.«

Einen Moment sah Amber mich an, als hätte ich den Verstand verloren. Das konnte ich sogar verstehen, soweit ich wusste, hatte ihre letzte und erste Beziehung über vier Jahre gedauert. Dann zuckte sie mit den Schultern. »Wie du meinst. Erzählst du mir trotzdem die schmutzigen Details, wenn du mit ihm rummachst?«

»Nicht währenddessen, okay? Ich glaube, das fände er seltsam.« Die Verbindung zwischen meinem Hirn und meinem Mund hatte für einen Moment ausgesetzt, aber immerhin lockerte es die angespannte Stimmung zwischen uns.

Amber lachte. »Damit kann ich leben.«

Die Zimmertür öffnete sich, und herein trat meine Rettung vor diesem Gespräch in Form von Lauren, Ambers Mitbewohnerin.

»Hi, Kayla.« Lauren nickte mir kurz zu, ehe sie ihre Sporttasche aufs Bett schmiss. »Ferien gut verbracht?«

»Ja, war entspannt, und bei dir?«, erwiderte ich.

»War okay«, sagte Lauren, während sie ihre Trainingssachen in die Tasche stopfte. »Ich lass euch gleich wieder in Ruhe, ich wollte nur meine Sachen holen.«

Abwehrend hob ich die Hände. »Es ist dein Zimmer, du darfst hier tun und lassen, was du willst.«

»Ich weiß.« Lauren grinste und band sich die blonden Haare mit den lila Strähnen und dem Sidecut zusammen. »Aber ich will nicht in irgendwelchen Mädchenkram verwickelt werden.«

»Lauren hat nämlich keine Eierstöcke, musst du wissen«, sagte Amber frech. »Anders kann ich mir ihre Ablehnung gegen alles, was man gemeinhin mit Frauenkram in Verbindung bringt, nicht erklären.«

»Oh doch, ich hab Eierstöcke, und sie funktionieren ganz hervorragend«, meinte Lauren gelassen.

»Und das weißt du, weil du schwanger bist?«, hakte ich amüsiert nach.

Lauren schüttelte den Kopf und grinste verschmitzt. »Nein. Aber sie treiben mich immer an, fleißig für den Ernstfall zu üben, der hoffentlich nie eintreten wird. Die Übungseinheiten nehm ich trotzdem mit, wann immer es geht.« Sie packte ihre Boxhandschuhe und schloss die Tasche dann. »Viel Spaß euch.«

»Dir auch«, erwiderte ich, und schon war Lauren verschwunden.

Sobald sie die Tür geschlossen hatte, hauchte Amber gespielt ehrfürchtig: »Wenn ich mal groß bin, will ich so cool sein wie Lauren und mir auch so wenig Gedanken darum machen, was andere denken.«

Ich verdrehte lachend die Augen und knuffte Amber in die Seite, obwohl ich sie so gut verstand. In der Hinsicht hätte ich mir auch eine Scheibe von Lauren abschneiden können.

Als ich einige Stunden später bei Jason ankam, vibrierte mein ganzer Körper in einer Mischung aus Aufregung und Vorfreude. Beides verband sich mit der seltsamen Angst, dass Jason sich in den Ferien vielleicht eine andere gesucht hatte; eine, mit der er es leichter hatte. Dass ihm das nicht schwerfiel, wusste ich nicht erst seit dem Abend in der Bar. Unsicherheit verknotete meinen Magen. Ich dachte nicht das erste Mal darüber nach, warum Jason sich auf mich eingelassen hatte. Und was passieren würde, wenn er bekommen hatte, was er wollte. Manchmal fragte ich mich, ob es ihm nur um die Eroberung ging. Und zeitgleich setzte der Gedanke ein, dass er sich sonst nicht so um unsere Freundschaft bemüht und so viel für mich getan hätte. So hielten sich Vertrauen und Misstrauen gegenseitig in Schach und auf einem Level, das ich aushalten konnte.

Als ich die Treppen zu seiner Wohnung nach oben stieg, hämmerte mein Herz und mein Mund war trocken. Jason lehnte im Türrahmen, eine Hand locker in seiner Jeans vergraben, der Unterarm der anderen am Rahmen abgestützt. Sein Shirt spannte ein wenig über seiner breiten Brust, seine rostbraunen Haare standen unordentlich von seinem Kopf ab, was ihn nur noch attraktiver machte, und das Grinsen auf seinen Lippen sorgte dafür, dass die vielen dicken Knoten in meinem Magen von einem warmen Kribbeln verdrängt wurden. Ganz ehrlich, ich hatte keine Ahnung, wie er das machte. Wenn wir uns nicht sahen, zerbrach ich mir den Kopf über dieses Konstrukt Freundschaft Plus und wie ich es schaffen konnte, mein Herz vor ihm zu schützen, und sobald ich ihn sah, war es, als hätten diese Bedenken nie existiert. Oder zumindest rückten sie in weite Ferne.

»Hey«, sagte er und senkte die Lider ein wenig, als er mich so intensiv ansah, dass meine Knie weich wurden. Jetzt schon. »Komm rein.«

Er trat zurück, schloss die Tür hinter mir und stellte sich hinter mich, um mir die Jacke abzunehmen. Er griff an mir vorbei, um die Jacke aufzuhängen, und blieb hinter mir stehen. So dicht, dass seine Brust meinen Rücken für einen kurzen Moment streifte, wenn er einatmete, und ich seine Körperwärme spüren konnte. Sobald ich meinen Schal ausgezogen hatte, strich sein heißer Atem über meinen Nacken und mir wurde schwindelig. Oh, Gott, dieser Mann machte mich wahnsinnig. Und scheinbar war es noch schlimmer, seitdem wir uns zehn Tage nicht gesehen hatten.

»Wie waren deine Ferien?«, fragte er leise, seine Lippen berührten bei jedem Wort die empfindliche Stelle unter meinem Ohr und jagten mir einen heißen Schauer über den Rücken.

»Das weißt du doch längst, wir haben geschrieben«, erwiderte ich und versuchte, nicht atemlos zu klingen. Genau genommen hatte ich mit niemandem so viel getextet wie mit Jason während der Weihnachtsfeiertage.

»Stimmt«, murmelte er. Seine Lippen strichen meinen Nacken entlang, und seine Hände wanderten zu meinen Hüften. »Aber ich wollte nicht so unhöflich sein und trotzdem noch mal persönlich fragen.«

Mit diesen wenigen Berührungen setzte er meinen Körper unter Spannung, und ich hatte das Gefühl, kaum atmen zu können. »Du wolltest nicht so unhöflich sein, direkt über mich herzufallen?«

»Mhm«, brummte er, und dieses Geräusch schien alle meine Nervenenden aufzuwecken.

Ohne darüber nachzudenken, drehte ich mich zu ihm um und sah ihm in die Augen. »Sei unhöflich.«

Einen kurzen Moment zögerte er, und ich dachte schon, dass ich mich damit zu weit aus dem Fenster gelehnt hätte. Dann lagen seine Lippen auf meinen. Keuchend erwiderte ich den Kuss und schlang meine Arme um seinen Nacken.

Als unsere Zungen sich berührten, explodierte der Kuss förmlich zwischen uns, und wir drängten uns aneinander. Ich hatte davor noch nie jemanden physisch vermisst, aber offenbar hatte ich Entzugserscheinungen gehabt. Anders konnte ich mir die Reaktion meines Körpers auf Jason nicht erklären. Sein Arm schlang sich um meine Taille und zog mich dicht an sich, Jason schob mich rückwärts in Richtung seines Zimmers. Als mir das klar wurde, versteifte ich mich automatisch. Sofort blieb Jason stehen und löste sich gerade so weit von mir, dass er mich anschauen konnte.

»Alles in Ordnung?«, fragte er, seine Stimme klang belegt, und ich konnte nur nicken.

Er legte den Kopf schief, sein verschleierter Blick klärte sich ein wenig. »Wir machen nichts, was du nicht willst. Wenn du Stopp sagst, hör ich auf.«

»Darum geht es nicht, das weiß ich«, antwortete ich nach kurzem Zögern. »Ich bin auch keine Jungfrau mehr oder so, du musst mich also nicht behandeln wie ein rohes Ei …« Himmel, was redete ich denn da? Da ging es mir zu schnell, und zeitgleich erklärte ich ihm, dass er mich nicht mit Samthandschuhen anpacken musste. *Bravo, Kayla, großartig gemeistert.*

Sein Blick glitt suchend über mein Gesicht. »Worum geht es dann?«

»Wir waren noch nie in deinem Zimmer …«

»Du hast schon in meinem Bett geschlafen.«

»Das war was anderes«, sagte ich zögerlich, ich hatte keine Ahnung, wie ich meine widersprüchlichen Gefühle und Gedanken in Worte fassen sollte.

»Okay, pass auf …« Jason zeichnete mit dem Finger sacht den Schwung meines Kiefers nach, wodurch er die Anspannung in meinen Gliedern vertrieb. »Nenn mir deine Grenze, und ich halte sie ein, ganz einfach.«

Mein Herz klopfte wie verrückt, dieses Mal vor Nervosität, wie er darauf reagieren würde. »Kein Sex. Also heute. Nicht nie.«

Sein Mundwinkel zuckte ein wenig, ansonsten blieb er vollkommen ernst. »Okay. Und alles andere?« Er strich mit seinen Fingerspitzen über meinen Hals. Meine Kehle wurde trocken, und alle Gedanken verflüssigten sich zu einer nicht greifbaren Masse. Plötzlich hatte ich keine Ahnung mehr, wieso wir gestoppt hatten.

»Alles andere ist okay«, murmelte ich und sah zu seinen Lippen, die von unseren Küssen ein wenig geschwollen waren. Mehr schien er nicht wissen zu müssen, denn im nächsten Moment drängte er sich wieder an mich und küsste mich so leidenschaftlich, dass ich vergaß, über was wir uns gerade unterhalten hatten.

Auf dem Weg in sein Zimmer schlüpften seine Hände unter meinen Pulli und strichen über meinen Rücken. Ohne sich von mir zu lösen, trat er die Tür hinter sich zu und schob mich Richtung Bett. Er küsste mich regelrecht schwindelig, alles um mich herum verschwamm, und ich fühlte mich auf der einen Seite schwerelos, während ich auf der anderen meinen Körper viel intensiver spürte als jemals zuvor. Verlangen pulsierte durch meine Adern, und Hitze ballte sich in meinem Unterleib, als Jason mich auf sein Bett drückte und seinen Oberschenkel zwischen meine Beine schob. Seine Erektion lag deutlich spürbar an meiner Hüfte, und ich musste mich beherrschen, mich nicht zu sehr an ihn zu drängen. Ich keuchte gegen seine Lippen und vergrub meine Hände in seinen Haaren, kratzte mit den Fingernägeln über seine Kopfhaut und entlockte ihm ein leises Seufzen. Unsere Zungen neckten sich gegenseitig, wichen sich aus und forderten sich zu einem neuen Spiel heraus. Ich strich über seinen Nacken und seinen Rücken, bewunderte seine Muskeln und wie sie sich unter meinen Fingerkuppen bewegten. Als ich beim Saum seines Shirts angelangt war, löste Jason sich von mir und richtete sich auf, um sein Oberteil auszuziehen.

Ich hatte ihn noch nie oben ohne gesehen, sein Anblick raubte mir den Atem – doch leider nicht die Worte. »Heilige …«

»Was?«, fragte Jason irritiert und sah an sich herunter. An diesem perfekten Männeroberkörper mit den muskulösen, sehnigen

Armen, der gemeißelten Brust, den definierten Bauchmuskeln und dem kleinen Strich dunkler Härchen, die sich von seinem Bauchnabel nach unten zogen. Seine Erektion beulte seine Jeans deutlich aus, und mir wurde noch heißer.

»Wenn ich gewusst hätte, dass du so aussiehst, hätte ich es niemals so weit kommen lassen – ich kann mich niemals vor dir ausziehen.«

Einen Augenblick wirkte Jason perplex, als müsste er die Bedeutung der Worte erst einfangen, dann lachte er leise. »Ist es wieder so weit? Wackelkontakt bei der Verbindung zwischen Gehirn und Mund?«

Ich zog die Nase kraus. »Das ändert nichts daran, dass ich mich niemals vor dir ausziehen werde.«

»Doch, wirst du«, erwiderte er grinsend und lehnte sich wieder über mich, bis seine Oberarme mich umschlossen und seine Nasenspitze beinahe meine berührte. »Und ich werde dafür sorgen, dass du dir gar keine Gedanken darüber machst.«

Mein Protest ging in seinem nächsten Kuss unter, und ich vergaß, was ich eigentlich hatte sagen wollen. Auf jeden Fall hatte er recht, all meine Gedanken versickerten in wundervoller Schwerelosigkeit. Sein herber Geruch hüllte mich ein, betörte alle meine Sinne und ließ mich all meine Zweifel langsam vergessen, während der Drang in mir wuchs, mehr von Jason zu spüren. Nicht nur seine nackte Haut unter meinen Händen, nicht nur, wie er sich halb angezogen an mich drängte. Er knabberte an meinem Hals, leckte danach beschwichtigend über die Stelle, und Lust jagte meine Nervenbahnen entlang, um sich in meinem Unterleib zu bündeln. Unwillkürlich schmiegte ich mich an ihn, hob meine Hüfte, um ihm näher zu sein. Er stöhnte leise an meiner Haut, ich spürte, wie der Laut in seiner Brust vibrierte, so nah war er mir. Das Einzige, was unsere Oberkörper trennte, war dieses Stück Stoff, das ich trug.

Jasons Hände schlichen sich wieder unter meinen Pulli und schoben ihn nach oben. Kurz vor meinen Brüsten hielt er an und sah fragend zu mir auf. Einen Moment rangen die Zweifel in mir um die Macht, mich davon abzuhalten. Ich verbannte sie in die Ecke und setzte mich auf, damit Jason mir den Pulli ausziehen konnte. Achtlos warf er ihn auf den Boden, sein Blick war auf mich gerichtet. Seine Augen wirkten verschleiert und ein wenig glasig, als er mich musterte. In meinem Inneren tobte es, doch ich hatte keine Zeit, mich näher mit dem Gefühl zu befassen. Denn Jason war schnell wieder bei mir und vertrieb es mit einem leidenschaftlichen Kuss.

Mit derselben Leichtigkeit, mit der er mir meinen Pulli abgeluchst hatte, verschwanden unsere Hosen, und schließlich trugen wir beide nur noch Unterwäsche. Jason lag neben mir und küsste mich, während er meine Brust umfasste und die andere Hand an meiner Hüfte vergrub. Hitze pulsierte in mir, und ich wusste nicht, wie ich das aushalten sollte, obwohl ich gleichzeitig verbrennen wollte.

Ich strich mit den Fingerknöcheln über seine Brust und seinen Bauch nach unten. Er zog scharf die Luft ein, und seine Muskeln spannten sich an, als ich den Bund seiner Boxershorts erreichte und daran entlangtänzelte. Keuchend löste er sich von meinen Lippen und sah mich an. Während er mir in die Augen sah, wanderte seine Hand von meiner Hüfte ebenfalls zum Bund meines Höschens.

»Darf ich?«, fragte er, und seine Stimme klang so belegt, dass mir ein weiterer Schauer über den Rücken rieselte.

Zu mehr als einem Nicken war ich kaum imstande, aber das reichte ihm. Er schlüpfte mit seiner Hand in mein Höschen, und als seine Finger meinen empfindlichsten Punkt fanden, biss ich mir stöhnend auf die Lippe, so sehr schwoll meine Lust auf einmal an.

In einem Anflug von Mut – oder weil mir aufgrund des Hormonrauschs alles egal war – schob ich meine Hand in seine Boxershorts und umfasste seine Erektion. Sein tiefes Stöhnen jagte ein Prickeln über meine Haut, und seine Lippen fanden meine zu einem verzehrenden Kuss. Die Bewegungen unserer Hände passten sich aneinander an und bewegten sich im selben Rhythmus wie unsere Zungen. Meine Nervenenden standen in Flammen, die immer höher schlugen, und ich hatte das Gefühl, vor lauter Spannung nicht mehr atmen zu können. Und obwohl ich kaum Luft bekam, konnte ich nicht aufhören, Jason zu küssen. Wer brauchte schon Sauerstoff …

Ich hob die Hüfte und kam seinen Berührungen entgegen, während er in meine Hand stieß. Alles um mich herum drehte sich, als würde die Welt sich auflösen und in einem Strudel aus Farben untergehen. Jason löste sich von meinen Lippen, um an meinem Ohrläppchen zu knabbern, und das war es. Mein Unterleib zog sich zuckend zusammen, und ich schloss stöhnend die Augen, drängte mich Jasons Hand entgegen und genoss, wie die Spannung sich in Wellen entlud. Nur wenige Augenblicke später verspannte Jason sich, keuchte unterdrückt, und ein leichtes Beben ging durch seinen Körper. Dann ließ er den Kopf schwer atmend auf meine Schulter sinken.

Ich blinzelte träge und sah zu ihm herüber, vergrub meine Nase in seinen Haaren und inhalierte seinen Duft; selbst jetzt roch er, als würde er gerade aus der Dusche kommen, männlich, herb und frisch. Sein Atem strich über meine Halsbeuge und eine Gänsehaut breitete sich auf meinem Körper aus. Seufzend stemmte Jason sich auf den Ellbogen hoch und zog seine Hand zurück. Er drehte sich kurz zu seinem Nachttisch und reichte mir ein Taschentuch, damit ich meine Finger säubern konnte. Dann legte er sich neben mich, schlang einen Arm um mich und zog mich dicht an sich. Mein Kopf ruhte an seiner Schulter, ich spürte, wie sein Herz schlug und sich seine Brust bei jedem Atemzug hob und wieder senkte. Das warme Flattern, das ich sonst nur in meinem Bauch spürte, breitete sich in meinen gesamten Körper aus und steckte jede Zelle an.

»Darf ich dich was fragen?«, murmelte er.

Ich nickte träge. »Klar.«

Sein Atem stockte für einen Moment, fast so, als würde er Mut sammeln. »Will hat bald Geburtstag und mich nach New York eingeladen. Würdest du mitkommen?«

Ich wusste nicht, ob mich die Glückshormone so sehr im Griff hatten, aber die Vorstellung schreckte mich gar nicht ab. Zumindest nicht so sehr, dass ich gleich Nein hätte sagen wollen.

Ich biss mir auf die Lippe und legte den Kopf in den Nacken, um Jason ins Gesicht zu sehen. »Darf ich darüber nachdenken?«

»Natürlich«, erwiderte er und küsste mich auf die Stirn.

Ich lächelte unwillkürlich. »Okay.«

Wenn ich ehrlich war, kannte ich die Antwort auf seine Frage bereits.

KAPITEL 22

JASON

Sie hatte Ja gesagt. Ich konnte immer noch nicht fassen, dass Kayla wirklich zugestimmt hatte, mich nach New York zu begleiten. Doch hier war sie, saß auf meinem Beifahrersitz und durchsuchte die Radiosender. Will wurde heute, am 19. Januar, einundzwanzig und hatte eine große Party geplant. Keine Ausrede hatte mich davor retten können, und wenn ich ehrlich war, gab es wirklich nichts, was Grund genug war, mich vom Geburtstag meines Bruders fernzuhalten. Vor allem, wenn besagter Geburtstag auch noch auf einen Samstag fiel. Allein hatte ich dennoch nicht fahren wollen, dafür hingen mir die Erinnerungen an Weihnachten und Gayles verbale Spitzen noch zu sehr im Nacken. Rachel hatte von vornherein gesagt, dass sie nicht mitkommen würde, angeblich weil sie eine Aufführung mit ihrer Theatergruppe hatte. Ich glaube, es lag daran, dass sie sich in der Nähe ihrer Vorzeigefamilie zu unwohl fühlte und dass es ihr dort zu schwerfiel, die Fassade aufrechtzuerhalten.

Natürlich hätte ich auch Nate fragen können, ob er mich begleitete, er verstand sich gut mit Will. Aber ... der einzige Mensch, den ich bei mir haben wollte, war Kayla. Ich hatte es ihr als einen freundschaftlichen Wochenendausflug verkaufen müssen, da sie immer noch darauf bestand, dass wir genau das waren – Freunde. Außerdem hatte ich das Argument angebracht, dass sie dann ihre beste Freundin Rose sehen könnte, die schließlich in New York studierte.

Langsam überbeanspruchte Kaylas Haltung meinen Geduldsfaden, vor allem da wir seit dem Ende der Ferien noch mehr Zeit miteinander verbrachten als zuvor und kaum die Finger voneinander lassen konnten. Rachel wusste es inzwischen und hatte erstaunlich gelassen darauf reagiert; vermutlich auch, weil sie genug eigene Probleme hatte. Sogar Cole hatte gemerkt, was da lief, und zog mich in jeder freien Minute damit auf. Eigentlich glaubte ich, dass es so gut wie jeder in unserem Umfeld wusste – es war wie ein offenes Geheimnis. Kaum jemand sprach es an, aber alle hatten es auf dem Radar. Nur Kayla musste sich noch trauen, mehr auf mich zuzugehen, und das war wirklich eine Mammutaufgabe.

Als ich sie heute Morgen abgeholt hatte, war sie sichtlich nervös gewesen, doch nun, nach beinahe zwei Stunden Autofahrt, wirkte sie entspannter. Mal sehen, ob das so blieb, wenn wir uns New York näherten. Oder ob ihre Anspannung nachließ, während meine immer weiter stieg. Wahrscheinlicher war eher, dass wir beide nervös wurden.

Ich hatte noch nie eine Frau zu meinem Vater mitgenommen, es hatte schlicht nie eine gegeben, die mir wichtig genug gewesen wäre. Aus meinem Freundeskreis in Providence hatte mich nur Nate schon mal nach New York begleitet, wenn es sich nicht lohnte, über die Feiertage nach Australien zu fliegen. Aber mit Kayla war es etwas anderes. Es fühlte sich besonders an, außergewöhnlich, sie mitzunehmen und so weit in mein Leben zu lassen. Andererseits war es nur eine Nacht. Wir würden die meiste Zeit mit Will verbringen und uns außerhalb von Gayles Reichweite aufhalten. Das war zumindest mein Plan.

»Es läuft nur langweilige Musik«, stellte Kayla auf dem Beifahrersitz fest und verschränkte seufzend die Arme vor der Brust.

Ich schmunzelte. »Du kannst gern dein Handy mit meinem Auto koppeln, dann hören wir, was auch immer dir gefällt.«

Sie schürzte die Lippen und sah mich herausfordernd an. »Nein. Ich glaube, ich nerve lieber und frage dich, ob wir schon da sind.«

Ich lachte leise und musste mich beherrschen, sie nicht zu lange anzuschauen, sondern mich auf den Verkehr zu konzentrieren. »Nicht ganz. Ungefähr eineinhalb Stunden noch.«

»Eigentlich ist es echt nicht weit«, erwiderte sie, ich sah aus dem Augenwinkel, wie sie mit einer dunklen Haarsträhne spielte. »Wenn ich so nah bei meinen Eltern wohnen würde, würde ich öfter nach Hause fahren.«

Mir verging das Lachen. »Na ja, meine Mom wohnt in Boston, also muss ich mich eh immer zerreißen.«

»Aber in Boston bist du auch kaum, obwohl es noch viel näher ist«, stellte sie fest, und ich hörte Neugier in ihrer Stimme. »Das ist gerade mal eine Stunde Fahrt.«

»Thanksgiving war ich in Boston«, antwortete ich ausweichend.

»Aber sonst bist du da kaum.«

»Richtig.« Genau genommen besuchte ich meine Mom noch seltener als meinen Dad, und das sagte auch schon alles über unsere Beziehung aus.

Einen Moment schwieg Kayla, dann sprach sie leise: »Ich würde ja fragen, wie euer Verhältnis ist, aber ich schätze, es ist nicht besonders gut.«

Die Sanftheit ihrer Stimme beruhigte die Wogen in mir, die ihre Worte erst heraufbeschworen hatten.

»Können wir über was anderes reden?«, presste ich hervor. Es fühlte sich an, als wäre meine Kehle zu eng für die paar Silben, doch ich musste sie einfach loswerden. Denn ich wusste, in welche

Richtung dieses Gespräch sonst gehen würde. Kayla war nicht dumm, sie hatte sicher schon eins und eins zusammengezählt und eine Theorie, wieso ich einen Halbbruder hatte, der nur wenige Monate jünger war als ich. Wie viel ihre Theorie mit der Realität gemeinsam hatte, wusste ich nicht, aber ich fühlte mich auch nicht bereit, es herauszufinden.

»Natürlich können wir«, sagte Kayla. »Ich wollte dir nicht zu nahe treten, tut mir leid.«

Toll, jetzt fühlte sie sich schlecht, ich war wirklich ein Idiot. »Muss es nicht, echt nicht.«

Schweigen breitete sich zwischen uns aus, und ich suchte verzweifelt nach einem unverfänglichen Thema. In meinem Kopf war totale Leere eingezogen, als wäre ich nicht mehr in der Lage, sinnvolle Gedanken zu formen und auszusprechen.

Den Rest der Fahrt unterhielten wir uns über Nebensächlichkeiten und darüber, wie beeindruckend New York war. Wenn wir überhaupt sprachen. Erst als wir in Manhattan in die Tiefgarage des Gebäudes fuhren, in dem mein Vater lebte, sagte Kayla etwas von Bedeutung.

»Sag mir noch mal, wie das alles gleich abläuft.«

»Wir sagen Hallo und gratulieren Will«, erwiderte ich und stellte den Motor ab. »Dann lassen wir den Nachmittag über Familienkram über uns ergehen, weil die natürlich alle kommen, um Will zu sehen, und meine Stiefmutter es nicht lassen kann, solche Anlässe zu organisieren. Abends gehen wir mit seinen Freunden aus, das wird der entspannte Teil.«

Kayla knetete ihre Hände und atmete tief durch. »Okay, das krieg ich hin.«

Ich griff nach ihren Fingern und drückte sie aufmunternd. »Klar kriegst du das hin.«

Ich hätte ihr gerne gesagt, dass es halb so schlimm werden würde, aber das wäre gelogen gewesen. Genau genommen war ich ein egoistisches Arschloch, weil ich sie mitgenommen hatte. Sie würde sich unwohl fühlen. Ich würde mich unwohl fühlen. Und trotzdem ... war es mir wichtig, sie dabeizuhaben.

Nach einer langen Aufzugfahrt kamen wir im Penthouse an, und Kayla murmelte etwas, das sehr nach »*Penthouse, ich hätte es wissen müssen*« klang. Mir blieb keine Zeit, genauer nachzufragen, was sie damit meinte, denn kaum dass wir aus dem Aufzug getreten waren, liefen wir meiner Familie in die Arme. Oder einem Teil davon. Mein Vater stand im Eingangsbereich und hielt sein Handy ans Ohr. Er hob zwei Finger, um uns zu bedeuten, noch einen Moment zu warten, und entfernte sich dann einige Schritte, damit wir nicht mithören konnten. Genau so kannte ich ihn. Edler Maßanzug mit passender Krawatte, glänzende Schuhe, braune Haare, die von grauen Strähnen durchzogen waren. Ganz der Geschäftsmann, selbst am Wochenende. Nur Weihnachten machte er eine Ausnahme – von den beruflichen Verpflichtungen, nicht von seinem Anzug.

Ich merkte, wie Kayla sich neben mir versteifte, als sie den Marmorboden musterte und die teure französische Kommode, die ich mit ihren verschnörkelten Beinen total albern fand.

Dad legte auf und kam zu uns zurück, ein warmes Lächeln auf dem Gesicht. »Entschuldigt bitte. Schön, dass ihr da seid.« Er umarmte mich kurz, aber herzlich, dann wandte er sich Kayla zu und reichte ihr die Hand. »Du musst Kayla sein. Es freut mich, dich kennenzulernen, nenn mich Henry.«

Ein schüchternes Lächeln legte sich auf ihre Lippen. »Es freut mich auch.«

»Stellt eure Sachen einfach an die Treppe, ihr könnt sie später hochbringen«, sagte Dad und winkte uns hinter sich her. »Will und Gayle sind im Salon, die ersten Gäste kommen bald.«

Wir folgten ihm, und ich stupste Kayla kurz aufmunternd in die Seite, obwohl ich das selbst gut hätte gebrauchen können.

»Schaut, wen ich mitgebracht habe«, sagte Dad und deutete auf Kayla und mich. Will erhob sich sofort von einem der Stühle, die um die lange gedeckte Tafel standen – und ja, es war eine Tafel, der Begriff Tisch reichte nicht aus.

»Alles Gute zum Geburtstag, kleiner Bruder«, sagte ich und umarmte ihn. »Jetzt darfst du dich offiziell betrinken.«

Lachend klopfte Will mir auf die Schulter. »Danke, Mann.«

»Das wird er ja hoffentlich nicht tun«, warf Gayle ein und stand ebenfalls auf. »Schließlich muss nicht jeder alle Möglichkeiten ausnutzen, nur weil er es kann.«

Will verdrehte die Augen, als er sich von mir löste, und ignorierte seine Mutter. Er wandte sich Kayla zu und lächelte.

»Hey, wir haben uns auf Jasons Geburtstag kennengelernt, richtig? Er hat sich quasi den ganzen Abend mit dir in der Küche versteckt.«

Eine zarte Röte zog sich über Kaylas Wangen, doch sie schmunzelte. »Ja, das war ich. Ich wünsche dir alles Gute zum Geburtstag.«

»Danke. Ich finde es echt super, dass ihr gekommen seid.«

»Schön, dich zu sehen, Gayle«, sagte ich zu meiner Stiefmutter und trat zu ihr, um ihr ein Küsschen links und rechts auf die Wange zu hauchen. Was ich echt ätzend fand, aber den Streit über mein respektloses Verhalten, wenn ich es nicht täte, wollte ich mir noch weniger antun. Ihr penetrantes Parfüm stieg mir in die Nase, und ich löste mich rasch von ihr. »Das ist Kayla.«

Gayles graue Augen verengten sich, und sie ließ ihren Blick prüfend über Kayla gleiten. An ihrer missbilligenden Miene las ich ab, dass Kayla ihrem kritischen Urteil nicht standhielt. War mir egal. Ich fand, dass sie großartig aussah mit ihren offenen Haaren und in dem petrolfarbenen Kleid, das ihre Kurven zur Geltung brachte. Es war dezent, vor allem mit der blickdichten Strumpfhose und den flachen Stiefeln, aber stilvoll. Mir gefiel es. Ach was, ich fand sie darin so scharf, dass ich es ihr am liebsten sofort vom Leib gerissen hätte, als sie heute Morgen damit in mein Auto gestiegen war.

»Jason hat an Weihnachten nichts von einer Freundin erwähnt«, sagte Gayle.

»Jason trägt sein Herz ja auch nicht auf der Zunge«, brachte sich Will beschwichtigend ein. »Außerdem hat er gesagt, dass er Kayla zu meinem Geburtstag mitbringt.«

»Richtig«, stimmte ich zu und schielte aus dem Augenwinkel zu Kayla. Sie ließ sich nichts anmerken, das musste ich ihr lassen. Offenbar hatte sie in ihrer Zeit im Internat gelernt, mit solchen Sprüchen umzugehen, auch wenn ich sicher war, dass diese verbalen Spitzen sie trotzdem trafen. Genauso wenig ließ sie sich anmerken, ob der große Salon mit den zwei edlen, beigen Sitzgruppen, der langen gedeckten Tafel und den abstrakten Gemälden an den Wänden oder der großen Glasfront, durch die man New Yorks Wolkenkratzer bewundern konnte, sie in irgendeiner Weise beeindruckte oder nicht. Sie wirkte beinahe professionell, was für mich in krassem Gegensatz stand zu der Kayla, die ich kannte und die immer einen schlagfertigen Spruch parat hatte.

»Ich meine ja auch nur«, sagte Gayle und deutete auf eine der Sitzgruppen. »Setzt euch doch. Wollt ihr was trinken?«

Fragend sah ich zu Kayla. »Wasser?« Als sie nickte, wandte ich mich Gayle zu. »Wir nehmen beide ein Wasser, aber ich kann es auch selbst holen.«

»Ach was, das macht sie gern«, sagte Dad, obwohl ich das bezweifelte, und setzte sich uns gegenüber in einen Sessel. »Erzählt mal, wie habt ihr euch kennengelernt.«

Gespannt sah er zwischen uns hin und her, und ich stöhnte innerlich auf. Wenn ich gewusst hätte, dass mein Vater uns ins Kreuzverhör nehmen würde, hätte ich vielleicht unter dem Vorwand einer einer schweren Grippe abgesagt.

»Sie studiert auch an der Brown«, erklärte ich und hoffte, dass sich das Thema damit erledigt hatte.

»Ich teile mir ein Zimmer mit Rachel«, sagte Kayla und warf mir einen kurzen Seitenblick zu. »So haben wir uns kennengelernt.«

Damit schien Dad sich zufriedenzugeben. Gayle wiederum, die gerade mit unserem Wasser zurückkam, nicht. Sie fragte Kayla aus. Woher sie kam, was sie studierte, wie sie zu ihrem Stipendium gekommen war, was sie nach ihrem Biologiestudium machen wollte … Kayla beantwortete geduldig all ihre Fragen, und das alles mit mustergültigen Streberantworten, und doch merkte ich, dass sie in Gayles Augen nicht besonders gut abschnitt. Wie auch, nichts und niemand, der Kontakt mit mir hatte, schnitt bei Gayle gut ab. Ein Wunder, dass sie ihren eigenen Sohn und ihren Ehemann noch nicht verstoßen hatte. Andererseits lag ja genau da das Problem.

»Hat Jason dir erzählt, dass er sich ebenfalls auf ein Stipendium beworben hatte?« Gayle musterte Kayla aus ihren grauen Augen. Kaylas Blick wanderte kurz über Gayle und Will, der neben ihr saß, zu unserem Vater. Ich wusste, was sie sah. Dass Will und ich unserem Vater wie aus dem Gesicht geschnitten waren und ich zudem seine Augen und seine Haarfarbe geerbt hatte. Will hingegen hatte dieselben grauen Augen und blonden Haare wie seine Mutter.

Dann lächelte Kayla und sah Gayle wieder an. »Ja, hat er.«

»Hat leider nicht geklappt.« Gayle schürzte missbilligend die Lippen, während mein Magen sich anfühlte, als hätte ich soeben ein paar Steine geschluckt. Und da hatte ich gedacht, sie würde sich zurückhalten, wenn Kayla mit dabei war.

»Was aber auch überhaupt nichts macht«, mischte Dad sich ein.

Will nickte zustimmend. »Ich hab mich nicht mal auf ein Stipendium beworben. Warum auch? Damit nehme ich doch nur denen die Chance, die es wirklich benötigen.«

Ich konnte nicht anders, als zu grinsen. »Wie schön, dass du automatisch davon ausgehst, dass du ein Stipendium bekommen hättest.«

»Ich seh schon«, sagte Kayla neben mir und schmunzelte. »Diese Sache mit dem überhöhten Selbstvertrauen scheint was Genetisches zu sein.«

»Ja, da schlagen Dads Gene voll durch.« Will klopfte Dad, der verschmitzt grinste, auf die Schulter.

»Nicht nur da«, erwiderte Kayla und deutete zwischen Will und mir hin und her. »Ich mein, ihr seht euch echt ähnlich.«

Und da war er wieder, der Wackelkontakt, der ihre Verbindung zwischen Gehirn und Mund außer Gefecht setzte. Obwohl sie nicht wissen konnte, was sie damit anrichtete.

Gayles Augen wurden schmal, doch Dad lachte leise und schlug sich aufs Knie. »Ja, das macht jeden Vaterschaftstest unnötig.«

»Natürlich haben wir trotzdem auf einen bestanden«, sagte Gayle. »Wir können ja nicht jeder Dahergelaufenen alles glauben.«

Betretenes Schweigen breitete sich aus, und ich sah aus dem Augenwinkel, wie Kayla den Mund öffnete und sofort wieder schloss, ohne etwas zu sagen. Ich wäre ihr gerne zu Hilfe gekommen, hätte es ihr erklärt, aber jeder Muskel in meinem Körper war wie eingefroren. Nur mein Herzmuskel pochte überdeutlich in meiner plötzlich schmerzenden Brust.

Der Schmerz mischte sich mit Wut, brodelnder Wut auf mich selbst. Weil mich Gayles Worte tatsächlich trafen. Weil sie nach so langer Zeit immer noch in der Lage war, mich zu verletzen und mir innerhalb von einer Minute das Gefühl zu geben, wieder acht Jahre alt und zudem komplett wertlos zu sein. Dabei sollte ich es inzwischen so viel besser wissen und mich damit abgefunden haben. Aber die Wahrheit war, dass es mich traf. Und dass ich mich fragte, ob ich mich jemals nicht mehr so fühlen würde, ob ich jemals irgendwo dazugehören würde und es mir egal wäre, dass ich in meiner Familie neben Will nur das Kind zweiter Klasse war.

Der restliche Nachmittag verlief weitaus entspannter. Sobald die anderen Gäste kamen, war Gayle zu sehr damit beschäftigt, die perfekte Gastgeberin zu spielen, als dass sie Zeit gefunden hätte, ihre verbalen Spitzen gegen mich zu richten. Ich stellte Kayla ein paar Freunden meines Vaters vor, die allesamt netter und höflicher waren als meine Stiefmutter, und hielt mich von Gayles Familie fern. Das war gar nicht so schwer, da sich an die dreißig Menschen in dem Salon tummelten, genug also, um sich aus dem Weg zu gehen. Wenn Gayle gedurft hätte, hätte sie aus Wills Geburtstag einen Staatsakt gemacht, ein gesellschaftliches Event, zu dem sie ganz Manhattan eingeladen hätte. Nicht nur nachmittags, sondern auch abends. Aber da hatte Will sich durchgesetzt, und der Kompromiss war, dass er nach dem Abendessen mit seinen Freunden feiern ging und Gayle nachmittags ihre Party zu Ehren ihres Sohnes veranstalten durfte. Zum Glück. Ich zog lieber mit Will um die Häuser als mich mit New Yorks High Society abzugeben, vor allem mit Gayles Freundinnen, die mich alle wie den Dorn im Auge betrachteten, der ich für meine Stiefmutter war.

Nachdem wir zwei Stunden mit lästigem Smalltalk hinter uns gebracht hatten und mir schon die Wangen wehtaten von dem vielen falschen Lächeln, fand ich, dass wir uns eine Auszeit verdient hatten.

Ich griff nach Kaylas Hand, als sie sich gerade aus einem Gespräch mit Wills Patenonkel gelöst hatte, und brachte meinen Mund an ihr Ohr.

»Wollen wir uns eine Weile absetzen?«, murmelte ich.

Sie drehte den Kopf halb zu mir, sodass unsere Lippen sich beinahe berührten. »Können wir das denn machen? Ist das nicht unhöflich?«

Grinsend zuckte ich mit den Schultern. »Doch. Aber erstens kann ich nicht noch tiefer in Ungnade fallen, also ist es auch schon egal, und zweitens bemerkt es wahrscheinlich keiner.«

»Dann lass uns abhauen«, erwiderte Kayla.

Ich führte sie zurück in den Eingangsbereich und die Treppen nach oben in die zweite Etage, allerdings nicht ohne unsere Taschen mitzunehmen.

»Da wir ja jetzt unter uns sind«, begann Kayla, als ich meine Zimmertür öffnete und sie ihr aufhielt.

»Da wir ja jetzt unter uns sind?«, wiederholte ich und beobachtete, wie sie sich mit großen Augen umsah. Für mich waren das breite Boxspringbett, der große Schrank, der Flachbildfernseher an der Wand und die Glasfront ein Anblick, an den ich mich mit den Jahren gewöhnt hatte. Kayla wiederum war das erste Mal damit konfrontiert.

Sie drehte sich zu mir um und sah mich mit hochgezogenen Augenbrauen an. »Da wir jetzt unter uns sind, kann ich endlich mal loswerden, was für ein Palast das hier ist. Das ist … krass.«

Schmunzelnd stellte ich die Taschen auf den Lesesessel, der farblich perfekt zu dem grauen Bett passte. »Krass? Keine anderen Worte, die dir dazu einfallen?«

»Doch, eine Menge sogar.«

»Hab ich mir gedacht.«

Zögernd biss sie sich auf die Unterlippe, dann trat sie näher an mich heran. Ihre Stimme klang leise, als sie mir in die Augen sah. »Weißt du, ich würde gerne sagen, dass ich so was gewöhnt bin; Rose wohnt in einer riesigen Südstaatenvilla, viele auf dem Internat kamen aus sehr gehobenen finanziellen Verhältnissen. Aber das hier … Es ist wie ein goldener Käfig. Und du wirkst nicht besonders glücklich hier. Du bist ein ganz anderer Jason als in Providence.«

Ihre Ehrlichkeit überrumpelte mich und nahm mir jede Antwort, die ich mir zurechtgelegt hatte und sowieso nicht zu dem passen würde, was sie gerade gesagt hatte.

»Ähm …«, war alles, was ich hervorbrachte, ehe mein Gehirn mit einem ganz anderen Thema um die Ecke kam. »Du kannst mein Bett haben, ich schlaf einfach in Wills Zimmer.«

Kayla runzelte die Stirn. »Sei nicht albern.« Zweifel huschten durch ihren Blick. »Außer du willst das, dann ist das natürlich okay. Es macht ja auch irgendwie einen komischen Eindruck, wenn wir zusammen in einem Zimmer schlafen. Das ist nicht unbedingt das, was Freunde tun.«

Innerlich seufzte ich. Wir taten noch ganz andere Dinge, die Freunde eigentlich nicht miteinander taten, ganz davon abgesehen, dass weder Dad noch Gayle oder sonst wer dachte, dass wir nur Freunde waren. Aber ich fühlte mich gerade nicht in der Lage, dieses Gespräch mit Kayla zu führen, dafür war ich zu geplättet von diesem Nachmittag.

Ich atmete tief durch und ließ mich rücklings auf mein Bett fallen, die Arme streckte ich über den Kopf aus. »Es ist mir ehrlich gesagt egal, was das für einen Eindruck macht.«

Das war gelogen. Aber da es nur den Eindruck erwecken würde, dass Kayla und ich eben nicht nur Freunde waren – und das sowieso schon jeder dachte –, war es mir egal.

Ich spürte, wie die Matratze neben mir einsank, und drehte den Kopf. Kayla hatte sich neben mich gesetzt und sah mich mit unergründlicher Miene an.

»Jason, deine Familie …«

»Nein«, unterbrach ich sie instinktiv. Ich wusste, was sie mich fragen würde, doch ich wollte ihr nicht antworten. Ich wandte den Blick ab und rieb mir mit beiden Händen übers Gesicht. Scheiße, was hatte ich mir dabei gedacht, sie mitzunehmen? Offensichtlich hatte ich es nicht zu Ende gedacht. *Danke auch, Unterbewusstsein.*

Kayla schwieg einen Moment, dann hörte ich, wie sie tief durchatmete. »Okay, pass auf. Aus meiner Sicht gibt es nicht besonders viele Möglichkeiten, wie du nur wenige Monate älter sein kannst als dein Halbbruder.«

Ich schnaubte, und ein bitterer Geschmack breitete sich auf meiner Zunge aus. »Da gibt es genau eine Möglichkeit: Mein Vater hat sowohl meine Mutter als auch Gayle in sehr kurzer Zeit geschwängert. Ende der Geschichte.«

»Für mich klingt das eher wie der Anfang einer Geschichte – wie der Anfang deiner Geschichte«, sagte Kayla so unendlich sanft, dass sie all meine Wut und Verbitterung einfach wegspülte und freilegte, was darunter verborgen war. Ich spürte, wie mein Widerstand in sich zusammenfiel, und ließ die Hände sinken. Ich hatte Kayla mitgenommen, und einem Teil von mir war sehr wohl klar gewesen, dass ich das nicht tun konnte, ohne ihr diesen Teil meines Lebens zu offenbaren. Also musste ich da jetzt durch.

Ich starrte an die Decke, ohne wirklich etwas zu sehen, und räusperte mich. »Gayle und mein Dad haben sich schon in der Highschool kennengelernt und wurden bald ein Paar. Sie sind zusammen aufs College gegangen und haben drei Jahre vor Wills Geburt geheiratet.« Ich zögerte einen Moment, mein Inneres verkrampfte sich, und doch war es plötzlich, als könnte ich die Worte nicht mehr zurückhalten. »Mein Dad hatte nach ihrer Heirat beruflich oft in Boston zu tun, da hat er meine Mom kennengelernt ... Es war eine Affäre, sie ist schwanger geworden.« Ich schnaubte und schaffte es nicht, die Verbitterung zu vertreiben, weder aus meinen Worten noch aus meinen Gefühlen. »Ich bin das Produkt eines Seitensprungs.« Ich rieb mir über die Stirn, um zur eigentlichen Geschichte zurückzukehren. »Na ja, meine Mom war unsicher, ob sie mich bekommen sollte, weil sie noch mitten im Studium steckte, mein Dad hat sie allerdings unterstützt und von Anfang an Unterhalt gezahlt. Der Deal war, dass weder Gayle noch ich jemals davon erfahren.« Ich zögerte einen Moment. »Das ging ungefähr sieben Jahre gut. Dann hat Gayle es herausgefunden, wegen der ganzen Unterhaltszahlungen, und mein Dad hatte keinen Grund mehr, mich nicht zu sehen.« Seufzend schloss ich die Augen. »Angeblich ist es ihm all die Jahre sehr schwergefallen, keinen Kontakt zu mir zu haben, er hat wohl regelmäßig gefragt, wie es mir geht. Als ich acht Jahre alt war, hab ich ihn kennengelernt.« Ich hätte gerne geglaubt, dass meine Mutter es deswegen zugelassen hatte, weil sie der Meinung war, ich hätte ein Recht auf meinen Vater. Zumindest verkaufte sie es allen immer so. Die Wahrheit war, dass sie mich ab da nach New York abgeschoben hatte, wann immer es möglich gewesen war. Und mein Vater hatte mich immer mit offenen Armen willkommen geheißen; wenn es nach ihm gegangen wäre, wäre ich ganz zu ihm gezogen. Aber das hatten weder Gayle noch ich gewollt.

Kayla schwieg einen Moment, ich spürte ihren Blick regelrecht auf mir, traute mich aber nicht, sie anzusehen.

»Ich weiß gar nicht, was ich sagen soll, Jason«, sagte sie schließlich. Die Matratze bewegte sich erneut, und plötzlich wurde es warm an meinem Arm, als hätte sie sich neben mich gelegt. Doch sie berührte mich nicht, ich fühlte nur ihre Nähe. »Was dachtest du, bis du acht Jahre alt warst, wer dein Vater ist?«

»Meine Mom hat mir erzählt, dass es keine Rolle spiele, ich hätte einfach keinen Vater.« Ich zuckte mit den Schultern, als wäre es keine große Sache.

»Und wie war es für dich, als du ihn kennengelernt hast?«

Obwohl ich gedanklich nicht dorthin zurück wollte, stiegen die Erinnerungen sofort in mir auf. »Verrückt. Ich hatte acht Jahre keinen Vater – und dann plötzlich nicht nur ihn, sondern er hatte auch noch Will mit im Gepäck. Und Gayle.«

»Sie verhält sich dir gegenüber echt mies«, sagte Kayla. »Sie ist wie die böse Stiefmutter aus dem Märchen.«

Ich schluckte, konnte die Worte aber nicht zurückhalten. »Na ja, ich kann sie verstehen, weißt du? Ich mag sie nicht, aber ich kann sie verstehen. Ich bin der lebende und atmende Beweis dafür, dass die Liebe ihres Lebens sie betrogen hat. Und dann lauf ich auch noch dauernd vor ihrer Nase rum, weil mein Dad versucht, mich genauso zu behandeln wie Will und mich einzubinden.«

»Was ja auch richtig ist.«

»Schon.« Seufzend strich ich mir durch die Haare, meine Brust fühlte sich zu eng an und dehnte sich doch unter jedem Atemzug. »Trotzdem kann ich sie verstehen. Und sie war nicht immer nur mies zu mir, sie hat mir damals dieses Zimmer hier eingerichtet. Wenn ich krank war, hat sie sich um mich gekümmert – da haben irgendwie ihre Muttergefühle alles andere überschattet. Sie ist auch keine schlechte Mutter, weißt du. Für Will würde sie töten.«

Das war das Problem mit Gayle – oder mit Menschen an sich –, sie war nicht nur schwarz oder weiß. Gayle hatte viele gute Seiten.

Ich wusste, dass Dad sie sehr liebte und jedes Mal um die Ehe mit ihr gekämpft hatte, wenn Gayle drauf und dran gewesen war, ihn zu verlassen. Es war schlicht und einfach wirklich traurig, dass ich ein ständiger Reibungspunkt zwischen den beiden war.

»Ich finde ihren Standpunkt auch nachvollziehbar«, sagte Kayla zögerlich. »Aber es ist trotzdem unfair. Du kannst ja nichts dafür – du am allerwenigsten von allen Beteiligten. Du warst ein Kind, und du hast dir ja nicht ausgesucht, von wem du gezeugt wirst.«

Darauf fiel mir keine Antwort ein, also schwieg ich. Die Situation war zu kompliziert, und Gefühle interessierten sich nicht dafür, was fair war oder nicht. Weder meine noch die von Gayle.

»Darf ich dich noch was fragen?« Ihre Stimme klang sanft und wirkte wie ein Kühlpack auf einer üblen Verbrennung. Also nickte ich.

»Klar. Jetzt bin ich ja eh schon quasi nackt, also kann ich mich auch ganz ausziehen.«

»Keine Sorge, du gefällst mir nackt sehr gut«, neckte sie mich lächelnd, ehe sie wieder ernst wurde. »Wie ist dein Verhältnis zu deinem Vater? Er wirkt wahnsinnig bemüht um dich und als würde er sich sehr freuen, dass du da bist. Will übrigens auch. Korrigiere mich, wenn ich falschliege, aber es macht den Eindruck, als ob Will dich vollauf als seinen Bruder respektiert.«

»Tut er«, erwiderte ich, und automatisch wühlte sich ein schlechtes Gewissen durch meine Eingeweide. Wenn es nach Will gegangen wäre, hätten wir viel mehr Kontakt miteinander. »Sie bemühen sich beide sehr. Aber ... es fühlt sich trotzdem nie an, als würde ich da reinpassen.« Und weil ich das Gefühl, nicht dazuzugehören, so sehr hasste, folgte ich genau dieser Empfindung und hielt mich so gut es ging von New York, Will und unserem Dad fern.

»Okay«, sagte Kayla leise, und ich war ihr dankbar, dass sie nicht sofort damit anfing, dass es nicht stimmte, und mir dadurch das Gefühl gab, mich nicht so fühlen zu dürfen. »Und wie ist das mit deiner Mom? Wie ist euer Verhältnis?«

»Hm.« Ich wiegte den Kopf, vermied es aber immer noch, Kayla anzusehen. »Sie meint, sie hätte wegen mir alles aufgegeben, das hat sie wohl als recht einengend empfunden. Sie hat mich quasi allein großgezogen, ohne Großeltern oder irgendwas. Ich glaube, sie war erleichtert, als sich ihr endlich die Möglichkeit bot, mich in den Ferien und an den Wochenenden nach New York zu schicken. Es ist ziemlich krass, wenn man nie Freizeit hat und nur finanzielle Unterstützung, aber keine alltägliche Hilfe.«

»Was zur Hölle stimmt nicht mit dir?« Kayla klang fassungslos und bestürzt zugleich. »Du warst ein Kind, Jason, sei nicht so ein verständnisvoller Geduldsbolzen. Du hast jedes Recht, stinksauer zu sein. Wenn mich jemand so behandeln würde, würde ich ausrasten.«

Ohne mein Zutun zuckte mein Mundwinkel. »Das kann ich mir bildlich vorstellen.«

»Vielleicht würde dir das auch mal guttun.«

»Was? Ausrasten?«

»Ja.«

Ich schwieg einen Moment. »Das hab ich versucht, so ist es nicht. Ich hab nur irgendwann gemerkt, dass es mich nicht weiterbringt. Das verhärtet die Fronten nur weiter.«

»Sicher?«

»Ganz sicher.«

Die Wahrheit war, dass ich es lieber aussaß und die Zeit, die ich hier verbrachte, nicht mit Streit vergeuden wollte. Ich hatte mir in Providence ein eigenes Leben aufgebaut, auf das Gayle und meine Mom keinen Einfluss hatten, meinen eigenen Raum, zu dem sie keinen Zutritt hatten. Seitdem war es leichter, mit ihrer Ablehnung umzugehen, es beeinträchtigte mich weniger als früher.

»Ich finde trotzdem, dass Gayle ein Miststück ist«, sagte Kayla nach einer Weile, und ich spürte, wie sie über meinen Arm strich. Ihre Berührung vertrieb die Enge in mir ein wenig, wärmte mich von innen. »Ich mag es nicht, dass sie dich so behandelt, egal, ob sie ihre Gründe hat oder nicht. Es ist unfair.«

»Hm.« Ich gab mir einen Ruck und wandte mich Kayla zu. Sie lag seitlich neben mir, auf den Ellbogen gestützt, und ihre langen Haare ergossen sich über ihre Schulter und ihren Arm. Ihr Blick ruhte auf mir und war voller Mitgefühl, für einen Moment kam es mir so vor, als würde ich in ihren blauen Augen versinken. Ohne weiter darüber nachzudenken, legte ich die Hand an ihre Wange und richtete mich auf, während ich sie gleichzeitig näher zu mir zog, um sie zu küssen.

Es gab viele Dinge, die ich ihr sagen wollte und nicht konnte. Wie dankbar ich war, dass sie mitgekommen war. Was es mit mir machte, dass sie sich so klar auf meine Seite stellte – und mir dennoch zugehört hatte, ohne gleich aufzubrausen. Wie sie dieses schmerzhafte Ziehen in meiner Brust linderte und mir das Gefühl gab, selbst hier, in New York, atmen zu können. Dass es keinen Menschen gab, den ich gerade lieber hier gehabt hätte.

Tausend Gefühle, die ich nicht einmal ansatzweise benennen konnte, wirbelten in mir durcheinander. Also legte ich alles in diesen Kuss, damit Kayla hoffentlich verstand, was sie mit mir machte.

KAPITEL 23

KAYLA

Können wir kurz darüber reden, wie heiß Jason ist?«

Ich verdrehte die Augen und beobachtete Rose im Spiegel, wie sie ihren roten Lippenstift auffrischte, während ich mir die Hände wusch. »Nein, können wir nicht.«

Sie schob schmollend die Unterlippe vor, und ihr Spiegelbild musterte mich vorwurfsvoll. »Warum nicht?«

»Weil wir jetzt Wills Geburtstag feiern«, zischte ich leise und band meine Haare zusammen; es war wirklich zu warm in diesem Club, um die Haare offen zu tragen. »Außerdem sind wir auf der Damentoilette.«

In einem Nachtclub mit Wills Freunden, die ich nicht alle zuordnen konnte – am Ende war eine seiner Freundinnen auch gerade hier und hörte Rose und mich reden.

»Ich weiß. Ich bin nur mit dir hierhergegangen, um dieses Gespräch zu führen. Da drin versteht man ja sein eigenes Wort nicht.«

Ich konnte es mir gerade so verkneifen, schon wieder die Augen zu verdrehen. »Und ich dachte, du würdest dich einfach freuen, mich zu sehen.«

Sie drückte meinen Arm. »Tu ich doch – ich hätte nie gedacht, dass du tatsächlich nach New York kommst.«

»Ich auch nicht«, gestand ich und seufzte. Ein Teil von mir konnte immer noch nicht glauben, dass ich wirklich zugestimmt hatte, Jason zu begleiten, und dass ich nun hier war. Wobei Rose ein gutes Argument gewesen war und Jason viele Pluspunkte gesammelt hatte, als er gemeint hatte, ich könnte sie doch einfach abends in den Club einladen, in dem Will feierte. Genau das hatte ich getan.

Rose wandte sich vom Spiegel ab und sah mich direkt an. Die Luft anhaltend erwiderte ich ihren Blick. Ich sah, dass sie zögerte, und das führte dazu, dass ich noch weniger hören wollte, was sie zu sagen hatte.

»Ich weiß, du willst nicht über Jason reden und darüber, was das zwischen euch ist«, begann sie leise und zog mich ein Stück von dem Spiegel weg, an dem sich bereits andere Frauen drängten, um sich frisch zu machen. »Weihnachten hab ich das total akzeptiert, ich war froh, dass du dich überhaupt auf jemanden eingelassen hast. Aber …« Am liebsten hätte ich mir die Ohren zugehalten, nur um nicht hören zu müssen, was als Nächstes kam. »Er hat dich zum Geburtstag seines Bruders eingeladen und er wirkt wahnsinnig nett und bemüht. Und ganz ehrlich, du bist total verschossen in ihn. Belüg dich selbst, belüg ihn, aber mir kannst du nichts vormachen.«

Ich spürte, wie mir die Hitze ins Gesicht stieg, und zischte: »Fein, ich find ihn gut, und weiter?«

Rose hob beschwichtigend die Hände. »Ich will damit nur sagen, dass er nicht Ryan ist. Nicht jeder Typ umgarnt dich, nur um dich ins Bett zu kriegen und danach fallenzulassen.« Sie sah mich eindringlich an, als würde sie mir die Botschaft gerne in die Hirnwindungen tätowieren. »Ich weiß, wie scheiße das damals war – aber willst du deswegen wirklich jedem anderen unterstellen, dass er genauso ist? Willst du nie in deinem Leben eine Beziehung führen, nur weil sich einmal jemand wie ein Arsch verhalten und dich ausgenutzt hat?«

Nein, logisch betrachtet wollte ich das natürlich nicht. Aber logisch betrachtet wusste ich auch, dass Rose recht hatte. Dennoch wirbelten alle möglichen Emotionen in mir durcheinander und prallten gegen meine Mauern. Ich verschränkte die Arme, aus Angst, dass sie sonst aus mir herausbrechen würden. Ryan hatte … mir das Blaue vom Himmel versprochen, sich so viel Mühe gegeben, mein Vertrauen zu gewinnen, mich glauben zu lassen, dass ich etwas Besonderes für ihn war. Dabei war es nur darum gegangen, die Streberin ins Bett zu kriegen. Und danach jedem zu erzählen, wie naiv und leichtgläubig ich gewesen war, dass ich wirklich geglaubt hatte, jemand wie er hätte ernsthaftes Interesse an mir gehabt. Die Erinnerungen daran schnürten mir bis heute die Kehle zu.

»Ich will dir nicht wehtun«, fuhr Rose fort. »Du bist meine beste Freundin, ich hab dich lieb – genau deswegen muss ich ehrlich zu dir sein.«

Ich spürte, wie mein Widerstand ein wenig bröckelte. Wenn ich es Rose nicht anvertrauen konnte, dann niemandem.

»Jason … er erinnert mich manchmal an ihn, weißt du?«, sagte ich leise. So leise, dass Rose näher rückte, um mich zu verstehen. »Gar nicht von seinem Charakter her, es ist eher seine Art, seine Mimik und Gestik. Er … zwinkert zum Beispiel genauso wie Ryan.« Ich verdrehte über mich selbst die Augen. »Lächerlich, ich weiß.«

»Hast du ihm das gesagt?«

»Nein! Natürlich nicht!« Entgeistert sah ich Rose an. Womöglich war es doch keine gute Idee, ihr das alles zu erzählen. Aber nun war es zu spät.

Ihre Mundwinkel zuckten amüsiert. »Vielleicht solltest du das tun. Mit ihm reden. So ganz generell.«

Allein bei dem Gedanken daran stieg Panik in mir auf. Mit Jason über eine Beziehung reden? Und mir am Ende eine Abfuhr einfangen? Diese Demütigung nochmal ertragen? Nein, ganz bestimmt nicht. Hastig schüttelte ich den Kopf.

»Warum nicht?«, fragte Rose. »Ihr habt doch ein gutes Vertrauensverhältnis, oder nicht?«

»Schon, ja.« Ich zuckte unsicher mit den Schultern, dabei hätte es da keine Unsicherheit geben sollen. Jason hatte mein Vertrauen nie ausgenutzt, im Gegenteil. Und nach dem, was er mir heute von sich offenbart hatte ... Wenn das kein Vertrauensbeweis war, wusste ich es auch nicht. Andererseits sagte das noch nichts über Jasons Absichten aus. Dass wir Freunde waren und einander vertrauten, war das eine. Aber dass er wirklich mehr von mir wollte? Schwer vorstellbar für mich.

Auf der Party, die seine schreckliche Stiefmutter heute Nachmittag ausgerichtet hatte, hatte er mich immer nur als Kayla vorgestellt. Kein zusätzliche Bezeichnung. Nur Kayla. Vielleicht war ich das für ihn? Nur Kayla? Ich rieb mir über die Stirn, mir rauchte der Kopf. Dieser Tag war eindeutig zu viel gewesen. Jasons furchtbar verfahrene Familiensituation. Gayle, der ich für ihre Kommentare und ihr Verhalten gerne meine Faust mitten ins Gesicht gerammt hätte. Alles, was er mir erzählt hatte ... Ich hatte noch nicht einmal das sortiert und eingeordnet, und jetzt stand Rose vor mir und wollte mit mir über Jason reden. Das war mir eindeutig zu viel.

»Lass uns wieder zurückgehen«, sagte ich und nickte in Richtung des Clubs. »Sie warten bestimmt schon auf uns.«

Rose' Blick verriet mir, was sie von meiner Flucht vor dem Gespräch hielt. Sie schwieg jedoch und folgte mir.

Kaum dass wir den Toilettenraum durch die Schwingtür verließen, schlug uns Musik entgegen und wurde lauter, je näher wir der Tanzfläche kamen. Elektronische Partymusik und zwischendrin ein paar mehr oder weniger aktuelle Hits dröhnten aus den Lautsprechern. Wir schlängelten uns durch die Tanzwütigen auf der Tanzfläche in den hinteren Bereich des Clubs, der abgetrennt war und zu dem man nur Zutritt hatte, wenn man einen der darin befindlichen Tische reserviert hatte. Der Security-Mann öffnete die Absperrung für uns, und wie vorhin schon war es, als würden wir eine andere Welt betreten, als wir die wenigen Stufen zu den Tischen nach oben stiegen. Auf der Tanzfläche tummelte sich eine bunte Mischung aus allen möglichen Styles, insgesamt zwar etwas gehobener, aber man sah auch Jeans und Chucks. In dem abgesperrten Bereich dominierten vor allem Edelmarken und teure Designerklamotten. Rose fügte sich mit ihrem kurzen schwarzen Kleid, das ihren Rücken freiließ, und den halsbrecherischen Ankle Boots perfekt ein. Ich fühlte mich ein wenig fehl am Platz, wie immer eben, doch zum Glück waren Wills Freunde alle sehr nett und eine bunt gemischte Truppe. Im Gegensatz zum Nebentisch, an dem gefühlt nur kurze Kleider und maßgeschneiderte Anzüge und Hemden saßen.

Jason lächelte, als wir bei ihm ankamen. »Ich wollte schon einen Suchtrupp losschicken«, rief er uns über die laute Musik hinweg zu.

»Mädchengespräche«, antwortete Rose grinsend und wandte sich dem Tisch zu. »Oh, da ist ja Hardy! Was machst du denn hier? Bin sofort zurück«, sagte sie zu mir, ehe sie einen blonden Typ mit einem lockeren blauen Hemd und schwarzer Hose begrüßte. Offenbar kannte sie doch jemanden aus Wills Freundeskreis, nachdem die beiden vorhin bereits festgestellt hatten, dass sie zwar an derselben Uni studierten, sich aber noch nie wahrgenommen hatten. Vermutlich würde sich das ändern, da Rose ihn ab jetzt bestimmt grüßen würde.

Jason grinste und legte einen Arm um mich, seine Hand fand ihren Weg an meine Hüfte. »Will ich wissen, warum ihr so lange gebraucht habt?«

»Keine Ahnung, ob du willst – aber du darfst nicht.«

»Schade. Hätte ja sein können, dass ihr über mich geredet habt«, sagte er und wackelte frech mit den Augenbrauen.

Lachend schlug ich gegen seine Brust. »Sei nicht so eingebildet.«

»Ich kann nicht anders, du weißt doch, dass das ein genetisches Problem ist.«

Einen Moment sah ich ihn ungläubig an, er wirkte losgelöst, seine Augen funkelten amüsiert. Wie konnte er Witze darüber machen? Wenige Stunden, nachdem seine Stiefmutter ihn so mies behandelt und er quasi seine halbe, wirklich tragische Lebensgeschichte vor mir ausgebreitet hatte? Ich an seiner Stelle hätte mich in mein Zimmer verkrochen. Und hier stand Jason und machte gutgelaunt Witze darüber. Der Mann war ein Phänomen.

»Na gut, dann bin ich nachsichtig«, erwiderte ich.

Er brachte seine Lippen an mein Ohr und berührte es ganz sachte, als er sprach. »Wie großzügig.«

Ein heißer Schauer rieselte über meinen Rücken, und ich sah zu ihm auf. »Manchmal hab ich solche Momente.«

Er war mir so nah, dass unsere Nasenspitzen sich beinahe berührten, und erwiderte meinen Blick so intensiv, dass ich mir auf der Stelle wünschte, mit ihm allein zu sein. Ich räusperte mich und brachte etwas Abstand zwischen uns. Denn wir waren definitiv nicht allein.

Einen Moment sah Jason mich mit unergründlicher Miene an, dann nickte er zu dem Tisch. »Wir haben Wasser in Flaschen, die noch nicht geöffnet wurden.«

Ich lächelte automatisch, einfach, weil er so sehr mitdachte, ohne dass ich etwas sagen musste. »Danke.«

»Nicht dafür.«

Das eine Lied ging in ein anderes über – eines, das ich tatsächlich kannte und mit dem ich nicht gerechnet hatte. *There's nothing holding me back* von Shawn Mendes. Das war eines der Lieder gewesen, die Rose und ich immer zusammen gehört hatten, während wir für unseren Abschluss lernten. Deswegen war es nicht überraschend, dass sie sofort bei mir war und aus vollem Hals mitsang. Was mich allerdings überraschte, war, dass Jason den Songtext ebenfalls auswendig kannte.

Lachend wandte ich mich ihm zu. »Ich hätte nicht gedacht, dass du Shawn Mendes hörst.«

»Überraschung«, erwiderte er, stieß die Faust in die Luft und sang den Refrain mit. Er zog eine Show ab, als wäre er Mitglied einer Boyband, und Rose stieg sofort ein, als wäre es vollkommen egal, dass alle sie sehen konnten. Es war ansteckend, ich konnte mich nicht gegen den ausgelassenen Sog wehren, den die beiden auf mich ausübten, also sang und tanzte ich mit ihnen. Nicht nur zu diesem Song, sondern auch zu dem nächsten und dem übernächsten. Schweiß lief meinen Rücken hinunter und sickerte in mein Kleid. Irgendwann ging Rose zu Hardy, um mit ihm zu tanzen, aber das störte mich nicht, ich blieb einfach bei Jason. Er kam mir immer näher, irgendwann lagen seine Hände auf meinen Hüften und meine Arme um seinen Nacken, ohne dass ich genau erklären konnte, wie es passiert war.

Er strich mit der Nasenspitze meine Schläfe entlang und hauchte einen Kuss auf die empfindliche Stelle unter meinem Ohr. Ich erschauerte und drängte mich näher an ihn. War doch egal, was die anderen dachten. Ich kannte hier niemanden außer Will und Rose – und Letztere wusste es sowieso schon. Hier mussten wir nicht vorsichtig sein und so tun, als wäre unsere Freundschaft rein platonisch.

Follow me von Hardwell und Jason Derulo dröhnte aus den Lautsprechern, und Jason sang den Song leise mit, seine Lippen berührten mein Ohr bei jedem Wort und steckten meinen Körper in Brand. Der Text passte so gut zu uns, gerade jetzt in diesem Moment. Egal, wie es morgen oder nächste Woche zwischen uns sein würde, jetzt gerade war es echt. Jetzt gerade fühlte ich mich wohl bei ihm und so sehr zu ihm hingezogen, dass es beinahe wehtat. Ich zog den Kopf ein wenig zurück, gerade so weit, dass ich Jason in die Augen sehen konnte. Ein kurzer Blick genügte, dann lagen seine Hand an meiner Wange und seine Lippen auf meinen. Er küsste mich innig. Mitten in diesem Club. Vor seinem Bruder und meiner besten Freundin. Als wäre es ihm vollkommen egal, ob uns jemand sah.

Als wir nachts nach Hause kamen, war ich aufgekratzt – viel zu aufgekratzt, um zu schlafen. Auf Zehenspitzen schlichen wir in das obere Stockwerk, um Jasons Vater und Gayle nicht zu wecken, deren Schlafzimmer in der unteren Etage auf der anderen Seite des Penthouses lag. Somit gehörte das Obergeschoss uns, was mir ein Gefühl von Privatsphäre gab.

»Wie seltsam ist es, wenn ich jetzt noch duschen gehe?«, fragte ich, als Jason seine Zimmertür hinter uns schloss. Die lange Autofahrt, der Nachmittag, der Club … Das alles klebte an mir, und ich wollte es zusammen mit dem Schweiß abwaschen, bevor ich schlafen ging.

»Gar nicht seltsam, dann mach ich das auch«, sagte Jason und verkniff sich zu meiner Überraschung einen Spruch, ob wir zusammen duschen wollten. »Du kannst in mein Bad, ich geh zu Will rüber.«

»Okay.« Es wunderte mich nicht mal, dass jedes Schlafzimmer ein eigenes Bad hatte, ich nahm es einfach hin.

Die Dusche entspannte mich ein wenig, ich war nicht mehr ganz so überdreht – doch ich war auch nach wie vor hellwach. Nachdem ich meine Haare kurz angeföhnt hatte und in meine Schlafsachen geschlüpft war, trat ich wieder in Jasons Zimmer. Er war bereits zurück, saß in Boxershorts und einem grauen T-Shirt auf seinem Bett, während er sich die Haare mit einem Handtuch trocken rubbelte. Er tippte auf seinem Handy herum, sah jedoch auf, als er die Tür hörte.

Sein Mund stand leicht offen, als er den Blick über meine Schlafshorts und das Tanktop gleiten ließ, unter dem ich keinen

BH trug. Mein Puls beschleunigte sich. Achtlos warf er sein Smartphone auf den Nachttisch und das Handtuch auf den Boden und streckte die Hand nach mir aus. Mit einem Flattern im Bauch folgte ich seiner stillen Aufforderung, er griff nach meinen Hüften und zog mich rittlings auf seinen Schoß. Meine Lippen fanden seine, seine Arme schlangen sich um mich. Dieser Kuss fühlte sich anders an, es war, als wäre eine Wand zwischen uns eingebrochen.

Seine Zunge neckte meine und umspielte sie, ich vergrub die Hände in seinen Haaren und zog ihn dichter an mich, um den Kuss zu vertiefen. Seine Fingerspitzen strichen meine Seiten entlang und schoben mein Top nach oben. Ich hob die Arme, damit er es mir ausziehen konnte, löste mich gerade lang genug von ihm, um ihm sein Shirt über den Kopf zu zerren. Dann küssten wir uns wieder, und ein warmer Schauer rieselte über meinen Rücken. Jasons Oberkörper drückte gegen meine Brüste, ich genoss das Gefühl von seiner warmen Haut an meiner, dieses Gefühl, dass da nichts war, das uns trennte. Abgesehen von unseren Shorts.

Sein Geruch hüllte mich ein, und ich inhalierte ihn atemlos, während ich seine Rückenmuskeln nachzeichnete. Seine Hände umfassten meine Brüste, seine Daumen neckten meine Brustwarzen, und ein heißes Prickeln schoss in meinen Unterleib. Ich drängte mich näher an ihn, spürte seine Erektion an meiner Mitte und seufzte gegen seine Lippen. Jasons Brust hob sich, als er nach Luft schnappte. Er zog mich mit sich in die Mitte der Matratze, ließ sich rücklings nach hinten sinken und zog mich mit sich. Eine Hand blieb an meinen Brüsten, die andere wanderte über meinen Rücken nach unten. Er drängte mir die Hüften entgegen und vergrub zeitgleich die Finger an meinem Hintern. Verlangen rauschte durch meine Adern, und ich löste mich leise stöhnend von seinen Lippen, um seinen Hals zu küssen. Er keuchte, als ich die Sehnen an seinem Hals mit der Zunge nachzeichnete und ihn meine Zähne an seinem Schlüsselbein spüren ließ. In einer schnellen Wendung drehte er uns beide um, sodass ich auf dem Rücken lag und er über mir. Sein heißer Atem prallte gegen meine Haut, als er an meinem Ohrläppchen knabberte, dann strich er mit den Fingern zum Bund meiner Schlafshorts, um sie mir auszuziehen. Ohne nachzudenken, hob ich mein Becken an, um ihm zu helfen. Sobald er meine Shorts samt meiner Unterwäsche vom Bett geworfen hatte, zog er seine Boxershorts ebenfalls aus. Meine Kehle war trocken, ich schluckte. Aufregung schwoll in mir an. Das hier war anders als die Male davor, es würde nicht dabei bleiben, dass wir uns küssten, das wusste ich. Bevor ich daran zweifeln konnte, was danach sein würde, war Jason wieder über mir und küsste mich so innig, dass jeder Gedanke im Nichts verpuffte.

Ich hatte gerade die Arme um ihn geschlungen, als er sich erneut von mir löste und mit den Lippen über mein Kinn zu meinem Hals strich. Er bahnte sich einen Weg zu meinen Brüsten und über meinen Bauch weiter nach unten, benutzte seine Lippen, seine Zunge und seine Zähne in einem derart perfekten Zusammenspiel, als hätte er eine himmlische Anleitung erhalten. Mir stockte der Atem, und ich biss mir stöhnend auf die Wangeninnenseite, als er seinen Kopf zwischen meine Beine senkte und ich seinen Mund an meiner intimsten Stelle spürte. Das Blut rauschte in meinen Ohren, und Verlangen pulsierte durch meinen Körper, bündelte sich in meinem Unterleib. Was Jason mit seiner Zunge anstellte, sollte verboten werden. Haltlos krallte ich meine Finger in die Bettdecke unter mir und drängte mich seinen Berührungen entgegen. Ich wollte mehr, so viel mehr. Ich wollte ihn. Nicht nur seine Hände und seinen Mund, sondern alles von ihm. Es war mir egal, was morgen sein würde. Jetzt zählte nur dieser Moment.

Als hätte er meine Gedanken gelesen, richtete Jason sich wieder auf und küsste sich über meinen Bauch nach oben, wobei seine Hände meine Seiten entlangstrichen.

»Sag mir bitte, dass du Kondome hast«, hauchte ich atemlos und glitt mit den Fingerknöcheln über sein Brustbein. Sein Grinsen war Antwort genug, und er lehnte sich zu seinem Nachttisch, aus dessen oberster Schublade er ein Kondompäckchen fischte. Aufgeregt pochte mein Herz gegen meine Rippen, während ich beobachtete, wie Jason sich das Kondom überzog. Im nächsten Moment beugte er sich über mich und küsste mich verzehrend, drang jedoch nicht in mich ein. Ich spürte ihn bereits und stemmte mich ihm ungeduldig entgegen. Keuchend löste er sich von mir, gerade so weit, dass er mich ansehen konnte. Seine Nasenspitze streifte meine, und er beobachtete mich ganz genau, als er langsam in mich eindrang. Im ersten Moment stockte ich, und Jason verharrte ruhig. Seine Muskeln waren angespannt, sein Bizeps zitterte kaum merklich unter meinen Fingern. Als ich mich an ihn gewöhnt hatte, küsste ich ihn fordernd und drängte mich ihm entgegen. Langsam fing er an, sich zu bewegen, zog sich aus mir zurück und stieß wieder zu. Ich stöhnte leise, zog ohne nachzudenken mein Bein an, um ihn tiefer in mir aufzunehmen, und kam seinen Bewegungen entgegen. Mit jedem Stoß zog er das Tempo ein wenig mehr an und traf einen tief verborgenen Punkt in mir, der all meine Nervenenden zum Glühen brachte. Es war elektrisierend, wie sich unsere Körper miteinander bewegten, wie wir unseren ganz eigenen Rhythmus fanden. Das Spiel seiner Rückenmuskulatur unter meinen Fingern, sein heißer Atem und seine Zunge an meinen Lippen und in meinem Mund. Es gab nichts mehr um mich herum, meine ganze Wahrnehmung fokussierte sich auf Jason.

Er packte meine Wade, schob mein Bein ein wenig höher und legte es um seine Taille. Das veränderte den Winkel noch einmal, und ein heißes Kribbeln schoss mein Rückgrat entlang, um sich in meinem Unterleib zu bündeln. Stöhnend vergrub ich meine Finger in Jasons Schulter und löste mich von seinen Lippen, um seinen Hals zu küssen. Ich spürte seinen rasenden Puls unter meiner Zunge, als ich über seine Halsschlagader leckte. Seine Haut schmeckte leicht salzig, und ich inhalierte seinen männlich frischen Duft, der sich mit einer herberen Note mischte und mich vollkommen einhüllte.

Er knabberte an meinem Ohrläppchen, während er sein Gewicht auf den einen Ellbogen verlagerte und mit der anderen Hand meinen Oberschenkel nach oben strich bis dorthin, wo wir miteinander verbunden waren. Seine Finger passten sich an den Rhythmus seiner Stöße an, und meine Erregung wurde schlagartig noch heftiger.

Ich biss mir stöhnend auf die Unterlippe, als mein Unterleib sich zusammenzog, explodierte und mich wie eine Flutwelle mit sich riss. Nur wenige Stöße später spannte sich Jasons gesamter Körper an, und die Muskeln und Sehnen an seinem Hals traten hervor. Er stöhnte, es war ein tiefes Geräusch, das in seiner Brust rumorte, dann ließ er die Stirn auf meine Schulter sinken.

Einen Moment verharrten wir so, schwer atmend, bis unsere Herzschläge sich beruhigten. Mit zittrigen Fingern strich ich über Jasons Rücken, er hauchte mir einen Kuss aufs Schlüsselbein. In mir herrschte wohlige Leere und Schwerelosigkeit, als würde außerhalb dieses Betts rein gar nichts existieren, das zählte.

Für mein Dafürhalten viel zu früh stemmte Jason sich auf die Unterarme und küsste mich kurz auf die Stirn.

»Bin gleich zurück«, murmelte er. Dann stand er auf und ging ins Badezimmer, um das Kondom wegzuwerfen. Die Minute, die er weg war, reichte aus, damit mein Gehirn seine Arbeit wiederaufnahm. Plötzlich fühlte ich mich nackt, ohne Jasons Wärme kroch die Kälte über meine erhitzte Haut und kühlte mich ab. Noch während ich überlegte, ob ich mich anziehen oder einfach nur unter die Decke legen sollte, kam Jason wieder und nahm mir die Entscheidung ab. Er schlug die Decke zurück, legte sich auf die Matratze und breitete den Arm aus, den Blick auf mich gerichtet, eine deutliche Einladung, dass ich zu ihm kommen sollte. Ohne zu zögern, rutschte ich zu ihm, er schlang den Arm um mich und deckte uns beide zu. Schweigend sah er mich an, strich mit den Fingerkuppen über meine Wange und über meine Schläfe. Seufzend schloss ich die Augen, genoss seine Berührungen und seine Nähe und das Kribbeln, das er in mir auslöste.

Dieses eine Mal waren Worte vollkommen überflüssig, also ließ ich mich in die Stille zwischen uns fallen.

KAPITEL 24
JASON

In mir flatterte ein ganzer Schwarm Schmetterlinge wild durcheinander, als ich die Treppen in die untere Etage hüpfte. Obwohl ich kaum geschlafen hatte, fühlte ich mich hellwach und beschwingt, ein bisschen, als hätte ich aufputschende Drogen genommen oder wäre gerade Achterbahn gefahren. Nur dass ich nichts davon getan hatte. Stattdessen hatten Kayla und ich die Nacht zum Tag gemacht und dreimal miteinander geschlafen. Erst im Morgengrauen waren wir zur Ruhe gekommen – und man hätte meinen können, dass dieser komatöse Tiefschlaf länger als drei Stunden anhielt. Tat er nicht, zumindest nicht bei mir. Kayla war noch im Land der Träume, und ich hatte sie nicht wecken wollen, nur weil ich so ein energiegeladenes Pulverfass war, dem man ein breites Grinsen ins Gesicht getackert hatte. Ehrlich, meine Mundwinkel taten bereits weh, aber ich konnte einfach nicht damit aufhören. Letzte Nacht war einfach ... zu unglaublich gewesen. Alles, was zwischen uns passiert war. Obwohl ich schon mit einigen Frauen Sex gehabt hatte, hatte ich mich danach noch nie so gefühlt. Wie nah wir uns gewesen waren, wie perfekt wir harmoniert hatten. Wie sie sich an mich geschmiegt und leise meinen Namen gestöhnt hatte, wie sie mich aus ihren großen blauen Augen angesehen hatte, die zugleich vor Lust verschleiert gewesen waren ... Allein bei der Erinnerung wallte Hitze in mir auf.

Beschwingt bog ich in den Gang, der zur Küche führte. Kaffee wollte ich nicht, denn dann würde ich vermutlich abheben. Ich spürte jetzt schon kaum den Boden unter den Füßen. Aber irgendwas Kleines zu essen, das ich Kayla mit ans Bett bringen konnte, wollte ich stibitzen.

Ich bog um die Ecke in die Küche und erstarrte. Ich hatte damit gerechnet, allein zu sein, obwohl das ein dummer Gedanke gewesen war, wie mir schlagartig klar wurde. Auch wenn ich nur drei Stunden geschlafen hatte, war es trotzdem schon vormittags. Und Gayle eine Frühaufsteherin. Sie trug bereits einen beigen Hosenanzug mit passender Bluse, ihre Haare waren zu einem perfekten Knoten zusammengebunden. Als würde sie jeden Moment aus dem Haus gehen, anstatt einfach nur am Sonntagmorgen in ihrer eigenen Küche zu stehen und sich einen Kaffee einzuschenken.

Sie stand mit dem Rücken zu mir an der marmornen Arbeitsfläche, zwischen dem Hightech-Herd und den vielen edlen Küchengeräten, von denen ich nicht wusste, ob sie je selbst damit gekocht hatte. Einen Moment überlegte ich, ob ich mich einfach gleich wieder unbemerkt aus der Küche schleichen sollte, und setzte schon an, einen Schritt rückwärts zu gehen. Da drehte sie sich um, und ich erstarrte.

Gayle zog eine fein gezupfte Augenbraue nach oben und musterte meinen Aufzug, der nur aus Shirt und Boxershorts bestand. »Guten Morgen, Jason. Auch schon wach?«

Ich räusperte mich und ignorierte das ungute Gefühl, das in mir aufstieg. »Guten Morgen. Es ist gestern recht spät geworden.«

Dabei waren wir lange vor Will gegangen. Er hatte mir vor zwei Stunden eine Nachricht geschickt, dass er jetzt erst auf dem Weg nach Hause war.

»Das hab ich mir gedacht«, sagte sie, und ich versuchte, ihren abschätzigen Tonfall zu ignorieren. »Hattet ihr Spaß?«

»Ähm, ja, ich denke schon«, erwiderte ich und strich mir durch die Haare. Wo zur Hölle war Dad? Ich wollte nicht allein mit Gayle sein. Aber ich konnte auch schlecht wieder gehen. Zum Glück war wenigstens die Kücheninsel mit dem Herd zwischen uns.

»Kaffee?«, fragte sie und wartete meine Antwort gar nicht ab, sondern holte eine Tasse aus dem Schrank und schenkte sie voll. Dann reichte Gayle sie mir.

»Danke«, sagte ich artig, als sie auch noch Zucker und Milch vor mir auf der Kücheninsel abstellte.

»Gern.« Sie verschränkte die Arme vor der Brust, lehnte sich an die Arbeitsfläche und beobachtete, wie ich Zucker und Milch in meinen Kaffee gab. Das ungute Gefühl in mir gewann weiter Raum, ohne dass ich es genau deuten konnte.

»Jason ...«, begann sie, neigte leicht den Kopf und schnalzte mit der Zunge. »Ich glaube, wir müssen uns unterhalten.«

Mein Herz, das eben noch so beschwingt Blut gepumpt hatte, wurde schwer, als hätten Gayles Worte eine Stahlfaust darum geschlossen. Ich kannte diesen Satz schon von ihr, obwohl sie ihn lange nicht mehr zu mir gesagt hatte – aber ich erinnerte mich, dass darauf nie etwas Gutes gefolgt war.

»Okay, worüber?«, fragte ich äußerlich gelassen und nippte an meinem Kaffee.

»Über dein Verhalten. Dein Studium. Deine Zukunft. Und über Kayla.«

Ich erstarrte innerlich, dennoch erwiderte ich Gayles bohrenden Blick. »Das sind ziemlich viele Dinge auf einmal.«

»Keine Sorge, ich werde sie schnell und für dich leicht verständlich abhandeln«, sagte Gayle und verbarg ihre Geringschätzung kein bisschen. »Wenn du zu dieser Familie gehören willst, musst du dich auch entsprechend verhalten. Du kannst nicht immer nur nehmen und machen, wonach dir der Sinn steht.«

Ich presste die Zähne so fest zusammen, dass ich meine Kiefergelenke knirschen hörte. »Worauf willst du hinaus?«

Gayle seufzte und sah mich mitleidig an, als wäre es doch offensichtlich, worum es ging, und ich nur zu dumm, um es zu begreifen. »Du weißt, wie viel Geld dein Vater für dich zahlt. Dein Studium, deine Wohnung, dein Auto, dein Lebensunterhalt … Da kommen jeden Monat immense Kosten zusammen.«

Jeder Muskel in meinem Körper spannte sich an, ich wollte einfach nur noch weg. Denn ich wusste, dass Gayle gerade erst anfing. »Ich weiß«, sagte ich ruhig.

»So weit ist das auch in Ordnung«, antwortete sie, und ich wusste, dass sie log. Für sie war das kein bisschen in Ordnung. »Du bist genauso sein Kind wie Will, du bekommst dieselbe Unterstützung.«

So sah unser Vater das, ja – Gayle hatte es nie so gesehen, das war ein offenes Geheimnis.

»Aber du solltest dich auch entsprechend verhalten«, fuhr sie fort. »Wir erwarten wirklich nicht viel von dir, Jason, du darfst dieses Fach studieren, mit dem du es nie zu etwas bringen wirst. Soziologie?« Sie schnaubte. »Was willst du damit anfangen? Ernsthaft? Wie willst du dir damit jemals deinen jetzigen Lebensstandard finanzieren? Du kannst dich nicht ewig darauf ausruhen, einen reichen Vater zu haben, der zu gutherzig und großzügig ist, um deinem Treiben Grenzen zu setzen.« Sie schwieg einen Moment, während etwas in mir, das ich über Jahre hinweg mühsam gekittet hatte, langsam wieder Risse bekam. »Deswegen führe auch ich dieses Gespräch mit dir. Irgendjemand muss es dir sagen. Weißt du, ich mein es ja nur gut mit dir, auch wenn du es mir nicht glaubst, dein Wohlergehen liegt mir am Herzen. Die letzten Jahre dachte ich, du musst dich eben ausleben an der Uni, dich zurechtfinden und auch in dieser Familie ankommen, da du ja anders als Will nicht hier aufgewachsen bist. Ich dachte, du brauchst einfach mehr Zeit, und das wird sich schon alles von allein fügen. Vermutlich war es mein Fehler, so lange damit gewartet zu haben, das tut mir leid. Ich hätte früher mit dir reden sollen, anstatt es dir immer zwischen den Zeilen mitteilen zu wollen, sodass sich da immer mehr Frust angestaut hat. Das war dir gegenüber nicht fair, es hat unser Verhältnis unnötig belastet.« Mein Magen zog sich schmerzhaft auf die Größe einer Walnuss zusammen, während ich ihr zuhörte, und ich hatte das Gefühl, den Boden unter meinen Füßen nicht mehr zu spüren, so sehr kroch die Taubheit meinen Körper hinauf. Und dass Gayle selbst Fehler einräumte, zugab, nicht alles richtig gemacht zu haben, machte es nur noch schlimmer.

»Ich will dir gar nicht vorschreiben, was du zu tun oder zu lassen hast«, fuhr Gayle fort, als würde ich nicht in Schockstarre kein Wort über die Lippen bringen. »Aber du musst anfangen, deinem Leben eine Richtung zu geben – welche das auch immer sein mag – und Ziele zu verfolgen. Du bist in deinem vorletzten Jahr, was willst du nach dem Abschluss machen? Den Master? Werde dir darüber klar – und sei dir bewusst, dass dein Vater nicht ewig den Goldesel für dich spielen kann und du selbstständig Verantwortung für dein Leben übernehmen musst. Er bezahlt deine Ausbildung gerne, das weiß ich, aber es bereitet ihm schon Bauchschmerzen, dass du nicht weißt, was du damit mal anfangen willst.« Sie trank einen Schluck Kaffee und sah mich aus diesen grauen Augen an, die mir selten so kalt erschienen waren. »Sieh dir Will an. Ja, wir finanzieren auch sein Studium, aber er hat klare Ziele und Pläne; er will Jura studieren und sich ein eigenes Leben, eine eigene Zukunft aufbauen. Zumal er als Anwalt natürlich beste Chancen hat, nicht nur beruflich, sondern auch gesellschaftlich. Diesen Aspekt darf jemand von unserem Stand niemals vergessen. In seiner Freizeit triviale Podcasts aufzunehmen und ohne Pläne in den Tag hineinzuleben dagegen ...« Sie ließ den Satz unbeendet, doch ich wusste auch so, was sie damit sagen wollte. Dass Will alles richtig machte und ich nicht. Dass ich keine Perspektive hatte und von meinem Vater abhängig war, ohne selbst etwas dazu beigetragen, selbst etwas erschaffen zu haben.

Die Tatsache, dass es nichts gab, was ich aus eigener Kraft geschafft hatte, nichts, das irgendeine Bedeutung hatte, dass ich nichts dazu beigetragen hatte, was meinen Lebensstil rechtfertigte, nagte schon lange an mir. Letztlich war ich eine zusätzliche Belastung für meinen Vater und seine Familie – nicht nur finanziell, sondern auch emotional, da ich wusste, dass er sich Sorgen um mich machte. Um mich, das Kind, das ungeplant und genau genommen nie gewollt gewesen war. Und dann lief ich noch nicht mal einfach nebenher und machte wie Will alles richtig, sondern war das Sorgenkind.

Ich verdrängte es gerne, redete mir ein, dass ich darüber hinweg war. Aber das war eine Lüge. Gayles Worte holten alles aus den Tiefen meines Bewusstseins hoch, und ich spürte, wie die Risse in diesem Etwas, das ich so mühsam zusammengehalten hatte, immer tiefer und größer wurden. Bis es schließlich zerbrach, und ich fühlte, wie alles in mir zusammenstürzte, wie ein Kartenhaus, dem man die unterste Karte weggezogen hatte.

»Denk einfach in Ruhe darüber nach«, sagte Gayle, als ich schwieg. Die Gedanken in meinem Kopf waren zu chaotisch, um eine Antwort zu formulieren – oder um ihr zu sagen, dass wir dieses Gespräch besser beenden sollten. »Kommen wir zu Kayla …« Gayle machte eine Pause und schürzte die Lippen. »Sie ist ein nettes Mädchen, aber sie ist nichts für dich. Aus sehr vielen Gründen.«

Alles in mir schrie Nein und dass ich mir das nicht anhören wollte. Doch meine Stimmbänder blieben stumm.

»Sie ist sehr intelligent und zielstrebig, aber seien wir ehrlich, sie kommt aus einer vollkommen anderen Welt, ihr steht auf zwei unterschiedlichen Seiten des Lebens. Nun gut, man könnte meinen, sie würde dir vielleicht guttun und dich auf die richtige Bahn bringen. Aber lass uns offen sein, was ist dann? Sie passt nicht hierher, sie wird sich gesellschaftlich nie einfügen, das weißt du.«

Nein, das wusste ich nicht. Ich hörte nur noch ein seltsames Rauschen in den Ohren, das immer lauter wurde, Gayles Stimme aber leider nicht verdrängen konnte.

»Aber das ist gar nicht der ausschlaggebende Grund – Liebe hält sich nicht an gesellschaftliche Grenzen. Und solange ihr beide glücklich wärt, könnten wir uns alle damit arrangieren. Aber wärt ihr das? Auf Dauer? Vermutlich nicht – denn du wirst diesem armen Mädchen das Herz brechen. Weil du einfach nicht gut darin bist, auf die Gefühle anderer Rücksicht zu nehmen, und immer nur auf dich selbst achtest. Außerdem solltest du dich in dieser Phase deines Lebens auf dich selbst konzentrieren und darauf, endlich eigene Ziele zu setzen und zu verfolgen. Du bist zu unstet für eine feste Beziehung, du bist unzuverlässig und rastlos. Da passt jemand wie Kayla schlicht nicht zu dir.«

Das Rauschen in meinen Ohren wurde immer lauter, bis es ein einziges Dröhnen war und ich das Gefühl hatte, Gayle nicht mal mehr ansehen zu können. Dennoch hörte ich jedes ihrer Worte.

»Du willst sie doch nicht mit runterziehen, oder? Sie wirkt, als hätte sie ihr Leben gut im Griff, und hat anders als du kein Sicherheitsnetz, auf das sie zurückgreifen kann. Sie muss sich auf ihr Studium konzentrieren, nicht auf dich. Also wenn du dir nicht absolut und zu tausend Prozent sicher bist, dass du eine feste Beziehung mit ihr willst, solltest du sie in Ruhe lassen, solange der Schaden noch klein gehalten werden kann.«

Weil ich mir nie bei irgendetwas wirklich sicher war, schwang in ihren Worten mit. Ich hätte ihr gerne etwas entgegengesetzt, aber die Wahrheit war, dass sie recht hatte. Unsicherheit regierte mein Leben, ich war sprunghaft, legte mich nie wirklich fest und verließ mich auf andere. Genau genommen glich es schon einem Wunder, dass ich es schaffte, meinen Podcast zu fixen Zeiten online zu stellen.

»Denk einfach in Ruhe darüber nach«, sagte Gayle, ihre Stimme klang beinahe sanft. »Das war jetzt sehr viel auf einmal. Du musst ja auch nichts heute entscheiden, aber mach dir ein paar Gedanken.«

Ich spürte, wie ich nickte, eine vollkommen automatische Reaktion und das Einzige, wozu ich in der Lage war.

Gayle hatte mit so vielen Dingen recht, hatte so viele alte Wunden aufgerissen, von denen ich geglaubt hatte, dass sie zu heilen begonnen hatten. Hatten sie nicht, sie hatten nur unter den Verbänden weitergeschwelt, sie waren immer da gewesen. Und jetzt zogen sie mir den Boden unter den Füßen weg.

KAPITEL 25
KAYLA

Ich hatte keine Ahnung, was passiert war. Ich fühlte mich, als würde mir eine wichtige Info fehlen, als hätte ich etwas Existenzielles nicht mitbekommen. Etwas, das so essenziell war, dass es alles zwischen Jason und mir verändert hatte. Und ich wusste nicht, was es war.

Die Fahrt von New York nach Providence war schweigsam. Jason sagte, er wäre müde, und ich glaubte ihm. Nach dieser Nacht war ich selbst fix und fertig und verbrachte den Großteil der Rückfahrt dösend oder versuchte, nicht einzuschlafen, während Jason fahren musste. Er setzte mich in Keeney ab und sah mich kaum an, als er mich zum Abschied flüchtig auf die Wange küsste. Ab da hatte ich ein flaues Gefühl in der Magengegend, das ich vehement zur Seite schob. Jason war müde, das war alles, das Wochenende war anstrengend gewesen.

Der Montag kam und ging, ohne dass ich etwas von Jason hörte oder ihn zu Gesicht bekam, und das seltsame Gefühl schwoll langsam an. Doch dank Amber, die alles über dieses Wochenende aus mir herausquetschte, und Rachel, die sich benahm wie immer und mir dadurch Sicherheit vermittelte, hielt es sich in Grenzen. Er hatte ein eigenes Leben, er konnte sich natürlich nicht rund um die Uhr bei mir melden, redete ich mir ein. Abends nach der Arbeit schrieb ich ihm eine Nachricht, fragte, wie es ihm ging und ob alles okay war.

> Jason: Alles gut, ich brauch nur grade ein bisschen Zeit für mich; muss ein paar Dinge sortieren. Hoffe, es geht dir gut? :*

Das war alles, was ich zurückbekam. Auf meine Antwort, dass es mir gut ging, schickte er mir nur ein Smiley.

Dienstag kam wieder nichts, nicht einmal zu unserem schon beinahe traditionellen Gruppenmittagessen im Ratty tauchte er auf. Dafür schlichen sich beunruhigende Gedanken in meinen Kopf und stachelten das mulmige Gefühl in mir an. Permanente Unruhe erfüllte mich, als würde ich einen ganzen Schwarm summender Bienen beherbergen. Doch noch redete ich mir ein, dass alles okay war, dass ich es mir nur einbildete. Jason war nicht wie Ryan, er würde mich nicht einfach fallenlassen, nur weil wir endlich Sex gehabt hatten. Nicht nach allem, was wir miteinander geteilt und was er mir anvertraut hatte. Ich wusste mindestens so viel über ihn wie er über mich, es konnte nicht sein, dass er mich nur ausgenutzt hatte.

Mittwoch war ich mir da nicht mehr so sicher, und die Zweifel nagten an meinen Nerven wie Ratten an einem Leichentuch. Jason postete ganz normal auf Instagram, quatschte in seinen Storys über seinen Tag und über den Podcast, den er heute Abend live aufnehmen würde. Die Radiosendung ging pünktlich online, und Jason klang unbeschwert, witzig, frech – als gäbe es nichts und niemanden, worüber er sich Gedanken machen oder worum er sich kümmern müsste. Offenbar konnte er mit der ganzen Welt normal reden, nur mit mir nicht.

Meine Unruhe verwandelte sich in Angst, die permanent unter meiner Haut surrte und mich die ganze Nacht nicht schlafen ließ. Stattdessen lag ich mit schmerzhaft pochendem Herzen in meinem Bett, starrte die Decke an und fragte mich, ob ich mich wirklich dermaßen geirrt hatte, ob ich wirklich dermaßen dumm gewesen war. Schon wieder.

Der Donnerstag begann nach nur zwei Stunden Schlaf und damit, dass ich erst mal eine Schmerztablette einwerfen musste, um das Hämmern in meinen Schläfen zu bekämpfen. Rachel war zum Glück zu beschäftigt mit sich selbst, um auf mich zu achten. Sie war schon auf dem Weg unter die Dusche, als ich aufstand, und als sie zurückkam, verließ ich unser Zimmer in Richtung der Duschräume. Gut so, denn ich konnte einfach nicht mit ihr darüber reden. Was hätte ich auch sagen sollen? Dass ihr bester Freund mir das Herz gebrochen hatte? Nein, ich wollte sie da nicht reinziehen, sie sollte sich nicht für eine Seite entscheiden müssen.

Meine Beine fühlten sich an, als hätte jemand Blei hineingegossen, als ich unter die Dusche schlurfte. Dabei war der Muskelkater von dem kleinen Sexmarathon mit Jason so gut wie verschwunden. Jason … Bei dem Gedanken an ihn und das Wochenende verknotete sich mein Magen, und in meinem Brustkorb breitete sich eine schmerzhafte Leere aus. Inzwischen war ich mir sicher. Meine anfängliche Angst hatte sich in Gewissheit verwandelt. Das Einzige, was mich tröstete, war, dass er davon nichts wusste; ich hatte mir nie die Blöße gegeben, ihm zu sagen, was ich für ihn empfand. Also konnte ich weiterhin behaupten, wir wären nur Freunde. Ich konnte so tun, als hätte ich die Sache zwischen uns nicht überinterpretiert. Als hätte ich mich nicht in ihn verliebt und er mein Herz in tausend Fetzen gerissen, nachdem er mit mir fertig gewesen war.

Ich war mir nicht mal sicher, ob er es mit Absicht getan hatte. Wahrscheinlich war es für ihn wirklich einfach nicht so wichtig gewesen wie für mich. Ich war ein kleiner Zwischenstopp gewesen für ihn, jetzt zog er weiter. Und ich musste irgendwie damit klarkommen und mich daran klammern, dass ich dabei zumindest mein Gesicht wahrte.

Obwohl ich eine Frostbeule war, stellte ich den Temperaturregler auf kalt. Das eisige Wasser vertrieb die Müdigkeit ein wenig, meine Gedanken und die damit einhergehenden Gefühle jedoch nicht. Ich fühlte mich, als hätte Jason mir innerlich die Haut abgezogen und mich blutend liegen gelassen. So verletzt, dass es bei jedem Atemzug schmerzte und vergessen unmöglich schien. Und ich durfte es mir noch nicht mal anmerken lassen, um es nicht noch schlimmer zu machen, als es schon war.

Organische Chemie zog sich in die Länge wie die Laufmasche einer Strumpfhose, und ich hatte Probleme, den Ausführungen der Dozentin zu folgen. Es ging um ... Organische Chemie. Als hätte ich das nicht schon vorher gewusst.

Ich schrieb nur mit, um Amber und Sean nicht darauf aufmerksam zu machen, dass etwas nicht stimmte. Das klappte sogar, auch wenn Amber mich immer wieder mit gerunzelter Stirn ansah oder fragend eine Augenbraue hob, wenn sie mich dabei ertappte, wie ich geistesabwesend in die Luft starrte. Doch da Sean jede kleine Möglichkeit dazu nutzte, Amber und mir alles über sein Date gestern Abend zu erzählen (sie hieß Desiree und studierte Psychologie), kam sie nicht dazu, mich darauf anzusprechen.

Die Vorlesung endete, und ich packte meine Sachen zusammen, während Sean Amber um Rat fragte, was er Desiree schreiben sollte. Mein Rat wäre gewesen, sich überhaupt mal zu melden, aber was wusste ich schon. Ich hatte ja nicht mal mein eigenes Datingleben im Griff.

Ich stand auf und stopfte beim Verlassen der Sitzreihe meinen Block in meine Tasche. Als ich aufsah, stockte ich kurz. Am Ende der Reihe, etwa einen Meter von mir entfernt, stand ein Typ mit rotblonden Haaren und lächelte mich unsicher an. Ich brauchte einen Moment, um ihn zuordnen zu können. Wir hatten uns unterhalten, bei Cole an der Bar nach unserer letzten Prüfung und bevor die Weihnachtsferien begannen. Als Jason mit einer anderen geredet hatte. Die Erinnerung versetzte mir einen Schlag, und ich schob sie hastig auf die Seite.

Greg – ich glaubte, das war sein Name – legte den Kopf schief, nach wie vor lächelnd. »Hi, Kayla.«

»Hi, Greg«, erwiderte ich, ein wenig irritiert, was er von mir wollte.

»Wie geht's dir so?«, fragte er und vergrub die Hand in der Hosentasche.

»Ganz gut und selbst?«

»Auch, danke.« Er zögerte einen Moment und sah mich unsicher an. »Ich fall jetzt einfach mal mit der Tür ins Haus. Als wir uns in der Bar unterhalten haben, meinten wir doch, wir könnten mal was trinken gehen.«

War das so gewesen? Ich erinnerte mich nicht genau, ich war zu sehr auf Jason fixiert gewesen. »Ach ja, echt?«

Greg wiegte den Kopf. »Na ja, oder so ähnlich. Ich dachte auf jeden Fall, ich frag dich einfach noch mal, auch auf die Gefahr hin, mir eine Abfuhr zu holen. Also was meinst du? Wollen wir was trinken? Oder entspannt zusammen Mittag essen?«

»Ähm …« Die Frage überforderte mein übermüdetes Gehirn vollkommen, meine Gedanken kreisten viel zu sehr um Jason, um eine Entscheidung treffen zu können.

Doch Greg ließ nicht locker. »Heute Mittag im Ratty? Total unverbindlich, wir essen nur.«

Eigentlich wollte ich nicht. Genau genommen wollte ich nicht mal in die Mensa oder sonst wohin, außer in mein Bett, sobald ich die nächste Vorlesung durchgestanden hatte. Andererseits musste ich irgendwie weitermachen. Und da das zwischen Jason und mir ja offenbar nichts von Bedeutung gewesen war …

Ich dachte den Gedanken nicht mal zu Ende und nickte einfach. »Okay.«

Die nächste Vorlesung – Mathematik – zog sich ebenfalls in die Länge. Warum man für Biologie unbedingt Mathe brauchte, verstand ich nach wie vor nicht, aber okay. Ich hatte kein Problem mit Mathe, ich war sogar gut darin. Nur heute hatte ich keine Lust auf irgendetwas. Ich wollte einfach nur verschwinden und mich eingraben. Ich wollte, dass die Welt anhielt und mir Zeit gab, mich von dieser Enttäuschung zu erholen, bis ich wieder mitkam. Doch so war das Leben nicht, es war unbarmherzig und die Erde nicht aus ihrer Umlaufbahn zu bringen. Also musste ich nach vorne sehen. Je eher ich damit anfing, desto besser.

Es war ein bisschen seltsam, mit Greg im selben Vorlesungssaal zu sitzen und gleichzeitig zu wissen, dass wir danach zusammen essen würden. Dabei war das ja wirklich keine große Sache. Ich war ein freier Mensch, ungebunden und konnte tun und lassen, was ich wollte, redete ich mir ein. Und da Jason sich nicht meldete … Auf jeden Fall würde ich auf diese Weise nicht den Eindruck erwecken, ihm nachzutrauern oder dass es mir überhaupt etwas ausmachte, dass er mich offenbar abgeschrieben hatte.

»Du gehst echt mit Greg ins Ratty?«, fragte Amber leise, als wir unser Zeug zusammenpackten und Sean gerade mit seinem Handy beschäftigt war.

Ich zuckte mit den Schultern, als wäre es keine große Sache. »Ja.«

»Okay.« Amber runzelte die Stirn. »Hat Jason sich immer noch nicht gemeldet?«

»Nein«, erwiderte ich und schlang mir den Schal um den Hals.

»Vielleicht ist irgendwas passiert, frag ihn doch noch mal, ob alles okay ist.«

Ich schnaubte. »Ja, genau. Ich lauf ihm sicher nicht nach.« Zumal es ihm ja offensichtlich gut genug ging, um auf seinen Social-Media-Kanälen mit dem gesamten Internet zu kommunizieren. Nur nicht mit mir.

Amber schwieg einen Moment. »Wie du meinst. Hör mal, ich bin gleich mit Nate im Ratty verabredet, keine Ahnung, ob Jason da auch kommt. Nur damit du es weißt.«

»Ist mir ehrlich gesagt egal«, log ich, obwohl ich bei der Vorstellung das Gefühl hatte, mich gleich übergeben zu müssen. Jason konnte tun und lassen, was er wollte. Genauso wie ich.

KAPITEL 26

JASON

Ich fühlte mich, als wäre ich zu lange unter Wasser gewesen, vollkommen abgeschnitten von der Außenwelt, und würde nun langsam wieder auftauchen. Gayles Worte hallten immer noch in meinem Kopf wider, aber langsam schaltete sich mein gesunder Menschenverstand wieder ein und riet mir, mich den Tatsachen zu stellen und dabei nicht auf meine Stiefmutter zu hören. Gut, hauptsächlich war es Nate gewesen, der mit einem simplen »Seit wann glaubst du den Quatsch, den deine emotional erpresserische, manipulative Stiefmutter von sich gibt?« meine Perspektive wieder geradegerückt hatte. Und das auch noch, ohne dass er wusste, was genau passiert war. Ich hatte es ihm nur flüchtig erzählt, aber das hatte wohl gereicht, damit er sich ein Bild machen und mir die Meinung geigen konnte.

Vier Tage hatte ich gebraucht, um mich zu sortieren. Vier Tage, die ich wie auf Autopilot einfach funktioniert und nur erledigt hatte, was ich erledigen musste. Nur die allernötigsten To-dos, wie mein Podcast und die Radiosendung. Ansonsten hatte ich mich verkrochen und versucht, mir über mich selbst klar zu werden und über das, was ich von Gayles Ansage hielt. Ich konnte nicht behaupten, dass sie unrecht hatte. Dafür hatte sie zu viele wunde Punkte getroffen, an denen ich dringend arbeiten musste. Ich musste mein Leben endlich auf die Kette kriegen, das stimmte. Und der erste Schritt war, dass ich aufhörte, mich zu verstecken. Klappte sowieso schlecht, da ich vor mir selbst nicht weglaufen konnte.

Sobald meine Vorlesung vorbei war, machte ich mich auf den Weg ins Ratty. Das erste Mal diese Woche. Ich war unseren gemeinsamen Mittagessen aus dem Weg gegangen, wobei es mir auch leichtgefallen war, da ich mich zweimal mittags mit Rachel getroffen hatte, die wiederum Jess mied, so gut es ging. So hatte ich zwei

Fliegen mit einer Klappe geschlagen. Aber heute nicht. Heute würde ich meine normalen Tagesabläufe wieder aufnehmen und mich als Erstes bei Kayla entschuldigen, dass ich die letzten Tage so in der Versenkung verschwunden war. Sie hatte eine Erklärung verdient, sie konnte schließlich nichts dafür.

Schnee knirschte unter meinen Füßen, als ich Richtung Mensa lief, und die Kälte brannte wie tausend kleine Nadelstiche in meinem Gesicht. Das war gut, es klärte meine Gedanken und beruhigte meine Nerven ein wenig.

Im Ratty war viel los, wie immer um diese Zeit. Ich brauchte einen Moment, um die anderen in dem Gewusel von Menschen ausfindig zu machen. Nate, Amber und Sean waren bereits da und hatten einen der Tische besetzt. Ich runzelte die Stirn, als ich auf sie zuging. Wenn Amber und Sean schon da waren, wo war dann Kayla? Die drei hatten quasi alle Vorlesungen zusammen. Ein ungutes Gefühl machte sich in meiner Magengrube breit und verwandelte sich in einen schmerzhaften Tritt, als ich Kayla entdeckte. Sie saß am hinteren Ende der Mensa, einige Meter von den anderen entfernt. Mit einem Kerl, den ich noch nie gesehen hatte. Was zur Hölle tat sie da?

Meine Schritte verlangsamten sich für einen Moment, meine Beine wollten einfach stehen bleiben, damit ich Kayla in einer Mischung aus Fassungslosigkeit und Verwirrung anstarren konnte. Doch ich zwang mich dazu, weiterzugehen und den Tisch anzusteuern, an dem Nate und die anderen saßen. Vielleicht war es gar nicht so, wie es aussah. Vielleicht war es ein Kommilitone, und sie sprachen über Lernstoff oder … was auch immer. Sie unterhielten sich ja nur und aßen, das war kein Verbrechen.

»Hey«, sagte ich in die Runde, klopfte Nate auf die Schulter und ließ mich dann neben ihn und gegenüber von Amber auf einen Stuhl sinken, sodass ich Kayla im Blick hatte. Offenbar hatte ich eine masochistische Ader.

»Hey, Mann«, erwiderte Nate, und Amber lächelte mir kurz zu, wobei es seltsam gezwungen wirkte.

»Alles klar bei euch?«, fragte ich und versuchte, die befangene Stimmung am Tisch zu deuten.

»Unverändert zu heute Morgen«, sagte Nate und warf mir einen flüchtigen Blick zu, ehe er einen Moment zu Kayla sah. Unauffällig, aber doch genug, damit ich seine stumme Frage verstand. Ahnungslos hob ich die Schultern.

»Ich hab keine Lust mehr auf den Schnee«, sagte Amber, ehe sie von ihrem Wrap abbiss.

»Da schließ ich mich an«, meinte Nate, und auch Sean nickte zustimmend.

»Ja, es reicht langsam. Wobei man sich so besser aufs Lernen konzentrieren kann.«

Ich zwang mich zu einem Grinsen. »Wie kann man nur so diszipliniert sein?«

Sean beantwortete die Frage nicht, denn in diesem Moment kam Rachel bei uns an und ließ sich mit einem genervten Seufzen auf einen Stuhl fallen. »Leute, ihr habt keine Ahnung, was Stau ist, bis ihr in der Mittagspause an den Kopierer wollt.«

»Deswegen machen wir so was Verrücktes gar nicht erst«, sagte ich.

»Wo ist Jess?«, fragte Amber unwissend, und ich hätte fast das Gesicht verzogen.

»Ist mit Kyle verabredet.« Äußerlich ließ Rachel sich nichts anmerken, aber ich wusste, wie sehr sie die Sache nach wie vor mitnahm. Und dass sie sich weigerte, mit jemand anderem als mir darüber zu sprechen. Also spielte ich mit und tat ebenfalls vollkommen unbeteiligt.

»Wenn wir schon bei Namen mit K sind«, sagte Rachel und klaute sich eine von Nates Pommes. »Wo ist Kayla?«

»Die hat ein Date«, erwiderte Sean unbefangen und deutete mit dem Daumen in die Richtung, wo Kayla saß. »Wurde auch mal Zeit, wenn ihr mich fragt. Nur lernen und arbeiten ist auf Dauer nichts – das weiß ich aus eigener Erfahrung.«

Mein Herz setzte einen Schlag aus, während Ambers Augen sich entsetzt weiteten und sie Sean einen Hieb gegen den Oberarm versetzte.

»Was denn?«, beschwerte er sich, als Rachel zeitgleich herausplatzte: »Kayla hat *was*? Wieso hat sie ein Date?«

»Ich glaub nicht, dass es ein Date ist oder dass man das wirklich so verstehen kann«, schaltete Amber sich hastig ein, ihren Blick eindringlich auf mich gerichtet. »Es ist eher …«

»Wieso hat Kayla ein Date?«, unterbrach Rachel sie und sah mich an, als hätte ich die Antwort auf diese Frage. »Warum sitzt sie da mit einem anderen Kerl? Ich dachte, das zwischen euch ist was Ernstes! Das hast du gesagt!«

»Ähm …« Überfordert rieb ich mir den Nacken. Meine Haut brannte, ich wollte mich plötzlich in Luft auflösen.

»Moment, du hast was mit Kayla?«, hakte Sean nach und sah mich verwirrt an. »Wieso weiß ich davon nichts?«

Amber verdrehte die Augen. »Weil es so offensichtlich war, dass es jeder von allein gerafft hat, nur du nicht. Außerdem tut das jetzt gar nichts zur Sache.«

»Das gibt's doch nicht.« Rachel war in Sekundenbruchteilen auf den Beinen. »Ich red mit ihr.«

Reflexartig packte ich ihr Handgelenk und hielt sie fest. »Das tust du nicht. Ich klär meinen Scheiß selber.«

Sie zögerte einen Moment, dann ließ sie sich auf den Stuhl zurücksinken. »Okay.«

Und genau das hatte ich vor – meinen Scheiß selber zu klären. Wobei ich ehrlich gesagt so vor den Kopf gestoßen war, als hätte Kayla mich gegen eine Betonmauer rennen lassen. Mit allem hatte ich gerechnet. Dass sie vielleicht angefressen und verunsichert sein würde, weil ich mich zurückgezogen hatte. Dass ich es ihr würde erklären müssen. Aber damit? Dass sie keine fünf Tage, nachdem sie mit mir in New York gewesen und ich quasi einen Seelenstriptease vor ihr hingelegt hatte, einen anderen treffen würde? Nachdem wir miteinander geschlafen hatten? Nein, damit hatte ich nicht gerechnet.

Irgendwie brachte ich das Mittagessen hinter mich und ignorierte dabei Rachels bissige Kommentare und Nates und Ambers mitfühlende Blicke, die sie nicht nur mir zuwarfen, sondern auch miteinander austauschten. Toll. Wenn das mit Kayla und mir den Bach runterging, wären unsere besten Freunde auf dem Campus trotzdem noch befreundet. Perfekte Voraussetzungen, um sich dauerhaft aus dem Weg zu gehen.

Ich schrieb Kayla, ob wir reden konnten, und wir verabredeten, dass ich sie nach ihrer letzten Vorlesung nachmittags zur Arbeit begleiten würde. Auf den Vorschlag, dass wir uns auch abends treffen konnten, ließ sie sich nicht ein, was das ungute Gefühl in mir nur bestärkte.

Ich war zehn Minuten zu früh am vereinbarten Treffpunkt, weil meine Vorlesung früher geendet hatte. Inzwischen stand mein gesamter Körper so heftig unter Spannung, als hätte ich in die Steckdose gefasst. Wahrscheinlich würde ich später beim Joggen einen Marathon laufen müssen, um annähernd so was wie Ausgeglichenheit zu erreichen.

Als Kayla aus dem Gebäude trat, war ihre Miene unleserlich und abweisend. Kein Lächeln, keine Zuneigung, nichts. Ihre Augen blieben hart, und sie presste die Lippen aufeinander.

»Hi«, sagte ich, als sie bei mir ankam.

»Jason«, erwiderte sie. »Du wolltest reden?«

»Ja.«

»Worüber?« Wow, sie kam ja gleich auf den Punkt.

Einen Augenblick überlegte ich, ob ich das Gespräch besser einleiten sollte, doch dann warf ich alle Formulierungen, die ich mir die letzten zwei Stunden im Kopf zurechtgelegt hatte, über Bord und rückte einfach mit der Wahrheit heraus. Wenn Kayla so direkt war, war ich es auch. Ich hatte es satt, immer der verständnisvolle Geduldsbolzen zu sein, als den sie mich selbst betitelt hatte.

Ich verschränkte die Arme vor der Brust. »Darüber, dass du heute Mittag ein Date mit einem anderen hattest. Vor meinen Augen.« *Und mir damit das Herz zerquetscht hast.* »Warum?«

Einen Moment starrte sie mich fassungslos an, dann verengte sie die Augen. »Ist das dein Ernst? Du und ich sind ja nicht fest zusammen oder irgendwas. Ich kann tun und lassen, was ich will.«

Be ihren Worten wurde etwas in mir kalt, ich spürte förmlich, wie die Schotten dichtmachten und Kayla ausschlossen. Und ich konnte nichts dagegen tun. »Ach, ist das so? Das zwischen uns ist quasi nichts?«

Sie verschränkte die Arme ebenfalls vor der Brust, wir hatten uns noch keinen Meter bewegt und standen mitten auf dem Gehweg vor der Fakultät. »Na ja, wir sind Freunde und hatten halt auch mal Sex miteinander. Aber das heißt ja nicht, dass wir niemand sonst treffen dürfen.«

Bitte was? Ich konnte kaum glauben, was ich gerade gehört hatte, obwohl kalte Wut anfing, in mir zu brodeln. »So siehst du das, was zwischen uns ist, also? Dass wir einfach bedeutungslos miteinander gevögelt haben?«

Sie verdrehte die Augen. »Jetzt lass uns doch kein Drama aus etwas machen, was keins ist. Du hast dein Leben, ich hab mein Leben, ab und zu kreuzen sich unsere Wege. Ende.«

Ich konnte es nicht fassen. Jedes ihrer Worte traf mich wie eine Pfeilspitze. Vergessen war, dass ich mich eigentlich bei ihr hatte entschuldigen wollen. Vergessen war, dass ich die Situation eigentlich hatte klären wollen. Es spielte sowieso keine Rolle mehr, da ich mir offenbar etwas vorgemacht hatte. Ich hatte etwas in uns gesehen, was in ihren Augen nie existiert hatte.

»Ich wollte nie nur mit dir befreundet sein, Kayla«, knurrte ich. Enttäuschung schäumte in meinen Adern und mischte sich mit Wut. »Aber weißt du was? Mach du dein Ding, ich mach meins. Ist mir egal, ich leb auch gut ohne dich.« *Und du vermutlich sowieso besser ohne mich.*

Mit diesen Worten drehte ich mich um und ließ sie stehen. Alles in mir tobte, als ich über den Campus stapfte. Ich konnte kaum einen klaren Gedanken fassen. Und mit jedem Schritt, den ich mich von Kayla entfernte, sperrte ich meine Gefühle für sie weiter weg, verfrachtete sie in einen Raum, den ich nicht wieder betreten würde. Ich hatte mich in ihr getäuscht, es war ein Fehler gewesen, ihr zu vertrauen und zu glauben, dass mehr zwischen uns sein könnte. Und ich würde ihn nicht wiederholen. Die Sache war für mich aus und vorbei.

KAPITEL 27

KAYLA

Ich wollte nie wieder aufstehen, ich wollte mich für immer verkriechen. Oder die Brown verlassen und in einen einsamen Wald ziehen, um nie wieder mit jemandem reden zu müssen. Damit ich meine Schande nur mit mir selbst ausmachen konnte und niemand diese Demütigung mitbekam. Doch die Rechnung hatte ich ohne Amber gemacht.

»So geht das nicht weiter, du musst was tun.«

Ich sah Amber missmutig an, machte jedoch keine Anstalten, von ihrem Bett aufzustehen. In der letzten Woche war ihr Zimmer mein Zufluchtsort geworden, da Rachel sich mir gegenüber distanziert verhielt. Sie sagte zwar, sie wolle sich nicht in das einmischen, was zwischen mir und Jason war – oder eben nicht war –, aber ihr Verhalten machte sehr deutlich, wie sehr sie das Ganze missbilligte. Deswegen ging ich ihr aus dem Weg und verschanzte mich in Ambers Zimmer.

»Ich weiß ja nicht, um was es genau geht«, schaltete sich Lauren ein, die im Schneidersitz auf ihrem Bett saß und Dutzende Lernunterlagen um sich verteilt hatte. »Aber ich finde auch, dass es so nicht weitergehen kann. Nicht nur, dass dieses Zimmer auf Dauer zu klein ist für drei – du kannst dich nicht vor deinen Problemen verstecken. Die werden nur größer, je länger du sie ignorierst. Außerdem sollte kein Kerl dein Leben so beeinflussen, egal, was er oder du getan habt.«

»Lauren hat recht«, sagte Amber und sah mich mitfühlend an. »Schau, du bist hier immer willkommen. Aber irgendwas muss passieren. Du kannst nicht weiter im Selbstmitleid baden.«

Das stimmte, ich wusste es. Ich biss mir auf die Lippe in der Hoffnung, dass das den Schmerz in meinem Inneren betäuben würde. »Ich hab echt Scheiße gebaut«, sagte ich leise. »Glaub ich. Ich bin mir nach wie vor nicht sicher, was eigentlich passiert ist und was richtig ist.«

Von »*Ich hab Jason mit meinem Verhalten von mir gestoßen und ihn verletzt, es war ihm wirklich ernst*« bis hin zu »*Er hat sich nicht bei mir gemeldet und mich nur ausgenutzt, egal, was er jetzt sagt*« war in den letzten sieben Tagen alles dabei gewesen. Wobei meine Tendenz schon stark in die Richtung ging, dass ich alles falsch verstanden und ihm Dinge unterstellt hatte, die nichts mit der Wirklichkeit gemeinsam hatten.

Amber seufzte leise. »Du wirst es nur rausfinden, wenn du mit ihm redest. Erklär ihm, wieso du dich so verhalten hast. Ihr habt ja nicht mal richtig miteinander geredet, das ist keine gute Basis, um irgendwas zu klären.«

Allein bei der Vorstellung, vor Jason blankzuziehen, verkrampfte sich alles in mir, und ich wollte mich unter Ambers Decke verstecken. Dabei hatte sie recht.

»Es ist doch so«, schaltete Lauren sich erneut ein. »Entweder er ist dir wichtig genug, dass du deine Angst überwindest und mit ihm redest. Oder er ist es dir nicht. Dann hör auf rumzuheulen, und komm drüber weg – das ist was, was du so oder so tun musst. Die einzige Frage, die wirklich zählt, ist: Wie wichtig ist er dir?«

»Ich hätte das jetzt netter formuliert, aber es ist richtig«, sagte Amber, und ich stimmte ihr gedanklich zu. Denn auch Laurens forsche Art änderte nichts daran, dass sie recht hatte. Wenn Jason mir wirklich wichtig war, musste ich über meinen Schatten springen und versuchen, die Situation mit ihm zu klären. Noch war nicht alles verloren, ich musste mich nur trauen und mit ihm reden.

Mir war schlecht, als ich die Treppen zu Jasons Wohnung nach oben stieg, meine Knie zitterten bei jeder Stufe. Ich hatte so viel Angst vor diesem Gespräch, dass ich mir nicht sicher war, ob mein Herz es ohne Infarkt überstehen würde, so sehr überschlug es sich. Immerhin hatte Jason zugesagt, dass ich vorbeikommen konnte, das war ja schon mal was. Ein Teil von mir war sich trotzdem nicht sicher, ob das gut oder schlecht war, da ich es nun wirklich durchziehen musste.

Jason stand mit verschränkten Armen im Türrahmen und füllte ihn beinahe komplett aus. Er musterte mich ohne jede Regung, und mein Magen verkrampfte sich noch mehr. Mir war nie aufgefallen, wie groß er eigentlich war und wie furchteinflößend er aussehen konnte, wie in diesem Moment, da er mit versteinerter Miene auf mich herabsah.

»Hey«, sagte ich ein wenig atemlos.

Er nickte nur und trat in seine Wohnung. »Komm rein.«

Wir schwiegen, während ich Jacke und Schuhe auszog und er mich in die Küche führte. Mein Herz hämmerte gegen meine Rippen, als wir uns an den Küchentisch setzten, und meine Handflächen waren schweißnass.

»Wir müssen leise sein, Cole hat Migräne«, sagte Jason gedämpft, und doch klang seine sonst so warme und weiche Stimme hart.

»Oh, der Arme«, erwiderte ich. Meine Kehle war staubtrocken, aber ich traute mich nicht, Jason nach einem Glas Wasser zu fragen.

Jason legte den Kopf schief und musterte mich, ohne mit der Wimper zu zucken. »Also, du wolltest mich treffen?«

Ich schluckte, und mein Herzschlag beschleunigte sich noch mehr. »Ja, ich wollte mir dir reden. Darüber, warum ich mich mit Greg getroffen habe.«

»Ich höre.« Seine Miene war regungslos, und das machte es mir nur schwerer. Obwohl ich mich fühlte, als hätte ich vergessen, wie Sprechen funktionierte, brachte ich die Worte irgendwie hervor.

»Ich ... dachte, das zwischen uns wäre für dich gelaufen. Weil du dich nicht gemeldet hast nach New York.« Meine Stimme wurde dünner, und ich musste mich zwingen, weiterzusprechen. »Ich dachte, du hättest mich einfach nur ins Bett kriegen wollen und es nun eben geschafft. Ich war mir sicher, die Sache wäre für dich erledigt.«

Seine Augen weiteten sich ganz leicht, ehe sie sich verengten. Es war die einzige Bewegung in seinem Gesicht. »Ist das dein Ernst? Nach allem, was zwischen uns war und was ich dir anvertraut habe, dachtest du, ich würde dich einfach fallenlassen, nur weil wir Sex hatten? Nachdem ich so lange gewartet habe?« Er schnaubte. »Glaub mir, Sex kann ich viel leichter haben ohne das ganze Drama.«

Jedes seiner Worte schmerzte, alles in mir zog sich zusammen. Ich hatte mich so sehr geirrt. »Du hast dich nicht gemeldet ...«, sagte ich kleinlaut. »Es schien Sinn zu ergeben.«

Er biss die Zähne zusammen, ich sah, wie seine Kiefermuskeln hervortraten. »Ich hab dir gesagt, dass ich ein bisschen Zeit für mich brauche«, zischte er leise, und ich war mir sicher, hätte er nicht Rücksicht auf Cole genommen, hätte er sehr viel lauter gesprochen. »Ich war immer ehrlich zu dir, hab mich um dich bemüht, dir Freiraum und Zeit gelassen, mich von dir anpampen und in Vorurteilsschablonen pressen lassen ...« Er schüttelte den Kopf, plötzlich wirkte er resigniert. »Aber weißt du was? Ich bin es leid. Ich bin es leid, gegen Windmühlen zu kämpfen und immer und immer wieder von dir in eine Schublade gesteckt zu werden. Es ist egal, was ich sage oder wie ich mich verhalte, du scheinst nur darauf zu warten, dass ich irgendetwas mache, was rechtfertigt, mich wieder in die Schublade zu stecken. Ich hab da keine Lust drauf, Kayla.«

Mir wurde kalt. Ich fühlte mich, als würde jede Empfindung aus meinem Körper verschwinden und alles in mir erstarren. Ich hatte einen Fehler gemacht und wusste nicht, ob und wie ich ihn wiedergutmachen konnte.

»So ist das nicht«, sagte ich hastig und entschied mich innerhalb von Sekundenbruchteilen dazu, Jason die Wahrheit zu sagen. »Mir ist das schon mal passiert, weißt du? Im Internat gab es einen Typ. Er hieß Ryan, war sehr beliebt und charmant, war Sportler und so was wie der begehrteste Kerl in der Jahrgangsstufe. Er hat sehr viel darangesetzt, mich rumzukriegen. Ich war skeptisch, aber er hat mir gegenüber das Blaue vom Himmel runtergelogen. Als er …« Ich stockte und räusperte mich, ehe ich mich zwang weiterzureden. Ich senkte der Blick, ich konnte Jason nicht ansehen; es war schon demütigend genug, ihm davon zu erzählen. »Als er mich dann ins Bett gekriegt hatte, hat er danach erzählt, ich hätte das alles falsch interpretiert und ob ich denn wirklich geglaubt hätte, dass jemand wie er ernsthaft an mir interessiert wäre … Das ging durch die ganze Schule. Dass er es geschafft hat, die Streberin flachzulegen, und dass ich wohl gar nicht so intelligent wäre, so leichtgläubig wie ich war.« Ich atmete tief durch und zwang mich, Jason wieder anzusehen. »Du erinnerst mich an ihn. Nicht charakterlich, aber … eure Art ist ähnlich. Du hast eine ähnliche Mimik.«

Jason runzelte die Stirn ganz leicht, ansonsten blieb seine Miene unbewegt, und ich konnte nicht darin lesen. »Und deswegen bist du davon ausgegangen, dass ich dasselbe machen würde, nur weil er so war? Obwohl du mich kennengelernt hast?«

Wenn er das so sagte, klang es furchtbar, und ich fühlte mich noch mieser. »Immer mal wieder, ja«, erwiderte ich leise. »Am Anfang stärker, dann immer weniger ... Bis du dich nicht gemeldet hast.«

Einen Moment schwieg er, dann seufzte er und fuhr sich mit beiden Händen übers Gesicht, als wäre er unendlich erschöpft. »Das verstehe ich sogar. Und es tut mir leid, dass ich das in dir ausgelöst habe.«

Mein Herz machte einen kleinen Satz, während Hoffnung in mir aufflammte. Vielleicht war doch noch nicht alles verloren.

»Ich mag dich wirklich sehr, Kayla«, sagte Jason und sah mich wieder an, sein Blick war weich und doch distanziert. »Aber diese ganze Situation und auch noch ein paar andere Dinge in meinem Leben zeigen mir einfach, dass ich im Moment keine Beziehung führen sollte.« Eine Sturmfront fegte den Hoffnungsschimmer weg. »Ich muss mich auf mich selbst konzentrieren und ein paar Sachen auf die Reihe kriegen. Mein Leben ist ein einziges Chaos, da muss dringend was passieren, und ich kann nicht an allen Fronten gleichzeitig kämpfen.« Er schwieg einen Moment, während alles in mir zusammenbrach und ich mich bemühte, es mir nicht anmerken zu lassen. Einfach weiteratmen, immer weiteratmen. »Ich wollte dich nie ausnutzen, wirklich nicht, aber es hat keinen Sinn, ich muss mich auf mich selbst konzentrieren.«

»Versteh ich«, presste ich hervor. Und das tat ich wirklich, ich verstand ihn – so sehr, dass ich dem nichts entgegenzusetzen hatte. Dennoch explodierte der Schmerz in meiner Brust und raubte mir den Atem.

Am nächsten Tag tat ich etwas, was ich noch nie getan hatte. Ich schwänzte die Uni. Die Vorstellung, mich in die Vorlesung zu schleppen und mich mit den anderen zum Mittagessen zu treffen, bereitete mir so viel Unbehagen, dass ich lieber im Bett blieb. Und genau da verbrachte ich den ganzen Tag, ich stand nur auf, um mir etwas zu trinken zu holen oder auf die Toilette zu gehen. Ansonsten gab ich mich vollkommen meinem Liebeskummer hin und der

Tatsache, dass ich es verbockt hatte. Dabei tat es nicht mal mehr so weh wie am Vortag. Absolute Taubheit hatte sich irgendwann in der Nacht über mich gelegt und den Schmerz geschluckt. Zurückgeblieben war Leere, die mich so lähmte, dass ich kaum etwas tun konnte, als im Bett zu liegen und vor mich hinzustarren. Nicht mal weinen konnte ich, das wäre vielleicht befreiend gewesen. Stattdessen fühlte ich mich gefangen in mir selbst, als wäre mir meine eigene Haut zu eng, und es gab nichts, was ich tun konnte, um etwas daran zu ändern.

Der einzige Lichtblick war, dass meine Eltern mich Ende Februar besuchen kommen würden. Diese knapp vier Wochen würde ich noch aushalten, und dann würde ich mich in die Geborgenheit dieser zwei Menschen fallen lassen, die immer für mich da waren, meine Felsen in der Brandung, auf die ich mich durchgängig verlassen konnte. Immerhin hatte ich das. Jason konnte das ja leider nicht von sich behaupten ...

Nachmittags, ich hatte keine Ahnung, wie viel Uhr es war, flog die Tür auf, und Rachel marschierte in unser Zimmer. Mit gerunzelter Stirn sah sie mich an, warf ihre Tasche aufs Bett und baute sich dann mit in die Hüften gestemmten Händen vor mir auf.

»Echt jetzt?«

Ohne mich zu rühren, warf ich ihr einen finsteren Blick zu. »Was?«

»Willst du wirklich im Bett liegen und Trübsal blasen, anstatt den Arsch hochzukriegen?«

Wie bitte? Langsam setzte ich mich auf und zog die Augenbrauen nach oben. »Sagt ja die Richtige. Du hast dich vor Weihnachten quasi hier verschanzt.«

Rachel erwiderte meinen Blick ungerührt. »Ich hatte auch keine Möglichkeit, etwas an meiner Situation zu ändern, du dagegen schon.«

Das konnte ich nicht beurteilen, da ich nach wie vor nicht wusste, was eigentlich mit Rachel los gewesen war. »Ach? Was genau soll ich denn deiner Meinung nach ändern?« Ich schnaubte. »Vor allem, nachdem du ja voll im Bilde bist und dich die letzten Tage so viel darum gekümmert hast.«

Es war ja okay, dass Rachel sich nicht einmischen wollte. Dann sollte sie es aber auch wirklich lassen und nicht mit blöden Ratschlägen um sich werfen.

»Komm schon, Jason ist mein bester Freund – ich weiß, was passiert ist.« Rachel verdrehte die Augen, ehe sie sich seufzend auf den Boden vor meinem Bett in den Schneidersitz sinken ließ. »Also ich kenne nur seine Sicht, und er hat mir nicht gesagt, was deine Gründe sind, so ist er nicht. Aber ich weiß, dass ihr geredet habt und er diese Sache zwischen euch beendet hat.«

Bei ihren Worten flammte der Schmerz in meiner Brust wieder auf und verdrängte die Taubheit. »Na, dann weißt du ja alles.«

»Aus seiner Sicht. Deine kenne ich nicht.«

Und die hatte sie bisher ja auch nicht interessiert. »Die spielt keine Rolle mehr.«

Rachel zog die Augenbrauen nach oben. »Ist das dein Ernst? Ihr hängt beide wie ein Schluck Wasser in der Kurve, ich glaube, das spielt sehr wohl eine Rolle.«

Okay, es reichte. Da Rachel von Jason sowieso schon wusste, was Sache war, konnte ich auch Klartext reden und mir diesen Eiertanz sparen. Je schneller wir das klärten, desto schneller ließ sie mich in Ruhe.

»Was soll ich denn deiner Meinung nach machen?«, erwiderte ich eine Spur patziger als beabsichtigt. »Jason will mich nicht, damit muss ich klarkommen. Ende.«

Rachels Blick war erstaunlich sanft, und sie legte den Kopf schief. »Komm schon, Kayla, das stimmt doch nicht.«

Verwirrt sah ich sie an. »Das hat er gesagt.«

Rachel seufzte. »Er will dich schon, er ist nur verletzt. Jason ist nicht halb so gleichgültig und unbeschwert, wie er immer tut, das solltest du doch inzwischen selbst spitzbekommen haben. Eigentlich ist er das totale Sensibelchen und hält sich permanent für unwichtig und nicht gut genug und denkt, er hätte nichts drauf, außer das Geld seines Vaters auszugeben, als hätte er gar keine eigenen Talente oder Fähigkeiten.« Sie schnaubte und machte eine abfällige Handbewegung. »Schau dir nur mal an, wie dieses Miststück von Stiefmutter mit ihm umgeht. Und glaub mir, was auch immer sie vor dir zu ihm sagt, ist nur die stark abgeschwächte Version von dem, was er zu hören kriegt, wenn niemand dabei ist.«

Meine Abwehrhaltung verpuffte. Ein schlechtes Gewissen wand sich durch meine Eingeweide, und ich biss mir auf die Lippe. »Meinst du wirklich?«

Rachel sah mich an, als läge mein IQ unter Raumtemperatur, und nickte. »Klar. Was glaubst du, was es mit jemandem macht, wenn man jahrelang vermittelt kriegt, dass man ungewollt und eine unwillkommene Belastung ist? Wenn man nie Anerkennung für das bekommt, was man gut kann oder macht? Wenn man sich anstrengt und anstrengt, alles richtig zu machen, und doch nie als der Mensch gesehen wird, der man ist, sondern immer nur weiter als ein Dorn im Auge?«

»Oh, Gott«, hauchte ich, als die Erkenntnis über mir zusammenschlug. Etwas in mir zerbrach, nicht für mich, sondern für Jason. Natürlich hatte er es angedeutet, er hatte mir gesagt, dass er es leid war, von mir in eine Schublade gesteckt zu werden. Ich dachte, ich hätte es verstanden – doch gerade wurde mir bewusst, dass ich das volle Ausmaß dessen nicht einmal annähernd begriffen hatte. Ich war dermaßen mit mir selbst beschäftigt gewesen, mit meinen Ängsten, dass ich Jason dabei vollkommen übersehen hatte. Nicht den Jason, den ich geglaubt hatte, zu kennen, dem ich mehr oder weniger bewusst dauernd unterstellt hatte, so zu sein wie Ryan. Ich hatte den wahren Jason übersehen, den wundervollen Menschen, der er war. Weil ich ihn genau wie seine Stiefmutter anhand bestimmter Umstände und Eigenschaften in eine bestimmte Ecke gestellt hatte. Und er hatte tun und lassen können, was er wollte, es hatte daran nichts geändert.

»Ja, genau, oh, Gott«, sagte Rachel. Ihr Gesichtsausdruck war weich und mitfühlend. »Schau, ich bin sicher, du hast auch deine Gründe, warum du dich so verhältst, die haben wir doch alle. Aber hör auf damit, jetzt gerade ist das Bullshit, also komm aus deinem Loch. Wenn du Jason haben willst, krieg den Arsch hoch und kämpf um ihn. Er ist es wert. Und er hat es verdient. Ich kenn niemanden, der es so sehr verdient hat, dass man um ihn kämpft.«

Sie hatte recht. Rachel hatte mit jedem einzelnen Wort recht. Kampfeswille flackerte in mir auf und glühte schnell heller. Ich würde Jason beweisen, dass es mir um ihn ging. Nur um ihn und um nichts sonst.

KAPITEL 28
JASON

Jeder Tag glich dem anderen. Vorlesungen, das gemeinsame Mittagessen schwänzen, nach Hause kommen, Podcasts aufnehmen. Ab und an was trinken gehen oder in einem Club feiern, auch wenn mir das kaum Spaß machte oder mich ablenkte. In einer Bar, wo mich andere Frauen ansprachen, fiel es meinen Gedanken besonders leicht, zu Kayla abzuschweifen. Also schlug ich Blakes und Dawsons Einladungen öfter aus, als dass ich zusagte, und verbarrikadierte mich in unserer Wohnung. Seit fast zwei Wochen.

Coles Netflixaccount war mein neuer bester Freund. Man hätte meinen können, dass ich irgendetwas tat, um aus der Sinnkrise herauszukommen, in der ich sowohl mit meinem Studium als auch meiner Lebensplanung steckte. Aber Fehlanzeige. Nachdem ich alle interessanten Eishockeyspiele gesehen hatte, schaute ich Serien, aktuell *Supernatural*, und hoffte, dass mich dabei die Erleuchtung ereilen würde, was ich nun machen sollte. Mit Kayla, meinem Studium, meinem Leben, mit allem. Mein Studium abbrechen konnte ich nicht. Anfangen mit Drogen zu dealen – die einzige Möglichkeit, die mir einfiel, um die Studiengebühren selbst zu bezahlen – war auch keine Option. Und solange ich mein Leben nicht halbwegs auf der Reihe hatte, brauchte ich über Kayla nicht mal nachdenken.

Ich vermisste sie wie verrückt, so sehr, dass es körperlich wehtat, aber ich war dennoch nicht bereit für eine Beziehung und all die Verpflichtungen, die sie mit sich brachte. Nicht wenn Kayla mich wie Gayle in eine Schublade sortierte und ich immer dagegen ankämpfen musste, um letztlich doch zu verlieren. Es war nicht so, dass ich sie nicht verstand – ich verstand Kayla, und ich wusste, dass sie es nicht mit böser Absicht tat. Aber ich hatte dafür keine Kraft, ich wollte nicht weiter gegen ein Bild in ihrem Kopf ankämpfen, ohne es ändern zu können. Denn wahrscheinlich konnte Kayla genauso wenig aus ihrer Haut wie ich aus meiner, und wir würden immer wieder vor diesem Problem stehen. Das wollte ich nicht. Es reichte mir, dass Gayle so war und ich ihr nur bedingt ausweichen konnte. Ich wollte mich durch Kayla nicht permanent daran erinnern und auf gewisse Weise genauso behandeln lassen.

Seufzend ließ ich den Kopf auf die Couchlehne sinken, während der Abspann der aktuellen Folge von *Supernatural* über den Bildschirm flackerte, und starrte an die Decke. Diese ganze Situation war so verfahren, und ich sah einfach keinen Ausweg, egal, wie lange ich danach suchte. Vielleicht sollte ich eine Karriere als Geisterjäger in Betracht ziehen, die Winchesters schienen solche Probleme nicht zu kennen.

Die nächste Folge begann, doch ich richtete mich nicht auf, um weiterzuschauen. Ich hasste es selbst, dass ich so war. Dass ich mich so leicht aus dem Tritt bringen ließ und alles anzweifelte. Dass ich keine passende Lösung für meine Probleme fand. Dass es einfach nichts zu geben schien, was zu mir und meiner familiären Situation passte. Es gab nur Lösungen, die für eine Seite von beiden zugeschnitten waren – also blieb immer eine auf der Strecke. Entweder die Erwartungen meiner Familie oder ich selbst.

Ich kannte diesen Sumpf, in dem ich da steckte und der mir die Luft abdrückte, ich hatte so oft bis zur Nase darin festgesteckt und keinen Ausweg gesehen. Bisher hatte ich mich jedes Mal davon befreit. Ich war irgendwann zu dem Punkt gekommen, dass ich mein eigenes Ding durchziehen würde, weil es das Einzige war, was ich wirklich konnte. Ich konnte nur mein Leben leben, nicht das eines anderen. Dieses Mal ließ diese Erkenntnis auf sich warten. Eine Erkenntnis, die nicht nur ein Gedankenkonstrukt war, sondern die bis zu meinen Gefühlen durchdrang und sich dort festigte. Vielleicht würde sie dieses Mal nicht kommen. Vielleicht war das der falsche Weg, war es all die Jahre über gewesen. Denn wenn ich ehrlich war, wusste ich nicht mal, was mein Ding eigentlich war. Allein daran hakte es schon.

Die Wohnungstür ging auf und schloss sich wieder, ich hörte Stimmen. Mit gerunzelter Stirn hob ich nun doch den Kopf, gerade in dem Moment, als Rachel und Nate das Wohnzimmer betraten.

»Schau mal, wen ich auf dem Weg zu dir aufgegabelt habe«, sagte Nate und deutete mit dem Daumen auf Rachel.

»Waren wir verabredet?«, fragte ich verwirrt.

Sie schüttelte den Kopf und ließ sich unbeirrt neben mich aufs Sofa fallen. »Nein, aber ich dachte, ich schau mal vorbei. Nachdem du mich beim Mittagessen dauernd im Stich lässt.«

»Meine Rede«, sagte Nate und setzte sich auf den Sessel neben der Couch. »Aber auf mich hört er ja nicht.«

»Könnt ihr alle nicht ohne mich essen?«, erwiderte ich lahm. »Das ist ja traurig.«

Rachel verdrehte die Augen. »Darum geht es nicht.«

Ich seufzte und schickte ein Stoßgebet gen Himmel, dass dieses Gespräch nicht allzu lange dauerte. »Worum geht es dann?«

»Darum, dass du dich einigelst. Im Ernst, du verkriechst dich, Kayla verkriecht sich, ich bin nur noch von solchen Menschen umgeben!«

Obwohl mir Kaylas Name einen schmerzhaften Stich versetzte, zog ich eine Augenbraue nach oben. »Das tut mir leid für dich. Ich werde mich augenblicklich zusammenreißen, damit dein Leben erträglicher wird.«

»Ach, komm schon, Mann.« Nate stützte sich mit den Ellbogen auf die Knie. »Wir wollen nur nicht, dass du dich weiter distanzierst.«

»Ich distanziere mich nicht.«

»Doch, tust du«, meinte Rachel. »Aber das lassen wir nicht zu. Deswegen musst du ertragen, dass ich mit dir ...« Sie schielte zum Bildschirm. »Was ist das? Na ja, egal. Ich schaue das jetzt mir dir an. Nate könnte Pizza bestellen, oder?«

Nate nickte. »Yep. Wir essen Pizza und resozialisieren dich, und dann tauchst du gefälligst wieder zum Mittagessen auf.«

»Ist das euer einziges Ziel?«, fragte ich und konnte den genervten Unterton nicht unterdrücken.

»Nein, unser Ziel ist, dass du dich besser fühlst«, erwiderte Rachel leichthin. »Und wenn du dich besser fühlst und nicht mehr die ganze Zeit nur mit deinen düsteren Gedanken abhängst, erinnerst du dich vielleicht daran, wie der lebensfrohe Jason so drauf ist. Und dass der lebensfrohe Jason Kayla vielleicht noch eine Chance geben würde.«

Mein Magen verkrampfte sich. »Sorry, aber das geht dich nichts an.«

Rachel hob abwehrend die Hände. »Schon gut. Ich versteh nur echt nicht, was sie getan hat – also ja, sie hat sich mit einem anderen getroffen, das war doof. Aber sie hat es dir erklärt, sie hat sich entschuldigt, es ist ihr ernst damit ... Warum bist du weiterhin so hart?«

Ich hatte Kayla seit zwei Wochen nicht gesehen, geschweige denn etwas von ihr gehört. Wie ernst konnte es ihr also sein? Außerdem würde es keinen Unterschied machen. Ich musste mich ganz dringend aus diesem familiären Sumpf befreien und dieses Chaos, das ich mein Leben nannte, in den Griff kriegen. Da konnte ich mich nicht noch ständig um jemand anderes sorgen und kümmern, schon gar nicht, wenn sie mich dauernd in eine Schublade steckte. Eine Beziehung sollte einen unterstützen, nicht zusätzlich belasten, und momentan wäre das bei uns beiden nicht gegeben.

»Ich hab meine Gründe, okay?«, erwiderte ich abweisend.

Rachel und Nate tauschten einen vielsagenden Blick aus, doch Nate schüttelte leicht den Kopf, als wollte er sagen, dass sie mich besser in Ruhe lassen sollten. Damit war das Gespräch gelaufen, und sie taten das, was sie gesagt hatten. Nate bestellte Pizza, und wir schauten zusammen *Supernatural,* wobei Rachel die Serie furchtbar fand und mehr als einmal fast auf meinen Schoß sprang. Irgendwann gesellte sich Cole zu uns, und wir wechselten zu *Titans,* einer Netflixserie, die an die DC-Comics angelehnt war. Keiner von ihnen sprach das Thema Kayla an, überhaupt besprachen wir nichts Wichtiges. Sie alle akzeptierten meine Grenzen und verbrachten dennoch Zeit mit mir, gaben mir das Gefühl, es sogar gerne zu tun. Ohne Verpflichtungen oder irgendwelche Erwartungen. Einfach nur so. Und ganz langsam, zunächst ohne dass ich es bemerkte, zog sich der Sumpf ein wenig zurück, und ich konnte freier atmen.

Am nächsten Morgen war ich so weit, dass ich mir fest vornahm, mit Nate und Rachel mittags ins Ratty zu gehen. Ich sagte sogar Blake ab, als er fragte, ob wir zusammen essen wollten. Schließlich waren Nate und Rachel meine engsten Freunde, und ich hegte keinen Groll gegen Kayla. Wir waren im Guten auseinandergegangen, also gab es keinen Grund, sich ewig aus dem Weg zu gehen. Klar, es war blöd gelaufen und es würde sicher seltsam werden, vor allem für sie. Aber je länger ich die Situation, mit ihr an einem Tisch zu sitzen, mied, desto schlimmer würde es werden. Deswegen würde ich mich der Situation stellen.

Nach der letzten Vorlesung vor der Mittagspause war ich schon nicht mehr ganz so optimistisch. Unruhe breitete sich in mir aus, als ich mich auf den Weg ins Ratty machte. Wann hatte es eigentlich angefangen, dass wir alle gemeinsam aßen? Ich konnte keinen

Zeitpunkt benennen, ab dem es eine fixe Institution geworden war. Anfangs war es nur ab und an gewesen, wenn Kayla sich mit Rachel traf und ich mich samt Nate dazugesellte. Dann hatten Amber und Nate sich angefreundet und waren nun das Bindeglied, das alles zusammenhielt. Seltsam, wie sich manche Dinge mit der Zeit entwickelten.

Als ich die Mensa betrat, waren die anderen schon alle da. Nate, Amber, Rachel, Sean und Kayla teilten sich einen Tisch in der hinteren Ecke. Einen Moment verlangsamten sich meine Schritte, dann zwang ich mich, zur Essensausgabe zu gehen. Ich würde das durchziehen, es gab keinen Grund, es nicht zu tun. Abgesehen davon, dass ich Kayla gesagt hatte, dass ich keine Beziehung mit ihr wollte, und mich nun gleich zu ihr setzen würde. Was für sie vermutlich eine noch beschissenere Situation war als für mich.

Die Schlange an der Essensausgabe konnte gar nicht lang genug sein, ich war viel zu schnell dran. Obwohl ich keinen Hunger hatte, kaufte ich mir Pommes, einen Wrap und eine Cola und lud alles auf ein Tablett. Als ich beim Tisch ankam, pochte mein Herz unangenehm gegen meine Rippen, doch ich ließ mir nichts anmerken.

»Hi zusammen«, sagte ich unbeschwert und stellte mein Tablett auf den einzig freien Platz neben Nate und gegenüber von Kayla. Das war nicht optimal, aber ich konnte schlecht wieder abhauen, das wäre noch blöder gewesen.

Alle begrüßten mich, doch einzig Kaylas Reaktion interessierte mich. Sie zu sehen löste ein warmes Kribbeln in mir aus, egal, wie sehr ich meinem Körper sagte, dass das unangebracht war.

»Hey«, sagte sie leise, als ich mich ihr gegenüber setzte, ihre Miene wirkte nicht mal halb so abweisend, wie ich erwartet hätte. Dann wandte sie sich Amber neben sich zu und verwickelte sie in ein Gespräch über eine Hausarbeit, die sie am Wochenende zusammen schreiben mussten.

Ich beließ es bei dieser knappen Begrüßung und klinkte mich in Nates und Seans Gespräch über Surfen ein. Sean wollte wissen, wie schwierig es war, es zu lernen, und da ich mich dieser Herausforderung selbst gestellt hatte, konnte ich dazu etwas beitragen. Obwohl ich versuchte, mich voll und ganz auf Sean und seine Fragen zu konzentrieren, schweifte mein Blick immer wieder zu Kayla, genauso wie meine Gedanken.

Nach dem, was sie mir über sich erzählt hatte, konnte ich mir vorstellen, dass allein die Tatsache, dass ich sie abserviert hatte, demütigend für sie war. Also versuchte ich, so unauffällig wie möglich zu sein. Denn nur weil Nate und Rachel genauso meine Freunde waren wie ihre, musste ich es ihr trotzdem nicht schwer machen. Im Gegenteil. Ich hatte ihr nie wehtun wollen, und allein, dass ich es doch getan hatte, verursachte einen glühenden Schmerz in meinem Inneren. Diese ganze Sache hätte so nie passieren dürfen. Ein Teil von mir wollte aufstehen, um den Tisch herumgehen und Kayla in den Arm nehmen, ihr sagen, dass sie alles vergessen sollte, was passiert war, und dass wir einfach von vorne anfangen würden. Doch das ging nicht. Aus so vielen Gründen.

Das Mittagessen verlief ereignislos. Kayla und ich redeten zwar nicht miteinander, aber wir warfen uns auch keine bösen Blicke zu und vermittelten uns auch nicht das Gefühl, den jeweils anderen nicht dabeihaben zu wollen.

Genauso verlief das darauffolgende Mittagessen und das darauf. Als wir das dritte Mal die Mittagspause miteinander verbrachten, war es schon viel entspannter. Ich konnte tatsächlich essen, ohne dass sich jeder Bissen in meinem Hals querstellen wollte, und die Stimmung war insgesamt lockerer.

»Vielleicht wechsel ich meinen Studiengang«, sagte Amber und zuckte mit den Schultern. »Ich mein, Biologie ist toll, echt – aber manchmal frage ich mich schon, was mich da eigentlich geritten hat.«

»Oder wer«, warf Sean ein, woraufhin er sich einen festen Hieb von Amber gegen die Schulter einfing und einen bösen Blick von Kayla.

»Das war tatsächlich ganz allein meine Entscheidung.« Amber wandte sich wieder ihrem Salat zu. »Aber ich musste mich damals ziemlich schnell entscheiden, was ich machen will. Ich hab mich immer dafür interessiert, das ist es nicht. Aber reicht das, um es weiterzumachen? Ich weiß nicht, ob ich mich dauerhaft darin sehen kann.«

»In was kannst du dich denn sehen?«, fragte Nate, der über Ambers Aussage nicht mal ansatzweise überrascht wirkte. Wahrscheinlich hatte sie ihm bereits davon erzählt.

Sie deutete mit der Gabel auf ihn. »Das ist eine gute Frage.«

»Deswegen hab ich sie gestellt.«

»Wenn du keinen Plan B hast, würde ich es erst mal weitermachen«, sagte ich und wiegte den Kopf. »Du kannst ja nebenher die Augen offen halten und überlegen, was dich sonst noch interessieren würde. Ansonsten denke ich, dass sich nach dem Abschluss immer etwas findet, wenn du was studiert hast, das dir liegt.«

Was für eine Ironie, dass das mein Rat an Amber war. Wenn ich das zu anderen sagte, glaubte ich es, dann war ich vollkommen überzeugt davon. Wenn es um mich selbst ging, legte ich da ganz andere Maßstäbe an.

»Ich seh es wie Jason«, meinte Kayla und sprach das erste Mal, seitdem wir wieder zusammen aßen, meinen Namen aus. Mein Herz fabrizierte einen albernen, sehr unangebrachten Satz in meiner Brust. »Es macht dir Spaß, du hast gute Noten, das reicht doch erst mal. Du bist erst neunzehn, du brauchst noch keinen ausgefeilten Plan für dein gesamtes Leben.«

Amber zog eine Schnute. »Das ist total leicht, wenn man ständig mit dir und Sean zusammen in den Vorlesungen sitzt. Ihr wisst beide genau, wo ihr hinwollt.«

»Aber deswegen musst du es doch nicht wissen«, sagte Sean. »Schau mal, Medizin ist auch irgendwie speziell. Und nur weil wir wissen, was wir mal machen wollen, muss das doch für dich nicht automatisch auch gelten.«

»Ich bin mir sicher, du bist in allerbester Gesellschaft«, sagte Nate und lächelte aufmunternd. »Ich würde behaupten, über fünfzig Prozent der Studenten befinden sich in einer ähnlichen Lage wie du. Und wenn du von der Ivy League weggehst und an den normalen Colleges fragst, sind es vermutlich noch mehr.«

»Ganz sicher sogar«, pflichtete Rachel ihm bei. »Schau mich an. Ich studiere an der Brown und bin schon froh, dass ich meinen Stundenplan inzwischen auswendig kann.«

Wir stimmten alle zu, und langsam entspannte Amber sich wieder.

Als die Mittagspause sich dem Ende neigte und ich gerade meine Jacke anzog, stand Kayla auf einmal neben mir. Sie räusperte sich.

»Können wir reden? Nur, wenn es dir passt, natürlich.«

Ein wenig überrumpelt nickte ich. »Klar. Ich hab jetzt eh frei und wollte eigentlich in die Bibliothek. Aber ... wir könnten noch einen Kaffee trinken?«

Sie stimmte zu, und ich bemerkte, wie Rachel uns einen zufriedenen Blick zuwarf. Na toll. Wollte ich wirklich wissen, was Kayla mit mir zu besprechen hatte?

Nachdem wir uns beide einen Cappuccino geholt hatten, setzten wir uns wieder, allerdings an einen der kleineren Tische. Kayla spielte nervös an ihrem Zuckerbeutelchen herum, und ich wartete einfach ab, während sich Nervosität in meiner Magengrube ballte.

»Ich ...«, sie stockte, atmete tief durch und sah mir in die Augen. »Ich wollte mich noch mal bei dir entschuldigen.«

»Was?« In was für einem Film war ich denn jetzt gelandet? Ich hatte sie abserviert, und sie wollte sich bei mir entschuldigen?

»Ja.« Sie nagte an ihrer Unterlippe, und ihr Blick flackerte kurz zur Seite, dann sah sie mich wieder an. »Es war mies von mir, dir schlechte Absichten zu unterstellen, nach allem wie du dich davor verhalten hast.«

Wow, das kam unerwartet. »Na ja, du hattest ja deine Gründe«, sagte ich, ein wenig unsicher, in welche Richtung dieses Gespräch lief.

»Schon«, erwiderte Kayla und strich sich eine dunkle Strähne hinters Ohr. »Trotzdem hast du nie etwas getan, um mein Misstrauen zu verdienen, schon gar nicht in solchen Größenordnungen. Es lag an mir, dass ich dich so gesehen habe, es hatte nie etwas mit dir zu tun.« Sie zögerte einen Moment. »Du hast alles richtig gemacht, und ich hab dich dafür abgestraft.«

Mein Herz klopfte einen Tick schneller, und ich rieb mir den Nacken. »Das stimmt ja so nicht. Ich hab mich nach New York nicht bei dir gemeldet, das war uncool.«

Sie nickte langsam. »Wenn du es so sagst …«

Ich gab mir einen Ruck, ich hatte das Gefühl, ich war ihr eine Erklärung schuldig. »Ich hatte ein sehr unschönes Gespräch mit Gayle an dem Morgen, als wir gefahren sind. Sie hat mir ein paar Hiebe unter die Gürtellinie verpasst, darüber musste ich erst nachdenken. Deswegen hab ich mich nicht gemeldet, es hatte nichts mit dir zu tun.«

Erkenntnis erhellte ihr Gesicht, als ich sprach, und in ihren Augen flammte ein klein wenig Hoffnung auf.

»Also … können wir noch mal darüber reden? Ob es wirklich aus ist?«

Ich sah, wie sie schluckte, und spürte den Schmerz, den meine nächsten Worte anrichteten.

»Ich denke nicht, nein«, sagte ich und seufzte, wobei ich das Gefühl hatte, dass dieser Atemzug meine Lunge versengte. »Ich mag dich wirklich, das war nicht gelogen, und ich wollte dir nie wehtun. Es war mir immer ernst mit dir …« Für einen Moment schloss ich die Augen und kniff mir mit Daumen und Zeigefinger in die Nasenwurzel. Ich musste mich sammeln, ehe ich Kayla wieder ansah. »Aber ich kann momentan keine Beziehung führen. Ich muss mich wirklich um ein paar Dinge in meinem Leben kümmern, meinen Scheiß endlich auf die Reihe kriegen. Ich kann gerade keine zusätzliche Verpflichtung eingehen. Das hätte mir klar sein müssen, bevor die Sache zwischen uns so weit fortgeschritten ist. Ich hab da einfach nicht nachgedacht, das tut mir leid.«

Einen Moment schwieg Kayla, und ich war mir nicht mal sicher, ob sie überhaupt atmete. Dafür sah ich, wie sie sich in sich selbst zurückzog, wie sie sich vor mir verschloss und ihr Blick undurchdringlich wurde. Wenn sie nur wüsste, dass diese Aussage mir genauso wehtat wie ihr …

»Okay, das verstehe ich«, sagte sie, und ihre Stimme klang ein wenig rau. »Dann sind wir jetzt …? Fremde? Bekannte? Unsere Freunde sind miteinander befreundet, und ich will weder in ein anderes Zimmer ziehen noch nie wieder mit Amber reden.«

Ich musste beinahe grinsen, was sich vollkommen falsch anfühlte. »Ich bezweifele, dass Amber dir Nate vorziehen würde. Und ganz davon abgesehen … wir können Freunde sein. Wir müssen nicht so tun, als würden wir uns nicht kennen oder uns hassen.«

»Okay«, erwiderte sie, und doch sah ich, wie Angst durch ihren Blick huschte. Etwas in meiner Brust zog sich schmerzhaft zusammen. Am liebsten hätte ich sie in den Arm genommen und sie getröstet.

»Ich erzähl keinem, was zwischen uns war«, sagte ich leise. »Du musst dir keine Sorgen machen, dass irgendwas über dich rumgeht oder ich dich in den Dreck ziehe. Du kannst mir vertrauen, versprochen.«

»Danke«, hauchte sie, und ihre Schultern sackten ein wenig nach unten, als würde alle Anspannung aus ihr weichen. Verdammt, sie hatte offenbar wirklich Angst gehabt, ich könnte denselben Scheiß abziehen wie dieser Typ, von dem sie mir erzählt hatte.

»Nicht dafür.«

Einen Moment schwiegen wir, und ich wusste nicht, was ich sagen oder machen sollte.

»Ich hab was für dich gemacht«, sagte Kayla schließlich und kramte in ihrer Tasche herum. »Es hat ein bisschen gedauert, weil du echt wahnsinnig viel Rückmeldung bekommst, aber ich hab's geschafft.«

Verwirrt runzelte ich die Stirn. »Was geschafft?«

»Das hier.« Sie legte mir einen ganzen Ordner vor und schlug ihn auf. Darin waren fein säuberlich Blätter abgeheftet, auf denen ... Zitate von Instagram und Twitter waren? *Was ...?*

»Ich bin deine Website und deinen Instagram- und Twitteraccount durchgegangen«, erklärte sie. »Ich hab Rückmeldungen rausgesucht, die über ›*hey, cooler Podcast*‹ und ›*sehen wir uns am Wochenende beim Feiern*‹ hinausgehen. Und es sind echt viele. So viele schreiben, wie gerne sie deine Tipps anhören, wie sehr ihnen das weiterhilft. Wie sympathisch du bist oder dass sie sich eigentlich gar nicht für Sport interessieren, aber du es auf eine Weise verpackst, dass sie deinen Podcast trotzdem anhören. Nur wegen dir.«

Verblüfft blätterte ich durch die Seiten, es waren wirklich viele. Eine schrieb, dass sie schon seit längerer Zeit im Krankenhaus war und dank meines Podcasts das Gefühl hatte, trotzdem am Leben teilzuhaben. Ein junger Mann, dass er dank mir auf dem Campus mitreden konnte und kein totaler Außenseiter war, wie er es noch zu Highschool-Zeiten gewesen war ... Eine junge Frau hatte unter einem Surfbild von letztem Sommer kommentiert, dass sie sich nur dank mir jetzt traute, mit dem Snowboarden anzufangen. Davor hatte sie Angst gehabt, sich lächerlich zu machen.

»Wow«, sagte ich. »Das ... das war mir so nicht bewusst.«

Die Wahrheit war, dass ich so viele Kommentare allein zu meinen Bildern auf Instagram bekam, dass ich gar nicht dazu kam, alle zu lesen.

»Hab ich mir gedacht«, erwiderte Kayla, blätterte durch den Ordner bis zu einer bestimmten Seite und deutete auf einen Kommentar. »Das sind die Rückmeldungen zu deinem Podcast über K.-o.-Tropfen. Zwei Frauen haben geschrieben, dass sie sich nur wegen dir ermutigt fühlen, zur Polizei zu gehen und anzuzeigen, dass ihnen das auch passiert ist. Erinner dich, ich bin nur wegen dir gegangen.«

Die Buchstaben verschwammen vor meinen Augen, und meine Kehle schnürte sich zu. Ich räusperte mich und sah auf. Dabei begegnete ich Kaylas Blick, sie sah mich so eindringlich an, dass ich beinahe eine Gänsehaut bekam. »Natürlich sind da viele Kommentare anonym, aber schau nur, wie viele schreiben, dass ihnen so was passiert ist – wie viele sich bedanken, dass du dieses Thema angesprochen hast. Du gibst ihnen damit das Gefühl, gesehen zu werden, und forderst gleichzeitig andere auf, genauer hinzuschauen. Du kannst so viel erreichen mit deiner Stimme, Jason. Du hast so eine große Gabe. Die Leute hören dir zu, wenn du etwas sagst.« Sie wurde ein wenig leiser, ihr Tonfall wurde sanft. »Kennst du den Spruch: *Auch aus Steinen, die dir in den Weg gelegt werden, kannst du etwas Schönes bauen?* Der ist von einem deutschen Schriftsteller, Erich Kästner, und ich finde, er passt sehr gut zu dir. Ich glaube, dass du so viel zu sagen hast. Nicht trotz deines familiären Hintergrunds, sondern genau deswegen.«

Überwältigung flutete über mich hinweg, erfüllte meinen gesamten Körper, bis ich das Gefühl hatte, gleich zu explodieren. »Warum?«, brachte ich hervor. »Warum hast du das gemacht?«

Kayla senkte den Blick, ihre langen Wimpern berührten ihre Wangen beinahe. Dann sah sie mich wieder an. »Weil ich glaube, dass du es selbst nicht siehst. Du siehst nicht, was du schon alles erreicht hast und was du noch erreichen könntest. Du siehst nicht, wie großartig du bist.« Sie räusperte sich und richtete sich ein wenig auf; erst jetzt bemerkte ich, dass wir uns über den Tisch hinweg immer näher gekommen waren. »Außerdem hast du mal gesagt, du würdest gerne über andere Themen reden, glaubst aber, dass keiner zuhören würde. Da dachte ich, nur Beweise werden dich vom Gegenteil überzeugen. Und da wir ja nun Freunde sind, sehe ich keinen Grund, sie dir vorzuenthalten.«

»Wow«, war alles, was ich hervorbrachte. In mir tobte ein Gefühlschaos wie ein buntes Feuerwerk, so vielfältig, dass ich es kaum begreifen konnte. Aber bei einem war ich mir sicher: »Wow« traf es sehr gut.

KAPITEL 29

KAYLA

Ich hätte gerne behauptet, dass es leichter wurde, Jason jeden Tag zu sehen und mit ihm befreundet zu sein. Dass es von Tag zu Tag weniger wehtat, mein Herz weniger schmerzte bei jedem Schlag und ich nicht mehr regelmäßig bei Amber im Zimmer saß und versuchte, nicht in ihr Kissen zu heulen. Doch auch nach beinahe drei Wochen war es noch genauso schlimm wie an dem Tag, als er mir gesagt hatte, dass eine Beziehung für ihn nicht infrage kam. Natürlich nicht die ganze Zeit über. Wenn ich Vorlesungen hatte, arbeitete oder lernte, gab es Phasen, in denen diese Empfindungen in den Hintergrund traten und der Schmerz nur dumpf in meiner Brust pochte. Aber er brach jedes Mal wieder mit voller Wucht über mich herein.

Dabei konnte ich nicht mal böse auf Jason sein, das war das, was es so unerträglich machte. Hätte er mich unfair oder respektlos behandelt, wäre er ein Arschloch gewesen, hätte ich wütend auf ihn sein können. Das wäre leichter gewesen. So musste ich mir eingestehen, dass ich zum Teil selbst daran schuld war. Weil ich ihn nicht an mich herangelassen und ihn immer wieder von mir gestoßen hatte, ihm Dinge unterstellt hatte, die nicht stimmten. Hätte ich das nicht getan, wäre er vielleicht nie auf die Idee gekommen, dass er keine Beziehung führen konnte.

Mein einziger Lichtblick an diesem späten Samstagnachmittag, dass meine Eltern mich Montag besuchen kommen würden, flackerte ebenfalls in Ungewissheit. Besorgt warf ich einen Blick nach draußen. Vor dem Fenster meines Zimmers peitschten Schneeflocken durch die Luft, Wind heulte um das Wohnheim und fegte über die schneebedeckte Wiese. Ein paar Zweige und Plastikmüll wirbelten durch die Luft. Die Ostküste wurde von einem Sturm heimgesucht, der heftige Schneefälle und Windböen mit sich brachte.

In Washington war das öffentliche Leben bereits zum Erliegen gekommen, weil es nicht genug Schneepflüge gab. New York und Philadelphia kämpften darum, den Verkehr aufrechtzuerhalten, wobei zahlreiche Flüge gestrichen wurden und viele Menschen am Flughafen festsaßen. Es kam immer wieder zu Stromausfällen. Noch ging es in Providence, doch der Sturm würde auch hier ankommen und seine volle Kraft entfalten. Ich konnte nur hoffen, dass er nicht noch weiter die Ostküste nach oben zog. Bis nach Killington, Vermont, wo meine Eltern sich ein verlängertes Wochenende zum Skifahren gönnten, war es zwar noch ein ganzes Stück, und außerdem lag es vergleichsweise im Landesinneren, doch auch die Ausläufer eines solchen Sturms waren nicht zu unterschätzen. Aus Alabama kannte ich nur Tropenstürme und keine, die uns mit voller Wucht getroffen hatten. Aber ich hatte genug mitgekriegt, um zu wissen, dass mit solchen Stürmen nicht zu spaßen war.

Um sicherzugehen, dass alles in Ordnung war, nahm ich mein Handy vom Schreibtisch und rief meine Mom an. Bei ihr ging nur die Mailbox ran, also probierte ich es bei meinem Dad. Nach mehrmaligem Klingeln landete ich auch dort auf der Mailbox. Ich hinterließ eine Nachricht, dass wir wegen des Sturms reden sollten. Dann legte ich auf.

Um mich von dem Sturm abzulenken, öffnete ich Spotify, um Jasons neuesten Podcast anzuhören. Er hatte auf Instagram bereits angekündigt, dass es ein paar Änderungen geben würde und er zusätzlich zu seinem Sportpodcast ein neues Format aufziehen würde, das alle zwei Wochen erscheinen sollte. Heute war der Tag, an dem die erste Folge online gegangen war. Sie hieß *Von der Leichtigkeit des Scheins und anderen Lebenslügen*.

Obwohl ich wusste, dass es wehtun würde, seine Stimme zu hören, drückte ich auf Abspielen. Rachel war bei Jess, also musste ich die Gelegenheit nutzen, um den Podcast anzuhören.

»Hallo, ihr da draußen«, ertönte Jasons Stimme, er klang anders als sonst. Nicht so unbeschwert. Ernster. »Ich hab es euch ja bereits angekündigt, dass ich mich ab jetzt auch mit Themen über den Sport hinaus beschäftigen möchte. Warum? Weil mein Leben auch nicht nur aus Sport besteht. Ehrlich gesagt ist das eher ein kleiner Teil meines Alltags, und ich denke, das geht ganz vielen so. Ich hab eine Weile hin und her überlegt, ob ich es wagen soll oder nicht, mit Ideen jongliert, mich gefragt, ob das gut oder schlecht wäre, ob es zu mir passen oder überhaupt jemand hören würde. Ob ich das überhaupt kann und qualifiziert genug bin, um über etwas anderes als Sport zu reden. Ich meine, wer bin ich, um mir herauszunehmen, über die wichtigen Dinge des Lebens zu sprechen? Und dieser ganze Prozess, dieser Vorlauf, der nötig war, um mich dazu zu bringen, dieses neue Format zu starten, ist schon ein ziemlich gutes Sinnbild für mein Leben.«

Gebannt lauschte ich Jasons Ausführungen. Er schlug eine elegante Überleitung dazu, wie es war, mit Anfang zwanzig keine Ahnung zu haben, was man selbst vom Leben erwartete, dafür aber vollgepumpt war mit den Erwartungen, die andere an einen stellten. Wenn man selbst gar nicht wusste, wo die Reise hingehen sollte, aber alle anderen einem schon die Ziele vorgaben. Er sprach darüber, wie die sozialen Medien unsere Wahrnehmung verzerrten, wie kaum einer darüber redete, was wirklich in ihm vorging, dafür aber jeder vorgaukelte, den totalen Plan und sein Leben im Griff zu haben. Dass das alles eine große Illusion war, zumindest für ihn, da er die meiste Zeit das Gefühl hatte, nichts auf die Kette zu kriegen. Und dass er fand, es war an der Zeit, darüber zu sprechen, um genau diesen Trugschluss klarzumachen. Er hatte einen erfolgreichen Podcast und Zigtausende Follower auf Instagram. Er studierte an einem College der Ivy League und hatte gute Noten. Er war immer gut gelaunt und hing mit den »*coolen Kids*« ab. Von außen betrachtet hatte er das perfekte Leben.

»Doch um ehrlich zu sein«, sagte er, und ich hörte das leise Grinsen in seiner Stimme. »Die meiste Zeit habe ich keine Ahnung, was ich eigentlich tue, und versuche nur, halbwegs unbeschadet durch den Tag, die nächste Prüfung oder die nächste Woche zu kommen. Ich hab mein Leben nicht voll im Griff, vielleicht kann man das auch gar nicht haben. Falls es bei dir anders ist: Herzlichen Glückwunsch, du verdienst meinen vollen Respekt, und ich verneige mich ehrfürchtig vor dir. Falls du wie ich ebenfalls keinen Plan hast: Das ist okay, du bist damit nicht allein. Und das wirklich Tolle daran, keinen Plan zu haben, sind ja die unzähligen Möglichkeiten, die sich daraus ergeben und für die man sonst blind wäre. Also lasst uns die Augen aufmachen, uns aufmerksam umsehen und schauen, wie viele Möglichkeiten sich uns jeden Tag bieten.«

Noch während er die Abschiedsworte sprach, öffnete ich die Messenger-App auf meinem Handy und schrieb Jason.

Kayla: Hab grade deinen neuen Podcast angehört, er ist großartig.

Früher hätte ich keinem Kerl jemals geschrieben, nachdem er mich nicht mehr gewollt hatte, schon gar nicht sowas. Aber bei Jason war es etwas anderes. Er hatte mir kein einziges Mal in den letzten Wochen das Gefühl gegeben, mich schämen zu müssen oder dass er mich deswegen weniger respektvoll behandelte. Wir hatten normalen Kontakt, wir waren Freunde, und ich wollte ihm sagen, wie toll ich seinen Podcast fand. Dabei war das noch untertrieben, ich war so stolz auf ihn, dass ich kurz davor war, zu platzen.

Mein Handy vibrierte, und Jasons Antwort erschien.

Jason: Danke :) Hätte ich ohne dich nicht so umgesetzt …

Meine Finger flogen übers Display.

Kayla: Quatsch, du hast nur 'n Schubs gebraucht.

Jason: Und den hast du mir verpasst.

Ich zögerte einen Moment.

Kayla: Du weißt doch, ich trete dich jederzeit gerne.

Jason: Haha. Ich weiß :)

Darauf fiel mir keine Antwort ein, die nicht unangemessen gewesen wäre. Bevor ich mein Smartphone weglegen konnte, klingelte es. Die Nummer meines Onkels Luke leuchtete auf dem Display, und ich runzelte die Stirn.

»Ja?«, nahm ich das Telefonat entgegen.

»Kayla?«, erwiderte Luke. Ganz entgegen seiner normalen Art klang er gehetzt. »Hast du mit deinen Eltern gesprochen?«

Plötzlich beschleunigte sich mein Herzschlag, und ich saß stocksteif im Bett. »Nein, wieso? Ist was passiert?«

»Ich ...« Er atmete tief durch. »Ich weiß es nicht, ich hab gerade nur in den Nachrichten gesehen, dass in Killington eine Lawine runtergekommen ist und mehrere Menschen verschüttet wurden. Ich weiß nicht, ob es das Gebiet ist, in dem deine Eltern sind. Aber sie gehen beide nicht ans Telefon.«

Im ersten Moment ergaben seine Worte keinen Sinn für mich, es war, als würde er mit jemand anderem über jemand anderen sprechen. Als hätte ich keinen Bezug dazu, nichts damit zu tun. Dann drang die Bedeutung zu mir durch und brach über mich herein. Plötzlich wurde mir so schwindlig, als würde der ganze Erdboden unter mir wanken. Ich bekam keine Luft mehr. Das konnte doch nicht sein. Das durfte nicht sein.

»Das kann aber natürlich an dem Sturm liegen, dass die Verbindung deswegen so schlecht ist«, redete Luke weiter, als würde er sich selbst damit beruhigen wollen.

»Mich hast du ja auch erreicht«, sagte ich tonlos und griff mir an die Kehle, die sich viel zu eng anfühlte, um noch einen weiteren Atemzug hindurchzulassen. Nein, nein, nein, das konnte nicht sein. »Der Sturm ist doch noch gar nicht so weit die Ostküste nach oben gezogen«, murmelte ich eher zu mir selbst.

Luke antwortete trotzdem. »Ich denke nicht, dass es was mit dem Sturm zu tun hat. Es ist einfach Zufall.«

Zufall ... Wie konnte so etwas Zufall sein? Wie konnten gleich zwei so verheerende Ereignisse auf einmal stattfinden? Das ergab einfach keinen Sinn, so etwas passierte nur in Büchern oder Filmen. Oder anderen Menschen, aber nicht mir.

»Ich wollte dich nicht beunruhigen«, erklärte Luke, während sich in meinem Kopf alles immer schneller drehte. »Aber ich musste einfach wissen, ob du etwas gehört hast.«

In mir schnappte etwas zu, ich konnte dieses Gespräch nicht weiterführen. »Ich muss aufhören, ich meld mich«, sagte ich und legte auf, ohne eine Antwort abzuwarten. Sofort versuchte ich, meine Eltern anzurufen. Mit demselben Resultat wie zuvor. Bei meiner Mom sprang sofort die Mailbox an, bei meinem Dad erst nach einigen Freizeichen.

Okay, das musste nichts bedeuten, redete ich mir ein. Mit zittrigen Fingern rief ich den Browser meines Smartphones auf und googelte die Lawine in Killington. Hastig überflog ich alles. Je mehr Fakten ich sammelte, desto übler wurde mir. Ich bekam kaum noch Luft.

Es stimmte, was Luke gesagt hatte. In Killington war heute Morgen eine Lawine abgegangen, auf einer viel befahrenen Piste, und hatte mehrere Menschen unter sich begraben. Bisher zählten die Behörden zwei Tote, fünfzehn Verletzte und eine unbestimmte Anzahl an vermissten Personen. Es gab eine Telefonhotline, wo Angehörige anrufen konnten. Sofort wählte ich die Nummer und wartete mit angehaltenem Atem, bis jemand abnahm.

»Annahmestelle fü...«

»Hallo, mein Name ist Kayla Evans«, unterbrach ich die Frau hektisch. »Meine Eltern sind in Killington zum Skifahren, und ich erreiche sie schon den ganzen Tag nicht und ...«

Meine Stimme brach, und mein Herz stolperte so sehr, dass es mich wunderte, dass es überhaupt weiterschlug. Die Frau am anderen Ende der Leitung war sehr ruhig, fragte nach den Namen meiner Eltern und sah nach, ob sie etwas über sie wusste. Nichts.

Sie sagte, das sei eine gute Nachricht, und versuchte, es schönzureden. Doch in meinem Kopf kam nur eine Tatsache an: Meine Eltern wurden vermisst. In einem Gebiet, in dem eine Schneelawine abgegangen war.

Die Frau nahm meine Kontaktdaten auf und versprach, es würde sich jemand melden, sobald sie etwas erfuhren. Dann legte sie auf, und meine Welt hörte auf, sich zu drehen.

Ich hatte keine Ahnung, wie ich es schaffte, mich anzuziehen, geschweige denn, was ich eigentlich für einen Plan hatte. Ich funktionierte einfach nur noch, mein Großhirn hatte seine Arbeit eingestellt. Es schien mir unmöglich, in meine Jacke und Stiefel zu schlüpfen, wie eine Aufgabe, die nicht zu bewältigen war, und doch schaffte ich es.

Auf den zehn Minuten Fußweg begegnete ich kaum einem Menschen. Nur beiläufig nahm ich wahr, wie der Wind an mir zerrte, mich schneller vorwärtstrieb, wenn ein Windstoß von hinten kam, oder mich aufhielt, wenn er von vorne kam. Selbst dass mir ein Plakat ins Gesicht wehte, war mir egal. Es war alles so surreal, nicht echt. Es war, als würde mein Leben plötzlich nicht mehr zu mir gehören und ich es mit Abstand betrachten. Wie einen Film, der nichts mit mir zu tun hatte. In mir herrschte ein derartiges Chaos, dass meine Haut sich zu eng anfühlte, als hätten meine Gefühle, die Angst und Verzweiflung, nicht genug Platz in mir und würden sich gegenseitig erdrücken. Bis ich gleichzeitig alles fühlte und doch nichts.

Ich durfte jetzt nicht zusammenbrechen, war der einzige klare Gedanke, den ich fassen konnte. Ich musste mich zusammenreißen, bis ich wusste, was wirklich los war, womit ich es zu tun hatte.

Wie von selbst trugen mich meine Füße die Straßen entlang, ich spürte keinen einzigen meiner Schritte. Meine Beine fühlten sich taub an, als ich die Treppen zu Jasons Wohnung nach oben stieg.

»Was machst du hier?«, fragte er, als er mir die Tür öffnete. »Wieso bist du bei dem Sturm nach draußen gegangen? Das ist viel zu riskant!«

Darüber, dass Jason mich vielleicht nicht mit offenen Armen empfangen würde, hatte ich nicht nachgedacht. Genau genommen hatte ich überhaupt nicht darüber nachgedacht, was ich eigentlich hier wollte.

»Ich geh wieder«, sagte ich, und meine Stimme hörte sich seltsam fern an, als würde ich sie nur durch einen Nebel wahrnehmen und sie nicht zu mir gehören.

Jason verdrehte die Augen. »Red keinen Quatsch, komm rein. Was ist los?«

Er musterte mich aufmerksam, als ich eintrat und nach den richtigen Worten suchte, um das Unaussprechliche zu beschreiben. Ich brachte es kaum über die Lippen.

»Also ... meine Eltern«, begann ich stockend. »Sie sind in Killington in Vermont, da ist eine Lawine abgegangen, und ich erreich sie nicht, und die von der Telefonhotline wissen auch nichts.«

Allein diese Worte auszusprechen reichte aus, dass es mich zerriss und ich dem Druck in meinem Inneren nicht mehr standhielt. Ich schnappte nach Luft, hatte dennoch das Gefühl zu ersticken und schlug mir die Hand vor den Mund. Meine Sicht verschwamm, alles in mir zog sich so schmerzhaft zusammen, dass es beinahe unerträglich war und ich nicht wusste, wie ich das eine Sekunde länger aushalten sollte. Die Taubheit, die meine Gefühle halbwegs im Griff gehalten hatte, verschwand mit einem Schlag und machte der heißen Verzweiflung Platz, die in meinen Adern wütete.

Nur am Rande nahm ich wahr, dass Jason die Arme um mich legte und mich fest an sich zog. Seine Wärme, sein vertrauter Duft hüllten mich ein und beruhigten mich etwas, auch wenn das lediglich zur Folge hatte, dass ich schluchzte und um Atem rang.

Wie durch Watte hörte ich, dass er beruhigende Worte murmelte, die ich nicht verstand und die sich einfach nicht sinnvoll zusammensetzen wollten. Irgendwie landeten wir auf der Couch, Jason lockerte seine Umarmung kein einziges Mal, gab mir dadurch so viel Halt und Sicherheit, dass alles, was vorhin zerbrochen war, sich langsam wieder zusammensetzte und ich nach und nach meine Fassung zurückgewann. Und damit kam auch die Erkenntnis, was ich hier gerade tat. Ich bedrängte nicht nur Jason, sondern half meinen Eltern damit kein Stück weiter.

»Das war jetzt...«, murmelte ich an seiner Halsbeuge und wusste nicht, wie ich den Satz beenden sollte. »... unangemessen.« Ich setzte mich ein wenig auf. »Tut mir leid.«

Jason lockerte seine Umarmung etwas, zog sich aber nicht ganz zurück. »Quatsch. Wie fühlst du dich jetzt?«

Unsicher zuckte ich mit den Schultern. »Keine Ahnung. Hilflos? Als würde ich am liebsten sofort nach Killington fahren?« Noch während ich den Satz aussprach, merkte ich, wie wahr er war. Ich richtete mich weiter auf und sah zum Fenster, vor dem die Schneeflocken tobten. »Meinst du, die Züge fahren noch?«

»Keine Ahnung.« Jason sah mich ruhig und eindringlich an. »Aber sie werden es auf jeden Fall nicht mehr lange tun. Und du hilfst deinen Eltern nicht, wenn du in einem Zug stecken bleibst, der ewig nicht weiterfährt. Und selbst falls du ankommst: Was willst du dann machen? Du kannst deine Eltern unmöglich selbst suchen, schon gar nicht, wenn der Sturm weiter die Küste hochzieht.«

Meine Sicht verschwamm erneut, und ich flüsterte: »Also soll ich hier rumsitzen und nichts tun?« Die Vorstellung war schrecklich.

Jason seufzte und sah mich mitfühlend an. »Ich fürchte, dir bleibt nichts übrig, als abzuwarten. Mindestens bis der Sturm vorbei ist. Und ich versprech dir, wenn die Straßen wieder halbwegs frei sind, fahr ich dich höchstpersönlich nach Killington.«

»Im Ernst?«

»Natürlich.«

Plötzlich fühlte ich mich wie ein Mitleidsprojekt. »Das musst du nicht ...«

»Ich weiß«, sagte Jason und erwiderte meinen Blick. »Ich will aber.«

Für einen kurzen Moment flackerte etwas wie Hoffnung in meiner Brust, doch dann erstarb es sofort wieder, erdrückt von der Sorge um meine Eltern. Ich zog mein Handy aus der Hosentasche. »Ich ruf noch mal bei dieser Hotline an.«

Ich drückte Wahlwiederholung und stand auf, plötzlich ertrug ich es nicht mehr, still zu sitzen. Die Unruhe trieb mich dazu, auf und ab zu laufen und mit den Fingern der freien Hand gegen meinen Oberschenkel zu trommeln.

Während ich mit dröhnendem Herzschlag dem Freizeichen lauschte, kam Cole aus seinem Zimmer ins Wohnzimmer. Er runzelte die Stirn, als er mich entdeckte, und sah dann fragend zu Jason.

Mit Cole konnte ich mich gerade nicht befassen, also wandte ich ihm den Rücken zu. Endlich nahm am anderen Ende der Leitung jemand ab. Leider mit ernüchterndem Ergebnis. Meine Eltern waren immer noch verschollen.

»Danke«, sagte ich zu dem hilfsbereiten Herrn am Telefon, dann legte ich auf. Ein Kopfschütteln von mir reichte, damit Jason sich seufzend übers Gesicht strich.

»Verdammt.«

Cole sah abwartend zwischen uns hin und her. »Was ist los? Was hab ich verpasst?«

»Meine Eltern werden vermisst«, war alles, was ich hervorbrachte, ehe es mich schon überforderte, ein- und wieder auszuatmen. Das durfte doch alles nicht wahr sein.

Jason erklärte Cole alles, während ich mich kraftlos in den Sessel sinken ließ und versuchte, nicht gleich wieder in Tränen auszubrechen und die Luft durch den dicken Kloß in meinem Hals zu pressen.

»Fuck, Mann!« Cole sah mich an. »Das tut mir ehrlich leid.«

In seinen Augen lag so viel Mitgefühl und Verständnis – tiefes Verständnis für die Angst, Hilflosigkeit und Verzweiflung, die ich fühlte –, dass es mich für einen Moment verblüffte. Doch auch dieses Gefühl verschwand so schnell, wie es gekommen war; es gab nicht genug Raum in mir, um mich zu fragen, wieso Cole mich verstehen konnte.

»Kann ich irgendetwas tun?«, fragte Cole und sah zwischen mir und Jason hin und her. »Kaffee kochen? Essen machen? Alkohol besorgen? Irgendetwas?«

Ich hatte keine Antwort auf die Frage, weil ich nichts wollte, einfach gar nichts, als zu wissen, dass es meinen Eltern gut ging.

Jason warf einen kurzen Blick zu mir. »Schau doch mal, ob es in Nates Teesammlung was Beruhigendes gibt.«

»Mach ich«, sagte Cole, und ich hielt ihn nicht auf, obwohl ich bezweifelte, dass es irgendetwas gab, das mich wirklich beruhigen oder mir helfen konnte.

Nichts konnte die Ohnmacht in mir besiegen, das Gefühl, dem Schicksal hilflos ausgeliefert zu sein. Und nichts dagegen tun zu können, als zu warten. Warten auf Neuigkeiten, die meine Welt entweder endgültig aus ihrer Umlaufbahn schleuderten oder sie ganz behutsam wieder zum Laufen brachten.

KAPITEL 30

JASON

Es waren die längsten Stunden meines Lebens. Jede Minute, die Kayla bei mir war und um ihre Eltern bangte, fühlte sich an wie eine Ewigkeit.

Es war zehn Uhr abends, und wir hatten bisher nichts herausgefunden. Ich aktualisierte die Nachrichtenseite regelmäßig, inzwischen war von über dreißig Verletzten die Rede. Und als wäre das alles noch nicht schlimm genug, hatte der Sturm seinen Höhepunkt erreicht. Er heulte ums Haus, rüttelte an den Fenstern, sodass sogar die Fensterscheiben klirrten, und peitschte Schnee durch die Luft, der sich in Massen auf den Straßen sammelte. Der Flughafen in Providence war gesperrt, die Räumfahrzeuge kamen kaum hinterher, und die Bevölkerung wurde angehalten, in den Häusern zu bleiben. Immer wieder flackerte das Licht, aber bisher blieb die Stromversorgung weitgehend stabil.

Kayla saß mit einer Decke und einer Tasse Tee, die sie nicht anrührte, neben mir auf dem Sofa und tippte auf ihrem Smartphone herum. Sie stand in engem Kontakt mit ihrem Onkel in Alabama, falls er vor ihr etwas herausfand. Davon abgesehen war sie beunruhigend blass, still und rührte sich kaum. Es war, als wäre sie in eine Schockstarre verfallen nach ihrem ersten Gefühlsausbruch, als wäre sie einfach eingefroren und hätte ihre Gefühle wortwörtlich alle auf Eis gelegt. Vermutlich eine Schutzreaktion ihrer Psyche.

Cole und ich tauschten einen besorgten Blick aus, letztlich konnten wir nichts tun. Und das war das Schlimmste daran. Ich hätte mir eine Hand abgeschnitten, um Kayla zu helfen, und doch gab es nichts, was ich tun konnte. Das machte mich beinahe verrückt. Wahrscheinlich war der einzige Grund, weshalb ich nicht mit ihr durchdrehte, der, dass ich für sie gelassen sein wollte, derjenige, der Ruhe bewahrte.

Nate gab ebenfalls sein Bestes, um die Situation erträglicher zu machen, und hantierte in der Küche herum, um Nudelauflauf zu machen. Denn auch wenn keinem von uns danach war, Kayla vermutlich am allerwenigsten, war niemandem geholfen, wenn wir verhungerten.

»Ich hab schon wieder kein Netz«, knurrte Kayla und schüttelte genervt ihr Handy.

»Ich glaube nicht, dass das was daran ändert«, kommentierte Cole. »Oder dass das Handy überhaupt was dafür kann.« Er linste auf sein eigenes Smartphone. »Meins geht, falls du noch mal anrufen willst.«

Kayla biss sich auf die Unterlippe und zögerte. »Ich weiß nicht … Ich hab da inzwischen so oft angerufen und meine Nummer so oft hinterlassen. Ich glaube, sie hätten sich gemeldet, wenn es etwas Neues gäbe.«

»Vermutlich, ja«, seufzte ich und strich mir mit beiden Händen durch die Haare.

»Nudelauflauf ist im Ofen und bald fertig. Vorausgesetzt, der Strom bleibt«, sagte Nate, als er das Wohnzimmer betrat und sich neben Kayla auf die Couch setzte. »Irgendwas Neues?«

Sie schüttelte den Kopf und presste die Lippen zusammen.

»Scheiße, echt«, erwiderte Nate und sah mich hilflos an. Ich zuckte nur mit den Schultern, weil ich keine Ahnung hatte, was wir ausrichten konnten. Ich wusste nicht, wie ich es für Kayla erträglicher machen konnte, vermutlich gab es da nichts. Wie auch? Sie bangte um das Leben ihrer Eltern, da war nichts, was ich oder jemand anderes unternehmen konnte, um es zu relativieren oder sie abzulenken. Nicht wenn es um Menschen ging, die sie so sehr liebte.

Am liebsten wäre ich aufgestanden und im Kreis gelaufen oder hätte hundert Liegestütze gemacht, um meine innere Anspannung in den Griff zu kriegen, bevor mein Körper es am Ende nicht mehr aushielt. Diese Hilflosigkeit zermürbte mich. Und wenn ich Cole betrachtete, nicht nur mich. Äußerlich wirkte er ruhig und gelassen, aber sein Blick war unstet und verriet, was diese Situation in ihm aufwühlte und wie sehr seine Gefühle in ihm tobten. Ich wollte mir nicht vorstellen, was das in ihm auslöste, und es tat mir ehrlich leid für ihn. Wenn ich gekonnt hätte, hätte ich es für ihn leichter gemacht, doch wie bei Kayla stand ich auch Coles Dämonen machtlos gegenüber. Letztlich musste er da alleine durch, musste sie allein besiegen. Ich konnte nur danebenstehen und zusehen. Umso mehr schätzte ich es, dass er sich nicht in sein Zimmer zurückzog, sondern dablieb und mit Kayla abwartete.

»Ich hab eine Idee«, sagte Cole mit nachdenklich gerunzelter Stirn. »Und vielleicht ist es blöd. Aber was ist, wenn wir einfach mal alle Krankenhäuser in und um Killington anrufen, ob sie deine Eltern aufgenommen haben? Danach die Polizeistationen? Vielleicht haben die mehr Infos.«

»Meinst du?« Kayla kaute auf ihrer Unterlippe. »Das wüsste doch dann diese Hotline.«

Cole zuckte mit den Schultern. »Wahrscheinlich, ja. War auch nur so eine Idee.«

»Wir haben ja nichts zu verlieren, oder?«, sagte ich und sah Kayla an. »Und dann sitzen wir nicht so tatenlos herum.«

Ich hatte in meinem Studium mal einen Artikel gelesen, in dem stand, dass Menschen mit traumatischen Situationen besser umgehen konnten, wenn sie sie nicht nur ohnmächtig aushielten, sondern selbst etwas taten, um sich daraus zu befreien. Also, auch wenn es nichts brachte, würde Kayla später vielleicht nicht das Gefühl haben, untätig herumgesessen zu haben.

»Ich find die Idee gut«, sagte Nate und kramte sein Smartphone aus der Hosentasche. »Lass uns alle Krankenhäuser googeln, und dann teilen wir uns auf, wer wo anruft.«

»Es ist total spätabends«, sagte Kayla zögerlich. »Wir können doch da nicht beim Nachtdienst anrufen.«

Offenbar stand sie wirklich unter Schock, anders konnte ich mir nicht erklären, wieso sie sich um solche Nichtigkeiten sorgte.

»Warum denn nicht?«, entgegnete Cole, ohne mit der Wimper zu zucken. »Ist doch vollkommen egal, was die von mir denken. Außerdem geht es um deine Eltern, da gelten andere Regeln, glaub mir.«

»Er hat recht«, meinte ich, während Nate schon die Telefonnummern der Krankenhäuser und Notfallpraxen aufschrieb.

Kayla seufzte. »Ja, hat er. Wir machen das so.«

Wir teilten die Liste untereinander auf und machten uns daran, die Krankenhäuser durchzutelefonieren.

Die erste Dame, die ich am Telefon hatte, war sehr unfreundlich.

»Nein, wir haben hier keine Anna oder Thomas Evans«, sagte sie genervt, nachdem sie im Computersystem nachgesehen hatte. »Und wissen Sie eigentlich, wie spät es ist?«

»Ja, weiß ich«, erwiderte ich trocken. »Aber Menschen suchen sich nun mal nicht aus, wann sie verschwinden. Trotzdem danke für die Info.«

So ähnlich ging es mir auch bei der zweiten Nummer, nur dass dieser Herr freundlicher war. An dem Inhalt des Gesprächs änderte es allerdings nichts. Von Kaylas Eltern fehlte jede Spur. Am liebsten hätte ich auf irgendetwas eingeprügelt, weil ich Kayla so gerne etwas Positiveres gesagt hätte, als dass wir genauso weit waren wie davor.

Kayla hatte ebenfalls keinen Erfolg bei den Nummern, die auf ihrer Liste standen, und Nate ebenso wenig. Nur Cole hing immer noch am Telefon.

Fragend sah ich ihn an, als er im Wohnzimmer auf und ab ging, das Smartphone am Ohr.

»Warteschleife«, sagte er und verdrehte die Augen. »Ich wurde auf eine andere Station verbunden, nur geht da keiner ran.«

Sofort richtete Kayla sich auf und schien die Luft anzuhalten, Nate legte ebenfalls sein Handy weg und sah Cole genauso erwartungsvoll an wie ich. Klar, nur weil er irgendwohin verbunden wurde, hieß das noch nichts. Aber es war ein kleiner Silberstreif am sonst dunklen Horizont.

»Okay, Leute, das ist jetzt gar kein Druck oder so«, murmelte Cole und wandte uns den Rücken zu, während er weiter auf und ab lief. Eine gefühlte Ewigkeit warteten wir. Dann sprach Cole endlich. »Hallo? Ja, ich wollte fragen, ob Anna und Thomas Evans vielleicht bei Ihnen …« Er verstummte kurz, dann weiteten sich seine Augen. »Sind sie? Wirklich? Sie sind bei Ihnen auf der Station?«

Ich konnte nicht einmal schnell genug realisieren, was das bedeutete, da war Kayla schon aufgesprungen und bei Cole.

»Einen Moment kurz«, sagte Cole. »Ihre Tochter steht neben mir, ich geb Sie mal weiter.«

Kayla riss Cole das Telefon förmlich aus der Hand. »Hallo? Ja, ich bin die Tochter. Was ist passiert? Geht es meinen Eltern gut? Kann ich mit ihnen reden?«

Mein Herz hämmerte gegen meine Rippen, und ich presste meine Lippen gegen meine gefalteten Hände, während ich Kayla beobachtete. Genauso wie Cole lief sie auf und ab, nur viel hektischer als er es getan hatte. Es war, als hätte sich ihre Schockstarre gelöst und ihr ganzes Adrenalin würde sich nun einen Weg nach draußen suchen.

»Okay, aber das wird auf jeden Fall wieder, oder?«, fragte Kayla, und ihre Schultern sackten ein wenig nach unten. »Eine Gehirnerschütterung und ein gebrochenes Handgelenk heilen ja …«

Dieser Gesprächsfetzen beruhigte mich. Sie schienen beide zu leben und wieder gesund zu werden, das war die Hauptsache. Ich spürte, wie eine Last von mir abfiel. Ich hatte nicht einmal gemerkt, wie sehr es mich bedrückt hatte, bis ich nun endlich wieder frei durchatmen konnte. Und wenn es schon mir so ging, wie musste Kayla sich dann fühlen? Euphorischer Glückstaumel? Oder einfach nur Leere, weil die Anspannung zu viel gewesen war?

»Kann ich mit ihnen sprechen?«, fragte Kayla, und ihre Miene erhellte sich. »Ja, das ist super, vielen Dank.« Sie hielt das Mikrofon zu und wandte sich uns zu. »Es ist alles okay, er holt meinen Dad ans Telefon. Wegen des ganzen Chaos haben sie noch kein eigenes Telefon auf dem Zimmer, aber ich kann mit ihm sprechen.«

»Großartig«, erwiderte ich und lächelte so breit, dass meine Wangen wehtaten. Und auch Cole und Nate wirkten wahnsinnig erleichtert und freuten sich.

»Dad!?«, rief Kayla, und sofort galt ihre ganze Aufmerksamkeit wieder dem Telefon. »Ich hab den ganzen verdammten Tag versucht, dich zu erreichen! Ich dachte, ihr wärt von dieser Schneelawine begraben worden!« Sie schwieg kurz, dann schimpfte sie weiter: »Ja, dann hast du eben dein Handy verloren und Moms keinen Akku, deswegen hättest du trotzdem anrufen können!«

Sie verschwand in die Küche, und ihre Worte klangen gedämpfter.

Cole sah ihr kopfschüttelnd nach, dann wandte er sich grinsend an mich. »Jetzt weißt du, worauf du dich eingelassen hast. Wenn sie sich Sorgen um dich macht, reißt sie dir erst mal den Kopf ab.«

Ich schmunzelte. »Ich hab mich auf gar nichts eingelassen, wir sind nur Freunde.«

Cole verdrehte die Augen. »Na klar, red dir das ruhig weiter ein.«

»Mal ehrlich«, schaltete Nate sich ein. »Es ist vollkommen egal, wie ihr es nennt oder ob ihr miteinander ins Bett geht oder nicht – ihr seid nicht nur Freunde. Ihr seid viel mehr als das, sieh es ein.«

»Dem habe ich nichts mehr hinzuzufügen«, erklärte Cole.

Ich öffnete den Mund, um etwas zu erwidern, wusste aber gar nicht, was. Also schloss ich ihn wieder.

»Oh, er ist sprachlos.« Cole grinste Nate an. »Hast du das schon mal erlebt? Es muss schlimm um ihn stehen.«

Nate schmunzelte. »Fass mal seine Stirn an. Nicht dass er hohes Fieber hat und wir ihn schleunigst zum Arzt bringen sollten.«

Ich schnaubte. »Ehrlich, wenn man euch als Freunde hat ...«

»Braucht man keine anderen mehr?«, sagte Cole. »Da stimme ich zu.« Er erhob sich von der Couch. »Ich muss noch was für die Uni zeichnen. Wenn ich schon mal frei hab an einem Samstagabend.«

»Du hast wegen des Sturms frei«, sagte ich.

»Deswegen kann ich die Zeit ja trotzdem sinnvoll nutzen.«

»Willst du nichts essen?«, fragte Nate und nickte Richtung Küche. »Der Auflauf ist bestimmt gleich fertig. Außerdem hat Kayla dein Handy.«

Cole zögerte, ehe er sich wieder hinsetzte. »Okay, das ist ein Argument.«

In dem Moment, in dem die Eieruhr in der Küche für den Auflauf klingelte, kam Kayla zurück ins Wohnzimmer und gab Cole sein Handy.

»Danke. Echt. Für alles. Euch allen.« Sie trat unsicher von einem Fuß auf den anderen. »Ich weiß gar nicht, was ich sagen soll.«

Cole winkte ab. »Kein Thema. Aber lass uns nicht länger zappeln und erzähl uns, was passiert ist.«

Und das tat sie. Sie setzte sich neben mich auf die Couch und erzählte. Offenbar hatte ihre Mutter schon heute Morgen einen Skiunfall gehabt und sich dabei eine Gehirnerschütterung sowie ein gebrochenes Handgelenk zugezogen. Sie war kurz bewusstlos gewesen, und in der Hektik, bis die Pistenwache da war und sie abtransportiert hatte, hatte ihr Vater sein Handy verloren. Sie waren in ein Krankenhaus gebracht worden, noch bevor die Lawine überhaupt abgegangen war. Deswegen waren sie auch nicht als Lawinenopfer an die Hotline gemeldet worden. Ihr Vater war bei seiner Frau im Krankenhaus geblieben, bis sie wieder aufgewacht war. Und da sie sonst nicht täglich miteinander telefonierten, war er auch nicht auf die Idee gekommen, dass Kayla aufgrund des Lawinenunglücks vor Sorge vollkommen außer sich sein könnte. Ich fand das ein wenig gedankenlos, aber vermutlich war ihr Vater selbst zu sehr damit beschäftigt gewesen, sich um seine Frau zu kümmern.

Laut den Ärzten war Kaylas Mutter stabil. Nur nach Alabama fliegen durfte sie in den nächsten zwei Wochen noch nicht, da eine Flugreise bei einer Gehirnerschütterung nicht angeraten war, ebenso wenig wie eine Zugfahrt. Kayla hatte mit ihrem Vater ausgemacht, dass sie nach Killington kommen würde, sobald der Sturm es zuließ. Sie würden morgen noch mal deswegen telefonieren, heute würde auf jeden Fall nichts mehr passieren.

»Ich sollte schauen, dass ich nach Hause komme«, sagte Kayla, nachdem sie ihren Teller Nudelauflauf gegessen hatte. »Es ist echt spät.«

»Bist du verrückt?«, fragte ich sie verwirrt. »Du läufst sicher nicht durch diesen Sturm bis nach Keeney.«

»Ganz sicher nicht«, stimmte auch Nate mir zu. »Vorher nagele ich die Wohnungstür zu.«

Unsicher runzelte sie die Stirn. »Aber ... ich kann doch nicht hierbleiben.«

»Nein, Gott bewahre, nachdem du schon seit Stunden hier rumhängst, ist das natürlich ein Ding der Unmöglichkeit«, stellte Cole trocken fest und verdrehte die Augen.

»Du kannst in meinem Bett schlafen«, sagte ich und zuckte mit den Schultern. »Ich schlaf auf der Couch.«

»Ich kann dich doch nicht aus deinem eigenen Bett vertreiben...«

»Ich hab da 'ne total verrückte Idee«, sagte Cole und wackelte mit den Augenbrauen. »Schlaft zusammen in seinem Bett. Als ich zuletzt nachgeschaut habe, war Jasons Bett breit genug für zwei, und bei dem Sturm ist es doch viel kuscheliger zu zweit.«

»Oh, heißt das, du schläfst heute Nacht bei mir?«, fragte Nate Cole und grinste.

»Um dich zu wärmen? Auf jeden Fall.«

Die beiden alberten noch ein wenig miteinander rum, und ich schüttelte grinsend den Kopf. Dann stand ich auf und wandte mich Kayla zu: »Komm, ich such dir ein T-Shirt zum Schlafen raus.«

Sie zögerte einen Moment, dann erhob sie sich ebenfalls und folgte mir in mein Zimmer, nicht ohne sich vorher nochmal bei Nate und Cole für ihre Hilfe zu bedanken. Ich zog ein Shirt und eine Jogginghose aus meinem Schrank und reichte ihr beides.

»Brauchst du sonst noch was?«, fragte ich, und mein Herz schlug plötzlich eine Spur schneller, als sie zu mir aufsah und ich in ihren blauen Augen versank.

Sie schüttelte den Kopf. »Nein, danke. Das ist eh schon mehr, als du hättest tun müssen. Ehrlich ... ich fühl mich ein bisschen schlecht, weil ich damit ausgerechnet zu dir gekommen bin und dich vollgeheult hab.« Sie schluckte. »Du hattest ja nicht wirklich eine Chance, dich dagegen zu wehren. Ich denke, ich hab da eine Grenze überschritten, die du sehr klar gezogen hast, und das tut mir leid.«

Perplex starrte ich sie an. Aus ihrer Sicht ergab das Sinn, aber … die Wahrheit war, dass ich es zu keinem Zeitpunkt so empfunden hatte. Es war schrecklich gewesen, sie derart leiden zu sehen, die Ungewissheit hatte mich zermürbt, aber ich hatte kein einziges Mal infrage gestellt, dass sie damit zu mir gekommen und ich für sie da gewesen war. Es hatte sich vollkommen natürlich angefühlt.

Plötzlich ereilte mich die Erkenntnis, Nate hatte recht. Es war vollkommen egal, ob wir es eine Beziehung nannten oder nicht, ob wir fest zusammen waren oder nicht. Kayla war sowieso die gesamte Zeit in meinen Gedanken und in meinem Herzen, nahm Raum in meinem Leben ein und war nicht wegzudenken. Ich sorgte mich so oder so um sie. Ich kümmerte mich so oder so um sie. Weil sie mir dermaßen viel bedeutete, dass alles andere unwichtig wurde. Meine Gefühle für sie waren so oder so da, sie ließen sich nicht unterdrücken. Sie interessierten sich nicht dafür, dass ich es für den falschen Zeitpunkt hielt. Also konnte ich dieser dämlichen Idee, Kayla auf Abstand zu halten, auch gleich einen Arschtritt verpassen. Es funktionierte sowieso nicht, ich konnte mich nicht von ihr fernhalten. Sie war ein Teil von mir geworden, ohne dass ich es bemerkt hatte und unabhängig davon, ob sie bei mir war oder nicht. Es war egal, ob wir Zeit miteinander verbrachten oder ich mich dagegen wehrte, sie war sowieso dauernd bei mir.

»Quatsch«, sagte ich und räusperte mich, um den belegten Klang von meiner Stimme loszuwerden. »Du kannst immer zu mir kommen. Egal, mit was, okay?«

Sie senkte den Blick, und ich zögerte einen Moment, ehe ich nach ihrem Kinn griff und es sanft anhob, damit sie mich ansah. »Hast du mich verstanden?«

Sie erwiderte meinen Blick und nickte ganz leicht. »Ja, hab ich«, flüsterte sie.

Meine Kehle wurde trocken, und mein Herz schlug eine Spur schneller, aber dieses Mal nicht vor Nervosität, sondern wegen freudiger Aufregung. Dabei war das nicht der richtige Zeitpunkt. Klar, den gab es nie, aber nach allem, was Kayla die letzten Stunden mitgemacht hatte, konnte ich nicht noch damit um die Ecke kommen, dass ich es mir anders überlegt hatte und doch eine Beziehung wollte. Es war ein Gespräch, das wir führen sollten, aber definitiv nicht jetzt.

»Gut«, sagte ich und trat einen Schritt zurück. »Wie gesagt, du kannst in meinem Bett schlafen. Ich schlaf ... wo du willst.«

Verwirrt runzelte sie die Stirn. »Wie meinst du das?«

Ich vergrub die Hände in den Hosentaschen und unterdrückte den Drang, auf den Fußballen zu wippen. »Na ja. Wenn du lieber allein wärst, dann schlaf ich auf der Couch. Wenn du Gesellschaft möchtest, bleib ich.«

Sie zögerte einen Moment. »Was ist dir denn am liebsten?«

»Ich würde dich lieber nicht allein lassen«, sagte ich ehrlich und ohne zu zögern. Wenn sie mich schon fragte, hatte sie auch die Wahrheit verdient. Zeitpunkt hin, Zeitpunkt her.

»Dann bleib.«

Und das tat ich.

Ich ging ins Bad, um Kayla ein wenig Privatsphäre zu gönnen, und als ich zurückkam, war sie bereits umgezogen und saß im Bett. Sie sah mich unsicher an, und das konnte ich verstehen. Erst erzählte ich ihr mehrfach, dass wir nicht mehr als Freunde sein konnten – und jetzt zog ich mich vor ihr bis auf die Boxershorts aus. Um sie nicht zu sehr zu verunsichern, zog ich mir ein frisches Shirt zum Schlafen über, dann krabbelte ich neben sie unter die Decke.

Kayla zögerte einen Moment, dann löschte sie das Licht und legte sich neben mich, mit dem Gesicht mir zugewandt. Mit so viel Abstand, dass wir uns nicht berührten, aber doch so wenig, dass ich ihre Wärme spüren konnte. Die Decke zog sie bis zum Kinn hoch, als würde sie sich auf diese Weise vor der Außenwelt beschützen.

Eine Weile waren nur unsere Atemzüge zu hören, und das Heulen des Windes füllte die Stille zwischen uns. Wütend rüttelte er an den Fensterscheiben, die Schatten der Äste des Baums vor meinem Fenster tanzten im Licht der Straßenlaterne an der Zimmerwand. Es wirkte bizarr.

In dem dunklen Dämmerlicht, das durch die Laterne entstand, sah ich, dass Kaylas Augen nur halb geschlossen waren. Ich konnte gerade noch den Drang unterdrücken, ihr über die Wange zu streichen. Stattdessen räusperte ich mich leise.

»Ist alles okay?«

Sie hob die Lider ganz an und suchte meinen Blick. »Ja. Es ist zum Glück gut ausgegangen.«

»Deswegen war es trotzdem ein Schock«, sagte ich leise, und dieses Mal gab ich dem Drängen in mir nach und strich sanft über ihren Arm. Ich spürte, wie sich eine Gänsehaut unter meinen Fingern ausbreitete. »Wie geht's dir damit?«

Sie zuckte mit den Schultern. »Ich weiß nicht. Ehrlich gesagt fühl ich mich einfach nur leer und erschöpft. Am Anfang war ich total erleichtert, jetzt bin ich nur noch müde.«

»Dann schlaf?«, schlug ich vor. »Ich hab gehört, dass es dabei hilfreich sein soll, die Augen zu schließen.«

Sie schnaubte leise. »Manchmal bist du so …«

»Ja? Was bin ich denn?«

»Unmöglich, frech und unverschämt.« Ihre Worte klangen nicht wie eine Beleidigung, sondern waren voller Wärme.

Ein kleines Lächeln zupfte an meinen Mundwinkeln. »Also zumindest *möglich* bin ich ja, sonst wäre ich nicht hier.«

»Genau das mein ich«, erwiderte sie trocken, ehe sie seufzte. »Ich sollte wirklich versuchen zu schlafen. Auch wenn ich irgendwie … ach, ich weiß auch nicht.« Ein kaum wahrnehmbares Zittern lief durch ihren Körper, und mein Herz zog sich zusammen. Einem Impuls folgend breitete ich die Arme aus und sah sie fragend an.

Sie zögerte, Misstrauen huschte durch ihre Augen. Dann gab sie sich einen Ruck und kuschelte sich an mich. Ich schloss die Arme um sie, zog sie an mich und inhalierte ihren Duft. Ihren Kopf bettete sie an meiner Schulter, ihre Hand schob sich unter meinem Oberarm durch zu meinem Rücken, und ihr warmer Atem strich über meine Halsbeuge.

Verdammt, das hatte mir so gefehlt. Sie hatte mir so gefehlt. Viel mehr, als mir bewusst gewesen war, obwohl ich sowieso schon das Gefühl gehabt hatte, es kaum auszuhalten.

Mit der Nasenspitze zeichnete ich ihre Schläfe nach und strich mit der Hand beruhigend über ihren Rücken.

»Jason …«, murmelte sie zweifelnd, als wäre sie nicht sicher, was hier gerade passierte.

»Mhm?«, brummte ich und hauchte einen Kuss auf ihre Wange.

»Was tust du da?«, fragte sie, ihre Stimme klang verunsichert und hoffnungsvoll zugleich. »Ich dachte … ich dachte, du willst das nicht mehr. Ich dachte, wir sind nur Freunde.«

Einen Moment zögerte ich, dann gab ich meinen Zweifeln einen endgültigen Arschtritt. Zur Hölle mit dem richtigen Zeitpunkt.

»Wir sind keine Freunde, Kayla«, sagte ich leise. »Wir sind viel mehr als das.«

Ich spürte, wie sie in meinen Armen erstarrte, und mein Herzschlag beschleunigte sich. Vielleicht war es doch keine gute Idee gewesen, ihr das jetzt zu sagen.

»Sicher?«, wisperte sie.

»Ganz sicher«, erwiderte ich mit einem warmen Kribbeln im Bauch. »Aber für heute hatten wir genug Aufregung, wir reden wann anders darüber.«

Ich zog sie noch dichter an mich und legte mein Kinn auf ihren Kopf. Sie entspannte sich und schmiegte sich seufzend an mich. Das erste Mal seit einer ganzen Weile hatte ich das Gefühl, dass zwischen uns alles gut war.

KAPITEL 31

KAYLA

Und du bist dir sicher, dass du nicht zu viel in der Uni verpasst?«, fragte meine Mom mich zum gefühlt tausendsten Mal, seitdem ich in Killington war. »Ich möchte nicht, dass du Probleme hast, den Stoff nachzuholen.«

Nur mit Mühe konnte ich mich davon abhalten, die Augen zu verdrehen. »Das ist wirklich kein Thema, Mom. Amber und Sean schreiben für mich mit, und die nächsten Prüfungen sind noch eine ganze Ecke entfernt.« Ganz davon abgesehen, dass auch das keinen Unterschied gemacht hätte. Ob ich nun wie ein geistesabwesender Zombie in meinen Vorlesungen saß und nichts mitbekam, weil ich mich um meine Mom sorgte, oder gleich in Killington war, war egal. Außerdem fühlte ich mich damit wohler und musste nicht in Providence die Wände hochgehen.

»Du weißt doch, wie schlau sie ist«, sagte Dad und tätschelte Moms gesunde Hand. »Sie wird den Stoff im Nu nachholen.«

Ich nickte zustimmend und trank einen Schluck von meinem Cappuccino. Wir saßen in der Cafeteria des Krankenhauses, tranken Kaffee und aßen Kuchen. Das war unser tägliches Ritual geworden, seitdem ich vorgestern in Killington angekommen war. Dienstag, sobald die Straßenverhältnisse es erlaubten, hatte Jason sein Versprechen wahr gemacht und mich fast vier Stunden nach Killington gefahren. Ich war direkt ins Krankenhaus gestürmt und mehr als erleichtert gewesen, meine Mutter so munter vorzufinden, dass ihr erster Vorschlag gewesen war, Kuchen essen zu gehen. Morgen würde sie entlassen werden, nur eine lange Reise durfte sie aufgrund ihrer Gehirnerschütterung noch nicht antreten. Deswegen würden meine Eltern noch ein paar Tage in Killington bleiben, bis Mom fit genug war.

»Sie sollte trotzdem bald wieder nach Providence«, sagte Mom und wedelte mit der Hand in meine Richtung, als wollte sie mir sagen, dass sie durchaus ohne mich klarkam. »Sie muss doch nicht die ganze Zeit an meinem Bett sitzen, ich bin schließlich nicht schwerkrank.«

»Nein, aber ich hab mir trotzdem Sorgen gemacht«, sagte ich nachdrücklich. »Außerdem ist morgen Freitag, und übers Wochenende hab ich keine Vorlesungen.«

Mom schürzte die Lippen. »In Ordnung. Aber dieser nette Junge, der dich hergefahren hat, schwänzt ja nun auch die Uni.«

Ja, das tat er. »Ich hab ihm gesagt, dass er nicht bleiben muss und ich mit dem Zug zurück nach Providence fahren kann.« Doch er hatte nicht auf mich gehört und sich stattdessen ein Hotelzimmer genommen. Im selben Hotel wie meine Eltern, nur ich schlief bei meinem Dad.

»Er wirkt wirklich nett«, sagte Dad und spießte ein Stück Schokokuchen auf die Gabel. »Und sehr bemüht.«

Er zwinkerte mir zu, ehe er sich den Kuchen in den Mund schob.

»Ich möchte ihn auch kennenlernen«, verlangte Mom.

Nun konnte ich mich nicht beherrschen und verdrehte die Augen. »Dad kennt ihn nur, weil er ihn gestern beim Frühstück ausgequetscht hat.«

Der arme Jason hatte ein wahres Kreuzverhör über sich ergehen lassen müssen. Aber er hatte alle Fragen mustergültig beantwortet, und bevor mein Dad die Richtung einschlagen konnte, was Jason und ich eigentlich *waren*, hatte ich das Gespräch unterbunden.

»Bring ihn doch morgen mit«, sagte Mom und sah mich bittend an. »Ich möchte deine Freunde kennenlernen, vor allem, wenn es ein so guter Freund ist, dass er dich sogar bis nach Killington fährt und dann bleibt.«

»Oh, ich glaube nicht, dass sie nur Freunde sind, Anna.« Dad sah sie verschwörerisch an.

»Okay, das ist mein Stichwort, um schleunigst das Weite zu suchen«, erklärte ich und legte meine Kuchengabel auf den leer gegessenen Teller. »Oder eine Adoption in Betracht zu ziehen.«

Mom lachte leise. »Ach komm schon, Schatz. Verrat uns doch ein bisschen mehr über den jungen Mann, der dein Herz erobert hat.«

»Was? Wer sagt, dass …« Ich brach ab und schüttelte den Kopf. »Wir werden dieses Gespräch nicht führen.«

Zumindest nicht, bevor ich mit Jason geklärt hatte, was wir denn nun eigentlich waren. Er hatte gesagt, dass wir mehr waren als Freunde. Wir hatten eine Nacht miteinander gekuschelt und eng umschlungen nebeneinander geschlafen. Doch seitdem hatte er nichts mehr in die Richtung fallenlassen, und ich hatte mich nicht getraut, ihn erneut darauf anzusprechen. Ich war außerdem zu sehr damit beschäftigt gewesen, mir Sorgen um Mom zu machen.

Dad lehnte sich zu Mom und flüsterte kaum überhörbar mit Blick in meine Richtung: »Du hast wohl ins Schwarze getroffen. Aber lassen wir sie noch ein bisschen, bis sie ihn uns freiwillig vorstellt.«

Das schien meiner Mom nicht zu behagen, sie schürzte nachdenklich die Lippen. »Spring Break kommst du doch nach Hause, da könntest du ihn mitbringen.«

»Ja, nein, vielleicht«, antwortete ich und rieb mir über die Stirn. Meine Eltern trieben mich in den Wahnsinn.

Sie lachten beide leise, und Dad tätschelte meine Hand. »Du wirst schon das Richtige tun.«

Damit war das Gespräch zum Glück beendet, und sie sprachen darüber, was sie für ihren Sommerurlaub planten. Vielleicht ein Trip nach Alaska. Mit dem Wohnmobil. Mir wäre es lieber gewesen, sie hätten etwas weniger Abenteuerliches, etwas weniger Gefährliches ausgesucht. In Miami am Strand liegen zum Beispiel. Aber offenbar entdeckten meine Eltern seit meinem Auszug ihre Reiselust; wirklich verdenken konnte ich es ihnen nicht.

Da Besuch und das viele Reden meine Mom doch mehr anstrengte, als sie zugab, brachten wir sie auf ihr Zimmer zurück, und ich verabschiedete mich von ihr. Dad wollte ihr noch eine Zeitschrift am Kiosk besorgen und mit dem Arzt sprechen, und ich schrieb Jason, um zu fragen, was er machte. Sofort antwortete er, dass er mich abholen könnte, wenn ich wollte. Und wie ich wollte.

Ich begleitete Dad zum Kiosk, dann verabschiedete ich mich von ihm. Als ich nach draußen trat, stand Jasons Wagen bereits am Straßenrand. Er saß am Steuer, eine Pilotensonnenbrille auf der Nase, mit der er unverschämt gut aussah, und tippte auf seinem Handy herum. In meinem Bauch kribbelte es, und ich musste lächeln.

Ich öffnete die Beifahrertür und stieg ein. »Hey.«

Jason sah auf, setzte die Sonnenbrille ab und lächelte. »Hi. Wie geht es deiner Mom?«

»Gut genug, dass sie mich mit Fragen löchern und wegen der Uni nerven kann.« Ich lachte und verdrehte die Augen. »Wenn man ihr zuhört, könnte man meinen, dass ich wegen vier geschwänzten Tagen im ersten Jahr meine Zulassung fürs Medizinstudium in vier Jahren nicht schaffen werde.«

Er grinste. »Klingt bei deinem mangelnden Ehrgeiz durchaus logisch.«

»Hey!«, protestierte ich amüsiert und verpasste ihm einen Hieb gegen den Oberarm.

»Au.« Lachend rieb er sich über die getroffene Stelle. »Sosehr ich auch darauf stehe, von dir geschlagen zu werden, ich muss noch kurz was schreiben, okay? Dann bin ich für alles zu haben.«

Er wandte sich wieder seinem Smartphone zu, und ich sah, dass er die Instagram-App offen hatte.

»Was musst du denn schreiben?«, fragte ich neugierig.

»Mich noch mal für die verpasste Sendung gestern entschuldigen und sagen, dass es vermutlich Sonntag wieder einen Podcast gibt, ich mir aber nicht ganz sicher bin. Außerdem muss ich kurz Mitchell Moore schreiben, das ist der Schwimmer von der Fletcher University, der letzthin unser Team so abgezogen hat. Ich will ihn fragen, ob wir das Interview zwei Tage verschieben können. Wir wollten es morgen aufnehmen, aber das geht ja jetzt nicht.«

Meine gute Laune wurde von meinem schlechten Gewissen verschluckt. »Du kannst echt nach Hause fahren, Jason, du musst nicht hierbleiben. Ich komm auch mit dem Zug nach Providence, du musst dich hier nicht weiter langweilen.« Auch wenn der Zug wegen der ganzen Umsteigerei fast doppelt so lange brauchte.

Er zog die Augenbrauen zusammen. »Wer sagt, dass ich mich langweile?«

»Na ja, Killington ist nicht gerade der spannendste Ort auf der Welt …«

Er zuckte mit den Schultern. »Doch, eigentlich ist es echt schön hier. Es ist ein bisschen wie Urlaub. Ehrlich, ich hab seit zwei Jahren immer Podcasts hochgeladen, selbst als ich in Australien war. Es ist ganz entspannt, es einfach mal nicht zu tun.«

Ich zog eine Augenbraue nach oben. »Das sind ja ganz neue Töne.« Und es passte rein gar nicht zu Jason und seinen Plänen, die er mit dem Podcast und dem neuen Konzept hatte.

»Okay, pass auf«, sagte Jason und seufzte. »Wenn du willst, dass ich fahre, pack ich meine Sachen und bin weg. Wenn du willst, dass ich bleibe, bleibe ich.«

Mein Herz hüpfte unter seinem intensiven Blick, und ich schluckte. »Was willst du denn?«

Ich wollte ihn schließlich zu nichts zwingen.

»Für mich ist beides okay. Ich will, dass es dir damit gut geht.« Er schwieg einen Moment, dann zupfte ein Grinsen an seinem Mundwinkel. »Aber ganz egoistisch betrachtet geht es mir am besten, wenn ich bei dir bin.«

Mein Herz überschlug sich beinahe, und in meinem Magen flatterte es aufgeregt. Ich lächelte. »Dann bleib.«

Nachdem wir das geklärt hatten, entführte Jason mich zu einem kleinen Spaziergang. Er meinte, Vermont im Winter sei einfach zu schön, um nur in einem Krankenhaus rumzuhängen. Und er hatte recht. Killington war wie einer dieser Orte, die man von Postkarten kannte. Vornehmlich Holzhäuser kauerten im Tal an den Füßen der Berge, der Ort war umgeben von Natur und Wäldern.

Jason parkte sein Auto an einem von Bäumen gesäumten Parkplatz, von dem einige Wanderwege abgingen. Als ich ausstieg, musste ich stark blinzeln. Die Sonne schien von einem strahlend blauen Himmel und blendete in Kombination mit den weißen Schneemassen so sehr, dass mir beinahe die Augen tränten.

Um uns herum ragten die Berge in den Himmel auf, nur einzeln fingen sich ein paar Wolkenfetzen an ihren Wipfeln. Wälder säumten die Berghänge, und die Bäume sahen aus, als wären sie mit einer dicken Schicht Zuckerguss bedeckt. Die Luft war klar, und das Einzige, was die Stille um uns herum durchbrach, war Vogelgezwitscher. Es war komplett windstill, was ein starker Gegensatz war zu den letzten Tagen, in denen der Sturm und dessen Ausläufer die Ostküste im Griff gehabt hatten.

Jason kam um sein Auto herum und hielt mir eine Sonnenbrille hin. »Brauchst du die?«

Ich schüttelte den Kopf. »Nope, hab mich dran gewöhnt. Es ist nur im ersten Moment sehr grell.«

»Und im Wald vermutlich auch nicht mehr so«, erwiderte Jason und nickte in Richtung eines Weges, der zwischen Nadelbäumen verschwand. »Ich hab gegoogelt. Der hat wenig Steigung und soll schön sein.«

Belustigt zog ich eine Augenbraue nach oben. »Weil ich so unfit bin und du mir nicht zutraust, auf einen Berg hochzusteigen?«

Er grinste, wobei sein Grübchen zum Vorschein kam. »Nein. Weil ich nicht auf der Hälfte der Strecke zusammenbrechen will, meine Sorge gilt allein mir selbst.«

»Und die Gefahr ist natürlich wirklich hoch, so untrainiert, wie du bist.«

»Du hast es erfasst.«

Kopfschüttelnd stapfte ich los. »Na komm, du egoistischer, untrainierter Mensch.«

Der Weg war wirklich schön. Eichhörnchen huschten über die Äste, und Schnee rieselte auf uns herab. Über uns zwitscherten die Vögel, und im Schatten der hohen Tannen war das Licht viel angenehmer. Es war ein bisschen wie in einem Märchen. Nur dass ich mir sicher war, dass die Menschen in den Märchen nicht so schwitzten, wenn sie durch den knöchelhohen Schnee stapften. Es war nämlich wirklich anstrengend, selbst wenn die Steigung nur minimal und der Weg wohl vor einiger Zeit geräumt worden war. Das schloss ich daraus, dass sich hüfthohe Schneeberge zu beiden Seiten des Weges türmten.

»Warst du schon mal in Vermont?«, fragte ich Jason und beobachtete ein Eichhörnchen, wie es einen Baumstamm nach oben jagte.

Er schüttelte den Kopf. »Nein. Aber es gefällt mir.« Er sah mich an, der Blick seiner braunen Augen bohrte sich in meinen und nahm mich gefangen. »Ich mag die Aussicht.«

Ich lachte ein wenig atemlos, während mein Herz schon wieder diesen seltsamen Satz machte. »Das ist aber ein wirklich ausgelutschter Spruch.«

»Aber wenn er doch wahr ist«, entgegnete er unschuldig und war in zwei langen Schritten bei mir.

Automatisch blieb ich stehen und hielt die Luft an. Er war mir plötzlich so nah, dass ich seinen warmen Atem fühlte. Ich erwiderte seinen Blick, als er die Hand mit dem fingerlosen Handschuh hob und mit den Fingerknöcheln über meine Wange strich. Meine Haut kribbelte, wo er mich berührte, alles in mir flatterte.

Und doch konnte ich nichts gegen die aufkeimenden Zweifel tun. »Jason ...«

»Mhm?«, murmelte er, ohne den Blick von mir abzuwenden. Ich musste all meine Willenskraft aufwenden, dem standzuhalten.

»Was machen wir hier?«, fragte ich leise. »Ich ...« Ich schluckte und gab mir einen Ruck; ich musste das ein für alle Mal klären.

»Ich kann das so nicht. Ich kann mit dir befreundet sein, aber dann musst du aufhören, mit mir zu flirten und mir tief in die Augen zu sehen und mich anzufassen und mein Herz zum Rasen zu bringen, weil ich das so einfach nicht aushalte. Oder wir ...«

»Oder wir?«, hakte er ruhig nach und strich weiterhin über meine Wange.

Ich konnte kaum einen klaren Gedanken fassen und gab mir einen Ruck. »Oder wir sind wirklich mehr als das.«

»Kayla.« Er sprach meinen Namen unendlich sanft aus, legte seine zweite Hand an meine andere Wange und sah mir weiterhin in die Augen. »Ich wollte nie nur mit dir befreundet sein. Ja, zwischendrin hab ich es versucht, aber ehrlich? Es funktioniert nicht. Du bist sowieso die ganze Zeit in meinem Kopf, ich trag dich die ganze Zeit mit mir rum. Und ich will es überhaupt nicht anders. Also vergiss einfach, dass ich mein Leben erst mal auf die Kette bringen wollte. Das war die blödeste Idee, die ich je hatte.«

Mein Herz drehte gleich durch vor lauter Glücksgefühlen. »Das heißt?«, hauchte ich, nur um ganz sicherzugehen.

Jason schmunzelte. »Das heißt, dass wir viel mehr sind als Freunde oder eine Affäre oder weiß der Himmel was. So viel mehr.«

Dann küsste er mich, und in mir explodierte ein ganzes Feuerwerk an Endorphinen. Seine Lippen strichen vorsichtig über meine, warteten ab, bis ich ihm entgegenkam. Ich legte meine Hand in seinen Nacken, zog ihn dichter an mich und erwiderte den Kuss innig. Die Außenwelt verschwamm, und meine ganze Realität zog sich zusammen, bis da nur noch Jason und ich waren. Für den Moment existierte nichts anderes als Jason und die Tatsache, dass wir wirklich zusammen waren. Trotz all meiner Neurosen und seiner familiären Umstände, trotz aller Steine, die wir uns hauptsächlich selbst in den Weg gelegt hatten.

Nach einer Weile, die mir viel zu kurz vorkam, löste Jason sich von mir. Atemlos grinste er mich an. »Nur fürs Protokoll: Wie sehr hab ich dein Herz gerade zum Rasen gebracht?«

Mir klappte die Kinnlade herunter, ehe ich lachte und ihm einen spielerischen Hieb gegen die Brust verpasste. »Das hätte ich dir besser nie verraten, oder?«

»Oh doch.« Er legte die Arme um mich und lehnte seine Stirn an meine. »Und soll ich dir was sagen? Mein Herz macht in deiner Gegenwart auch sehr viele verrückte Dinge.«

Ich lächelte. »Wirklich?«

»Ja, wirklich«, erwiderte er und strich mit den Lippen über meine Wange bis zu meinem Ohr, um einen kleinen Kuss auf die empfindliche Stelle direkt darunter zu platzieren. »Überhaupt hat mein ganzer Körper in deiner Gegenwart immer sehr spannende Ideen.«

Ein heißer Schauer rieselte über meinen Rücken, und ich wisperte: »Oh. Und lässt du mich daran teilhaben?«

»An jeder einzelnen davon«, erwiderte Jason, und ich hörte das Lächeln in seiner Stimme. Dann küsste er mich erneut, und ich schmiegte mich dicht an ihn. Während wir uns küssten und die Außenwelt vergaßen, kam mir wieder der Spruch in den Sinn, den ich Jason schon einmal gesagt hatte. *Auch aus Steinen, die dir in den Weg gelegt werden, kannst du etwas Schönes bauen.*

Wenn das auf einen Menschen zutraf, dann auf Jason und auch auf mich. Hätte es die Steine in unserem jeweiligen und gemeinsamen Weg nicht gegeben, wären wir nicht da, wo wir heute waren, da war ich mir sicher. Und nirgendwo wollte ich lieber sein.

DANKSAGUNG

Dieses Buch ist mein persönliches Wunder. Nicht nur, weil damit der Traum vom gedruckten Buch in meinem absoluten Wunschverlag wahr wird. Sondern weil es zu einer Zeit entstanden ist, als mir nach allem war, aber nicht nach Schreiben.

Kayla & Jason habe ich direkt nach dem Tod meines Vaters geschrieben, getrieben von einer Deadline, die ich unbedingt einhalten wollte. Diese Geschichte hat mich nicht nur durch diese dunkle Zeit begleitet, sondern aufgefangen und getragen. Dabei war ich mir erst gar nicht sicher, ob ich es überhaupt schaffe, dieses Buch zu schreiben. Aber es hat geklappt; ich habe knapp acht Wochen geschrieben wie im Rausch, selbst an Weihnachten, Silvester und Neujahr. Deswegen ist dieses Buch mein persönliches Wunder.

Allerdings vollbringt man ein Wunder niemals allein, sehr viele Menschen haben dazu beigetragen, dieses Buch möglich zu machen.

Der größte Dank gilt meinem Papa. Danke, dass du mich immer unterstützt und angetrieben hast, obwohl du meine Liebe fürs Schreiben nie so ganz nachvollziehen konntest. Danke, dass du alles von mir gelesen hast, was ich dir vorgelegt habe, obwohl Romance wirklich nicht deins war. Danke, dass du immer gefragt hast, wie es mit dem Schreiben läuft. Und dass du dich so sehr für mich gefreut hast, als ich den Vertrag für *Kayla & Jason* unterschrieben habe, obwohl es dir da schon so schlecht ging. Danke, dass du mir beigebracht hast, niemals aufzugeben und für das zu kämpfen, was mir wichtig ist, egal, wie steinig der Weg manchmal ist. Deswegen musste dein Lieblingszitat auch unbedingt mit ins Buch. Denn: »*Auch aus Steinen, die dir in den Weg gelegt werden, kannst du etwas Schönes bauen.*«

Ein riesiges Dankeschön gebührt meinem Bruder Nico, ohne dessen Einsatz ich viel weniger hätte schreiben können. Hättest du dich nicht so reingehängt und viele Dinge von mir ferngehalten, hätte ich dieses Buch niemals innerhalb so kurzer Zeit fertigbekommen. Dafür danke ich dir von Herzen. Und dafür, dass du ein gravierendes Plotproblem mal eben zwischen Tür und Angel für mich gelöst hast.

Ein großes Danke geht natürlich auch an meine restliche Familie, besonders an meine Oma und meinen Opa, die mich beim Schreiben immer unterstützen und anfeuern.

Tausend Dank gilt Jennie, die die Erste war, der ich von *Kayla & Jason* erzählt habe. Ich kann kaum in Worte fassen, wie dankbar ich dir bin, dass du dir stundenlang alle meine Selbstzweifel angehört und sie in geduldiger Kleinstarbeit immer und immer wieder ausgehebelt hast. Ganz zu schweigen von meinen endlosen Schwärmereien über Jason, Cole und Co. und meinem generellen Redebedürfnis über die Geschichte. Dir sollte ein Orden verliehen werden.

Vielen Dank an Natalja Schmidt für die Chance, die sie mir gegeben hat, die kreative Zusammenarbeit und die herzliche Betreuung. Ich hätte mir kein besseres Zuhause für *Kayla & Jason* wünschen können.

Danke an Antje Steinhäuser dafür, dass sie meine Figuren verstanden, meinen Text poliert und mit jeder Anmerkung besser gemacht hat.

Babsi, Sophie, Alena und Emma – ihr seid die besten Testleserinnen der Welt. Danke, dass ihr trotz Zeitdruck und nahender Deadline alle mit an Bord wart und *Kayla & Jason* so eine hohe Priorität eingeräumt habt. Ohne euer Feedback, eure Kritik und euren Enthusiasmus wäre die Geschichte nicht geworden, was sie ist.

Danke an Carina für all die motivierenden Sprachnachrichten und die sanften, aber wirkungsvollen Tritte in den Allerwertesten. Du hast mir so weitergeholfen und mich immer auf Kurs gebracht, wenn ich eigentlich aufgeben wollte.

Mein liebstes Pferdemädchen Bea: Danke, dass du dich so liebevoll um meine Fellnasen gekümmert und mir dadurch den Rücken freigehalten hast, als bei mir Deadline und Grippe gleichzeitig zugeschlagen haben. Ohne dich hätte ich an vielen Tagen nicht so viel schreiben können, wie ich es schlussendlich getan hab.

Und dann danke ich noch dir, ja, genau dir. Danke, dass du *Kayla & Jason* gelesen hast. Ich liebe die Vorstellung, dass sie in deinem Kopf lebendig geworden sind und dich vielleicht für eine kurze Zeit ein kleines Stück begleiten durften.